W0186947

Gunter Haug

Schwäbische Sternstunden
Wie wir Weltspitze geworden sind

Gottlieb Daimler und Wilhelm Maybach 1887 in ihrer Motordraisine

Gunter Haug

SCHWÄBISCHE STERNSTUNDEN

Wie wir Weltspitze geworden sind

Landhege-Verlag

Verlag Landhege

© 2015 by Landhege-Verlag GbR, D-74193 Schwaigern
www.landhege-verlag.de

1. Auflage 2015

Das Werk einschließlich aller seiner Teile ist urheberrechtlich geschützt. Jede Verwertung außerhalb der engen Grenzen des Urheberrechtsgesetzes (auch Fotokopien, Mikroverfilmung und Übersetzung) ist ohne schriftliche Zustimmung des Verlages unzulässig und strafbar. Dies gilt auch ausdrücklich für die Einspeicherung und Verarbeitung in elektronischen Systemen jeder Art und von jedem Betreiber.

Die Abbildungen in diesem Buch wurden mit freundlicher Genehmigung des Daimler-Konzernarchivs in Stuttgart-Untertürkheim und vom Unternehmensarchiv der Robert Bosch GmbH zur Verfügung gestellt. Die Bilder der »Mohrenköpfle« hat uns die Bäuerliche Erzeugergemeinschaft Schwäbisch-Hall (BESH) überlassen.

Gestaltung des Einbandes: Ilona Bucher, Berlin
Satz: Dörr und Schiller GmbH, Stuttgart
Druck und Binden: CPI books GmbH, Ulm

Druck ISBN: 978-3-943066-37-1
EPub ISBN: 978-3-943066-38-8

Der Reitwagen von 1885: Das Ur-Automobil

Weshalb ich dieses Buch geschrieben habe?

Weil …

… mir die Leserinnen und Leser nach der Lektüre meiner Tatsachenromane über das Leben von Robert Bosch, Gottlieb Daimler, Mercedes Jellinek, Ferdinand Porsche und Ferdinand Graf Zeppelin öfter mal gesagt haben, wie gut ihnen diese Bücher gefallen hätten. Obwohl es doch »bloß« Romane gewesen seien. Wenn das alles wahr wäre! Aber in so einem Roman stimme ja sicher nicht alles. Schade eigentlich …
Ist es wirklich! Denn es stimmt tatsächlich alles, was ich damals an Fakten und Ereignissen beschrieben habe. Wobei … so manches, was man im Gespräch erzählen und in einem »normalen« Buch schildern kann, passt halt nicht in einen Roman hinein. Obwohl es manchmal das Salz in der Suppe wäre. All die interessanten Vergleiche mit der heutigen Zeit, oder so manche Erkenntnis über das Leben damals, die erst aus der späteren Draufsicht möglich ist. Herrliche Geschichten, die mir Leserinnen und Leser bei meinen Vorträgen erzählt haben, die den alten Vadder Bosch beispielsweise noch gekannt haben. Oder denen ihre Eltern und Großeltern erzählt haben, wie es damals beim Daimler, beim Zeppelin und beim Porsche zugegangen ist. Und noch einiges an unterhaltsamen Fakten mehr …

Deshalb habe ich mich entschlossen, das alles und noch viel mehr jetzt ganz neu zusammenzufassen. Nicht romanhaft, sondern chronologisch. Mit vielen (wahren) Geschichten drin. Auf einer zeitlichen Ebene, mit der es erst möglich wird, ein vollständiges Bild vom Leben und von den Leistungen dieser faszinierenden Persönlichkeiten zu zeichnen. Mit all den Verbindungen, Zufällen, Abhängigkeiten, Feindschaften und Freundschaften, die sie geprägt und durchlebt haben.

Und dann gibt es noch einen zweiten Grund: weil ich in Cannstatt geboren worden bin. Dort, wo Daimler und Maybach das Automobil erfunden haben. Dort, wo die Schwäbischen Sternstunden begonnen haben.

Gunter Haug, im Frühherbst 2015

Das Weltwunder

Wir sind Spitze. Weltspitze sogar. Daran beißt die Maus keinen Faden ab. Deshalb lassen wir das übliche Schwäbische Understatement also ausnahmsweise einmal fahren und weisen darauf hin, dass hierzulande schon seit fast 150 Jahren der Bär brummt. Das ist einfach so. Nirgendwo sonst gibt es so viele Tüftler, Erfinder und Patente, wie auf diesem kleinen Flecken Erde im deutschen Südwesten. Kein Wunder, dass sie hier das Automobil erfunden haben. Genauer gesagt: in Cannstatt, das damals noch kein »Bad« war. Dort hat der Schorndorfer Bäckersbub Gottlieb Daimler zusammen mit dem Waisenknaben Wilhelm Maybach seine Träume wahr werden lassen und der Welt die individuelle Mobilität beschert – das Ganze gleich dreifach: »zu Lande, zu Wasser und in der Luft«. Drunter gings nämlich nicht.

Cannstatt war das »Silicon Valley« des 19. Jahrhunderts. Während sich in dem abgelegenen kalifornischen Seitental noch die Hyänen balgten, ist zwischen Neckar und Nesenbach längst Technologiegeschichte geschrieben worden. Und selbst wenn sich die schöne Mobilität auf unseren schlaglochgepflasterten Straßen rund um den Spätzlesäquator zwischenzeitlich in kilometerlange Dauerstaus verwandelt hat und sich der Lenker des feststeckenden Vehikels manchmal vorkommt wie der Zauberlehrling bei Goethe (»Weh die Geister, die ich rief!«), während die cleveren Automanager lieber mit den firmeneigenen Hubschraubern fröhlich über die von ihnen produzierten Blechkarawanen hinweg knattern: nach wie vor tickt das »Musterländle« fleißig und vor allen Dingen dankbar im benzingeschwängerten Takt der Automobilindustrie. Denn die hat ja den Wohlstand ins Schwabenland gebracht. Einen Reichtum, von dem fast alle bis heute ordentlich profitieren (sogar – wg. Finanzausgleich – auch die ärmeren Bundesländer).

In einem wahrhaft atemberaubenden Tempo sind die bit-

terarmen württembergischen Dörfer nach dem Zweiten Weltkrieg explodiert, in deren Industriegebieten weltberühmte Marken zusammen mit zigtausenden von Zulieferfirmen rund um die Uhr ihre High-Tech-Produkte für den ganzen Globus produzieren. Und manch einstiges Kuhnest darf sich voller Stolz sogar mit dem Titel »Große Kreisstadt« schmücken.
Der »Mittlere Neckarraum« zwischen Heilbronn, Reutlingen, Schwäbisch Gmünd, Göppingen, Herrenberg und Pforzheim, mitsamt seinem Zentralgestirn im Stuttgarter Talkessel, ist eine der wirtschaftsstärksten Regionen der Erde geworden – und wird das sicherlich auch noch eine ganze Weile bleiben. Man muss halt aufpassen, dass das Rädle am Fließband weiter kräftig schnurrt, denn wehe, der Umsatz in der Autoindustrie ginge zurück! Wenn nämlich Audi, Bosch, Daimler und Porsche bloß ein kleines bisschen Halsweh bekommen sollten, dann liegt gleich ganz Württemberg mit Lungenentzündung im Bett! Es hängt hier halt (fascht) alles am Automobil.
Das hätte mal vor 200 Jahren einer behaupten sollen! Ausgerechnet in so einem bitterarmen Land, dessen erster König, der dicke Friedrich, überhaupt nur durch Napoleons Gnaden eine Krone aufs Haupt gesetzt bekommen hatte, würde der Siegeszug des Automobils beginnen? Niemals!
Und dennoch ist es genau so gewesen. Wie das?
Man könnte jetzt als Erklärung den überstrapazierten alten Spruch aus der Mottenkiste holen, jenen von der Not, die erfinderisch macht. Oder vielleicht den pietistischen Pfarrer und Literaten Christian Gottlob Barth zitieren, der schon im Jahr 1843 angemerkt hat, dass es in der Welt lediglich zwei gelobte Länder gäbe »das eine ist das Land Canaan oder Palästina, das andere ist Württemberg«.
Womöglich gar den früheren Ministerpräsidenten Reinhold Maier (auch ein Schorndorfer, wie Gottlieb Daimler) als Zeugen für die geballte württembergische Innovationskraft benennen, der 1945 den perplexen amerikanischen

Besatzungsoffizieren selbstbewusst entgegen geschleudert hat: »Mir hend en Wirteberg scho en Landtag ghet, da ischt Euer Columbus no uffem Scheißhäfele ghockt!« – was automatisch und folgerichtig weiterführt zum Fazit des Ferdinand (von) Steinbeis, Württemberg sei eben das »Land der hellen Köpfe und der geschickten Hände!« Punktum!

Stimmt natürlich alles – liefert aber trotzdem keine so richtig befriedigende Erklärung für das Wunder von Württemberg.

In Wahrheit hat es nämlich erst einmal eine gewaltige Naturkatastrophe gebraucht, nichts weniger als einen Vulkanausbruch in Indonesien, bei dem es derart »donderschlächtig« (sprich: granatenmäßig bzw. äußerst heftig) gekracht hat, dass sich die Württemberger zum guten Schluss sogar hinters Lenkrad geklemmt und aus dem Land der Dichter und Denker ein Volk hinter dem Lenker gemacht haben.

Ein explodierter Vulkan als Initialzündung für die Erfindung des Automobils?! Klingt unwahrscheinlich. Stimmt aber. Klar hat es dann natürlich auch noch jeder Menge schwäbischer Dickschädel bedurft, die dabei mitgeholfen haben, »dass dr Daimlers Gottliab des Gäule endlich zom Laufa brocht hot«. Genau diese Querköpfe, die sich gegenseitig kurioserweise auch noch meistens spinnefeind waren, mitsamt ihren faszinierenden Lebensgeschichten wollen wir in diesen Schwäbischen Sternstunden jetzt einmal näher unter die Lupe nehmen. Genug also der langen Vorrede. Steigen Sie ein zu einer atemberaubenden Erkundungsfahrt in die Anfänge eines wahrhaftigen (schwäbischen) Weltwunders.

Am 5. April 1815 ist weit entfernt von Württemberg, auf der indonesischen Insel Sumbawa, der Vulkan Tambora explodiert und hat eine gigantische Aschewolke in den Himmel geschleudert. Das ging so rund zehn Tage lang, bis zum 15. April. Und hinterher war der ehemals 4.300 m hohe Vulkan nur noch 2.850 m hoch. Die Sprengkraft von umgerechnet 170.000 Hiroshimabomben hat ihn regelrecht in Stücke gerissen. Es war der größte Vulkanausbruch der Neuzeit, die stärkste Eruption seit 26.000 Jahren. Sie war mehr als zehnmal so heftig, wie später der Ausbruch des Krakatau im August 1883. Über 70.000 Menschen auf Sumbawa und den umliegenden Inseln sind im glühend heißen Ascheregen und durch den von der Eruption ausgelösten Tsunami gestorben.

Ein gewaltiger Teil dieser unvorstellbaren Aschemenge ist dabei fatalerweise extrem hoch in die Atmosphäre geschossen und hat über ungünstige Luftströmungen seinen Weg in Richtung nördliche Halbkugel genommen. Die Folge war zunächst eine starke Verdunkelung des Himmels und spektakuläre, blutrote Sonnenuntergänge, hervorgerufen durch diese Aschepartikel in der Luft. Doch was die Landschaftsmaler zunächst in helle Verzückung versetzt hat, war die Ouvertüre zu einer regelrechten Katastrophe.

Denn in Europa und teilweise auch in Nordamerika kam es jetzt zu einer extremen Verschlechterung des Klimas. Das kälteste und dunkelste Jahr seit Beginn der Wetteraufzeichnungen begann. Dabei hat es das Gebiet zwischen dem Main und dem Nordstau der Alpen besonders schlimm erwischt. Durch ungünstige meteorologische Verhältnisse ist die Aschewolke hier ständig um die eigene Achse rotiert: Kein Sturm, der sie endlich weggeblasen hätte. Nichts. Die Sonne war hinter einem diffusen Schleier verborgen und monatelang nur noch fahl zu sehen, die Temperaturen blieben weit unter dem Jahresdurchschnitt, permanente Regengüsse sorgten dafür, dass Baden, Würt-

temberg und Vorarlberg im Wasser beinahe versanken. Und so ist das Jahr 1816 als »Das Jahr ohne Sommer« in die Klimageschichte eingegangen.
Erinnern Sie sich noch an die drei Monate im Frühjahr 2010, als im europäischen Flugverkehr alle Jets am Boden bleiben mussten? Damals hatte in Island der Vulkan mit dem unaussprechlichen Namen Eyjafjallajökull seine Asche in den Himmel gepustet. Und weil man befürchtet hat, dass diese winzigen Partikel die Düsen der Jets verstopfen und damit Flugzeuge zum Absturz bringen könnten, ging gar nichts mehr in Sachen Luftfahrt. 100.000 annullierte Flüge. Ein Himmel ohne Kondensstreifen – dafür manchmal mit einem leichten Grauschleier überzogen. Das waren die Folgen von Eyjafjallajökull: Ein finanzielles Desaster für die Fluggesellschaften, ein Ausrufezeichen von Mutter Natur, die uns Menschen wieder mal gezeigt hat, wo der Barthel den Most holt. Und dennoch: verglichen mit dem Ausbruch des Tambora vor 200 Jahren in Südostasien war das alles nur ein müder Abklatsch. Auf Neudeutsch »Peanuts«.
Denn 1816 sind die Auswirkungen der Wetterkapriolen verheerend gewesen, da ging es nicht nur um ein paar am Boden gebliebene Flieger. Es war fürchterlich: bis in den Juni hinein fiel Schnee, dann folgten Überschwemmungen und im August gab es schon wieder den ersten Frost. Das Getreide ist am Halm verschimmelt, die Kartoffeln sind in den Äckern verfault, die Trauben genauso wenig reif geworden, wie Äpfel und Birnen. Die Folge waren gähnend leere Getreidespeicher und Lagerkeller. Es gab schlichtweg nichts mehr zu essen. Und das, nachdem schon die vorherigen Jahre vom Klima her und durch den elend langen Krieg mit Napoleon bereits problematisch genug verlaufen waren. So kam es in Württemberg zu einer gravierenden Hungersnot. Oft genug mussten sich die verzweifelten Menschen mit Bucheckern den Magen füllen, mit zu Brei zermahlenen Eicheln, Wurzeln und anderen Sattmachern von eher zweifelhaftem kulinarischem Nährwert. Manche

haben sogar Gras und Stroh gegessen, oder Rinde von den Bäumen geschält und gekocht, wovon sie noch elender geworden sind. Es war eine einzige Katastrophe.
Kein Wunder, dass in diesem Sommer, der viel eher ein Winter war, im benachbarten badischen Bauland der Grünkern plötzlich wieder populär geworden ist. Dabei handelte es sich um einen aus der Not heraus entwickelten Sattmacher: um unreifen Dinkel, der über einem Feuer geröstet und anschließend zermahlen wird. Ironie der Geschichte: ausgerechnet dieses ehemalige Arme-Leute-Essen hat mittlerweile nicht nur Einzug in die Bioküche gehalten (der Grünkern gilt als besonders gesund), sondern sogar Gourmetrestaurants präsentieren ihn auf der Speisekarte. So ändern sich Zeiten und Geschmäcker! Doch vor 200 Jahren ging es natürlich nicht um kulinarische Höhenflüge, sondern einzig und allein darum, irgendwie den knurrenden Magen voll zu bekommen
Aber weder der Grünkern, noch die Bucheckern haben ausgereicht, um hunderttausende hungriger Mägen zu füllen. Und so folgten der Hungersnot im Schlepptau unweigerlich Mangelerscheinungen, Krankheiten und Todesfälle. Getroffen hat es natürlich in erster Linie die Schwächsten: Kinder, Kranke und Alte. Wie das leider halt immer so ist.

Geld kriegsch koins!

Die wenigen Bauern, bei denen immerhin noch ein paar Reserven im Vorratsspeicher übrig waren, haben versucht, zu helfen, so gut es eben ging. So hat beispielsweise auch der Kronenwirt Servatius Bosch im Gasthaus »Zur Krone« in Albeck bei Ulm (der Großvater von Robert Bosch) oft ein kostenloses Essen an Bedürftige ausgegeben. Das hat man ihm auf der Ulmer Alb lange nicht vergessen und auch in der Familie Bosch ist dieses soziale Engagement des Großvaters in Erinnerung geblieben. Selbst noch viele Jahrzehnte später, als Robert Bosch schon längst in Stuttgart war. Da ist er einmal mit einem Handwerker ins Gespräch gekommen und irgendwann kam die Rede darauf, dass Bosch aus Albeck stammte. Ja, lächelte der Mann: Da sei er als junger Handwerksbursche früher auch einmal gewesen. So um das Jahr 1816 herum, in den schlimmen schwäbischen Hungermonaten. Er habe damals einen fürchterlichen Hunger gehabt und die Albecker Bauern um etwas Essbares gebeten. Doch alle hätten ihn abgewiesen und gemeint, er solle weiter gehen: die Straße hoch zum Wirtshaus »Zur Krone«, dort bekomme »so einer« wie er kostenlos etwas zu essen. Voller Vorfreude sei er also in Richtung »Krone« marschiert, um dann zu seinem Erschrecken auf eine lange Warteschlange vor dem Eingang zu dem Wirtshaus zu treffen. Enttäuscht habe er deswegen kehrt gemacht. Das wiederum müsse der Kronenwirt bemerkt haben, denn der sei ihm hinterher gelaufen und habe ihn mit der Frage angehalten, weshalb er denn umgedreht sei? »Ha, schauen Sie sich doch bloß die vielen Leute an, die alle vor mir dran kommen. Bis ich dann an der Reihe bin, gibt es längst nichts mehr«. Worauf Servatius Bosch geantwortet habe: »Wenn es für so viele reicht, dann wirds wohl für dich auch noch reichen. Komm mit mir mit.« Und tatsächlich habe er später seinen Hunger stillen können, ohne etwas dafür bezahlen

Die »Krone« in Albeck

zu müssen. Dafür werde er dem Albecker Kronenwirt Zeit seines Lebens dankbar sein.
Für Robert Bosch war dieses Vermächtnis seines Großvaters immer ein leuchtendes Beispiel. Und so ist es zu diesen für den knorzigen Bosch so typischen Szenen gekommen, wie sie bis heute noch in Stuttgart erzählt werden. Beispielsweise während der Weltwirtschaftskrise Anfang der 1930er Jahre. Wenn da bei ihm jemand an der Haustür geklingelt und gesagt hat, dass er furchtbaren Hunger habe, aber kein Geld, um sich etwas zum essen zu kaufen, hat er den Bittsteller ins Haus gelassen und in die Küche geführt: »Komm mit und setz dich an den Küchentisch. Zum essen bekommt bei mir jeder etwas. Geld allerdings… Geld kriegst du von mir keines, denn Geld fördert bloß die Lie-

derlichkeit. Womöglich versäufst du es – und dann geht der Kreislauf von vorne los. Wenn du aber Hunger hast… Wie gesagt: zum essen bekommt bei mir jeder was.« So hat ers immer gehalten – hungrig musste beim alten Vadder Bosch keiner aus dem Haus gehen. Aber Geld gabs grundsätzlich nicht. Da ist er bockelhart geblieben. Aber zurück zum Urknall und seinen Folgen.

Wieso ausgerechnet Württemberg?

Dass ausgerechnet das alte Kernland von Württemberg viel schlimmer und länger unter den Auswirkungen des Katastrophenjahrs gelitten hat als die anderen deutschen Staaten, hat einen weiteren Grund. Es ist das Prinzip der Realteilung: nach dem Tod des Vaters wurde der gesamte Besitz unter die Söhne aufgeteilt, der Grundbesitz wurde dadurch klein und kleiner, so dass sich vom Ertrag der winzigen (oft steinigen) Äcker in dem hügeligen Land schon in normalen Jahren kaum eine Familie ernähren konnte.
Und jetzt? Schraubten sich die Lebensmittelpreise in astronomische Höhen! Unbezahlbar für den Großteil der Bevölkerung. Nur ganz wenige, die zumindest ein bisschen Geld im Sparstrumpf hatten, konnten es sich leisten, Essen oder Saatgut zu kaufen. Aber ohne Saatgut kein Ertrag im kommenden Jahr. Ein Teufelskreis!
Viele Kleinbauern mussten deshalb Haus und Hof verkaufen – und haben dabei kaum etwas erlöst, weil das »ganze Sach« in jenen Zeiten ja ohnehin nichts mehr wert war und überall Bauernhöfe zum Verkauf standen, was die Preise zusätzlich gedrückt hat. Oft genug konnten sie damit noch nicht einmal die Schulden bezahlen, die auf das armselige Anwesen eingetragen waren. Die nächste Station war das Armenhaus. Oder: der Heimat Lebewohl zu sagen. Nicht, weil es in Amerika oder sonstwo etwa schöner gewesen wäre als hier – sondern weil es schlichtweg keinen anderen Ausweg mehr für sie gab.
So ist es zu einer massenhaften Auswanderung aus Württemberg gekommen, wobei die Schultheißen den »Hungerleidern« manchmal sogar noch die Reisekosten bezahlt haben, nur um sie für immer aus dem Dorf zu bekommen und sie nicht mehr durch die Dorfgemeinschaft unterstützen zu müssen. Bei diesem Exodus verlor Württemberg zigtausend junge Einwohner, die hier keine Zukunft mehr für sich sahen. Ausgerechnet die jungen Leute, die man

doch so nötig gebraucht hätte, um den Karren aus dem Dreck zu ziehen! Es war eine verzweifelte Situation, in der sich das kleine, ziemlich unbedeutende Land in der Mitte von Europa befand. Schon wurde an den deutschen Höfen sogar spekuliert, ob das Königreich Württemberg überhaupt noch eine Zukunft habe, oder ob sich der gerade erst auf den Thron gekommene König Wilhelm bald gezwungenermaßen unter die Fittiche eines anderen deutschen Staates flüchten müsse. Es bestand die ganz konkrete Gefahr, dass Württemberg von der Landkarte verschwinden würde! Folglich musste dringend etwas geschehen. Aber was? Um das Ruder in buchstäblich letzter Minute doch noch herumzureißen, setzten der junge König und seine Frau, Königin Katharina, alle Hebel in Bewegung, die ihnen zur Verfügung standen. Und dennoch blieb die Situation lange kritisch. Bis… bis es dann tatsächlich begann: das Wunder von Württemberg, das der Welt die grenzenlose Mobilität beschert hat.

Vom Armenhaus Europas zum Motor der ganzen Welt

Man kann es wirklich nur ein Wunder nennen, was jetzt in Württemberg, dem Armenhaus Mitteleuropas, geschehen ist. Wie es vom absoluten Tiefpunkt im Winter 1816/1817 zur ersten Automobilfahrt am 10. November 1885 kommen konnte. Wie das einstige Armenhaus buchstäblich zum Motor für die ganze Welt geworden ist.
Und beinahe noch erstaunlicher klingt es, dass es nur eine Handvoll Namen sind, die das alles zustande gebracht haben: dazu noch mit den unterschiedlichsten Vorzeichen und Zufälligkeiten. Denn nicht jedem von ihnen war es an der Wiege gesungen, dass sie auch einmal in dieser Auflistung stehen würden. Da hat der König Zufall natürlich auch noch ein bisschen sein Zepter schwingen müssen. Und zwar ziemlich kräftig. Aber auch das gehört halt immer mit dazu, wenn etwas ganz Großes gelingen soll. Das Glück der Tüchtigen eben.

Daimler und Maybach im Riemenwagen 1897

Württembergs neuer König

Mitten in der Hungerkrise erlebte das Königreich Württemberg am 30. Oktober 1816 die Thronbesteigung des 35 Jahre alten Prinzen Friedrich Wilhelm. Nur wenige Stunden zuvor – morgens um 1.30 Uhr war König Friedrich I. gestorben. Der »dicke Friedrich« hatte sich beim Besuch einer Ausgrabung von Saurierknochen auf dem Cannstatter Seelberg eine schwere Erkältung zugezogen, an deren Folgen er gestorben ist. Der Seelberg ist genau 71 Jahre später noch ein zweites Mal zu einem württembergischen Schicksalsort geworden, denn hier hat Gottlieb Daimler seine erste Automobilfabrik, die »Daimler-Motoren-Gesellschaft« (DMG) gegründet. Man kann also mit Fug und Recht darauf verweisen, dass am Seelberg sogar in doppelter Hinsicht die Zukunft von Württemberg begonnen hat.

A propos dicker Friedrich: der erste König von Württemberg war tatsächlich so unglaublich dick, dass man ihm in seinen Schreibtisch extra eine Ausbuchtung hinein sägen musste, damit er überhaupt noch in der Lage war, die königlichen Urkunden unterschreiben zu können. Wer es nicht glauben mag, sollte sich ins Ludwigsburger Schloss begeben, wo man seinen Sekretär noch heute bestaunen kann. Gestaunt hat seinerzeit übrigens auch der große Korse: im Frühherbst des Jahres 1805 hatte Napoleon ja bekanntlich mit seinen Truppen das Gebiet rund um Ludwigsburg besetzt, um den Dicken mit sanfter Ge-

König Friedrich I.

walt daran zu erinnern, wie einfach es für ihn sei, das schwäbische Ländchen gänzlich von der deutschen Landkarte zu eliminieren, sollte er dem französischen »Wunsch« nach sofortiger Abstellung eines ordentlich großen württembergischen Truppenkontingents für den Heerzug gegen Österreich und die letzten Überreste des Heiligen Römischen Reiches nicht ruck-zuck Folge leisten. Während der damaligen Besatzung sind übrigens auch diese wunderschönen, mittlerweile leider akut vom Aussterben bedrohten schwäbisch-französischen Wortschöpfungen entstanden: angefangen von den Fisimatenten, über Schässlo, Suttrai bis zum Trottoir... Damals also hat der kleine Bonaparte seinen Vasallen voller Verblüffung angestarrt, den dicken Friedrich einmal, zweimal umrundet und dann kopfschüttelnd gemeint: »Dass man so dick sein kann, das ist das Eine. Dass aber die menschliche Haut das aushält... Unglaublich!« Worauf Friedrich – so behauptet zumindest die Legende – Napoleon schlagfertig geantwortet haben soll: »Und dass in so einen kleinen Kopf so viel Gift hinein passt, das ist nicht minder erstaunlich.«

Wie dem auch sei: gut zehn Jahre nach dieser Episode ist der älteste Sohn des Dicken, Prinz Friedrich Wilhelm, in jener Nacht also der neue König von Württemberg geworden. Als Wilhelm I. hat er den Thron bestiegen und dabei sofort seinen zweiten Vornamen Friedrich abgelegt, denn nichts in seinem Namen sollte mehr an seinen ungeliebten Vater erinnern, mit dem ihn eine ausgeprägte gegenseitige Abneigung verbunden hatte. Fortan nannte er sich also nur noch Wilhelm.

Die Nacht des 30. Oktober ist ziemlich turbulent verlaufen und das nicht nur wegen Friedrichs Ableben und der Thronbesteigung durch den Junior. Denn exakt zur selben Zeit, als ihr Schwiegervater in den letzten Zügen lag und der Kronprinz zum neuen König proklamiert wurde, brachte Wilhelms Ehefrau Katharina Pawlowna das erste Kind der beiden zur Welt: ihre Tochter Marie. Und Wilhelm? Wusste nicht, wo ihm der Kopf stand und wohin er als Erstes eilen sollte. Folglich war er nirgendwo zur richtigen Zeit am richtigen Ort: nicht beim Ableben seines Vaters, nicht bei der Geburt der Tochter. Das ließ eigentlich nichts Gutes ahnen – erst recht nicht in diesem Hungerjahr. Und dennoch stand Wilhelms Regierungsantritt von Anfang an unter einem guten Stern. Als er am 25. Juni 1864 im Alter von 82 Jahren starb, hatte er sein Land beinahe 48 Jahre lang regiert – länger als jeder andere württembergische Monarch. Aber die Dauer seiner Regierungszeit ist gar nicht das Entscheidende, sondern vielmehr sind es diese richtigen Weichenstellungen, mit denen Wilhelm I. zum Begründer des modernen Württemberg geworden ist.

König Wilhelm I.

Neue Impulse für ein am Boden liegendes Land. Und das gleich dutzendfach.

Den Hunger stoppen – die Landwirtschaft verbessern und reformieren

Zuallererst galt es für den neuen König natürlich, so schnell wie möglich den Hunger zu stillen und die massenhafte Auswanderung zu stoppen. Da die Lebensmittelpreise explodiert waren, wurden von der Regierung Preisobergrenzen festgesetzt und der Export von Nahrungsmitteln deutlich erschwert, später sogar ganz verboten. Gleichzeitig wurden im Ausland (mit finanzieller Unterstützung durch seinen Schwager Zar Alexander I. von Russland) riesige Mengen Getreide eingekauft, um die ärgste Not zu lindern. Ein Großteil des Getreides wurde auf Schiffen bis nach Heilbronn gebracht und dort auf Pferdefuhrwerke in Richtung Süden umgeladen. Weiter als bis nach Heilbronn war der Neckar nämlich noch nicht schiffbar. Das war natürlich ein gewaltiges Hindernis für den Warenverkehr. So konnte das auf Dauer keinesfalls bleiben, wenn man die Wirtschaft verlässlich nach vorne bringen wollte.

Nachdem die ersten Notmaßnahmen gegen den Hunger gegriffen hatten, folgte Phase 2: der Ausbau einer leistungsfähigen Infrastruktur. Die Schiffbarmachung des Neckars. Wilhelm ordnete an, dass am Nadelöhr Heilbronn umgehend ein Kanal gebaut werden müsse, um die vielen Schifffahrtshindernisse, die Wehre und Mühlen, umgehen zu können. So würde es möglich sein, künftig mit kleineren Frachtkähnen den Neckar hinauf bis nach Cannstatt zu gelangen. Aber kaum hatte der König sein Vorhaben bekannt gemacht, da wehte ihm auch schon ein heftiger Proteststurm aus Heilbronn ins Gesicht. Logisch, denn die Kaufleute und Fuhrunternehmer dort fürchteten um ihre sprudelnden Einnahmequellen am Hafen und kündigten erbitterten Widerstand gegen die Kanalbaupläne an. Ausgerechnet diese Stuttgarter! Schließlich hatte man auf Druck von Napoleon doch erst vor ein paar Jahren den prachtvollen Status einer Freien Reichsstadt des Heiligen

Römischen Reiches verloren (mit Sitz und Stimme im Reichstag), war also zwangsweise württembergisch geworden und musste sich seitdem aus Stuttgart beziehungsweise Ludwigsburg sagen lassen, was man zu tun und was man zu lassen hatte. Das allein war ja schon eine demütigende Erfahrung gewesen, an der die Heilbronner noch immer heftig zu knabbern hatten. Und jetzt? Jetzt sollte man auch noch sein schönes Hafenprivileg opfern, das die Stadt so reich gemacht hatte! Nie und nimmer!

Doch alle Proteste halfen nichts: Auf königliche Anordnung wurde das Projekt am 11. März 1819 gestartet – und von Anfang an ging es mit Hochdruck zur Sache. Für die schwierigen Aushubarbeiten wurden sogar 150 Häftlinge vom Zuchthaus auf dem Hohenasperg eingesetzt, so dass der Kanal in der für damalige Verhältnisse absoluten Rekordzeit von nur zweieinhalb Jahren verwirklicht werden konnte. Bereits im Juli 1821 ist der »Wilhelmskanal« vom König persönlich eingeweiht worden. Das alles war natürlich logistisch und in finanzieller Hinsicht eine Herkulesaufgabe für das arme Königreich. Wer heute in Heilbronn am Rande der Innenstadt vor dem eher klein und bescheiden wirkenden Schleusenbauwerk des Kanals steht, kann sich kaum noch vorstellen, welcher enorme Meilenstein das für den Aufschwung im Mittleren Neckarraum einmal gewesen ist.

Spätestens ab 1818 ging es Schlag auf Schlag: erst wurde die Leibeigenschaft endgültig abgeschafft, dann soziale Einrichtungen, Bildung und Landwirtschaft gefördert. Wilhelm I. und Katharina waren sich völlig darüber im Klaren, dass es unbedingt gelingen musste, die Jugend, die Zukunft des Landes, in Württemberg zu halten. Denn wenn die junge Generation weiter abwandern würde, dann wäre das Ende nahe.

Am 28. September 1818 fand erstmals das »Landwirtschaftliche Fest zu Kannstatt« auf dem Wasen statt – als große Bühne für die Einführung neuer Anbaumethoden in der Landwirtschaft, für Modernisierung und Produktivitätssteigerung. Diese zunächst alljährlich stattfindende Großveranstaltung entwickelte sich zum Landwirtschaftlichen Hauptfest, aus dem ganz nebenbei dann auch noch das Cannstatter Volksfest entstanden ist (heutzutage immerhin das zweitgrößte Volksfest der Welt).

Ein solches Großereignis war die eine Sache, die andere war die Einrichtung einer Weiterbildungsanstalt. Und so

wurde im November 1818 in Hohenheim im ehemaligen Schloss des Herzogs Carl Eugen eine Landwirtschaftliche Unterrichts-, Versuchs- und Musteranstalt eingerichtet (später ist daraus die Universität Hohenheim hervor gegangen). Ein »Landwirtschaftlicher Verein« wurde gegründet, in dem sich die Bauern organisieren und über die neuesten Produktionsmethoden austauschen konnten. Know-how-Transfer also auf allen Ebenen – so würde man das auf Neudeutsch nennen.

Aber das war immer noch nicht alles: überall auf der Welt ließ der König, »der Landwirt auf dem Königsthron«, Rinder, Schweine und Ziegen ankaufen, um sie mit den württembergischen Rassen zu kreuzen und damit auf lange Sicht leistungsfähigere Nutztiere zu züchten. Um 1820 sind im Zuge dieser Zuchtbemühungen beispielsweise chinesische Maskenschweine nach Württemberg gekommen, die mit den hiesigen Schweinen gekreuzt worden sind. Mit Erfolg! Am besten hat die Aufzucht der neuen robusten Schweinerasse in Hohenlohe geklappt, hier haben sich die vom Volksmund so genannten Haller »Mohrenköpfle« von Anfang an pudelwohl gefühlt und sind dort rasch zur do-

minierenden Schweinerasse aufgestiegen. Und König Wilhelm I. galt fortan als »Vater der Mohrenköpfle«. Mohrenköpfle? So heißen sie wegen ihrer schwarzen Köpfe.
Selbst wenn diese Bezeichnung neuerdings als »politisch inkorrekt« gebrandmarkt wird, bleiben sie im Land rund um Schwäbisch Hall trotzdem schlichtweg die »Mohrenköpfle«. Ohne jedweden bösen Hintergedanken. Beinahe in letzter Sekunde hat sie der Landwirt Rudolf Bühler vor dem Aussterben gerettet. Mittlerweile vermarktet von der seit einigen Jahren gewaltig aufstrebenden »Bäuerlichen Erzeugergemeinschaft Schwäbisch Hall«, erfreuen sie sich bei Feinschmeckern der allergrößten Beliebtheit.
Eine weitere landwirtschaftliche Erfolgsgeschichte hat König Wilhelm I. im königlichen Gestüt Weil bei Scharnhausen angestoßen. Hier hat er besonders die Zucht der Araberpferde forciert. Von dieser ausdauernden Pferderasse war er aus eigener Erfahrung restlos überzeugt, nachdem sich sein Araberpferd in den Napoleonischen Kriegen als ganz besonders robust erwiesen und ihm dank dieses Durchhaltevermögens das Leben gerettet hatte. Das sind die Anfänge der weltberühmt gewordenen Araberzucht,

die später in das Haupt- und Landgestüt Marbach auf die Schwäbische Alb verlagert worden ist. Selbst die Scheichs aus den eigentlichen Stammländern der Araberpferde kommen regelmäßig nach Marbach, um sich hier mit den edelsten Rössern für ihre Gestüte am Persischen Golf einzudecken – zu Rekordpreisen versteht sich.
Was heute eher dem Amüsement von besonders begüterten Herrschaften dient, ist vor 200 Jahren unter gänzlich anderen Vorzeichen begonnen worden, denn damals sind die Pferde fürs Militär gezüchtet worden. Um der württembergischen Kavallerie mit diesem besseren Pferdematerial einen strategischen Vorteil gegenüber der feindlichen Konkurrenz zu verschaffen. Von Freizeitreiterei und Feierabendromantik keine Spur. Zu Königs Zeiten war das Gestüt vielmehr eine Art vor-industrieller Rüstungsbetrieb. Und zwar ein ziemlich erfolgreicher.

Königin Katharinas segensreiches Wirken

Die Königin gründete zahlreiche caritative Einrichtungen: Denn neben den neuen Impulsen für die Landwirtschaft, von denen die meisten erst mittel- und langfristig greifen würden, mussten die schlimmsten Folgen der Hungersnot sofort bekämpft werden.
Und so hat sich die junge Königin Katharina mit ganzer Kraft im sozialen Bereich engagiert, wie noch nie eine württembergische Regentin vor ihr. Nur drei Jahre Zeit sind der russischen Zarentochter geblieben, bis sie im Alter von nur 30 Jahren sterben musste.
Was ihr kurzes, segensreiches Wirken ohne jeden Standesdünkel in Württemberg so ganz besonders bemerkenswert macht: das Geld dafür hat sie zum größten Teil aus ihrem Privatvermögen genommen. Und zusätzlich hat sie es geschafft, dass auch ihre Mutter, die Zarenwitwe Maria Feodorowna, großzügige Spenden nach Württemberg überwiesen hat.
Kein Wunder, dass Katharinas soziales Engagement bis auf den heutigen Tag in dankbarer Erinnerung geblieben ist. Die »Centralstelle für das Wohlfahrtswesen« hat sie nicht nur gegründet, sondern auch aktiv dabei mitgearbeitet. Er war die Dachorganisation für die neu entstandenen Wohltätigkeitsvereine in den Dörfern, die nach dem Prinzip der »Hilfe zur Selbsthilfe« tätig geworden sind: kleinere Geldbeträge für in Not geratene Bürger, bescheidene Anschubfinanzierung beispielsweise für Handwerker, sowie Beratung. Schritt für Schritt dann der Weg in die Eigenständigkeit, wenn nach einiger Zeit absehbar war, dass das Kind laufen gelernt hatte. Es ist genau dieses Prinzip der behutsamen nachhaltigen Entwicklung, den die fortschrittliche Königin Katharina damals gegangen ist, das man vor einigen Jahren in der Entwicklungshilfe scheinbar neu entdeckt hat. In Württemberg gab es das schon vor 200 Jahren. Manchmal lohnt sich ein Blick in die Geschichte – mancher Fehler der Gegenwart ließe sich damit mühelos vermeiden.

Mit dem 1818 gegründeten Katharinenstift hat sie den Mädchen bessere Bildungschancen ermöglicht.
Die Württembergische Landessparkasse, die bereits im März 1818 ihre Arbeit aufgenommen hat, sorgte langfristig für eine solide finanzielle Grundlage der Bürger.
Das Katharinenhospital, ab 1820 erbaut, ist ebenfalls zu einem respektablen Teil aus der Privatschatulle von Katharina (später auch von Wilhelm I.) finanziert worden. Es trägt Katharinas Namen zur Erinnerung an die verstorbene Königin, die sich vehement für das von ihr als dringend notwendig erachtete Hospital eingesetzt hatte, dann aber durch ihren viel zu frühen Tod den Bau nicht mehr erleben konnte.

Königin Katharina

Das tragische Ende der beliebten Königin war ein gewaltiger Schock für das sich allmählich erholende Land. Katharina starb am 9. Januar 1819. Vor allem die Umstände ihres Todes erschüttern die Menschen bis heute: Katharina hatte ihren Ehemann nämlich im Gestüt Scharnhausen bei Esslingen in flagranti beim Ehebruch erwischt und war im Schockzustand, schon geschwächt durch eine Gürtelrose, in panischer Hast in der Kutsche zurück nach Stuttgart gejagt. Und das in der klirrenden Januarkälte! Eine Lungenentzündung kam dazu und verschlimmerte ihren Gesundheitszustand dramatisch. Kein Arzt konnte ihr mehr helfen.
Königin Katharina tot! Nur 30 Lebensjahre sind ihr vergönnt gewesen! Es schien, als ob die Welt den Atem ange-

halten hätte, als die unfassbare Nachricht in Württemberg wie ein Lauffeuer die Runde machte. Auch der treulose König war zutiefst erschüttert, denn trotz seines Ehebruchs dürfte Katharina die einzige Frau gewesen sein, die Wilhelm jemals geliebt hat. Als Zeichen dieser ganz besonderen Liebe wollte er, nachdem er tagelang wie gelähmt gewesen war und sogar ernsthaft erwogen hatte, auf den Thron zu verzichten, ein einzigartiges Denkmal für Katharina schaffen lassen.

Und das ausgerechnet an der Stelle, an der oberhalb von Untertürkheim die im Jahr 1083 fertiggestellte Stammburg des Hauses Württemberg stand. Die altehrwürdige Burg einfach abreißen?! Zunächst glaubten die Leute, sich verhört zu haben. Das konnte er doch nicht im Ernst gemeint haben. Doch, das konnte er! König Wilhelm zeigte sich bockelhart. Allen Widerständen zum Trotz. Und diese Widerstände kamen aus der ganzen Bevölkerung und vom württembergischen Landtag. Erst recht, nachdem bekannt geworden war, dass er den italienischen Stararchitekten Giovanni Salucci mit dem Neubau beauftragen wolle. Ein Italiener! Auch das noch! Als wenn es keine schwäbischen Architekten geben würde! Aber kein noch so vehement vorgetragenes Gegenargument konnte Wilhelm stoppen. So geschah das Undenkbare: die Burg wurde geschleift, die steinernen Quader wurden rund um Untertürkheim in unzähligen Wengertmäuerchen verarbeitet und Salucci baute auf der Spitze des Württemberg eine prachtvolle Grabkapelle im Stil der Neorenaissance. Über dem Haupteingang in goldenen Lettern der Schriftzug: »Die Liebe höret nimmer auf!«

Wie tief Wilhelm I. der von ihm mitverschuldete Tod seiner Ehefrau getroffen hat und wie sehr er sie tatsächlich geliebt haben muss, zeigt sein Testament, in dem er ausdrücklich als seinen letzten Willen festgelegt hat, dereinst an der Seite von Katharina zur letzten Ruhe gebettet zu werden. Keinesfalls im gleichen Grab wie seine dritte Ehefrau, Königin Pauline. Und so sind in der Grabkapelle auf dem Württemberg also Katharina, Wilhelm I. und ihre erstgeborene Tochter Prinzessin Marie im Tode vereint. Die Trauer um seine geliebte Katharina hat Wilhelm freilich nicht daran gehindert, schon bald wieder seine Beziehung zu ausgerechnet jener Frau wieder aufzunehmen, mit der er von Katharina in flagranti erwischt worden war: der Baronin Blanche von Keudelstein, die in Wahrheit eine Gastwirtstochter aus Genua gewesen ist. Als Mätresse des Königs von Westphalen, Jerome Bonaparte (vom Volksmund wegen seiner ausufernden Liebe zum Alkohol auch als »König Lustig« verspottet) war die La Fleche in der Zeit von Bonapartes Regentschaft aus Standesgründen kurzerhand zur Baronin Keudelstein befördert worden. Dieser Jerome wiederum war Wilhelms Schwager. Ein übler Geselle, den seine Schwester aus Gründen der Staatsräson und auf Druck von Napoleon Bonaparte mehr oder weniger freiwillig hatte heiraten müssen. Eigentlich waren sich Wilhelm und Jerome in herzlicher Abneigung verbunden gewesen, doch während eines Besuchs bei der Schwester in der Residenzstadt Kassel war Wilhelm ausgerechnet der »Baronin« von Keudelstein über den Weg gelaufen und hatte sich dermaßen in die Dame verguckt, dass er dem ungeliebten Schwager gleich dessen Lieblingsmätresse abspenstig gemacht hat. Eine Beziehung, die sich über mehrere Jahrzehnte erstreckte. Denn nach dem Zusammenbruch der napoleonischen Herrschaft hatte sich die »Baronin« nach Stuttgart geflüchtet, wo sie von ihrem früheren Verehrer in Gnaden aufgenommen wurde. Mit den bekannten Folgen.

Doch trotz der tragischen Ereignisse am Stuttgarter Königshof galt es für Wilhelm, sein immer noch rückständiges Land rasch nach vorne zu bringen, denn nach wie vor drohte die Gefahr, von den Preußen »geschluckt« zu werden. So, wie das knapp drei Jahrzehnte später mit den beiden Fürstentümern Hohenzollern-Sigmaringen und Hohenzollern-Hechingen ja tatsächlich passiert ist. Schnelles und vor allem konsequentes Handeln war angesagt!

In erster Linie musste die wirtschaftliche Situation verbessert werden. Und das in einem Land, das über so gut wie gar keine Bodenschätze verfügte! Genau dieses vermeintliche Manko wird in der württembergischen Nationalhymne »Preisend mit viel schönen Reden« beschrieben, die Justinus Kerner im Jahr 1817 (!) gedichtet hat. Dort lässt er den Grafen Eberhard im Barte sagen: »Mein Land hat kleine Städte, trägt nicht Berge silberschwer«. Aber dennoch ist in diesem Land ein Potential vorhanden, das die anderen deutschen Fürsten – laut Kerner – staunen lässt. Ganz ohne Bodenschätze kann es trotzdem vorangehen. König Wilhelm war sonnenklar: wir in Württemberg müssen es halt anders machen, als die anderen. Eine ganz neue Art von Wirtschaftspolitik musste her. Und trotz aller Unkenrufe gab es Möglichkeiten.

Wertvolle Rohstoffe für das rohstoffarme Württemberg!

Dieser Rohstoff besteht aus dem sprichwörtlichen schwäbischen Fleiß und dem Tüftel-Genie der Württemberger. Leute vom Schlage des Astronomen Johannes Kepler, des Baumeisters Heinrich Schickhardt und des Weltmaschinenbauers Philipp Matthäus Hahn hatte das Land ja schließlich schon hervorgebracht. Das Potential war zweifellos vorhanden. Weitere schlaue Köpfe waren längst geboren und warteten nur darauf, endlich von den richtigen Leuten entdeckt und gefördert zu werden. Genau hier musste man ansetzen. Also galt es, einen engagierten Wirtschaftsförderer einzustellen. Der richtige Mann für diese Aufgabe war der in Ölbronn geborene, in Ilsfeld aufgewachsene Bergbaufachmann Ferdinand Steinbeis (1807–1893), dessen Mutter Auguste übrigens die Schwester von Justinus Kerner gewesen ist.

Ferdinand Steinbeis

Steinbeis wurde im Jahr 1848 zum Leiter der Zentralstelle für Handel und Gewerbe (dem heutigen »Haus der Wirtschaft«) in Stuttgart berufen. Seine Strategie war von Anfang an glasklar: Ausbildung und Fortbildung. Im ganzen Land hat der später für seine Verdienste geadelte Steinbeis jetzt Gewerbeschulen gegründet. Ausbildungsstätten, in denen sich die Handwerker beim Abendunterricht fortbilden und qualifizieren konnten. Gleichzeitig hat er Stipendien für Auslandsaufenthalte vergeben, die seine Schützlinge genau dorthin geführt haben, wo das Ausland bessere und anspruchsvollere Produkte produziert hat, als Württemberg. Mit dem dadurch erworbenen Wissen im Gepäck sind die Stipendiaten dann ins Land zurückgekommen und haben auch hier die neuen Produktionsmethoden eingeführt. Man kann das Weiterqualifizierung nennen, oder auch – allerdings ein bisschen weniger elegant – Wirtschaftsspionage. Jedenfalls hat die Maßnahme sofort gegriffen und erste Früchte gezeigt. Wobei die jungen Techniker und Ingenieure die Dinge natürlich weiter ausgetüftelt und vervollkommnet haben. Sonst wären es ja keine Schwaben gewesen! Aber schließlich waren es ja auch die hoffnungsvollsten Köpfe des Landes, die Steinbeis ausgesucht hatte. Der muss bei seiner Auswahl ein ganz besonders gutes Händchen an den Tag gelegt haben. Nicht nur, aber auch, weil er den jungen Gottlieb Daimler ebenfalls entdeckt und entscheidend gefördert hat. Verlangt hat er viel – zurückbekommen hat das Land noch mehr. Die Gewerbe- und Talenteförderung des Ferdinand von Steinbeis lief nach dem Motto: »Der Staat hilft dir, wenn du willens bist, dir selbst zu helfen. Aber der Staat hilft dir nur, wenn du an dem Nutzen auch die anderen teilhaben lässt.« Das war natürlich ganz im Sinne von König Wilhelm I., der die ersten Erfolge seiner neuen Wirtschaftspolitik noch hat erleben dürfen. Mit anderen Worten: Steinbeis hatte schlichtweg die richtigen Leute an der richtigen Stelle mit den richtigen Aufgaben zusammen gespannt. Aber solche Leute muss man halt erst einmal finden – allein das war eine Leistung, angesichts derer mancher Wirtschafts»förderer« heutiger Tage vor Scham im Erdboden versinken sollte!

Wo sonst, wenn nicht hier?

Unser erster Bundespräsident Theodor Heuss hat den idealen schwäbischen Nährboden für Tüftler, Genies und Autoerfinder einmal so beschrieben: »Das Schwäbische lebt aus einer Spannung zwischen spekulativer Phantasie und einer leicht pedantischen, rechenhaften Genauigkeit – zäh herumprobieren, den Dingen auf den Grund gehen. Akribie gepaart mit Sachverstand.« Mit anderen Worten: Wer es schafft, solche Eigenschaften zu fördern, der hat gewonnen!

Auf gar keinen Fall vergessen werden darf bei der Suche nach den Gründen für diesen herausragenden (manch rheinische Frohnatur mag es eher eigentümlich nennen) schwäbischen Wesenszug natürlich der Dünger, der das Pflänzchen auf dem guten Boden besonders schnell zum wachsen gebracht hat: der Pietismus, diese ganz spezielle, strenge Form des Protestantismus, der in Württemberg stark verbreitet war. Ganz ähnlich wie die katholische Konkurrenz der Benediktiner mit ihrer Glaubensregel »ora et labora« (»bete und arbeite)« lebte man auch in den pietistischen Familien nach dem Grundsatz, dass die Arbeit ein Gottesdienst sei, folglich war aller Müßiggang von vorn herein ausgeschlossen. Leben um zu arbeiten – nicht anders herum. Alles andere galt in vielen schwäbischen Familien noch bis zum Ende des 20. Jahrhundert als Faulenzerei.

Ein herrliches Beispiel dafür ist die von Thaddäus Troll aufgeschriebene (verbürgte) Geschichte vom Chef der Firma »Eisfink« in Asperg (das war die erste württembergische Eisschrankfabrik), der in Neuseeland eine Filiale eröffnet hatte und auf der Rückreise jetzt noch schnell in Australien vorbeigucken wollte, um dem dortigen »Eisfink«-Vertreter, dem er nicht so ganz über den Weg getraut hat, ein bisschen auf die Finger zu schauen. Dummerweise ist er erst am Freitagnachmittag angekommen, als der Vertreter bereits im Wochenende war. Ja, ob der denn nicht sein Wochenende mal kurz unterbrechen könne, wenn doch jetzt extra der Chef aus Deutschland angereist sei? Das ginge leider nicht, denn der Mann sei im australischen Outback, rund 800 Kilometer weit weg. Und so blieb dem armen Carl Fink nichts anderes übrig, als das Wochenende »ogschafft« (untätig) in Sydney zu verbringen. Ein Horror für einen schaffigen schwäbischen Unternehmer. Und so ist vom »Eisfink« der herrliche Stoßseufzer überliefert: »Was ben i doch für an Allmachts- Bachel! Jetzt hock i do en dem Sydney rom ond drhoim ghöret d'Bäum gschpritzt!« Ein schöneres Beispiel für die schwäbische Biederkeit – gepaart mit einer ordentlichen Portion Weltläufigkeit – kann es nicht geben! Und wie gesagt: der Seufzer ist verbürgt! Häberle und Pfleiderer. Jin und Yang. Schaffa, schaffa ond nomol: schaffa! Von nix kommt nämlich nix!

Aber wie gesagt: zur richtigen Mentalität müssen halt auch die richtigen Leute kommen. Und so jemand war eben Ferdinand von Steinbeis, den man mit Fug und Recht als den Motor des württembergischen Wirtschaftswunders bezeichnen kann. Ein Mann, der nie nur die Probleme gesehen hat, sondern vielmehr die Lösungswege hinter den Problemen. So, wie das viele Jahre später auch Robert Bosch getan hat. Auch wenn der ein ganz anderer Typ gewesen ist. Aber davon später mehr.

Jedenfalls ist es im Lauf der Jahrzehnte genau so gekommen, wie sie es allerhöchstens in ihren kühnsten Träumen hoffen durften: plötzlich hat das arme Württemberg eine Region nach der anderen überflügelt (selbst das reiche Ruhrgebiet) und sich mit einem Mal an der wirtschaftlichen Spitze wieder gefunden. Bis es soweit war, musste freilich noch eine beträchtliche Menge Wasser den Neckar hinunter fließen. Denn die nächste Herkulesaufgabe lautete:

Eine Eisenbahn bauen

Um das hügelige Land endlich mit einer gescheiten (= leistungsfähigen) Infrastruktur zu versehen, musste ein Schienenstrang vom Norden (Heilbronn) durch das ganze Königreich bis in den äußersten Süden (Friedrichshafen) gelegt werden. Das hört sich einfacher an, als es gewesen ist, denn dabei musste ja die »Blaue Mauer« überwunden werden. Die Schwäbische Alb, die sich wie ein Querriegel zwischen Unterland und Oberland schiebt. Das bedeutete, dass die Planer mit einer extremen Steigung zu kämpfen hatten. Allein auf dem Teilabschnitt Geislingen – Amstetten waren auf 5,6 Kilometer Streckenlänge 112 Meter Höhenunterschied zu bewältigen. Eine technische Herausforderung, die zunächst als undurchführbar galt. Trotzdem machten sich die württembergischen Oberbauräte Michael Knoll und Karl von Etzel zuversichtlich an die Planung. Mit Erfolg. Schon wenige Monate nachdem sie den Auftrag für den Eisenbahnbau bekommen hatten, konnte man im Jahr 1847 loslegen – und die 3.000 Arbeiter legten sich so mächtig ins Zeug, dass die (zunächst noch einspurige) Strecke bereits drei Jahre später vollendet war. Eine einmalige Ingenieurleistung. Die erste Gebirgsquerung einer Eisenbahn in Europa! Und dementsprechend teuer. Doch König Wilhelm war felsenfest davon überzeugt, dass sich der finanzielle Kraftaufwand eines Tages für das Land auszahlen würde.

Und er hat mit seinem Optimismus Recht behalten: wie erfolgreich der Eisenbahnbau im Filstal tatsächlich verlaufen ist, das kann bis heute jeder Autofahrer vor allem Freitagnachmittags oder am Montagvormittag leidvoll »erfahren«, denn von Göppingen bis zur ersten Steigung reiht sich Fabrik an Fabrik, Industriegebiet an Industriegebiet. Also weitaus mehr, als bloß die weltbekannte, altehrwürdige WMF in Geislingen, vormals »Straub & Sohn,

Metallwarenfabrik Geislingen«, die auch so eine hochbedeutende Keimzelle für die Industrie ringsherum gewesen ist. Aber was hat das alles mit dem Nervenkostüm der PKW-Fahrer zu tun? Einiges. Denn mitten durch das enge Tal schlängelt sich auch noch die Bundesstraße nach Ulm an den vielen Fabriken vorbei. Zum größten Verdruss der leidgeprüften Automobillenker überdies geschmückt mit zahlreichen (vorwiegend roten) Ampeln. Was einem manchmal fast den Kragen platzen lässt, ist in Wahrheit jedoch ein eindrucksvolles Beispiel dafür, wie segensreich sich der Eisenbahnbau unmittelbar nach der Streckeneinweihung auf diese Region ausgewirkt hat. Es ist eindeutig die Kernachse der württembergischen Industrialisierung, die hier im Filstal geschaffen worden ist. Deshalb ist der Geislinger Albaufstieg nicht nur ein ingenieurtechnischer Geniestreich und ein finanzieller Herkulesakt gewesen, sondern auch eine zukunftsorientierte staatspolitische Leistung, die man nicht hoch genug bewerten kann (und deren »Power« man sich heutzutage oft wünschen würde).

Übrigens lässt sich auch die spätere WMF direkt auf diesen Eisenbahnbau zurückführen. Wie das? Der technisch begabte Müller Daniel Straub aus Geislingen war nämlich ein enger Verwandter des ebenfalls in Geislingen geborenen Oberbaurats Knoll und ist von diesem von Anfang an in Planung und Bau der Geislinger Steige mit einbezogen worden. In seiner Kapellmühle hat Straub dann eine Werkstätte zum Schleifen von Werkzeugen eingerichtet, die beim Eisenbahnbau verwendet worden sind. Nach und nach ging es auch an die Reparatur von defekten Maschinen, das eine oder andere Werkstück dafür hat man praktischerweise bald selber hergestellt, anschließend eine Eisengießerei hinzugefügt und schließlich komplette Turbinen für Mühlen gebaut – und fast nebenbei ist im gleichen Zeitraum noch die Württembergische Metallwarenfabrik WMF entstanden, die viele Jahrzehnte lang der wichtigste Arbeitgeber rund um Geislingen gewesen ist. Eine bei-

spielhafte Entwicklung, deren Ursprung die Idee des Königs Wilhelm I. gewesen ist, als Keimzelle für die Industrialisierung eine Eisenbahn längs durch Württemberg zu bauen. Genau so hatte er sich das gewünscht.
Aber der König dachte noch viel weiter – schon einige Jahre, bevor die Geislinger Steige fertig gestellt war, hat man sich in der württembergischen Regierung nämlich bereits die Frage gestellt, was wäre eigentlich, wenn… Wenn man es tatsächlich schaffen sollte, die Trasse zu legen: welche Dampflokomotive würde die extreme Steigung dann überhaupt bewältigen können? Jedenfalls keine württembergische, das war schnell klar, denn es gab schlichtweg keine Lokomotivenproduktion im Land. Auch das musste natürlich anders werden! Und zwar ruck-zuck!

Also musste eine eigene württembergische Eisenbahnfabrik gegründet werden. Aber wer sollte die aufbauen? Schnell war klar, dass nur ein besonders fähiger Mann »aus dem Ausland« dafür in Frage kam: Emil Keßler. Der Bauingenieur hatte schon im Jahr 1841 mit der Dampflok »Badenia« die erste in Baden gebaute Lokomotive konstruiert. Natürlich war es alles andere als einfach, den erfolgreichen Eisenbahnbauer und Unternehmer vom Großherzogtum Baden ins Königreich Württemberg zu lotsen. Um Keßler aus Karlsruhe abzuwerben, machte die württembergische Regierung dem jungen Konstrukteur deshalb verlockende Angebote (Bereitstellung des Baugeländes, großzügiges Darlehen der Regierung, Abnahmegarantie, etc). Da konnte man eigentlich kaum noch »Nein« sagen! Und so ist es dann auch gekommen: im Jahr 1846 gründete Keßler die Maschinenfabrik Esslingen, um hier künftig eine eigenständige württembergische Eisenbahnproduktion aufzubauen. Und Keßler war von Anfang an erfolgreich: Schon 1847 konnte die erste Lok ausgeliefert werden. Ein Meilenstein in der württembergischen Industriegeschichte. Im Lauf der kommenden Jahre entstanden in der Maschinenfabrik Esslingen unter Keßlers Leitung 800 Lokomotiven, die in ganz Europa stark gefragt waren, denn sie zeichneten sich durch besondere Robustheit und Leistungsstärke aus. Gleichzeitig hat Emil Keßler, wenn auch unter »gewissen« Schwierigkeiten, seine Maschinenbaugesellschaft in Karlsruhe weiter betrieben. Auch diese Tatsache sollte später für Württemberg von ganz besonderer Bedeutung werden,

Emil Keßler

denn auf Vermittlung seines Sohnes Emil Keßler jun. trat Gottlieb Daimler als junger Ingenieur in die Firma ein. Keßlers neuer Schwerpunkt lag in diesen Jahren aber eindeutig in Esslingen und so wurde seine Maschinenfabrik (was heutzutage kaum noch bekannt ist) bald zur entscheidenden Keimzelle der Industrialisierung in Württemberg.

Man darf es ja schon einmal anerkennen: in Baden waren sie den Württembergern (damals) in technischer Hinsicht mehr als nur eine Nasenlänge voraus. Das zeigt nicht nur das Beispiel Keßlers mit dem Eisenbahnbau. Erwähnen sollte man in diesem Zusammenhang unbedingt den Fahrraderfinder Karl Freiherr von Drais, der mit seinem »Veloziped« schon im Jahr 1817 von Mannheim nach Schwetzingen und wieder zurück geradelt ist. Auch wenn er dabei ausgesehen hat wie ein besoffener Schmetterling: er war der Erste, der ohne Hilfe eines Zugtieres auf Rädern vorwärts gekommen ist. Drais ist der Urvater der Mobilität. In den turbulenten Jahren der deutschen Revolution um 1848 ist er als überzeugter Demokrat bei der badischen Regierung aber in Ungnade gefallen. Und jetzt also kommen die Württemberger daher und werben Emil Keßler aus Karlsruhe ab! Kein Wunder, dass die Freundschaft zwischen Baden und Württemberg dadurch nicht unbedingt größer geworden ist. Ohnehin hatte man seit der Napoleonzeit ja noch ein Hühnchen mit dem schwäbischen Nachbarn zu rupfen, weil man es seinerzeit bloß zum Großherzogtum gebracht hat, während die Württemberger seitdem ja ein Königreich waren. Erschwerend kam hinzu, dass Kronprinz Wil-

Die Badenia

helm von Württemberg Stéphanie Beauharnais rüde einen Korb gegeben hatte, als Napoleon dem damaligen württembergischen Kronprinzen seine Adoptivtochter zur Frau geben wollte. Darauf hat sie auf Napoleons Geheiß halt dessen zweite Wahl, den Kronprinzen Karl von Baden, den späteren Großherzog, heiraten müssen. Eine peinliche Geschichte, die man dem Württemberger lange nicht (wahrscheinlich sogar nie) verziehen hat. Genau in dieser Zeit sind dann diese Spottverse entstanden wie »Über Baden lacht die Sonne, über Württemberg die ganze Welt« und eine ganze Reihe von weiteren, weniger zitierfähigen Ergüssen. Tatsache aber war und bleibt, dass der Schachzug, Keßler von Karlsruhe nach Esslingen zu locken, schlichtweg genial war und zum Meilenstein für den atemberaubenden württembergischen Aufschwung geworden ist. Während die Badener zornig in die Röhre geguckt haben…

Made in Esslingen

Jedenfalls ist Emil Keßler vom dankbaren König Wilhelm 1854 geadelt und zum »Ritter des Ordens der württembergischen Krone« ernannt worden. Und auch nach seinem frühen Tod hat die Maschinenfabrik Esslingen unter seinen Nachfolgern Geschichte geschrieben, denn hier ist im Oktober 1886 auf Veranlassung von Gottlieb Daimler die legendäre Wimpff-Kutsche mit dem Daimlerschen Standuhrmotor ausgestattet worden: das erste vierrädrige Automobil der Weltgeschichte.

Daimlers Ochsentour

Schon als kleines Kind war der Bäckerssohn Gottlieb Daimler aus Schorndorf fasziniert vom Eisenbahnbau. Auf alle Fälle wollte er Ingenieur werden und auch einmal diese feuerspeienden Ungetüme konstruieren, mit denen man in einer atemberaubenden Geschwindigkeit durch das Land brausen konnte. Doch sein Vater Johannes, der neben der Bäckerei in der Höllgasse 7 mit seiner Frau Wilhelmina auch noch eine Weinstube betrieben hat, hielt von den technischen Spinnereien des Filius herzlich wenig. Der sollte nämlich erst einmal etwas »Gscheites« (etwas Richtiges) lernen! Und nicht so eine brotlose Kunst wie Ingenieur! Der arme (hochbegabte und auch zeichnerisch äußerst versierte) Gottlieb wurde also erst einmal als Lehrling zum benachbarten Büchsenmacher in der Höllgasse geschickt.

Übrigens hieß die Familie noch bis 1849 Däumler und nicht Daimler, dann erst ist im Zuge der deutschen Rechtschreibreform eine Anpassung erfolgt, von Däumler auf Daimler. Mit anderen Worten: hätte es die damalige Namensänderung nicht gegeben, würde der weltberühmte Autokonzern heute »Däumler-Benz« heißen…

Es hat eines zähen Durchhaltewillens bedurft, bis der junge Gottlieb seine vierjährige Lehre zu Ende gebracht hat. Aber mit Erfolg. Als Gesellenstück hat er eine wunderschön gearbeitete doppelläufige Taschenpistole hergestellt und jetzt endlich, nachdem er also seinen Teil der Vereinbarung eingehalten hatte, durfte er sich mit Einwilligung seines immer noch ziemlich skeptischen Vaters im Jahr 1853 in Stuttgart bei Steinbeis für die Landesgewerbeschule bewerben.

Dort wurde er (logischerweise) angenommen. Doch bevor die Freude darüber allzu groß werden konnte, folgte die Ernüchterung auf dem Fuß. Denn auf Veranlassung von Steinbeis ging es nicht ans Studieren, sondern schnurstracks in eine zweite Lehre. Jetzt im Fach Maschinenschlosser und zwar bei der Maschinenfabrik in Grafenstaden im Elsass. Wieder für vier Jahre! Diese Fabrik galt als führendes Unternehmen im Dampfmaschinen- und Dampflokomotivenbau und genau diese Kenntnisse sollten sich die jungen württembergischen Ingenieure ja aneignen. Aber noch einmal Lehrling?! Und wieder so lange! Noch dazu die strenge Ermahnung von Steinbeis, er brauche gar nicht erst an ein späteres Studium in Stuttgart zu denken, wenn er nicht mit einem herausragenden Zeugnis aus Grafenstaden zurückkäme. Immerhin: Für den Aufenthalt dort erhielt der junge Daimler ein Stipendium und praktischerweise konnte er im französisch-deutschen Grenzgebiet ganz nebenbei auch noch Französisch lernen – was Daimler später noch von großem Nutzen sein sollte. Dann endlich… nach dem erfolgreichen Abschluss auch dieser zweiten Ausbildung konnte er im Jahr 1857 im Alter von 23 Jahren an der Polytechnischen Schule, der späteren Technischen Hochschule, in Stuttgart das Fach seiner Träume belegen und Maschinenbau studieren. Auch dafür erhielt er ein Stipendium. Und nach dem Daimler auch dieses Studium glänzend absolviert hatte… schickte Steinbeis den begabten jungen Mann 1859 gleich noch einmal zurück nach Grafenstaden, wo der frischgebackene Ingenieur noch

Daimler-Zeichnungen von 1847

einige Zeit verbringen sollte, um sein theoretisches Ingenieurwissen im Maschinenbau praktisch anwenden zu können. Wie viele hochqualifizierte Ingenieure würden sich heutzutage eine solche Ochsentour aufhalsen lassen, nach dem sie ihr Studium und zwei handwerkliche Ausbildungen mit Bravour gemeistert haben? Aber Daimler willigte (zähneknirschend) ein und blieb bis Juni 1861 in der elsässischen Maschinenfabrik. Immerhin hatte er beruflich oft in Paris zu tun, was ihm dank seiner perfekten Französischkenntnisse keinerlei Probleme bereitet hat – ganz im Gegenteil. Die Aufenthalte in der französischen Hauptstadt waren genau die richtigen Impulsgeber, um dem Schorndorfer Bäckersbuben diese neuen Horizonte zu öffnen, die ihn sein Lebtag lang begleiten würden und mit denen er über die deutsche Kleinstaaterei und Engstirnigkeit dieser Zeit weit hinaus gewachsen ist: Weltoffenheit und Internationalität

Lina und Gottlieb Daimler 1875

Nachdem sein Arbeitsvertrag in Grafenstaden ausgelaufen war, nahm er auf Empfehlung von Steinbeis gleich die nächste Hürde in Angriff: er ging nach England, um sich im Mutterland der Industrialisierung weiterzubilden und gleichzeitig sein Englisch zu verbessern. Ganz bewusst hat er sich dort nicht als Ingenieur zu erkennen gegeben und auch seine Freunde in Deutschland gebeten, Briefe an ihn keinesfalls mit der Adresse »Ingenieur Gottlieb Daimler«

zu versehen. Er wolle den Dingen lieber als einfacher Arbeiter auf den Grund gehen. Und so verging wieder ein Jahr, bis er 1862 als weltläufiger Mann, der Englisch und Französisch fließend beherrschte, endlich heimgekehrt ist. Immerhin war er bereits 28 Jahre alt, als Steinbeis Daimlers Ausbildung für erfolgreich abgeschlossen erklärt hat. Jetzt also galt es, den hoffnungsvollen Ingenieur an die richtigen Aufgabenstellungen heranzuführen. Logischerweise, so war das Kalkül von Steinbeis ja von Anfang an gewesen, im Eisenbahnbau. Sinnvollerweise in der Maschinenfabrik Esslingen, wo ihn Emil Keßler sehr gerne und mit offenen Armen aufgenommen hätte.

Hätte… Aber Daimlers Perspektiven hatten sich in der Zwischenzeit entscheidend verändert. Mittlerweile hatte er sein ursprüngliches Berufsziel Eisenbahningenieur nur noch als zweite Wahl im Visier. Denn auf seinen unzähligen, ewig lange dauernden Reisen, samt zahlreichen verpassten Zuganschlüssen, überfüllten Abteilen, unterschiedlichen Spurbreiten, ganz zu schweigen von der elenden Schaukelei in den Postkutschen hatte er Zeit genug gehabt, für sich ein neues Lebensziel zu definieren. Es ging ihm jetzt nicht mehr um das mühsame Vorwärtskommen in der breiten Masse, sondern um die individuelle Fortbewegung. Der Menschheit die grenzenlose Mobilität zu ermöglichen, das war der neue Lebenstraum des Gottlieb Daimler.

Und Ferdinand Steinbeis war sauer. Stinksauer sogar.

Natürlich sind sie in Schorndorf mordsmäßig stolz auf ihren Daimlers Gottlieb. Und logischerweise ist das von seiner Firma herrlich renovierte Geburtshaus in der Höllgasse 7 beliebtestes Ziel und Höhepunkt zahlreicher Stadtführungen. Getreu dem städtischen Werbespruch »Heimat guter Ideen« fühlt man sich angespornt von der innovativen Tatkraft des berühmtesten Sohnes der Stadt und ist folglich auch immer ganz vorne mit dabei, wenn es um technische Neuerungen in Sachen Mobilität geht. Sogar beim Kreisverkehr, der ja seit einigen Jahren einen atemberaubenden Siegeszug durch die bundesdeutsche Straßenlandschaft angetreten hat. In Schorndorf waren sie in dieser Hinsicht ganz besonders eifrig: das Städtchen an der Rems dürfte die weltweit höchste Kreiseldichte pro Kilometer aufweisen. Und wers nicht glauben mag, kann das gerne selbst erfahren: einfach die Bundesstraße an der Ausfahrt Schorndorf-Ost verlassen und schon kreiselt sichs munter auf grade mal anderthalb Kilometern sage und schreibe neunfach in die (wunderschöne) Innenstadt hinein. Ein klarer Fall fürs Rekordbuch – Drehwurm inbegriffen.

Man muss nur wollen und daran glauben

Im Jahr 1838 wird auf der Konstanzer Dominikanerinsel Ferdinand Adolf Heinrich August Graf Zeppelin geboren, dessen Lebensmotto später lauten wird: »Man muss nur wollen und daran glauben, dann wird es auch gelingen«. Ferdinand von Zeppelin ist das zweite von drei Kindern des aus einer württembergischen Diplomatenfamilie stammenden Friedrich Jerome von Zeppelin und von Amelie Macaire. Amelies Großeltern sind reiche Textilfabrikanten, französische Hugenotten, die Mitte des 18. Jahrhundert wegen politischer Wirren aus Genf geflüchtet waren. In Konstanz haben sie von Kaiser Joseph II. die Dominikanerinsel pachten können, nachdem das dortige Kloster aufgehoben wurde. Hier betreiben sie eine gut gehende Indienne-Baumwoll-Manufaktur, eine Indigo-Färberei und sind außerdem erfolgreiche Bankiers, die nach dem Sturz von Napoleon zahlreiche französische Exilanten finanzieren, die sich am Bodensee rund um Schloss Arenenberg niedergelassen haben.

Als kleiner Bub ist Ferdinand mit seinen Eltern oft zu Gast bei den Anhängern der Familie Bonaparte. Dank seiner wunderbaren langen Locken ist er der Liebling der Franzosen. Auch an seinem schwäbischen Dialekt können sie sich kaum satt hören. Kaum zu glauben, dass ausgerechnet der »Spätzleschwob«, wie sie ihn liebevoll nennen, später die erste Attacke des Deutsch-Französischen Krieges reiten wird und damit den Anfang vom Ende der Herrschaft Kaiser Napoleons III. einleitet!

Väterlicherseits kommen die Vorfahren gegen Ende des 18. Jahrhunderts aus Mecklenburg an den württembergischen Herzogshof nach Ludwigsburg, wo sich Großvater Ferdinand Ludwig von Zepelin (man schreibt sich noch mit einem »p«) während Napoleons Bereinigung der süddeutschen Landkarte als Diplomat um das Haus Württemberg verdient macht. Vom König wird er deshalb in den Grafenstand erhoben – und zur besseren Unterscheidung vom nichtgräflichen Familienzweig schreibt sich dieser Teil der Zeppelins fortan mit Doppel-P. Ein Name, der 100 Jahre später in die Weltgeschichte eingehen wird.

Am Geburtsort des »Luftgrafen« befindet sich heute das Inselhotel, das Zeppelins Bruder Eberhard bereits Ende

des 19. Jahrhunderts zum Beherbergungsbetrieb umbauen ließ. Die Umbaupläne stammten von Emil Tafel einem fortschrittlichen Architekten aus Stuttgart, der beinahe zeitgleich auch den ersten Betonbau im Land realisiert hat: die Villa Merkel in Esslingen.

Die Revolution fällt aus

Ein zusätzliches Glück für die noch zaghafte wirtschaftliche Entwicklung in Württemberg war die Tatsache, dass die turbulenten deutschen Revolutionsjahre 1847–1849 vorüber gegangen sind, ohne dass vom württembergischen Militär ein einziger Schuss auf die ohnehin nicht sonderlich aufrührerischen Landeskinder abgefeuert worden ist. Ganz im Gegensatz zu Baden, wo der Großherzog während der zweieinhalbjährigen Unruhen sogar außer Landes geflohen war, wo die Preußen und anderes Militär einmarschiert sind und es bei schweren Auseinandersetzungen Dutzende von Toten gegeben hat. Der legendäre »Heckerzug« der badischen Revolutionäre Friedrich Hecker, Gustav Struve, Georg Herwegh und Franz Sigel endete bekanntlich in einem Fiasko. Scharenweise sind die Aufständischen, darunter viele Handwerker und kluge Köpfe, vor den drohenden Todesurteilen ins Ausland geflohen – viele von ihnen nach Amerika. Es war ein bitterer Aderlass. Die Ernüchterung nach dem gescheiterten Bürgeraufstand und die zahlreichen Repressionen durch die Preußen, die jetzt vorübergehend den Ton angaben, breitete sich zunächst wie Mehltau über Baden. Wie schlimm es war, davon berichtet der Heilbronner (!) Ludwig Pfau im »badischen Wiegenlied«:

»Schlaf, mein Kind, schlaf leis,
dort draußen geht der Preuß!
Deinen Vater hat er umgebracht,
deine Mutter hat er arm gemacht,
und wer nicht schläft in guter Ruh.
Dem drückt der Preuß die Augen zu.
Schlaf, mein Kind, schlaf leis,
dort draußen geht der Preuß!
(…)
Gott aber weiß, wie lang er geht,
bis dass die Freiheit aufersteht,

und wo dein Vater liegt, mein Schatz,
da hat noch mancher Preuße Platz!
Schrei's mein Kindlein, schrei's:
Dort draußen liegt der Preuß!«

Diese Entwicklung war Württemberg in der 48er Zeit dank des richtigen Gespürs von König und Abgeordneten erspart geblieben und deshalb konnte das zarte Pflänzchen einer allmählichen wirtschaftlichen Entwicklung hierzulande munter weiter wachsen.

Ein Stern geht auf

Kurz nach der gescheiterten deutschen Revolution ist in einem ganz anderen Teil von Deutschland ein Kind geboren worden, das ein knappes halbes Jahrhundert später zum endgültigen Impulsgeber für die Schwäbischen Sternstunden werden sollte. Und das, obwohl eine solche Karriere keinesfalls an seiner Wiege gesungen worden war: In Leipzig erblickt im Jahr 1853 Emil Jellinek, der Sohn des aus Böhmen stammenden späteren Wiener Oberrabbiners Aaron Jellinek (tschechisch: »kleiner Hirsch«), das Licht der Welt. Emil Jellinek wird eines Tages die Entwicklung der Automobilindustrie entscheidend prägen. Schon einer seiner Onkel, Moritz Jellinek, hat sich auf dem Gebiet der Mobilität einige Verdienste erworben, denn er hat die Budapester Straßenbahn gegründet. Der andere Onkel, Hermann Jellinek, war einer der Hauptakteure beim Wiener Oktoberaufstand 1848 – und der einzige, der deshalb zum Tode verurteilt worden ist. Er starb hoch erhobenen Hauptes mit den berühmt gewordenen letzten Worten auf den Lippen: »Meinen Körper könnt ihr erschießen, meine Gedanken niemals!«

Im krassen Gegensatz zu seinen strebsamen Brüdern, die beide später Universitätsprofessoren werden sollten, machte Emil den Eltern viel Kummer. Am Ende fand sich für ihn keine Schule mehr, die bereit war, den berüchtigten Tunichtgut aufzunehmen – auch kein noch so teures Internat. Schließlich fand man für den 16-jährigen eine Anstellung als Schaffner bei einer Eisenbahngesellschaft in Rothkostelez im hintersten Winkel von Böhmen. Aber auch dieses Gastspiel war nicht von langer Dauer, denn so sehr sich der junge Schaffner zunächst vom Rausch der Geschwindigkeit hat verzaubern lassen – das war schon was, wenn man mit 40 oder noch mehr Stundenkilometern durch das Land brausen konnte! – irgendwann wurde es dem tatendurstigen Emil wieder ziemlich fad. Ständig dieselbe Arbeit, dieselbe Strecke, dieselbe Landschaft! Tagaus

– tagein. Und das sollte jetzt womöglich die nächsten vier oder gar fünf Jahrzehnte so weiter gehen? Niemals!
Eines Abends beim Feierabendbier mit dem Lokomotivführer drängte sich plötzlich eine Frage in seine Gedanken. Wie schnell diese Lokomotive wohl wirklich fahren könne, so ganz ohne angehängte Personenwagen, dafür mit einem richtig gut befeuerten Heizkessel? Der Lokführer wiegte den Kopf und meinte, tja… das sei theoretisch schwer zu sagen. Jedenfalls deutlich schneller als tagsüber. Aber wie schnell genau? Schulterzucken. Dann müsse man das halt praktisch ausprobieren.
Am besten gleich jetzt?
Am besten gleich jetzt!
Gesagt – getan.
Also wurde das gute Dampfross an diesem Abend noch einmal aus dem Lokschuppen geholt, Emil Jellinek krempelte die Ärmel hoch, spukte in die Hände – und schaufelte aus Leibeskräften Kohle in den rotglühenden Kessel. Die Rohre ächzten, das Wasser kochte, die Funken stoben aus dem Schornstein und die Lok raste mit einer derartigen Geschwindigkeit durch das nächtliche Böhmen, wie nie zuvor und später niemals wieder. Die von dem höllischen Lärm aus ihren Träumen gerissenen Menschen erschraken zu Tode, als sie ein funkenschlagendes Etwas erblickten, das mit einem unfassbaren Tempo durch die Dunkelheit raste. Ganz klar: Es konnte sich nur um den Fürsten der Finsternis handeln, der sich jetzt die armen Seelen holen würde.
Am nächsten Morgen freilich entpuppte sich der Leibhaftige jedoch als Emil Jellinek, der keine Stunde später seinen Job als Schaffner los war und wenige Tage danach verlegen grinsend, mit einem kleinen Koffer in der Hand, vor seinen entgeisterten Eltern in Wien stand. In Rothkostelez habe man ihn auch nicht behalten mögen. Hier sei er also wieder.
Der verzweifelte Vater, dessen missratener Sprössling so gar nicht zu seinem hoch angesehenen Amt als Oberrab-

biner passen mochte, zog nun seine allerletzte Trumpfkarte und schickte den Junior nach Nordafrika. So weit weg, wie nur irgend möglich. Dank guter persönlicher Kontakte war es ihm gelungen, für Emil eine Stelle als Bürobote bei der österreichischen Botschaft in Algier zu bekommen. Aus so großer Entfernung würde hoffentlich nichts über eventuelle weitere peinliche Verfehlungen des Ungustls bis ins ferne Österreich dringen können.
Und tatsächlich. Dieses Mal ging das Kalkül auf. Wenngleich ganz anders, als jemals zu vermuten gewesen wäre. Denn in Nordafrika, wo es ihm in seiner Anstellung natürlich genauso schnell wieder genauso grässlich langweilig geworden war, wie zuvor in Ostböhmen, beobachtete er bei einem Spaziergang am Hafen, wie mehrere Arbeiter Seegras aus dem Wasser holten. Anschließend wurde es in langen Reihen zum Trocknen in der Sonne ausgebreitet. Wieso machten die sich denn so eine Mühe mit dem vermeintlichen Abfall aus dem Meer? Wozu den extra trocknen? Emil erkundigte sich also nach Sinn und Zweck der Aktion und erfuhr, dass es sich bei Seegras um den besten Polsterstoff für Sofas und Sessel handele. Auch als Dämmmaterial sei es hervorragend geeignet. Die Polsterer in Europa seien ganz begierig auf diesen Stoff. Aha…
Nur das mit dem Export, das sei halt immer so eine Sache…
Emil begriff sofort: Das war die Chance seines Lebens!

Emil Jellinek

Er reagierte blitzschnell und sicherte sich die exklusiven Handelsrechte. So wurde er zum Haupt-Importeur von Seegras in die Donaumonarchie und häufte innerhalb kürzester Zeit ein gigantisches Vermögen an. Das alles in jüngsten Lebensjahren! Seitdem lebte das schwarze Schaf der Familie Jellinek in Saus und Braus.

Quo vadis, Daimler?

Ferdinand Steinbeis also war sauer auf Gottlieb Daimler. Bloß weil der junge Ingenieur plötzlich nicht mehr so wollte, wie sein langjähriger Förderer das für ihn geplant hatte. Keinesfalls mochte Daimler mehr Dampflokomotivenbauer werden und deshalb auch nicht in die Maschinenfabrik Esslingen eintreten, wo er dank der Empfehlung von Steinbeis mit offenen Armen empfangen worden wäre. Längst träumte Daimler seinen Traum von der individuellen Fortbewegung für alle. So kam es also zwangsläufig zum Zerwürfnis zwischen Steinbeis und Daimler. Der junge Ingenieur hat, nachdem er das Angebot von Steinbeis ausgeschlagen hatte, fürs erste zunächst einige Monate lang in der Metallwarenfabrik »Straub & Sohn« in Geislingen angeheuert. Während dieser Zeit würde er sich in aller Ruhe nach einem geeigneten Job umschauen. Der ist ihm ziemlich schnell angeboten worden. Ausgerechnet vom Chef der Maschinenfabrik Esslingen! Denn obwohl Emil Keßler allen Grund gehabt hätte, verstimmt über Daimlers Weigerung zu sein, bei ihm zu arbeiten, hat er ganz anders darauf reagiert als Steinbeis. Keßler hatte nämlich Daimlers Begabung als Ingenieur ebenfalls längst erkannt und empfand gleichzeitig ziemliche Bewunderung für dessen Mut, dem hochangesehenen Wirtschaftsförderer einen Korb zu geben. In dem jungen Mann musste tatsächlich ein großes Potential schlummern. Um zu testen, ob das wirklich der Fall war, hatte Keßler eine Idee: er vermittelte Daimler eine wesentlich anspruchsvollere Arbeitsstelle als diejenige, die man in Esslingen für ihn vorgesehen hatte. Allerdings war das nun ein richtig dicker Brocken, eine Art Himmelsfahrtskommando für einen jungen Ingenieur: Werkstättenleiter in der Maschinenfabrik zum Bruderhaus in Reutlingen. Denn die »christliche Fabrik« des Pfarrers und Wohltäters Gustav Werner war in eine bedrohliche finanzielle Schieflage geraten. Die Firma stellte landwirtschaftliche Geräte her und ein ganzes Sammelsurium von weiteren Produkten. Eindeutig war sie ziemlich schlecht organisiert, denn der Gründer Gustav Werner war halt kein Ingenieur, sondern Pfarrer. Aber ein Konkurs der Maschinenfabrik: das durfte nicht sein, denn damit wäre nicht nur das Lebenswerk von Gustav Werner zerstört, sondern hunderte von bedürftigen Menschen, denen er mit dem Bruderhaus eine Arbeit verschafft hatte, würden wieder auf der Straße stehen. Und was war mit den Geldern aus den Erlösen der im Bruderhaus hergestellten Geräte, Gelder die er dringend für seine caritative Arbeit brauchte: nicht auszudenken, wenn diese Quelle plötzlich versiegen würde! Folglich musste ein Konkurs – auch aus staatlichem Interesse – unbedingt vermieden werden.

Gustav Werner

So erhielt Gottlieb Daimler im Dezember 1863 also die »Chance«, die Firma als Werkstättenleiter neu zu organisieren und zu retten. Es stand auf Messers Schneide! Die Chance zu scheitern war deutlich größer, als das Ruder vielleicht doch noch herum reißen zu können. Trotzdem sagte er zu. Denn wenn es ihm wider alles Erwarten gelingen sollte, das Bruderhaus vor dem Aus zu bewahren, dann... hätte er sich natürlich einen hervorragenden Ruf als Ingenieur erworben. Dann müsste er eine glänzende Zukunft vor sich haben. Voller Zuversicht stürzte er sich also auf diese Herkulesaufgabe und machte gleich beim ersten Rundgang durch seine neue Wirkungsstätte eine ernüchternde Erfahrung. Die weitbekannte »Maschinenfabrik zum Bruderhaus« war, um es ganz deutlich auf schwäbisch auszudrücken, ein einziger Saustall! Ein paar Tage später schreibt er in einem Brief an einen Freund: »Seit 14 Tagen bin ich in der Anstalt des Reisepredigers G. Werner in Reutlingen angestellt als Techniker. Wir machen Turbinen, Mühleneinrichtungen, Transmissionen und landwirtschaftliche Maschinen. Unser Geschäft ist in einem verwahrlosten Zustand, aus dem herauszubringen ich helfen soll. Aber es ist außer mir kein Techniker hier. Nun gut, so gesehen habe ich hier eine schöne Aufgabe – falls ich die Geduld habe, sie zu lösen. Und falls mir genügend Zeit dafür bleibt (...) Kannst du mir vielleicht einige Zeichnungen von landwirtschaftlichen Maschinen verschaffen, Lehmknetmaschinen, Malzschrotmühlen etc. Meine Adresse G. D., Ingenieur im Bruderhaus Reutlingen«

Ein weiteres Problem erkennt er ebenso rasch: im Bruderhaus gibt es drei Direktoren, denen er unterstellt ist – aber keiner von denen ist Techniker. Mit anderen Worten: er ist von Laien umgeben, sämtliche Probleme bleiben allein an ihm hängen, einem jungen Berufsanfänger, der von einem Tag auf den anderen ins eiskalte Wasser geworfen worden ist!

Jeden einzelnen Mitarbeiter nimmt er in seinen ersten Tagen in der Firma genau unter die Lupe, und so trifft er kurz vor Weihnachten 1863 im Bruderhaus auch auf einen

Das Bruderhaus in Reutlingen

in der Ecke sitzenden, ziemlich schüchternen, 17 Jahre alten Burschen. »Wer ist denn der Bub da?« fragt er seinen Begleiter, der daraufhin ziemlich desinteressiert mit den Schultern zuckt. »Der da? Des isch bloß unser Wilhelm. Der bekommt jetzt eine Ausbildung zum technischen Zeichner. Eigentlich hätte er ja Bäcker werden sollen, aber zeichnen kann er halt besonders gut, deswegen wird er jetzt technischer Zeichner.« Bei dem schüchternen Jungen handelt es sich um den Waisenknaben Wilhelm Maybach aus Heilbronn. Aus Kummer über den frühen Tod seiner Ehefrau hat Maybachs Vater Selbstmord begangen und die Kinder hilflos zurück gelassen. Bis Gustav Werner sie buchstäblich von der Straße aufgelesen und ins Bruderhaus aufgenommen hat. Der Bäckersohn Daimler stutzt: das sind ja gleich zwei Parallelen zu seinem eigenen Leben! Denn das Zeichnen ist ja auch seine Leidenschaft.

Wilhelm Maybach

Im Lauf der Zeit bekommt Daimler einige Zeichnungen zu sehen, die Wilhelm Maybach in der Freizeit gemacht hat. Sie gefallen ihm sehr. Und da er seine wenigen freien Stunden ebenfalls gern an der Staffelei verbringt, verabreden sie gemeinsame sonntägliche Malausflüge in die Umgebung – sehr oft geht es dabei auf die Achalm, den Reutlinger Hausberg. Die Stadt zu ihren Füßen, der Albtrauf im Hintergrund, Schloß Lichtenstein – lauter wunderbare Motive, die sie inspirieren. So entsteht im Lauf der Jahre eine Art Malerfreundschaft zwischen ihnen, wobei Maybach den Herrn Daimler dennoch zeitlebens mit »Sie« ansprechen wird, während er für Daimler immer »der Wilhelm« bleibt.

Nie wird Maybach vergessen, dass es Daimler war, der ihn entscheidend gefördert hat. Es ist der Beginn einer lebenslangen Zusammenarbeit. Alle künftigen beruflichen Stationen werden Daimler und Maybach von nun an gemeinsam absolvieren.
Bei dieser Episode scheint zum ersten Mal ein Wesenszug von Gottlieb Daimler auf, den er mit den anderen großen Namen der württembergischen Industriegeschichte gemeinsam hat – so spinnefeind sie sich teilweise auch gewesen sein mögen – darin waren alle gleich: ob Robert Bosch oder Ferdinand von Zeppelin, allesamt waren sie im besten schwäbischen Sinn des Wortes »anständige« Leute. Mit ihren Arbeitern sind sie grundsätzlich respektvoll umgegangen. Selbst wenn dem jähzornigen Bosch halt manchmal der Gaul durchgegangen ist, hat er sich hinterher schnell wieder gefangen und sein Fehlverhalten bereut. Genauso Ferdinand Porsche: einmal kurz ausflippen, die Tür hinter sich zuschlagen, dann ein paar Minuten später mit gesenktem Kopf ins Büro zurückschleichen und murmeln, es sei ja eh nicht so gemeint gewesen.
Mit anderen Worten: sie waren nicht nur fleißige und hervorragend ausgebildete Konstrukteure (echte »Käpsele«), sie sind zeitlebens mit beiden Beinen auf dem Boden gestanden, waren keine Halbgötter, sondern ganz normale Menschen, keine »Seckel«, keine Raubtierkapitalisten und Leuteschinder. Gutes Geld für gute Arbeit, so etwas war ihnen selbstverständlich! Leben und leben lassen. Auch mal mit den Arbeitern nach Dienstschluss noch ein Viertele trinken oder zwei. Und das nicht, weil ihnen irgendein Firmenpsychologe geraten hat, das müsse man »halt machen«, denn das sei gut für das Betriebsklima. Nein, nein: Daimler, Bosch und Co haben das gerne und aus eigenem Antrieb getan. Aus Wertschätzung für ihre Leute. Sowas kann man sich nicht aneignen. Das hat man – oder man hat es eben nicht. Kinderstube und so. Und natürlich haben sie anschließend nach der Trollingerrunde auch die Zeche für alle bezahlt – aus dem privaten Geldbeutel, nicht

aus der Firmenkasse. Gerade diese selbstverständliche, menschlich-soziale Grundeinstellung, die sich wie ein roter Faden durch alle ihre Lebensläufe zieht, dürfte der mitentscheidende Grund dafür sein, dass aus ihnen, ihren Erfindungen und ihren Firmen etwas wirklich Großes geworden ist. Genie allein reicht dafür ganz sicher nicht. Blitzgescheite Altersgenossen haben schließlich auch sie gehabt. Jede Menge sogar. Warum aber ist den anderen der Durchbruch nicht gelungen? Weil noch ganz andere Faktoren dazu kommen müssen: das familiäre Umfeld, die berufliche Umgebung, das Glück, zur richtigen Zeit am richtigen Ort gewesen zu sein, sicherlich auch der Zufall. Und natürlich sollte dabei auch der Charakter eines Menschen nicht unterschätzt werden! Das wird sich auf den weiteren Stationen der Schwäbischen Sternstunden noch ganz deutlich zeigen.
Bereits im Jahr 1865 – also nach nicht einmal zwei Jahren – hat der Werkstättenleiter Daimler das schier Unmögliche geschafft: ihm gelingt die wirtschaftliche Wende. Das Bruderhaus arbeitet wieder profitabel und die Bilanz verzeichnet schwarze Zahlen! Die Maschinenfabrik – und damit das Lebenswerk von Gustav Werner – ist gerettet! In kürzester Frist war Gottlieb Daimler die Neuorganisation der Fabrik gelungen. Die Produktpalette wurde gestrafft, die Arbeitsabläufe optimiert, die Qualität deutlich verbessert. Dieser erstaunliche Erfolg spricht sich in württembergischen Unternehmerkreisen natürlich wie ein Lauffeuer herum. Das Wagnis hat sich ausgezahlt: Emil Keßler hatte auf den richtigen Mann gesetzt! Daimlers weitere berufliche Zukunft scheint damit gesichert.

Das Nesthäkchen Robert Bosch

Am 23. September 1861 wird im Gasthaus zur »Krone« in Albeck (heute ein Teilort von Langenau) das elfte von insgesamt zwölf Kindern der Eheleute Margarethe und Servatius Bosch geboren: es bekommt den Vornamen Robert. Die »Krone« ist eine gut gehende Gaststätte mit respektablen 100 Hektar Land- und Forstwirtschaft an der alten Handelsstraße zwischen Ulm und Nürnberg. Und mit einer Umspannstation für die Postkutschen, denn hier geht es steil den Buckel hoch, so steil, dass die Pferde auf halber Höhe gewechselt werden müssen. In der Zwischenzeit können sich die Reisenden mit Essen und einem frischen, selbst gebrauten Bier stärken. Das Bosch-Bier ist bis nach Stuttgart hinunter bekannt und beliebt. Dank der Postkutschen ist immer für ein gewisses internationales Flair in der Gaststube gesorgt. Die unterschiedlichsten Menschen begegnen sich hier – es ist eine völlig andere Welt, verglichen mit dem Alltag in einem »normalen« Albdorf. Und so kommt Robert Bosch sozusagen »automatisch« schon als Kind mit der »großen weiten Welt« in Berührung. Mit Begeisterung begleitet er seinen Vater bei dessen Leidenschaft, der Jagd und wird selbst zum passionierten Jäger. Auch die Imkerei und die Arbeit auf den Feldern machen ihm großen Spaß. Felsenfest geht Robert davon aus, dass er später einmal auch Bauer werden wird.

Robert Bosch

Aber: Im Jahr 1869 verkauft die Familie Bosch ihre »Krone« und zieht mit den jüngeren Kindern (die älteren sind ja schon erwachsen und haben eigene Familien) nach Ulm, wo Robert jetzt die Realschule besuchen wird. Vater Servatius (dieser heutzutage seltsam klingende Vorname war damals auf der Alb einigermaßen verbreitet. Er geht auf einen der Eisheiligen zurück, der vor allem gegen Frostschäden und Rheuma helfen soll. Schon Großvater Bosch hat auf diesen Vornamen gehört) hatte rechtzeitig erkannt, dass die Zeit der Postkutschen zu Ende gehen würde – auch in Albeck, nachdem bereits in den 1850er Jahren die Eisenbahnstrecke in Richtung Ulm/Augsburg gebaut worden war. Also entschied er sich, die »Krone« zu einem Zeitpunkt zu verkaufen, an dem »das Sach« noch etwas wert war und konnte vom üppigen Erlös fortan als »Privatier« in der ehemaligen Freien Reichsstadt Ulm leben. Nach Meinung seines Sohnes hat ihm dieser Müßiggang übrigens gar nicht gut getan – schon wenige Jahre später ist er gestorben. Für Robert war das zeitlebens ein warnendes Beispiel, sich bloß nie auszuruhen, sondern sein Lebtag lang »zu schaffen«. Und überhaupt: mit den zirka 250.000 Mark, mit denen sich Servatius Bosch zur Ruhe gesetzt hat, war das halt auch so eine Sache. Denn »Geld allein macht nicht glücklich«, diese alte Weisheit hat der ehemalige Kronenwirt mit einer grenzenlosen Langeweile am eigenen Leib erfahren müssen. Nein, als »Knackwurstprivatier«, so wie sein Vater, wolle er einmal nicht enden, hat der zigfache Millionär Robert Bosch später einmal einem Freund gegenüber als Begründung angeführt, warum er immer noch so viel arbeite: morgens der Erste, abends der Letzte. Unter anderem deswegen – und natürlich auch, weil man schließlich nicht zum Faulenzen auf der Welt ist, sondern zum Schaffen. So hat er das Zeit seines langen Lebens gesehen.

Übrigens: das Gasthaus »Zur Krone« in Albeck gibt es nach wie vor. Und es ist ganz einfach zu finden. Von Langenau geht es auf der Landstraße (der »Robert-Bosch-Straße) in

Richtung Ulm einen steilen Anstieg hoch – genau hier findet sich auf halber Strecke auf der rechten Seite die »Krone« (Achtung: genau gegenüber steht ein »Blitzer«). Und die Gastwirtsfamilie heißt…immer noch Bosch. Allerdings handelt es sich bei diesen Boschs um eine ganz andere Familie, die halt zufällig den gleichen Nachnamen hat. In Wirklichkeit ist man weder verwandt noch verschwägert mit den Nachfahren von Robert Bosch. Diese zufällige Namensgleichheit ist natürlich gar nicht so zufällig, denn der Name Bosch ist auf der Schwäbischen Alb weit verbreitet. Es muss sich deswegen also nicht gleich eine Verwandtschaft ableiten lassen. Obwohl: angesichts der Tatsache, dass allein Robert elf Geschwister hatte, dazu zahlreiche Bäsle, Vettern, Großonkel, Tanten und Großtanten. Wahrscheinlich bräuchte man gar nicht so lange zu suchen und das »missing link« wäre gefunden…

Vater Bosch – ein Zuchthäusler

Servatius Bosch galt im Ulmer Land als demokratischer Freigeist und Anführer der antimonarchistischen Bewegung, als Leitfigur der »Demokratischen Volkspartei«. In diesen Kreisen besaß er einen hervorragenden Ruf, spätestens seitdem er eine zweimonatige Festungshaft auf dem Hohenasperg verbüßt hatte. Dem klassischen württembergischen »Demokratenbuckel«, dem »Thränenberg«, dem »höchsten Berg von Württemberg« (denn: viele sind hinaufgekommen, aber nur wenige wieder herunter), in dessen Verliesen schon zahlreiche Demokraten ihre Gesundheit ruiniert hatten – unter ihnen auch der tragische Christian Daniel Friedrich Schubart, der frühere Erzieher des Herzogs Carl Eugen. Festungshaft auf dem Hohenasperg! Was war passiert? Es ist eine kuriose Geschichte: zu dieser Zeit gab es in Albeck, wie in vielen anderen württembergischen Dörfern auch, zwei politische Grundströmungen: die Partei der Monarchisten und die Gegenpartei. Sprich: die Roten und die Schwarzen. Wie seinerzeit üblich gehörte der Schultheiß von Albeck als Mandatsträger dem schwarzen Lager an, während das Herz des Kronenwirts eindeutig für die rote Seite schlug. Eines Tages nun hatte der Albecker Büttel (der Dorf-Hilfspolizist) eine illustre Männerrunde in einer Albecker Gastwirtschaft in flagranti bei einem schweren Gesetzesverstoß ertappt. Sie hatten die Sperrstunde missachtet! Saßen also weit nach der polizeilich verordneten Schließung der Gastwirtschaft immer noch am Tisch, tranken Bier und spielten Karten! Das war ja…! Der Büttel hat sich die Namen der Gesetzesbrecher fein säuberlich notiert und diese dann zur Anzeige beim Albecker Schultheißen gebracht, der nicht minder empört war. Ganz klar: es musste eine ordentliche Strafe geben, denn wo würde man sonst noch enden, wenn jeder die Polizeistunde einfach so mir nix dir nix ignorierte! Beim zweiten Betrachten der Anzeigenliste tauchte allerdings ein Problem auf: es waren nämlich alles Namen von

Honoratioren (darunter etliche Gemeinderatsmitglieder) darauf verzeichnet. Jetzt war guter Rat teuer: denn wenn der Schultheiß an denen sein Exempel statuieren würde, dann konnte er sich den Verlauf der nächsten Ratssitzungen lebhaft ausmalen! Aber ein Zeichen musste gesetzt werden – so einfach konnte man das doch nicht unter den Tisch kehren! Was also tun? Und siehe da: ganz unten auf der Liste stand da noch der Name eines armen Besenmachers, der am Nachbartisch einsam in seinen Bierkrug vertieft gewesen war. Das war genau der Richtige! Denn der hatte keinerlei Einfluss im Dorf und konnte folglich auch keinen politischen Schaden anrichten. Also wurde der Besenmacher wegen nachgewiesener Überschreitung der Sperrstunde in den Ortsarrest verbracht, wo er seine Strafe abzubrummen hatte. Er war der Einzige, der deswegen zur Verantwortung gezogen worden ist, die anderen sind unbehelligt davon gekommen. Eine himmelschreiende Ungerechtigkeit! Und das ewig gleiche Spiel: die Kleinen hängt man, die Großen lässt man laufen. Oder um es mit anderen Worten zu beschreiben: die Zeiten ändern sich, die menschlichen Verhaltensweisen bleiben immer dieselben. Manche Dinge ändern sich eben nie…
Natürlich hat die Kunde von der ungerechten Handlungsweise des Schultheißen wie ein Lauffeuer im Dorf die Runde gemacht. So ist die Sache auch dem Kronenwirt zu Ohren gekommen – und Servatius Bosch hat sofort reagiert. Schnurstracks ist er zum Haus des Büttels gelaufen und hat von dessen Frau ultimativ die Herausgabe der Schlüssel für die Arrestzelle gefordert. Dann hat er die Zellentür aufgesperrt und dem verdutzten Besenmacher erklärt, er sei ab sofort wieder frei. Gleiches Recht für alle! Auch diese Aktion hat sich in Windeseile im Dorf herumgesprochen und nachdem der Schultheiß seinen ersten Tobsuchtsanfall überwunden hatte, ist ihm ein wunderbarer Gedanke gekommen. Nämlich, dass ihm nichts Besseres hätte passieren können, als diese seltsame Befreiungsaktion. Es war die Riesenchance, den unliebsamen

politischen Quertreiber Bosch endlich abschütteln zu können. Und so hat er den Kronenwirt wegen illegaler Gefangenenbefreiung angezeigt. Es ist tatsächlich zum Prozess gekommen und bei der Verhandlung vor dem Oberamtsgericht haben zwar selbst die Richter die ehrenwerten Motive des Servatius Bosch gewürdigt, aber andererseits... wo komme man denn hin, wenn sich jeder heraus nehmen würde, sich sein eigenes Recht zu schaffen. Eine Strafe musste sein – und folglich wurde Servatius Bosch zu zwei Monaten Festungshaft auf dem Hohenasperg verdonnert, die er von April bis Juni 1854 abgesessen hat.
Der Albecker Schultheiß wähnte sich am Ziel seiner Wünsche, denn ein Zuchthäusler würde ihm ganz sicher nicht mehr in die Quere kommen können. Klassischer Irrtum vom Amt! Denn der Schultheiß hatte die Rechnung im wahrsten Sinn des Wortes ohne den Wirt gemacht. Beispielsweise hatte er nicht bedacht, dass es zu Königs Zeiten sozusagen Ehrensache für jeden aufrechten Demokraten und Antimonarchisten war, auch einmal einige Wochen auf dem berüchtigten Hohenasperg gebrummt zu haben. Und so hat sich der Kronenwirt gar nicht arg wegen der Strafe gegrämt, sondern diese hoch erhobenen Hauptes angetreten. Während der Haftzeit hat er sich mit einem demokratischen Leidensgenossen angefreundet, der ihm beim Abschied sogar noch ein selbst gemaltes Aquarell vom Hohenasperg geschenkt hat. Dieses Bild wurde dann in der »Krone« gleich beim Eingang aufgehängt, damit jeder Besucher sofort sehen konnte, welcher demokratische Geist in der Gaststube wehte. Das Kalkül des Schultheißen war nicht aufgegangen, denn Servatius Bosch war durch die Festungshaft nicht gebrochen, ganz im Gegenteil! Der »Demokraten- Bosch« ist dadurch auf der Ulmer Alb erst so richtig populär geworden. Ein Zuchthäusler, der sich nicht schämt, dass er für seine demokratische Überzeugung eingesperrt gewesen ist. Einer, der jetzt erst recht große Versammlungen der Demokraten in und um Albeck abhält. »Grad zum Bossa«, wie man dort sagt. Da

kann der Schultheiß Purzelbäume schlagen, so viel er will. Servatius Bosch und seinen Überzeugungen hätte nichts Besseres widerfahren können, als der Hohenasperg. Bis hinunter nach Stuttgart dringt der Ruf vom unbeugsamen Kronenwirt. Die größten Kundgebungen veranstaltet er in Langenau zusammen mit seinem besten Freund, dem Oberlehrer Honold (dem Vater von Gottlob Honold, der später eine entscheidende Rolle in der Firma Bosch spielen sollte, aber das konnte zum damaligen Zeitpunkt natürlich noch niemand ahnen).

Von der Freundschaft zwischen diesen beiden gibt es eine schöne Anekdote:

Eines Tages haben Oberlehrer Honold und Bosch senior beschlossen, dass es höchste Zeit sei, nach Paris zu reisen, um dort am Grab von Heinrich Heine »dem größten deutschen Freiheitsdichter die Ehre zu erweisen«. So, wie sich das ihrer Meinung nach eben gehört. Und so reisen sie also mit der Pferdekutsche nach Paris – eine elend lange, alles andere als bequeme Angelegenheit, bei der es einem jeden Knochen im Leib einzeln durchschüttelt. Dagegen ist selbst die berühmt-berüchtigte »economy class« der Touristenflieger heutiger Tage eine Luxustour. So eine Horrorfahrt konnte locker mehr als eine Woche dauern. Aber kaum dass sie viele Tage später staubig und übermüdet endlich in Paris angekommen waren, haben sie sich nicht etwa aufs Ohr gelegt oder gewisse Etablissements von minder gutem Ruf aufgesucht (»Moulin Rouge« und Co). Nein, nein: vielmehr sind sie schnurstracks zum Montmartrefriedhof marschiert, haben dort vor dem Heinegrab die Mützen vom Kopf gezogen und das »Wintermärchen« rezitiert. Nachdem sie ihrem Idol somit die gebührende Referenz erwiesen hatten, sind sie stolz und zufrieden wieder zurück auf die Schwäbische Alb gefahren.

Das ist eine Episode, die oft in der Familie erzählt worden ist und die Robert Bosch nie vergessen hat. Und so findet er es viele Jahre später ganz selbstverständlich auch nötig, mit seiner ganzen Familie nach Paris zu fahren, um Heinrich

Heine an dessen letzter Ruhestätte die Aufwartung zu machen. Immerhin ist in der Zwischenzeit das Automobil erfunden worden, so dass man nicht mehr auf die Pferdekutschen angewiesen ist. Robert Bosch setzt also seine geliebte Prinz-Heinrich-Mütze auf (so, wie er das beim Autofahren immer gemacht hat) und klemmt sich selber hinter das Lenkrad. Er ist ja liebend gern selber gefahren, am allerliebsten im offenen Wagen. Das sei im übrigen einer der Gründe, weshalb er so alt geworden sei, hat er im hohen Alter öfter mal erklärt, denn es gebe nichts Gesünderes als das Autofahren »oben ohne« (was zu dieser Zeit eventuell sogar noch gestimmt haben mag…)
Wie dem auch sei: jedenfalls war es eine selbstverständliche Pflicht für Bosch, das Heinegrab mit der Familie zu besuchen. Und während die Damen der Familie die Gelegenheit beim Schopfe ergriffen haben und gleich einmal »shoppen« gegangen sind, musste sich der (eher weniger begeisterte) Robert Bosch Junior mit dem Vater zu Fuß zum Montmartrefriedhof begeben, um dort am Heinedenkmal die Mütze zu ziehen, das Haupt zu neigen und das »Wintermärchen« zu rezitieren. Dann konnte es wieder heimwärts gehen. Übrigens hat Robert Bosch »seinen Heine« zeitlebens in hohen Ehren gehalten – und noch im hohen Alter war es für ihn keine Mühe sondern eine Freude, auswendig einige Strophen vom »Wintermärchen« zu zitieren. Die Heinegedichte kannte er schließlich schon seit seiner Schulzeit, denn in der Albecker »Krone« und auch später in der Ulmer Wohnung hatte Heine einen Ehrenplatz im Bücherregal des Vaters. Während seiner Realschulzeit in Ulm hat ihm das Zitieren von Heine freilich manchen Ärger eingehandelt, denn sein Klassenlehrer Reuß war politisch ganz anders eingestellt als die Familie Bosch und hatte infolgedessen auf den Sprössling des unruhigen demokratischen Freigeists Servatius Bosch ohnehin schon ein kritisches Auge geworfen, als der nach dem Wegzug aus Albeck neu in seine Klasse kam. Und dann zitierte der Bengel tatsächlich, kaum dass er in der Klasse

war, zuerst den Umstürzler Heinrich Heine – und um das Maß übervoll zu machen später noch, ebenfalls auswendig, ein Gedicht des Grafen August von Platen, der doch genauso als vaterlandsloser Geselle geoutet war wie Heine, und dazu wegen seiner homosexuellen Neigungen gleich doppelt als Skandalnudel zu gelten hatte, deren Ergüsse allerhöchstens im Giftschrank zu lagern hatten – wenn überhaupt. Und jetzt kam der kleine Bosch also daher und infizierte die ganze Klasse mit diesem umstürzlerischen Gedankengut. Es kam, was kommen musste: ehe sich der arglose Robert Bosch einen Reim darauf machen konnte, welchen Vergehens er sich eigentlich schuldig gemacht hatte, schwirrte bereits der Tatzenstock durch die Luft, gefolgt von einer saftigen Strafarbeit. Und das Renomee des Schülers Bosch war schon am ersten Schultag in Ulm endgültig erledigt. Kein Wunder, dass er später freimütig bekannt hat, niemals ein guter Schüler gewesen zu sein. Kunststück, bei einem solchen Lehrer!

Als württembergischer Militärbeobachter im amerikanischen Sezessionskrieg macht der 25 Jahre alte Oberleutnant der Kavallerie Ferdinand von Zeppelin interessante Erfahrungen. Dank eines Empfehlungsschreibens von Präsident Abraham Lincoln (den er als sehr netten, aber ein bisschen ungepflegt – verfusselten Menschen mit strubbeligem Haar und ungestutztem Bart beschrieben hat) konnte er sich als württembergischer Militärbeobachter direkt an der Frontlinie zwischen der Nord- und der Südstaatenarmee aufhalten. Während es mit Disziplin und Ausbildung der Soldaten nicht zum Besten stand, war es faszinierend zu erfahren, wie man mit Hilfe von Heißluftballons versuchte, sich aus der Luft einen Überblick über die Aufstellung des Gegners hinter der Front zu verschaffen. Im August 1863 gelang es Zeppelin, in einem solchen Ballon mit aufsteigen zu dürfen. Ein historisches Ereignis – sowohl für den jungen Offizier, als auch für die Geschichte der Luftfahrt. Denn seitdem hat Zeppelin die Faszination des »Fahrens durch die Luft« nicht mehr losgelassen. Jedenfalls schien ihm, dass die Taktik mit den Heißluftballons auch für die württembergische Armee interessant sein könnte, um sich einen strategischen Vorteil zu verschaffen. Er würde diese Idee unbedingt beim Generalstab vorstellen müssen.

Doch zunächst gönnte er sich, wenn man schon mal in Amerika war, noch einen Ausflug zu den Quellen des Mississippi, die er allerdings dann doch nicht ganz erreicht hat. Das Gelände war zu unwegsam, die Entfernungen zu riesig. Immerhin waren ihm die Erfahrungen, die er während dieser Zeit als eine Art Waldläuferlehrling mit seinen indianischen Scouts in der Nordamerikanischen Wildnis gesammelt hat, später als Soldat noch von einigem Nutzen.

Die Sache mit den Heißluftballons musste Zeppelin freilich erst einmal nach hinten schieben, denn kurz nach seiner Rückkehr ist 1866 der preußisch-österreichische Krieg ausgebrochen, den Württemberg an der Seite Österreichs bekanntlich krachend verloren hat. Es war das entscheidende Signal zum Aufstieg von Preußen als tonangebende Macht im Deutschen Staatenbund. Württemberg hatte sich den Preußen unterzuordnen – was Ferdinand von Zeppelin maßlos gewurmt hat. Und das bis ans Ende seiner Tage – trotz seiner eigentlich vom Großvater väterlicherseits norddeutschen Herkunft.

Am 25. Juni 1864 stirbt in Stuttgart König Wilhelm I., der Wegbereiter des modernen Württemberg, im Alter von 82 Jahren – nach beinahe 48-jähriger Regierungszeit. Sein letzter Stoßseufzer beim Blick vom Sterbelager in Schloss Rosenstein über das herrliche Neckartal bis hinüber zur Grabkapelle auf dem Württemberg ist verbürgt: »Ach, es tut schon weh, von solch einem schönen Lande scheiden zu müssen!« (Was er heutzutage wohl sagen würde, wenn er auf das von Straßenschneisen, Eisenbahntrassen, Brücken, Schornsteinen, verdichteter Büro-, Wohn- Industriebebauung malträtierte »Bad« Cannstatt hinunterschauen müsste? Womöglich würde ihm der Satz von Goethes Zauberlehrling in den Sinn kommen…)

Selbst wenn Wilhelm I. die Früchte seiner vorausschauenden Wirtschaftspolitik nicht mehr hat ernten können: klar ist, dass sich beim Zeitpunkt seines Todes im Land bereits einiges zum Besseren bewegt hatte und dass es auch in wirtschaftlicher Hinsicht allmählich voran ging. Zum guten Glück waren die Dinge bereits so weit fortgeschritten, dass Wilhelms unfähiger Sohn und Nachfolger König Karl die Entwicklung nicht mehr behindern konnte: der Boden war bereitet und der technische Sachverstand der sorgfältig geförderten Ingenieure begann, seine eigene Dynamik zu entwickeln. Aber dennoch sollten noch gut zwei Jahrzehnte ins Land gehen, bis Gottlieb Daimler das Automobil erfinden würde.

König Wilhelms letztem Wunsch entsprechend wurde er neben seiner geliebten Katharina in der Grabkapelle auf dem Württemberg zur letzten Ruhe gebettet – keinesfalls

wollte er einmal an der Seite seiner dritten Frau, Königin Pauline (1800–1873) begraben sein, zu der er ohnehin, um es vorsichtig auszudrücken, ein eher distanziertes Verhältnis gepflegt hat.
Was häufig übersehen wird, wenn über die Regierungszeit von Wilhelm I. gesprochen wird: er war nicht nur der Begründer des modernen Württemberg und nicht nur der »Landwirt auf dem Königsthron«, sondern Zeit seines langen Lebens auch ein begeisterter Förderer der Künste. Diese Neigung hat ihm vor allem zu Beginn seiner Regentschaft so manchen harschen Disput mit den Abgeordneten im württembergischen Landtag eingebracht, der einmal in dem fassungslosen Ausruf eines weniger kunstsinnigen Kontrahenten gipfelte: »Majestät! Mir brauchet Grombira (Kartoffeln), koi Kunscht!« Doch der König hat sich davon nicht beirren lassen und »sein Ding« durchgezogen, indem er halt doch den italienischen Architekten Giovanni Salucci mit dem Bau der Grabkapelle auf dem Württemberg beauftragt hat, genauso wie mit dem Stuttgarter Wilhelmspalais (dem jetzigen Stadtmuseum). In seinen späteren Jahren hat sich Wilhelm in Cannstatt aus eigenen Mitteln einen Botanischen Garten im maurischen Stil als privaten Rückzugsort geschaffen: die heutige »Wilhelma«, einen der schönsten Zoologisch-botanischen Gärten Europas.
1867 heiratet Gottlieb Daimler die Apothekerstochter Emma Kurtz (1843–1889) aus Maulbronn. Bei der Hochzeitsfeier seines Chefs verliebt sich Wilhelm Maybach in Bertha Habermas (1851–1931), die beste Freundin der Braut. Diese wiederum ist die Tochter des Gastwirts der »Post« in Maulbronn. Dort hat Daimler früher häufig übernachten müssen, wenn er mit der Postkutsche unterwegs nach Grafenstaden war. So hat er schließlich auch seine Emma kennen gelernt. Es sollte aber noch elf (!) Jahre dauern, bis sich Maybach seine Bertha endlich zu fragen traute, ob sie seine Frau werden wolle. Der Grund für dieses Zögern findet sich in Maybachs Jugend als Waisenkind

und seine damit verbundene frühere Armut. Lange war er sich nicht darüber im Klaren, ob er Bertha Habermas eine standesgemäße Ehe bieten kann – bis er sich 1878 dann doch noch einen Ruck gibt. Und das arme Mädchen, das jahrelang vergeblich auf genau diese Frage gewartet hatte, sagt sofort »Ja«! Folglich hat die Weltkulturerbestadt Maulbronn neben dem Zisterzienserkloster also noch eine zweite Einmaligkeit zu bieten, über die kaum jemand Bescheid weiß: dass die Ehefrauen der Automobilpioniere Daimler und Maybach beide aus Maulbronn stammen. Und so bleibt auch für Maulbronn ein Stückchen vom automobilen Weltruhm für alle Zeiten reserviert, dank der Jugendfreundinnen Emma und Bertha.

Am 16. März 1867 erschüttert eine Todesnachricht ganz Württemberg: Emil von Keßler ist gestorben! Im Alter von gerade einmal 53 Jahren! Die Leitung der Maschinenfabrik Esslingen und der Maschinenbaugesellschaft Karlsruhe übernimmt jetzt sein Sohn Emil Keßler jun., der jedoch erst 26 Jahre alt ist. Die Zweifel, ob er trotz seines jugendlichen Alters schon das Format hat, in die großen Fußstapfen seines Vaters zu treten, kann Keßler junior aber rasch beseitigen. Auch für Gottlieb Daimlers weitere Karriere erweist sich der Jüngere sogar bald als entscheidender Weichensteller.

Aus Verärgerung darüber, dass er nicht in den Rang eines Direktors befördert wird, verlässt Daimler Ende 1868 die Maschinenfabrik zum Bruderhaus in Reutlingen. Nachdem die Rettung des Unternehmens doch eindeutig seinem Engagement und seiner Fachkenntnis zu verdanken sind, kann er nicht verstehen, weshalb man ihm den Aufstieg verweigert. Nach wie vor gibt es im Bruderhaus drei gut bezahlte Direktoren und einen schlechter bezahlten Werkstättenleiter (Daimler). Nachdem aber demnächst einer der Direktoren in den Ruhestand gehen werde, wäre es eigentlich nur konsequent, ihn aufgrund seiner Verdienste nun in diese höhere Position zu befördern, argumentiert Daimler. Doch das Direktorium lehnt ab.

Dementsprechend verärgert schreibt Daimler darauf einen langen Brief an Steinbeis und beklagt sich über diese Ungerechtigkeit. Er erhofft sich, dass Steinbeis zu seinen Gunsten eingreift. Doch nichts geschieht: Daimler erhält noch nicht einmal eine Antwort, denn Steinbeis ist wegen der früheren Widerspenstigkeit seines Schützlings noch immer verstimmt. Hätte Daimler damals halt auf den Ratschlag des erfahrenen Wirtschaftsförderers gehört und wäre nach Esslingen in Emil Keßlers Maschinenfabrik eingetreten… Nun soll er halt schauen, wie er aus dieser Malaise, die er sich in seiner Dickschädeligkeit selber eingebrockt hat, wieder heraus kommt.
Nach einiger Zeit dämmert es Daimler, dass Steinbeis noch immer verschnupft ist und dass er bis an den Sankt Nimmerleinstag auf dessen Antwort warten kann. Auf die Hilfe von Steinbeis braucht er also nicht zu hoffen. Im Bruderhaus zu bleiben, kommt für ihn freilich auf gar keinen Fall in Frage. Und anderswo in Württemberg? Hat Steinbeis womöglich die Hände irgendwie mit im Spiel? So fasst er in seiner Verärgerung einen spektakulären Entschluss und geht ins »Ausland«, ins Großherzogtum Baden. Dank der Vermittlung von Emil Keßler jun. Bei der Karlsruher Maschinenbaugesellschaft unterschreibt er einen Vertrag als neuer Technischer Direktor. Ausgerechnet Karlsruhe, der Ort, von dem vor einem Vierteljahrhundert Steinbeis Emil Keßler senior nach Esslingen abgeworben hatte! Das ist natürlich ein ganz gezielter Konter von Daimler. Und im Nachhinein betrachtet ein Glücksfall für alle Beteiligten. Die Maschinenbaugesellschaft Karlsruhe scheint genau jener Boden gewesen zu sein, den ein technisches Genie zur Vorbereitung einer Jahrhunderterfindung gebraucht hat. Und das gleich in doppelter, wenn nicht sogar in dreifacher Hinsicht! Denn auch der im Jahr 1844 geborene Carl Benz hat als junger Ingenieur um diese Zeit in dieser Fabrik gearbeitet! Und: auf Daimlers Betreiben wird kurz nachdem er seine Arbeit in Karlsruhe begonnen hat, wenig später auch Wilhelm Maybach dort angestellt – als Tech-

nischer Zeichner, wie in Reutlingen. Alle drei Automobilpioniere waren also am selben Fleck. Von wegen, sie seien sich zeitlebens nie über den Weg gelaufen. Das stimmt schon für diese Phase nicht – und für die späteren Jahre (wir werden noch darauf zurückkommen) gleich zweimal nicht. Daimler und Maybach stürzen sich voller Elan in ihre neue Aufgabe (dabei übernimmt Maybach von Anfang an Aufgaben, die deutlich über das Tätigkeitsfeld eines Technischen Zeichners hinausgehen). Sie organisieren die Arbeitsabläufe in der renommierten Maschinenbaugesellschaft ganz neu und sorgen für wesentlich effektivere Produktionsbedingungen. Diese Erfolge bleiben in der deutschen Industrie natürlich nicht unbemerkt: den Namen Daimler notiert sich jetzt so mancher Firmenchef. Auch das Leitmotiv, nach dem er zusammen mit »seinem« Maybach zu Werke geht: »Das Beste oder nichts!« Kompromisslos.

Wer kann denn gleich in die Luft gehen?

Im Juli 1870 beginnt der Deutsch-Französische Krieg. Gottlieb Daimler, der ja prägende Berufsjahre in Frankreich verbracht hat, hält diesen Krieg für eine Riesendummheit. Dass es in der 2. Hälfte des 19. Jahrhunderts überhaupt noch zu kriegerischen Auseinandersetzungen zwischen zivilisierten Nationen kommen muss, ist für ihn unbegreiflich. Dennoch setzt sich die Kriegsmaschinerie mit aller Brutalität in Bewegung. Die allererste Attacke dieses Krieges reitet ausgerechnet der württembergische Kavalleriehauptmann Ferdinand von Zeppelin, der in einer badischen Kaserne (Durlach) unter preußischem Kommando steht! Sein berühmt-berüchtigter »Schirlenhofritt« vom 24./25. Juli 1870 geht in die Geschichte dieses Krieges ein. Und Zeppelin ist – zumindest in den deutschen Zeitungen – der erste Held des Deutsch-Französischen Krieges, bei dem es allerdings auch die beiden ersten Toten dieses Krieges zu beklagen gibt. Zeppelin als bekannt guter Reiter hatte ursprünglich den Auftrag gehabt, mit einer kleinen Patrouille die Bewegungen der Franzosen hinter der Frontlinie auszuspionieren und war dabei am Sonntagmorgen ins elsäßische Lauterburg hinein galoppiert, wo er und seine Männer den Telegraphenapparat zerstörten und danach im Gefühl des ersten Triumphes noch weiter hinter die feindlichen Linien drangen. Viel weiter, als das sinnvoll und angeraten war. Und so kam es, wie es kommen musste: eine französische Einheit nahm die Fährte auf und umzingelte die Deutschen bei der Mittagsrast in einem Gehöft, dem so genannten Schirlenhof. Es kam zu einer wilden Schießerei, bei der auf jeder Seite ein Soldat das Leben lassen musste. Nur einer der Deutschen entkam der Übermacht der Franzosen, indem er sich mit einem tollkühnen Satz aus dem Fenster hechtete, direkt auf den Rücken eines französischen Pferdes. In wilder Jagd ging es ab durch die Mitte. Und jetzt kamen Zeppelin seine früheren Trapper-Erfahrungen von der Suche nach den Quellen des Mississippi zugute: er wusste ganz genau, wie er sich im Wald zu bewegen hatte, wie man Spuren las und Spuren verwischte. Und so schaffte er es tatsächlich, einige Tage später wieder nach Durlach zu gelangen. Worauf die Zeitungen in ganz Deutschland ihn und seinen tollkühnen »Schirlenhofritt« als große Heldentat feierten. Der Name Zeppelin war erstmals in aller Munde. Seine Vorgesetzten waren jedoch alles andere als begeistert und gaben ihm auch überdeutlich zu verstehen, was für eine militärstrategische Dummheit er in Wahrheit begangen hatte. Die Offizierskarriere des Ferdinand von Zeppelin war damit zum Stillstand gekommen – wenigstens für den weiteren Verlauf des Krieges bekam er kein eigenes Kommando mehr.

Doch bei der Belagerung von Paris am 7. Oktober 1870 hat Zeppelin ein Schlüsselerlebnis, das ihn an eine frühere Beobachtung erinnert! Genau wie damals im Sezessionskrieg sieht er plötzlich riesige Ballone am Himmel über Paris! Zwei Heißluftballone, mit denen sich die Franzosen aus der hermetisch eingeschlossenen Stadt davon machen! Sie schweben so hoch über den Köpfen der verdutzten Deutschen, dass diese sie noch nicht einmal mit ihren Gewehrkugeln abschießen können. Und das geht so über mehrere Tage hinweg. Während die Amerikaner ihre Ballone zum Ausspähen des Gegners genutzt haben, setzten die Franzosen sie jetzt als Fluchtgerät ein. Faszinierend, welche strategischen Möglichkeiten einem der Himmel bietet! Zum zweiten Mal notiert Zeppelin, dass man diese Art der Kriegsführung mit Hilfe von Ballonen unbedingt weiter verfolgen müsste. Wobei es da noch so manche Unzulänglichkeit zu überwinden gilt. Denn bei allem Staunen über die Raffinesse der Franzosen: perfekt war ihr System noch lange nicht. Vor allem dann, wenn der Wind drehte… und die Ballons zurück geblasen wurden. Direkt vor die Füße der deutschen Soldaten.

»Man müsste eine Möglichkeit haben, den Ballon mit einem Antrieb zu versehen…« So ein lenkbarer Ballon wäre das geeignete Mittel, um der deutschen Armee aus der Luft die Kontrolle über die feindlichen Truppen zu verschaffen. Denn man kann die Ballone nicht nur zur Flucht und zum Ausspähen der gegnerischen Strategie einsetzen, sondern man kann sie ja auch mit Waffen bestücken, Das wäre der alles entscheidende strategische Vorteil. Wer den Himmel beherrscht, der ist dem Sieg ein ganzes Stück näher, als der Gegner. Davon ist Zeppelin mittlerweile überzeugt. Das ist auch der Grund für Zeppelins Luftschiffpläne: er denkt bei seinen lenkbaren Ballonen ausschließlich an eine militärische Verwendung. Dass man in einem »Zeppelin« als Tourist durch die Luft fahren wird, das hat er überhaupt nicht im Kalkül – eher noch lässt er sich einige Zeit später von der Idee begeistern, die Post mit Luftschiffen zu transportieren. Zunächst aber bleibt das Kardinalproblem noch lange ungelöst: welche Technik eignet sich, einen Ballon zu lenken? Welcher Treibstoff ist dafür geeignet? Wie kann man den Treibstoff transportieren? Welche Form muss ein lenkbarer Ballon haben? Welche Kräfte muss er aushalten? Gibt es die Möglichkeit, die Hülle anstelle von heißer Luft auch mit einem Gas zu befüllen? Was ist das richtige Material für Hülle und Gerippe? Beziehungsweise: braucht man überhaupt ein starres Gerüst oder reicht auch eine Gondel am Ballon? Fragen über Fragen, die noch jahrzehntelang auf die richtigen Antworten warten sollten.

Chef beim Weltmarktführer

Gottlieb Daimler macht inzwischen weiter Karriere! Am 1. August 1872 wird er von Eugen Langen als Technischer Direktor in Deutz eingestellt. Es ist die größte Gasmotorenfabrik der Welt – mit riesigen Problemen. Denn die Gasmotoren sind äußerst unzuverlässig. Viele Reparaturen können nicht zur Zufriedenheit der Kunden ausgeführt werden, die Firma wird mit Regressforderungen überzogen. Längst ist das Unternehmen deshalb in eine finanzielle Schieflage geraten, die immer bedrohlicher wird. Der Grund für diese Qualitätsmängel findet sich bei dem Mann, der die Gasmotoren konstruiert hat: Nikolaus August Otto. Denn ausgerechnet Otto ist nicht dazu in der Lage, deren Technik zu beherrschen. Denn Otto ist Kaufmann und Handelsvertreter, kein gelernter Techniker und erst recht kein Maschinenbauingenieur. Als eine Art Freizeitbastler hat er 1863 einen ersten Gasmotor anhand von französischen Vorlagen nachgebaut. Diesen Nachbau führt er Eugen Langen vor, den er als Finanzier gewinnen will. Und Eugen Langen, der Sohn eines reichen Zuckerfabrikanten, der als Ingenieur maßgeblich an der Konstruktion der Wuppertaler Schwebebahn beteiligt war, ist begeistert und gründet zusammen mit Otto die »Gasmotoren-Fabrik Deutz AG«, die spätere »Deutz AG«. Obwohl die Firma schnell expandiert, häufen sich bald die Klagen von unzufriedenen Kunden. Es hilft nur eins: Die technische Qualität muss entscheidend verbessert werden. Und zwar rasch. Deshalb sucht Eugen Langen fieberhaft, wo es in der deutschen Industrie einen jungen Ingenieur mit einem tadellosen Ruf gibt, der sich nicht nur in technischer Hinsicht auf der Höhe der Zeit befindet, sondern der auch über das organisatorische Geschick verfügt, die Arbeitsabläufe in der riesigen Fabrik entscheidend zu optimieren und künftig mit den erforderlichen Qualitätsstandards zu produzieren. Immer wieder hört er einen Namen: Gottlieb Daimler, den Technischen Direktor in

Karlsruhe. Und so beschließt Langen: Daimler soll die Gasmotorenfabrik Deutz retten! Er macht ihm das Angebot, anstelle von Nikolaus Otto die Stelle als Technischer Direktor zu übernehmen. Das ist natürlich eine Riesenchance für einen 38-jährigen Ingenieur. Die größte Gasmotorenfabrik der Welt wieder in die Spur zu bringen! Eine gewaltige Herausforderung – und eine Ehre!
Dennoch verlaufen die Verhandlungen zu Beginn äußerst zäh – und das nicht nur, weil man Daimler in Karlsruhe nicht vorzeitig aus seinem Vertrag entlassen will, sondern hauptsächlich, weil Emma Daimler nicht nach Deutz umziehen will. Sie möchte lieber in Süddeutschland bleiben. Hier ist sie aufgewachsen, hier sind ihr die Mentalität und der Dialekt vertraut – im Gegensatz zum rheinischen Deutz. Es bedarf Gottliebs ganzer Überredungskunst, dass sie schließlich doch noch einwilligt. Sie einigen sich aber darauf, dass Gottlieb zunächst ohne sie nach Deutz geht, denn Emma Daimler hat erst vor ein paar Monaten ihr zweites Kind (den Sohn Adolf) geboren. Mit einem Kleinkind möchte sie jedoch nicht umziehen, zumal auch ihr Sohn Paul erst knapp drei Jahre alt ist. Erst recht nicht in ein Provisorium, denn momentan wird für den Technischen Direktor (Daimler) und den Kaufmännischen Direktor (Otto) je eine Direktorenvilla gebaut. Da wartet sie also lieber ab, bis das Haus fertig ist. Und es gibt noch eine weitere Hürde auf dem Weg nach Deutz zu überwinden: denn auch Wilhelm Maybach muss natürlich mit. Ohne seinen Maybach würde er nicht wechseln. Und so unterschreibt Eugen Langen auch einen Arbeitsvertrag für Wilhelm Maybach bei der Gasmotorenfabrik. Der »Deal« ist damit perfekt! Allerdings lässt man Daimler in Karlsruhe nicht früher aus seinem Vertrag. Maybach dagegen hat eine kürzere Kündigungszeit: er geht schon drei Monate früher nach Deutz – als eine Art Vorauskommando für den künftigen Technischen Direktor Gottlieb Daimler.
Trotz allem: die privaten Zweifel bleiben. Selbst jetzt, nachdem der Vertrag besiegelt ist und Gottlieb seine Stelle in

Deutz angetreten hat, zeigt sich Emma Daimler nach wie vor nur mäßig begeistert von ihrem künftigen Wohnort. Aus diesem Grund schreibt Daimler seiner Emma schon wenige Tage nach der Ankunft eine Postkarte nach Karlsruhe mit der Ansicht des riesigen Firmengeländes und markiert die Stelle, an der die Direktorenvilla für die Daimlers gebaut wird, mit einem dreizackigen Stern. Auf der Rückseite schreibt er dazu: »Von hier aus wird ein Stern aufgehen und ich will hoffen, dass er uns und unseren Kindern Segen bringt!« Das ist (natürlich noch unbewusst) die Geburtsstunde des legendären Mercedes-Sterns, der mehr als 30 Jahre später zum offiziellen Markenzeichen der Firma werden wird – eines der bekanntesten Logos der Welt.

Die Postkarte aus Deutz mit dem Stern

Mit voller Kraft stürzen sich Daimler und Maybach in die Arbeit und es gelingt ihnen tatsächlich, die gravierendsten Qualitätsprobleme rasch in den Griff zu bekommen. Dafür erwachsen ihnen plötzlich ganz andere Probleme, mit denen sie nicht gerechnet haben, die aber eigentlich absehbar waren: Ständig kommt es zu Reibereien mit Nikolaus August Otto, der sich aus verständlichen Gründen von Firmenchef Langen zurückgesetzt fühlt. Die neue Funktion als Kaufmännischer Direktor betrachtet er als Degradierung. Denn immerhin war er es doch, mit dessen Gasmotor die Grundlage für die Gasmotorenfabrik Deutz gelegt worden ist. Und nun bekleidet der Schwabe Gottlieb Daimler die Stelle des Technischen Direktors! Und sein (ebenfalls schwäbelnder) Gehilfe Wilhelm Maybach mischt sich überall ein. Will jedes noch so winzige technische Detail von Anfang an persönlich unter die Lupe nehmen – auch wenn Otto das doch schon längst gemacht hat! Natürlich ist überdeutlich zu erkennen, wie sehr Eugen Langen daran gelegen ist, dass Daimler und Otto sich gut verstehen und welche Hoffnungen er daran knüpft. Schließlich hat Langen die beiden Direktorenvillen ja ganz bewusst Wand an Wand bauen lassen – damit man sich auch nach Feierabend begegnen und womöglich die eine oder andere technische Raffinesse weiter diskutieren kann. Doch Langens gut gemeintes Kalkül wird zum Rohrkrepierer: er erreicht mit seinem Plan genau das Gegenteil. Wenn der eine den anderen nur von weitem zu Gesicht bekommt, dann ist schon die gute Laune für den ganzen Tag aufgebraucht. Zunächst ist es natürlich vor allem Otto, der den großen Verdruss mit sich herumträgt. Und so bastelt er, um auf andere Gedanken zu kommen, nach Feierabend wieder an einem ganz neuen Gasmotor. Es ist ein Motor, der wie sich später herausstellt, vom Prinzip her dem Viertaktmotor von Etienne Lenoir (1822–1900) und vor allem dem des Münchner Uhrmachers Christian Reithmann (1818–1909) nachempfunden

Nikolaus August Otto

ist. Otto bestreitet dies und gibt vor, den Motor selbst erfunden zu haben. Trotz allem: der Motor läuft nicht richtig – und erst nachdem er Maybach mit dem Problem betraut hat, der sich nun wochenlang mit der Konstruktion beschäftigt, zahlreiche Details verändert, sowie neue Materialien und Schmierstoffe verwendet, geht 1876 der Probelauf reibungslos vonstatten. Otto meldet den Motor unter der Bezeichnung »Otto Silent« zum Patent auf seinen Namen an. Daimler ist außer sich vor Empörung, denn es war ja auch Maybachs Leistung, den Motor zum Laufen zu bringen, doch Maybach kommt in der Patentanmeldung überhaupt nicht vor! Daimler wollte als Kompromiss erreichen, dass wenigstens die Bezeichnung »Neuer Deutzer Motor« verwendet wird – doch Otto bleibt stur und setzt sich bei der entscheidenden Sitzung der Firmenleitung durch. So geht Nikolaus August Otto zu Unrecht als alleiniger Erfinder des Ottomotors in die Annalen der Weltgeschichte ein.
Mit wachsendem Verdruss beobachtet Firmenchef Langen, wie sich seine Direktoren immer harscher bekämpfen. Allmählich gewinnt Otto wieder größeren Einfluss im Vorstand, worauf Daimler mehr und mehr verbittert: in Briefen an seine Freunde beschreibt er die Lage in Deutz mit drastischen Worten. Von einer Murksbude ist jetzt die Rede, von unhaltbaren Zuständen und Arbeitsabläufen. Gerade so, als hätten Daimler und Maybach in den letzten Jahren gar keine Spuren hinterlassen: »Unter Führung unseres Dilettanten (Otto) wird der hiesige Karren immer mehr verfahren und ich bin nicht frech genug, dem entgegenzutreten… Es ist zum Kuckuck holen, dass überall die Leute erst durch Schaden klug werden und der ruhig denkende Techniker durch den schwungvollen Kaufmann von seiner Bahn abgelenkt wird.« Man verlangt jetzt von Daimler, billigere Produkte zu entwickeln, was nur über eine Reduzierung der Qualität möglich ist – doch darüber lässt Daimler erst gar nicht mit sich reden. Die Auseinandersetzungen spitzen sich darauf zu: in seinem »Sudel-

buch«, einer Art Tagebuch, das er mit Zeichnungen und Karikaturen garniert hat, schreibt sich Daimler den Frust mit drastischen Worten so gut es eben geht von der Seele. Es ist sein einziges Ventil in dieser für ihn ausweglos scheinenden Lage: Deutz ist für ihn die »Verdummungsanstalt« – eine Zwangsjacke, in die er sich gepresst sieht. Er ahnt, dass es demnächst zum Knall kommen wird und notiert voller Bitterkeit: »man schiebt den Praktiker, dessen gute Seiten man glaubt, benutzt zu haben, hinaus…
Sie haben mich um meine Ehre gebracht
Hauptarbeit ist jetzt getan
Der Mohr kann jetzt gehen
Hölle siegst Du, Lügenbude, Verdummungsanstalt.
Sie haben meine Frau krank gemacht.
Die Hölle der Niedertracht hat gesiegt!«
Im Jahr 1882 kommt es zum endgültigen Zerwürfnis in Deutz. Der inzwischen vom Streit mit Otto herzkrank gewordene Daimler wird nach zehn Jahren gekündigt (offiziell zum 30. Juni 1882), erhält aber eine riesige Abfindung, mit der er Deutz schnell verlässt und nach Cannstatt zieht. Zurück ins Schwäbische! Und natürlich muss »der Wilhelm« (Maybach) mit dabei sein.

Otto ist nicht der Erfinder des Ottomotors!

Erst im Jahr 1949 (!) hat sich zweifelsfrei herausgestellt, dass Nikolaus August Otto den Viertaktmotor von Christian Reithmann tatsächlich nur nachgebaut hat. Nach zahlreichen Gerichtsverfahren in den Jahren 1886 und 1889 sind Ottos Patente in Deutschland sogar aufgehoben worden und damit auch die Lizenzierungsrechte der Gasmotorenfabrik Deutz. Das hätte sich zu einer finanziellen Katastrophe für Deutz entwickeln können, wenn nicht Firmenchef Eugen Langen hartnäckig weiter prozessiert hätte. Unbedingt soll die Legende aufrecht erhalten werden Otto (und damit die Deutz AG) seien die Erfinder und die Rechteinhaber des Viertaktmotors. Langen setzt knallhart auf eine Zermürbungstaktik gegenüber dem Einzelgänger Reithmann und verwickelt ihn in zahlreiche Verfahren, die sich quälend in die Länge ziehen und eine Menge Geld kosten. Schließlich gibt der entnervte und finanziell vor dem Ruin stehende Reithmann auf, nachdem ihm von der Deutz AG in einem geheim gehaltenen Vertrag 25.000 Goldmark und eine Rente auf Lebenszeit angeboten werden – im Gegenzug für eine Erklärung, nicht er, sondern Otto sei der Erfinder des Viertakters. Vor Gericht behauptet Reithmann nun plötzlich, er könne das Prinzip des Motors nicht erklären, er habe keine Ahnung davon! Reitmann ist danach so verzweifelt, dass er kurz vor dem Selbstmord steht. Nachdem in allen weiteren Publikationen der Gasmotorenfabrik ausschließlich Nikolaus August Otto als Erfinder gefeiert wird, was von allen zeitgenössischen Publikationen genau so übernommen wird, gilt

Christian Reithmann

Reithmann, wenn er überhaupt noch erwähnt wird, lediglich als Spinner, der sich mit fremden Federn schmücken wollte. Auch seinen ehrbaren Ruf als Handwerker und Tüftler hat man ihm genommen. Bald gerät er ganz in Vergessenheit. Als dann 1949 der Schwindel um den Reithmann abgepressten Geheimvertrag mit der Deutz AG endlich aufgeflogen ist, war es natürlich viel zu spät für den Eintrag des Namens Reithmann in die Annalen der automobilen Weltgeschichte: die Bezeichnung Ottomotor stand damals schon genauso falsch wie anscheinend unverrückbar als Synonym für den Viertaktmotor. Und dennoch kann man es nicht oft genug wiederholen – auch im Sinne der um ihre Leistung betrogenen Christian Reithmann und Wilhelm Maybach: Nikolaus August Otto ist n i c h t der Erfinder des Ottomotors. Bestenfalls dürfte es heißen: Reithmann-Maybach-Ottomotor.

Hinaus in die Welt

Robert Bosch hat seine Mittlere Reifeprüfung glanzlos bestanden. Weshalb er das »Einjährige« (so wurde die Mittlere Reife in Württemberg damals genannt, weil es bedeutet hat, dass man als Rekrut mit so einem Abschluss nur ein Jahr zu den Soldaten musste) überhaupt bekommen hatte, das war dem Schüler Bosch ein Rätsel. Denn ehrlich gesagt, habe er es nicht verdient gehabt, hat er später gemeint: den Satz des Pythagoras nie gehört (den hat er sich später dann selbst angeeignet, er war ja nicht auf den Kopf gefallen), Mathematik, Geographie und Physik alles andere als seine Glanzfächer. Womöglich hätten die Lehrer an der Ulmer Realschule nur deshalb Gnade vor Recht ergehen lassen und ihn nicht durchfallen lassen, um ihn endlich von der Schule zu bekommen.

Aber was nun? Am liebsten tummelt er sich in der freien Natur, begleitet den Vater auf dessen Jagdausflügen und hilft ihm bei der Imkerei. Also ist für ihn eigentlich ganz klar, was er einmal werden will, als Servatius Bosch seinen fünfzehnjährigen Sprössling fragt, welche Berufslaufbahn er einschlagen wolle. »Landwirt natürlich!« kommt es wie aus der Pistole geschossen aus seinem Mund. Das gehe natürlich nicht, erklärt ihm der Vater, denn man habe ja erst vor ein paar Jahren die Landwirtschaft in Albeck verkauft. Was er sich also sonst noch vorstellen könne? »Nun ja, dann halt Zoologe oder Botaniker. Auf jeden Fall etwas mit der Natur!« Das geht aber gleich zweimal nicht, denn er hat ja nur die Mittlere Reife. Für Zoologie oder Botanik muss man das Abitur haben, denn das sind Fächer, zu denen man ein Studium braucht. Ratlos schüttelt Robert Bosch daraufhin den Kopf. Dann wisse er auch nicht weiter.... Zeitlebens ist ihm übrigens die Liebe zur Natur, zur Jagd und zur Landwirtschaft geblieben. So hätte er 1909 um ein Haar das Gelände der Domäne Hohenheim gekauft, wenn ihn seine Frau nicht gerade noch rechtzeitig davon abgebracht hätte – was ihn später oft und heftig gereut hat. Gegen Ende des 1. Weltkriegs hat er in Mooseurach westlich von München ein riesiges Moorgelände erworben und dieses Land mit viel Mühe, Ärger und noch mehr Geld schließlich in jahrzehntelanger Mühe zu einem landwirtschaftlichen Mustergut, dem Boschhof, umgestaltet. Noch heute wird Mooseurach von Boschs Nachfahren als ökologischer Bauernhof betrieben.

Doch zunächst war es nichts mit Flora und Fauna. Bis der Vater eines schönen Tages bei der Zeitungslektüre auf die Annonce eines Ulmer Mechanikermeisters stieß, der einen Lehrling suchte. »Wie wärs mit Mechaniker, Robert?« Der Junior zuckte darauf nur wenig begeistert mit den Schultern. So wurde Robert Bosch laut Abgangsvermerk von der Realschule jetzt halt zum »Kleinmechaniker« ausgebildet. Hätte an diesem Tag womöglich ein Ulmer Bäcker. Metzger oder Dachdecker ein Inserat aufgegeben: gut möglich, dass Robert dann eben Dachdecker oder Metzger geworden wäre. Und es die Weltfirma Bosch niemals gegeben hätte. Nach Ostern 1876 beginnt er also seine Ausbildung zum Mechaniker – und gerät dabei vom Regen in die Traufe. Denn der Meister hat es nicht so mit dem Schaffen, sondern sitzt lieber beim Frühschoppen im Wirtshaus, während seine Lehrlinge die eigentliche Arbeit machen müssen. Von solider Ausbildung ist also keine Rede, eher von Schlamperei. Und so ist Robert Bosch eine Episode im Gedächtnis geblieben, die er immer wieder erzählt hat: als er den Meister einmal um eine neue Feile gebeten habe, weil die alte es einfach nicht mehr bringe, da habe der Mann geantwortet, dass ihm die alte Feile schon seit zwölf Jahren verlässliche Dienst leiste, da würde sie es sicher auch noch für den Lehrling tun. Es gab also keine neue Feile. Die Qualitätsansprüche des Lehrherrn waren äußerst bescheiden. Und dennoch, darüber konnte sich Bosch nie genug verwundern, »ist aus allen Lehrlingen von damals was Gscheites geworden!« Im Herbst 1879 war die Lehrzeit mehr oder minder erfolgreich abgeschlossen und der frischgebackene Kleinmechaniker marschierte hinaus in die Welt.

Nachwuchs bei den Porsches

Im böhmischen Maffersdorf (Vratislavice) wird am 3. September 1875 der zweite von drei Söhnen des Spenglermeisters Anton Porsche geboren. Er wird auf den Namen Ferdinand getauft und soll eines Tages mit dem älteren Bruder den respektablen Betrieb übernehmen, der neben der Spenglerei mit zahlreichen Angestellten noch ein Fuhrunternehmen und eine Mineralwasserquelle umfasst. Porsche? Wieso den Sudentendeutschen Porsche in diesem Buch erwähnen? Richtig: weil das Unternehmen Porsche heutzutage seinen Sitz in Zuffenhausen hat. Und weil es in Stuttgart-Mitte gegründet worden ist. Das war natürlich kein Zufall, sondern hat viel mit dem schwäbischen »know-how« in Sachen Automobilbau zu tun. Nur hier konnte die Geschichte zu einer Erfolgsgeschichte werden. Das wusste Porsche ganz genau. Aber der Weg nach Stuttgart war lang und steinig.

Ferdinand Porsche

Denn zum Leidwesen seines Vaters hat Ferdinand ganz andere Pläne, als die Spenglerei in Maffersdorf zu übernehmen: er will unbedingt Ingenieur für Elektrotechnik werden. Der elektrische Strom, diese neue, faszinierende Entdeckung: der gehört die Zukunft, darin ist sich der junge Porsche sicher und macht, trotz strengen Verbots durch den Vater, auf dem Dachboden des Elternhauses seine elektrotechnischen Experimente. Mehr als einmal kommt es zu heftigen Auseinandersetzungen mit dem Vater, wenn der die elektrischen Versuchsanordnungen von Ferdinand entdeckt und vernichtet. Trotzdem hält sich der Schüler Porsche in jeder freien Minute bei den Wasserkraftwerken an der Neiße auf, die gerade von den Ingenieuren des österreichischen Elektropioniers Bela Egger gebaut werden und die Maffersdorfer Fabriken bald mit Strom versorgen sollen. Nach seiner Schulzeit will Ferdinand auf alle Fälle bei Egger in Wien anheuern. Doch Anton Porsche denkt nicht daran, ihm diesen Wunsch zu erfüllen, sondern zwingt Ferdinand in eine Spenglerlehre in der eigenen Firma. Als auch noch sein ältester Bruder bei einem Betriebsunfall tödlich verunglückt, scheint Ferdinands Lage völlig aussichtslos. Er wird die Firma wohl übernehmen müssen. Ein kleiner Hoffnungsschimmer bleibt, denn nun beginnt auch sein jüngerer Bruder eine Spenglerlehre. Nachdem er die Ausbildung einigermaßen zur Zufriedenheit seines Vaters absolviert, setzt sich neben der Mutter auch der einflussreiche Maffersdorfer Tuchfabrikant Ignaz Ginzkey (der auch als Präsident der Gewerbekammer in Reichenberg, dem heutigen Liberec, fungiert) bei Anton Porsche für den Jungen ein. Sie ringen ihm schließlich das Zugeständnis ab, dass er abends nach der Arbeit in die Gewerbeschule ins nahe Reichenberg gehen darf, um dort den Unterricht in Elektrizitätslehre zu besuchen. Aber wehe, die Arbeit in der Spenglerei leidet darunter, droht der Vater. Doch Ferdinand ergreift seine Chance beim Schopf und arbeitet zuverlässig weiter, obwohl er Abend für Abend in die Schule eilt und erst spät in der Nacht aus Reichenberg zurückkommt, todmüde ins Bett sinkt – um am nächsten Morgen in aller Herrgottsfrühe schon wieder an der Werkbank der Spenglerei Porsche zu stehen. Im Jahr 1893 schließt er seine Ausbildung als Spenglergeselle erfolgreich ab – und geht nach Wien.

Porsches erste Stromanlage

Was tun?

Im Herbst 1879 überlegt der frischgebackene Mechanikergeselle Robert Bosch, womit er sich eines Tages wohl selbständig machen könnte. Am besten wird es sein, sich als einfacher Arbeiter durch mehrere Sparten durchzuprobieren. Er geht deshalb auf Wanderschaft und bekommt zuerst eine Anstellung bei der elektrotechnischen Werkstätte von »C. & E. Fein« in Stuttgart, die auf diesem Gebiet führend ist und später sogar mit Strom betriebene Handwerksmaschinen herstellen wird. 1885 werden sie bei »C. & E. Fein« das erste tragbare Telefon der Welt erfinden. Schon während Boschs Aufenthalt baut man hier Telefone und versorgt als absolute technische Neuerung Stuttgart und Nürnberg mit elektrischen Feuertelegraphenanlagen. Robert Bosch bleibt drei Monate, dann weiß er über die technischen Anforderungen Bescheid. Spätestens in diesen Wochen hat er für sich beschlossen, dass es solche neuartigen Techniken sind, Elektrizität und Telegraphie, auf die er sich in seinem Berufsleben konzentrieren will. Er stellt sich nach dem Weggang bei Fein bei weiteren Firmen vor, um sich weiterbilden zu können, doch überall stößt er auf verschlossene Türen. Keiner will ihm eine Anstellung geben. Schon gar nicht nur für ein paar Monate. Was also tun?

Robert Bosch holt sich Rat bei seinem ältesten Bruder Carl, der nach Köln gezogen ist und dort eine Großhandlung für Gas- und Wasserinstallateure betreibt. Bei ihm arbeitet er als Gürtler, einer Art Feinmechaniker in der Metallbearbeitung. Nach Carls Meinung können ihm die dabei erworbenen Fertigkeiten später immer nützlich sein.

Während dieser Zeit schließt er seinen Neffen Carl besonders ins Herz. Die beiden verstehen sich von Anfang an prächtig, denn der Onkel und sein Neffe sind ja nur durch 13 Lebensjahre getrennt.

Die Monate in Köln sollten den Beginn einer lebenslangen Freundschaft markieren, die diese bedeutendsten Mitglieder der Familie Bosch gepflegt haben: Robert, der spätere Gründer eines Weltkonzerns und sein Neffe Carl, der als Chemiker 1931 den Nobelpreis für das »Haber-Bosch-Verfahren« bekommt und Chef der BASF wird, dann Vorstandsvorsitzender der »IG Farben«, dem damals größten Chemiekonzern der Welt (Das »Haber-Bosch-Verfahren«, benannt nach seinen Erfindern Fritz Haber und Carl Bosch, ermöglicht es, aus Stickstoff und Wasserstoff in industriellem Maßstab Ammoniak herzustellen, die Basis für Kunstdünger). Roberts Bruder empfiehlt ihm, zu studieren, wenn er wirklich vorhat, eine eigene Firma zu gründen. Gerade in der ganz neu entstehenden Zukunftstechnologie Elektrizität, in der er sich selbständig machen möchte, ist es sinnvoll, die Dinge von Grund auf zu beherrschen. Schon deshalb, weil es eine klassische Ausbildung in diesem nagelneuen Berufsfeld noch gar nicht gibt. Aber vor der Firmengründung soll Robert zunächst seine einjährige Soldatenzeit absolvieren. Im Herbst 1881, mit 20 Jahren, kommt Bosch also zu den Pionieren nach Ulm – zur gleichen Zeit arbeitet sein Bruder Albert, der Architektur studiert hat, an der Vollendung des Ulmer Münsters mit dem höchsten Kirchturm der Christenheit. Robert ist fasziniert von diesem Projekt und lässt sich von seinem Bruder an der Münsterbauhütte die Techniken und den Baufortschritt immer wieder ganz genau erklären. Die Soldatenzeit selbst fordert ihn geistig nur wenig, obwohl er es bis zum Unteroffizier bringt und ihm seine Vorgesetzten vorschlagen, er solle bei der Armee bleiben, denn er könne es mit seinen Fähigkeiten durchaus zu einem hohen Offiziersrang bringen. Aber Bosch lehnt ab, denn schon als Rekrut war es ihm viel zu langweilig.

Carl Bosch

Selbst die Schießausbildung war für ihn reine Routine, denn mit einem Gewehr umgehen konnte er schon seit seiner Kindheit, als er seinen Vater auf den Jagdausflügen begleiten durfte. Gelernt habe er bei den Soldaten eigentlich nichts, hat er später einmal gesagt, »außer dem Warten«! Aber das ist ja auch eine Kunst, einfach dasitzen und vor sich hingucken zu können. Die Fähigkeit hat er später bei seinen langen Schiffsreisen nach Amerika gut gebrauchen können.
Und dann hatte seine Pionierzeit noch eine weitere, folgenreiche, Konsequenz: mit dem drei Jahre älteren Holzhändlersohn Eugen Kayser aus Obertürkheim, der ebenfalls als Rekrut zu den Pionieren gekommen war, hat er Freundschaft geschlossen. Und so haben die beiden eines Tages vereinbart, das freie Wochenende gemeinsam in Stuttgart zu verbringen. Dort könne man sich eine schöne Zeit machen und auch vielleicht das eine oder andere nette Fräulein kennenlernen. Mit dem Übernachten gebe es kein Problem: das könne Robert im Hause Kayser in Obertürkheim. Gesagt – getan. Bei dieser Gelegenheit hat Robert Bosch Eugens jüngere Schwester Anna kennengelernt – seine spätere Ehefrau.

Im Frühjahr 1882 kehrt der 48-jährige Gottlieb Daimler nach Württemberg zurück. Endlich! Mit einem Teil der Abfindung aus Deutz kauft er sich ein Haus in der Cannstatter Taubenheimstraße 13. Dieses Anwesen haben die Daimlers ganz bewusst ausgewählt, obwohl sie ursprünglich geplant hatten, in Daimlers Heimatstadt Schorndorf zurück zu kehren. Doch im Lauf ihrer Deutzer Jahre hat ihnen die Gesundheit einen dicken Strich durch die Rechnung gemacht: Daimler war bekanntlich vor lauter Ärger über Otto und die Zustände in der Gasmotorenfabrik herzkrank geworden und bei seiner Ehefrau Emma hatte sich ein permanenter Husten, der einfach nicht abklingen wollte, inzwischen schwer auf die Bronchien gesetzt. Beide waren also alles andere als gesund, als sie Deutz verlassen haben. Genau deshalb wurden die Pläne geändert und man suchte jetzt ein Grundstück in direkter Nähe des berühmten Kurbads in Cannstatt mit seinem heilkräftigen Mineralwasser. Dort war es zwar wesentlich teurer als irgendwo sonst in der Nähe von Stuttgart, aber erstens war er dank der üppigen Abfindung aus Deutz ein wohlhabender Mann geworden, und zweitens handelte es sich um ein wunderschönes Haus mit einem großzügigen Garten, das sie da gefunden hatten. Wo, wenn nicht hier, konnten sie wieder gesund werden? Denn immerhin verfügt Cannstatt nach Budapest über die zweitgrößten Mineralwasservorkommen in Europa (bis auf den heutigen Tag ist das so). Gleichzeitig plante Daimler, endlich als sein eigener Chef zusammen mit Maybach ihre Ideen für einen leichten, schnelllaufenden, ortsunabhängigen Explosionsmotor zu verwirklichen.

Mit seinem ordentlichen Vermögen konnte er es sich mühelos leisten, von nun an »auf eigene Rechnung« zu arbeiten. Das Grundstück in der Taubenheimstraße war riesig und von einem hohen Zaun umgeben, so dass man nicht befürchten musste, bei den Experimenten an dem neuen

Motor, die im umgebauten Gartenhaus stattfinden sollen, ausspioniert zu werden.
Es wird freilich, darin sind sich Daimler und Maybach einig, viel Wasser den Neckar hinunter fließen, bis sie es geschafft haben, eine solche Wundermaschine zu entwickeln, mit deren Hilfe es möglich sein sollte, sich überall frei fortzubewegen, ohne von einem Pferde oder einer Schienenstrecke (wie bei der Eisenbahn) abhängig zu sein. Das ist absolutes technisches Neuland. Oder wie es der Konkurrent Carl Benz viele Jahre später exakt auf den Punkt gebracht hat: man brauchte einen Motor, der »ein Zwerg vom Gewicht aber ein Riese in der Leistung« sein soll. Und dann war da ja noch die ganz besonders knifflige Sache mit dem Treibstoff: man brauchte einerseits ein explosives Gemisch, das genügend Energie freisetzte, um den Motor kraftvoll zu bewegen. Andererseits sollte die Explosionsgefahr beherrschbar sein. Gleichzeitig musste man es in einem Behälter unterbringen können, der nur wenig Gewicht auf die Waage brachte. Und es musste so viel hineingehen, dass es für eine ordentliche Wegstrecke aus-

Daimlerhaus in Cannstatt

reichte. Also wohl eher kein Gas, sondern ein flüssiger Kraftstoff. Aber welcher?
Und der Motor: der war noch immer viel zu schwer! Von der Leistungskraft gar nicht erst zu reden! Die Experimente erstreckten sich über drei Jahre – und kosteten Daimler nicht nur viel Geld, sondern beide Konstrukteure auch manche Nerven, samt schlaflosen Nächten. Doch nie haben sie das Ziel aus den Augen verloren: die Vision von der unbegrenzten Mobilität für jeden Menschen, »zu Lande, zu Wasser und in der Luft«.
Und das geschah in aller Heimlichkeit! Um die Gefahr der Industriespionage möglichst klein zu halten, waren sie übereingekommen, hauptsächlich in der Nacht zu arbeiten. Dazu wurde das Gartenhaus mit schweren Vorhängen verdunkelt und schallgedämpft. Kaum ein Geräusch, geschweige denn ein Lichtstrahl, drang nach draußen. Die Vorsicht hatte einen weiteren Grund, denn in der besorgten Nachbarschaft hatte man vernommen, dass der Herr Daimler mit hochexplosiven Stoffen herumexperimentiere. Ausgerechnet in einem vornehmen Wohngebiet! Nicht auszudenken, wenn da mal etwas schiefgehen sollte! Auch aus diesem Grund schien es Daimler geboten, die Ängste der Nachbarn nicht noch zu schüren, sondern seine Versuche lieber im Schutze der Dunkelheit zu betreiben.
Und dennoch gab es Leute, die dem scheinbaren Frieden im Gartenhaus nicht so recht trauen wollten. Wegen Verdachts auf Falschmünzerei im Anwesen Taubenheimstraße 13 kam es sogar zu einem spektakulären Polizeieinsatz. Auslöser der Aktion war ausgerechnet Daimlers Gärtner Weinbuch, der sich die Sache mit den nächtlichen Aktivitäten im Gartenhaus nicht so recht erklären konnte. Wieder und wieder hat er sich gefragt, weshalb ausgerechnet ihm, dem Gärtner, vom Herrn Daimler strikt verboten worden war, das Gartenhaus zu betreten. Weshalb er seine Gerätschaften anderswo hatte unterbringen müssen. Weshalb sie das wunderbar verglaste Häuschen mit Decken

Die Werkstatt im Gartenhaus

und Vorhängen verhüllt hatten. Weshalb der Herr Daimler und sein Wilhelm immer nur in der Nacht dort drinnen herum rumorten. Und überhaupt: weshalb da trotz der dicken Vorhänge so seltsame Stampfgeräusche nach draußen drangen, die den Boden erzittern ließen. Irgendwann blitzte die Antwort auf: ganz klar, die Stampfgeräusche kamen von einer Münzpresse. Daimler und Maybach waren Falschmünzer! Deshalb auch das viele Geld, das dem Herrn Daimler gehörte! Der prägte im Schutze der Dunkelheit Falschgeld! Aber jetzt? Was tun? Die Arbeitsstelle bei den Daimlers war eigentlich ganz komfortabel. Aber wenn der Besitzer des Anwesens als Falschmünzer verhaftet würde, dann wäre es natürlich aus mit der schönen Arbeit in der Taubenheimstraße. Andererseits… mitgefangen – mitgehangen. Würde also die Falschmünzerwerkstatt eines Tages auffliegen, ohne dass er seinen Verdacht gemeldet hätte, dann würde man ihn, den Gärtner Weinbuch, womöglich gar der Mitwisserei bezichtigen. Und ihm ebenfalls eine Strafe aufbrummen!
Also blieb dem braven Mann nur eines: schweren Herzens marschierte er zum Cannstatter Polizeiposten und gab

dort eine Anzeige auf: Verdacht auf Falschmünzerei im Gartenhaus des Gottlieb Daimler. Aber jetzt erlebte der Gärtner seine nächste Überraschung: Die beiden diensthabenden Polizisten, der Gendarm Sieger und der Wachtmeister Eberhardt, zeigten sich nämlich alles andere als begeistert oder zumindest dankbar über die Anzeige. Schließlich war der Herr Daimler ja nicht gerade ein Niemand. Sondern ein offenkundig schwerreicher Mann mit einem dementsprechenden Einfluss, wie zu vermuten stand. Da mochte man sich als kleiner Cannstatter Polizist lieber nicht die Finger verbrennen. Eine brenzlige Angelegenheit! Also, was tun? Die Gendarmen beschlossen, sich unverzüglich ins Rathaus zu begeben und dort dem Cannstatter Bürgermeister Oskar Nast Meldung über den Falschmünzereiverdacht zu machen. Krisengespräch! Doch auch Nast wollte da besser »in nichts hinein kommen« und so hat er am Ende genauso reagiert, wie das Kommunalpolitiker jedweder Couleur zu jedweder Zeit (zumindest seit Pontius Pilatus) schon immer gerne getan haben: erstens sei er ja noch nicht so lange im Amt, kenne folglich die örtlichen Gegebenheiten nicht so detailliert und zweitens wasche er seine Hände in Unschuld. Das sei nämlich die Sache der Polizei und nicht der Politik, einem solchen Verdacht nachzugehen. Wozu hat man schließlich eine Polizei?
Das Kalkül für den Bürgermeister ist aufgegangen, er ist bei dieser Affäre »in nichts hineingekommen« und später immerhin der erste und einzige Oberbürgermeister von Cannstatt geworden, bevor Stuttgarts damals noch schönster Stadtteil in die Landeshauptstadt eingemeindet worden ist. So lag der Schwarze Peter also plötzlich wieder bei der Polizei – beziehungsweise beim armen Gärtner Weinbuch. Denn der habe die ganze Malaise mit seiner Anzeige ja erst ausgelöst, wurde von Seiten der Ordnungshüter vorwurfsvoll argumentiert. Aber Anzeige war nun einmal Anzeige, der Sache musste nachgegangen werden. So oder so. Also wurde ein Plan geschmiedet und dem

Gärtner wurde eine Knetmasse ausgehändigt, in die er heimlich einen Abdruck vom Originalschlüssel pressen sollte. Das Vorhaben glückte, Weinbuch gelang es tatsächlich, den Schlüssel kurzzeitig zu entwenden und den Abdruck zu machen. Im Auftrag der Polizei wurde damit bei einem Cannstatter Schlosser ein Nachschlüssel angefertigt, mit dessen Hilfe man in der kommenden Nacht die beiden Falschmünzer in flagranti zu erwischen gedachte. Bei Einbruch der Dunkelheit war alles vorbereitet, Weinbuch erhielt den Auftrag, den Daimlerschen Hund mit einer Extraportion Futter vom Zaun wegzulocken, damit die beiden Polizisten unbehelligt in das Grundstück eindringen konnten. Das Vorhaben klappte mühelos, der Schlüssel passte, drehte sich im Schloss und kurz danach baute sich die Ordnungsmacht in Gestalt des Gendarmen Sieger und des Wachtmeisters Eberhardt vor den zu Tode erschrockenen »Falschmünzern« im Gartenhaus auf! Es dauerte freilich nur wenige Sekunden, bis allen Beteiligten klar war, dass sich da ein heimlicher Verdacht zu einem überaus peinlichen Missverständnis aufgeschaukelt hatte. Denn außer dem mittlerweile heftig erbosten Gottlieb Daimler, einem verdatterten Wilhelm Maybach und einem qualmenden und stampfenden metallenen Ungetüm war da nichts vorhanden, das den Falschmünzereiverdacht auch nur im Geringsten hätte bestätigen können. Der Abend war trotzdem gelaufen – und zwar für alle Beteiligten. An ein weiteres Experimentieren war in dieser Nacht nicht mehr zu denken, dafür war Daimler viel zu sehr in Rage geraten Dem treulosen Gärtner wurde fristlos gekündigt, den Polizisten mit schwerwiegenden Konsequenzen gedroht und auch der Bürgermeister würde noch sein Fett abbekommen…

Nach einem trotz aller Aufregung einigermaßen heilsamen Schlaf sah die Welt am nächsten Morgen freilich wieder völlig anders aus. Nachdem ihm seine Frau die Lage aus ihrer Sicht geschildert hatte, musste Daimler schmunzelnd anerkennen, dass sich die beteiligten Personen durchaus richtig verhalten hatten. Woher hätte der arme Weinbuch denn auch wissen sollen... wenn ihm sein eigener Dienstherr kein Sterbenswörtchen sagen mochte. Also wurde die Kündigung von Daimler schließlich zurückgenommen und sein Gärtner wieder eingestellt. Ebenso erledigte sich die Sache mit den Polizisten, die doch auch nur ihre Pflicht getan hatten. Nur mit dem Bürgermeister, mit dem würde er zu gegebener Zeit schon noch ein Hühnchen zu rupfen haben...

Obwohl die Episode mit der Falschmünzerei somit glücklich überstanden war, blieb strikte Geheimhaltung natürlich weiterhin oberstes Gebot. Nach wie vor hatte man allen Grund, sich vor Leuten zu fürchten, die versuchten, alle technischen Neuerungen am neuen Motor auszuspähen. Denn die Erfindung des schnelllaufenden ortsunabhängigen Explosionsmotors lag ja sozusagen in der Luft und es gab mehr als ein halbes Dutzend Konstrukteure, von denen Daimler und Maybach wussten, dass sie am gleichen Projekt arbeiteten. Immerhin: die Sache mit der unzuverlässigen Zündung schien man nun einigermaßen im Griff zu haben, nachdem es Daimler gelungen war, die neuartige Glührohrzündung zu entwickeln Das war ohne Zweifel ein wichtiger Meilenstein auf dem Weg zum Ziel. Genau deshalb galt es jedoch, umso vorsichtiger zu Werke zu gehen, denn den schönen Vorsprung vor der Konkurrenz (in erster Linie vor dem Mannheimer Carl Benz, der sich in seiner Gasmotorenfabrik, wie man munkelte, mit ähnlichen Experimenten beschäftigte) durfte man sich auf keinen Fall mehr nehmen lassen.

Genauso geheim hatte auch die Lieferung der Gussteile für den Motor von der traditionsreichen Glockengießerei Kurtz aus Stuttgart erfolgen müssen, denn die Sache mit dem Guss, das war ja tatsächlich eine geniale Idee gewesen! Daimler und Maybach waren bei der Suche nach einem geeigneten Material für ihren Explosionsmotor, der ja ganz besondere Kräfte auszuhalten hatte, darauf gekommen, dass der Glockenguss womöglich genau das Richtige sein könnte. Ein Material, das sich für die riesigen Kirchenglocken eignete, könnte auch für ihre Zwecke passen. Und tatsächlich: so war es! Der Glockenguss ist damit ein wichtiger Meilenstein auf dem Weg zum Automobil geworden.

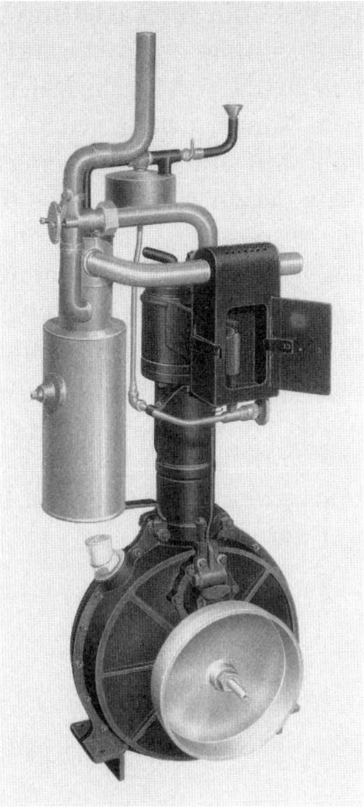

Der Standuhrmotor

Vermutlich ist es Emma Daimler gewesen, die zum ersten Mal den Begriff »Standuhr« verwendet hat, als sie den neuen Motor zu Gesicht bekommen hat. »Der sieht ja aus wie eine Standuhr«, soll sie gesagt haben. Ob das wirklich so gewesen ist oder nicht, lässt sich natürlich nicht mehr mit letzter Sicherheit klären. Aber wer das Daimlersche Gartenhaus in Cannstatt oder das Mercedesmuseum besucht, wird schon auf den ersten flüchtigen Blick begreifen, dass die Bezeichnung absolut passend ist, denn von weitem sieht der »Ur-Motor« wirklich genau so aus, wie eine Standuhr. Und spätestens nachdem Daimler und Maybach ihn dann auch noch senkrecht in ihr erstes Vehikel eingebaut haben, war alles klar: Der »Standuhrmotor« ist zum festen Begriff in der Automobilgeschichte geworden.

Über ein Jahr später, im Jahr 1883, war die erste Etappe geschafft: Daimler hat zusammen mit Maybach das Patent auf einen einzylindrigen Viertaktmotor anmelden können, der nun mit Benzin (nicht mehr mit Gas) betrieben werden kann! Sie sprechen zwar noch jahrelang von einem Petroleummotor, in Wirklichkeit ist der Treibstoff aber Benzin (das sich im Übrigen nicht, wie oft behauptet wird, vom Namen Benz ableitet). Und dieser neu verwendete Treibstoff ist tatsächlich ein entscheidender Durchbruch, denn Benzin lässt sich wesentlich einfacher transportieren als beispielsweise das flüchtige Gas. Ihr leichter, schnell laufender Motor wiegt überdies nur erstaunliche 60 kg und bringt dennoch eine Leistung von sage und schreibe 1 PS! Ein Silberstreif am Horizont! Das Ziel schien zum Greifen nahe. Denn jetzt musste man es »nur noch« schaffen, den Motor mit einem Fahrzeug zu verbinden und den richtigen Antrieb dafür konstruieren. Es sollte aber noch gut und gerne zwei Jahre dauern, bis auch diese Hürde gemeistert war.

Boschs feuchtfröhliche Studienzeit

Nach dem Ende seiner Soldatenzeit geht Robert Bosch 1882 nach Nürnberg, wo er neun Monate in der Firma von Sigmund Schuckert arbeitet, einem der deutschen Pioniere auf dem Gebiet der Elektrotechnik, der sich seine Kenntnisse bei Thomas Alva Edison in New York erworben hat. Auch in sozialer Hinsicht ist Schuckert ein Vorbild, das weit über die damals üblichen Standards in der Industrie hinausragt: Er führt in seiner Fabrik den Zehn-Stunden-Tag ein, zahlt Krankengeld, Weihnachtsgeld, gründet eine Pensionskasse und sorgt auch für die Familienangehörigen seiner Arbeiter. Schuckerts Engagement hinterlässt in jeder Hinsicht einen tiefen Eindruck bei Robert Bosch, der sich in seiner Nürnberger Zeit entscheidend weiterentwickelt. Eigentlich wäre er gerne in Nürnberg geblieben, hier fühlt er sich wohl: bei Schuckert genauso wie mit seinen fränkischen Arbeitskollegen und Freunden, beim fränkischen Bier, bei den geselligen Abenden, etc. – aber er weiß, dass er Nürnberg bald verlassen muss, bevor er sich hier allzu gemütlich einrichtet. Sein Ziel ist ja nach wie vor ein eigenes Unternehmen – möglichst im Bereich der Elektrizität. Um den Dingen ganz genau auf den Grund gehen zu können, scheint es ihm sinnvoll, das Fach Elektrizitätslehre zu studieren. Robert Bosch geht also (schweren Herzens) nach Stuttgart, denn hier ist am Polytechnikum, der Technischen Hochschule, gerade erst von Professor Wilhelm Dietrich ein neuer Lehrstuhl für Elektrotechnik eingerichtet worden. Aber Studieren ohne Abitur? Das geht nicht! Beziehungsweise, erklärt ihm Professor Dietrich, geht es nur, wenn man eine Aufnahmeprüfung ablegt. Aber die sei nicht von Pappe! Das wird schwierig! Doch Bosch bleibt zuversichtlich, schließlich hat er sich ja bereits umfassende Kenntnisse angeeignet und besteht die Aufnahmeprüfung mit Bravour.

Im Herbst 1883 kann sich Robert Bosch für das neu eingerichtete Zukunftsfach Elektrizitätslehre in Stuttgart ein-

schreiben. Bei seinem einjährigen Studium belegt er zusätzlich noch Englischkurse, denn er will, genau wie es Schuckert gemacht hat, unbedingt auch nach New York zu Edison, um sich bei dem amerikanischen Elektrizitätspionier praktisch weiterzubilden nachdem er jetzt die theoretischen Grundlagen studieren kann. Der Englischunterricht macht ihm keine Mühe, zumindest nicht Grammatik und Vokabeln. Ein bisschen schwieriger ist es (wie jeder rechtschaffene Schwabe aus leidvoller Erfahrung weiß) mit der Aussprache: erst recht, »wenn de vo dr Alb ra bischt«, denn auf der Alb ist die Aussprache halt doch noch mal eine Nuance härter, als im restlichen schwäbischen Sprachraum. Und auf den wenigen Tondokumenten, die von Robert Bosch erhalten sind (beispielsweise seine Rede vom April 1940 zur Einweihung des Robert-Bosch-Krankenhauses in Stuttgart) hört man ganz deutlich seinen harten Älbler Dialekt mitsamt dem rollenden »R«, den er bekanntlich auch nie versteckt hat. Er spricht da genau so, wie man es bis vor einigen Jahren noch von einem »Baureschulthess« von dr Alb gewöhnt war. Lange Reden hat er eh nie gehalten, dafür hatte er schlichtweg keine Zeit: »Net schwätza, schaffa!« war ja eine seiner Devisen. Im Hinblick auf seine Aussprachefähigkeiten hat er später einmal gesagt, die Amerikaner hätten anfangs ein bisschen Mühe gehabt, ihn zu verstehen. Aber das sei nicht so schlimm gewesen, viel wichtiger war es für ihn ja, dass er die Amerikaner verstanden hat.
Neben der Elektrizitätslehre und dem Englischunterricht hat er dann noch ein weiteres Fach belegt, das ihn Zeit seines Lebens prägen sollte: die Vorlesungen von Professor Gustav Jäger zum Thema »Reinwolllehre und Homöopathie«. Jägers Auftritte an der Universität waren die absolute Attraktion, der »Mega-Hit«, wie man es heute nennen würde: Der größte Hörsaal grundsätzlich zum Bersten voll. Das hatte seinen guten Grund, denn während der Vorlesung gab es kostenlose Bier- und Weinproben für die Studenten! Das hat sich natürlich wie ein Lauffeuer an der

Universität herumgesprochen, und jeder wollte unbedingt an der feucht-fröhlichen Veranstaltung teilnehmen.
Zwar hat Jäger durchaus ein wissenschaftliches Interesse für diese Großzügigkeit geltend gemacht und seine alkoholische Freigiebigkeit vor seinen verständnislos dreinschauenden Professorenkollegen mit dem Argument verteidigt, der Bier- und Weinausschank diene den Zwecken der Gesundheitsforschung. Seine Proben seien zuvor nämlich mit dem Haar verschiedener erfolgreicher Menschen (Offiziere, Sportler, Sänger) in Berührung gekommen. In einem mikroskopisch kleinen Prozentsatz zwar nur, aber immerhin. Daran sei aber nichts Ekeliges, denn die Verdünnung sei so stark, als wenn in ganzen Bodensee ein einziges Haar herumschwimme. Dabei handele es sich um das Prinzip der Homöopathie. Seinen Studenten war das weitestgehend einerlei: Hauptsache der Nachschub bei der feuchtfröhlichen Vorlesung versiegte nie. Ansonsten hatten sie nichts anderes zu tun, als den Geschmack der jeweiligen Probe zu beurteilen. Ob sich davon womöglich ein leistungssteigernder Effekt bei ihnen einstellte oder nicht, das war und blieb für sie ebenfalls zweitrangig. Das Schädeldröhnen am Tag danach deutete jedenfalls eher in eine andere Richtung. Und dennoch: den Studenten Bosch haben Jägers Schlussfolgerungen stark beeindruckt. Seitdem war er ein begeisterter Anhänger der Homöopathie und der Naturheilverfahren. Zeitlebens haben er und seine Familie ausschließlich homöopathisch ausgebildete Ärzte konsultiert.
Jägers weitere Schwerpunkte lagen auf dem Gebiet der Hygieneforschung. Er untersuchte mögliche Zusammenhänge zwischen Hautfunktion und Leistungssteigerung, widmete sich der Erforschung des Stoffwechsels in Abhängigkeit von der jeweiligen Kleidung, woraus Jäger schließlich seine »Reinwolllehre« entwickelt hat. Deren Quintessenz lautete, dass das Tragen von Wollkleidung für die menschliche Haut wesentlich verträglicher sei, als Kleidung aus Pflanzenfasern. Robert Bosch hat es am eigenen

Leib ausprobiert und war überzeugt. Fortan trug er nur noch Wollkleidung nach Maßgabe der Jägerschen »Normalkleidung«. Schon als Kind und sogar noch bis in seine Studentenzeit hatte er immer wieder unter starken Erkältungen gelitten, Husten, Bronchitis, dazu kamen seine äußerst empfindliche Haut und eine Neigung zum Rheumatismus. Aber seitdem er sich nach Jägers Empfehlungen kleidete, suchten ihn diese Leiden nicht mehr heim. Sein Lebtag lang hat er wieder und wieder betont, es sei »die abhärtendste und schützendste Kleidung für Männer«, die man sich nur denken könne.

Hergestellt wurde die Jägersche Normalkleidung bei »Wilhelm Benger und Söhne« in Stuttgart – später sind auch die württembergischen Soldaten mit dem zweiteiligen Soldatenrock nach dem Prinzip Jäger ausgestattet worden. Man kann sich folglich denken, dass es sich bei dieser Art von Kleidung also nicht unbedingt um die modisch-elegantesten Stoffe gehandelt hat, sondern eher um einen etwas groben Zwirn. Mit anderen Worten: Marke Kartoffelsack anstatt flotter Gesellschaftsanzug. Doch Bosch war das völlig gleichgültig: Hauptsache es erhielt ihm seine Gesundheit! Mochten die anderen hinter seinem Rücken über seinen »Aufzug« auch lachen und lästern soviel sie wollten: ihn hat das nie gejuckt. Und so ist er seit seiner Studentenzeit nie mehr anders gekleidet in der Öffentlichkeit erschienen, als in seiner geliebten Wollkleidung.

An dieser Wollkleidung ist allerdings viele Jahre später – Bosch war schon längst ein erfolgreicher und vermögender Industrieller – ein Zusammentreffen mit König Wilhelm II. von Württemberg gescheitert. Der König hatte eines Tages wieder einmal in der Zeitung von einer neuen Bosch-Aktivität gelesen und darauf bei seinem Sekretär den Wunsch geäußert, er solle doch bitte den Herr Bosch nebst Gemahlin einmal zu einer Privataudienz in die königlichen Gemächer einladen. So einen interessanten Mann wolle er sehr gerne persönlich kennenlernen. Also griff der königliche Sekretär unverzüglich zum Telefon und ließ sich eine Verbindung zur Bosch-Villa in der Stuttgarter Heidehofstraße herstellen. Mit Erfolg, denn nach kurzem Klingeln meldete sich am anderen Ende der Leitung der Hausherr persönlich. Während Bosch alles andere als begeistert war, als er erfahren hat, wer da in wessen Auftrag anrief, war seine Frau Anna beinahe einem Herzschlag nahe. Der Sekretär des Königs! Gab sich die Ehre, das Ehepaar Bosch zu einer Privataudienz bei Hofe einladen zu dürfen! Was um alles in der Welt sollte sie dafür bloß anziehen? Wieder mal »nix gscheites« im Kleiderschrank! Ihren Ehemann plagten solche Sorgen allerdings nicht. Ganz im Gegenteil sogar. Denn auf Annas bange Frage, wann sie denn nun mit dem König zusammentreffen würden, gab der trocken zur Antwort: »Überhaupt net!«

»Wie? Überhaupt nicht?« Wie war das jetzt zu verstehen?

»Ich hab ihm abgesagt!«

Anna Bosch war es, als würde sich der Boden unter ihren Füßen wellen. »Du hast… was?«

»Ich hab ihm abgesagt!«

»Und warum um alles in der Welt?«

»Weil… weil ich der Sohn vom Servatius Bosch aus Albeck bin. Und der war wie du weißt ein demokratischer Freigeist, der wegen seiner antimonarchistischen Gesinnung sogar einmal auf dem Hohenasperg eingesperrt gewesen ist.« Auch er selbst sei ja bekanntlich gegen die Monarchie eingestellt, setzte Robert Bosch seiner immer noch fassungslosen Ehefrau auseinander. Welches merkwürdige Bild das wohl abgegeben hätte, wenn der Antimonarchist Bosch vom württembergischen Monarchen empfangen worden wäre, das könne man sich ja lebhaft ausmalen. Andererseits… gar so einfach war es logischerweise auch wieder nicht, die private Einladung eines Königs (dazu noch des württembergischen) in den Wind zu schlagen. Da konnte man dem Sekretär des Königs natürlich nicht einfach bedeuten, man habe keine Lust, sich mit Wilhelm II. zu treffen und überhaupt solle er ihm den Buckel herunter

rutschen. Ein bisschen diplomatischer musste Bosch da also schon zu Werke gehen. Deshalb hat er zu einer List gegriffen und sich scheinbar ganz interessiert erkundigt, was man zu so einer Einladung denn anziehen müsse. Relativ rasch war klar, dass er nicht im »Werktagskittel« zur Privataudienz erscheinen könne. Was dann? Besser im Sonntagsanzug? Nun ja…, druckste der Sekretär herum. Womöglich also gar im Frack, knurrte Bosch? Genau, denn immerhin sei es schließlich der König, der sich da die Ehre gebe. Und mit exakt dieser Antwort hatte Robert Bosch den Sekretär des Königs in die Falle gelockt. Tja… das sei natürlich nun furchtbar schade, aber er pflege grundsätzlich nur die Jägersche Wollkleidung zu tragen. Und bei dieser Art von Kleidung… gebe es keinen Frack oder gar einen Smoking. Somit sei es ihm also leider schon aus Gründen der Kleiderordnung nicht möglich, sich mit dem Herrn König zu treffen. Schade, aber halt nicht zu ändern. Mit den besten Grüßen an den König…
Man mag das aufs erste Lesen kaum glauben. Aber dieses Telefongespräch hat es tatsächlich gegeben: Viele Jahre später hat sich Robert Bosch zu dieser Episode bekannt – und auch zu deren Fortsetzung. Denn während sich der feixende Bosch von nun an vor weiteren Audienzangeboten des Königs in Sicherheit wähnte, nahm das Unheil bereits seinen Lauf. Wenige Wochen danach las Wilhelm II. wieder mal in der Zeitung von einem Fabrikneubau der Firma Bosch in Feuerbach – und wunderte sich sehr, weswegen das vorgeschlagene Treffen bislang nicht zustande gekommen war. Auf seine Nachfrage beim peinlich berührten Sekretär, was da eigentlich los sei, erhielt er die Antwort, dass sich der Herr Bosch wegen seiner Majestät nicht extra habe umziehen wollen und schon gleich gar nicht in einen Frack werfen wolle. Worauf dem König dieser Dickkopf nun noch einmal interessanter erschien, als er das ohnehin schon längst vermutet hatte. Und so beschloss König Wilhelm II., den Spieß ganz einfach umzudrehen. Getreu dem biblischen Motto »Wenn der Prophet nicht

zum Berg kommt, dann muss halt der Berg zum Propheten kommen!« ließ er seinen Sekretär wieder bei den Boschs anklingeln, nunmehr mit der Botschaft, dass seine Majestät ohnehin im Sinne gehabt habe, einmal das neue Werk persönlich in Augenschein nehmen zu wollen. Und für so einen Werksrundgang brauche man natürlich keinen Smoking anzuziehen, da reiche durchaus auch der »Werktagskittel«.

Bosch war also auf klassische Art und Weise ausgekontert! Jetzt konnte ihn nicht einmal mehr der Verweis auf die Wollkleidung vor dem Königsbesuch retten. Aber: was würden bloß seine Arbeiter denken, wenn sie ihn, den »roten Bosch«, plötzlich Seit' an Seit' mit dem König durch die Fabrikhalle schreiten sähen?! Die würden sich doch kringelig lachen und denken, ihr »Vadder Bosch« sei plötzlich meschugge geworden! Guter Rat war teuer! Und der Tag des Königsbesuchs rückte bedrohlich näher und näher. Bis schließlich der Morgen des Besuchstages graute und Robert Bosch hustend aus dem Schlaf erwachte. Genau! Das war die Lösung! Hustend und schniefend erklärte er seiner entgeisterten Ehefrau, er habe sich eine schwere Grippe eingehandelt und könne heute deshalb unmöglich mit dem König durch die Firma laufen. Nicht auszudenken, wenn er den König mit seinen Bazillen womöglich ansteckte! Nein, nein: der Königsbesuch musste, zum allergrößten Bedauern des Firmenchefs, leider abgesagt werden. Wegen dieser angeblichen Grippeerkrankung, die Bosch in Wahrheit nur vorgetäuscht hatte. Auch später ist es – abgesehen vom einen oder anderen offiziellen Anlass, bei dem man sich halt mit ein bisschen »smalltalk« über den Weg gelaufen ist – nie zu einem privaten Zusammentreffen der beiden gekommen. Und dabei waren sie doch aus ganz ähnlichem Holz geschnitzt! Robert Bosch und Wilhelm II. von Württemberg hätten sich mit größter Wahrscheinlichkeit wunderbar verstanden.

Natürlich hat Robert Bosch auch seine Kinder mit der Jägerschen Wollkleidung ausgestattet – es war ja schließlich

gesund. Aber ob gesund oder nicht gesund: bei seiner Frau Anna hat er mit seinen Kleidungsvorschlägen nicht landen können, sondern auf härtesten schwäbischen Travertin gebissen.
Auch die spätere Gründung des Robert-Bosch Krankenhauses (das er ja aus eigenen Mitteln bezahlt hat) geht unmittelbar auf den Eindruck zurück, den Gustav Jägers Vorlesungen an der Universität Stuttgart auf den jungen Robert Bosch gemacht haben. Denn in der Stiftungsurkunde hat er ausdrücklich seinen Wunsch zum Ausdruck gebracht, das neue Krankenhaus möge auch den Zweck erfüllen, die »Homöopathie mit der Schulmedizin zu versöhnen«. In dieser Hinsicht haben sich die Vorzeichen im »RBK« inzwischen etwas verändert, aber immerhin ist das »Robert-Bosch-Krankenhaus« nach wie vor eines der führenden Krankenhäuser in ganz Süddeutschland – unter dem Dach der Boschstiftung, die bis heute die Homöopathische Union finanziell unterstützt. Schon der 22-jährige Student Robert Bosch von der Schwäbischen Alb hatte damals begriffen, dass es anscheinend Dinge zwischen Himmel und Erde gibt, die von der Naturwissenschaft nicht erklärt werden können – die es aber trotzdem gibt.

Die Reise nach Amerika

Am 22. Mai 1884 bricht Robert Bosch zu seiner Reise nach Nordamerika auf. Der Dampfer »P. Caland« benötigt von Rotterdam bis New York zwar nur 12 Tage, trotzdem vergeht die Zeit für den Passagier der 2. Klasse manchmal nur quälend langsam – zumal er sich die Kabine mit einem weiteren Passagier, einem holländischen Bauern, teilen muss. Immerhin kommt ihm nun zugute, was er als Rekrut bei den Pionieren in Ulm gelernt hatte: die Fähigkeit, nichts zu tun! Einfach nur vor sich hinzustarren und sich von der Zeit treiben zu lassen. Manchmal steht einem der Sinn halt weder nach Gesprächen oder nach Lesen, sondern einfach bloß nach »dolce far niente«! Dazu hatte er bei der Schiffspassage nach New York reichlich Gelegenheit. Und zum Briefeschreiben, nachdem ihm das Heimweh nach seiner geliebten Schwäbischen Alb und nach seiner Freundin Anna Kayser aus Obertürkheim mehr und mehr aufs Gemüt drückte. So hat er sogar eine Flaschenpost losgeschickt, die freilich ihr Ziel bis heute noch nicht erreicht hat. Aber was nicht ist, kann ja noch werden. ..
Endlich in New York angekommen, hat er rasch Arbeit gefunden. Kein Wunder, denn die Stadt war voll mit deutschen – und erst recht mit schwäbischen – Auswanderern. Auch sein größter Wunsch ging bald in Erfüllung: er ist bei Thomas Alva Edison untergekommen. Doch die Ernüchterung folgte auf dem Fuß: Edison mochte zwar schon in jungen Jahren viele bedeutende Erfindungen gemacht haben, er entpuppte sich jedoch als schlimmer Leuteschinder.

Das war ganz und gar nicht nach dem Geschmack von Robert Bosch, der seine soziale Prägung in Albeck völlig anders bekommen hatte. Edison wird vom enttäuschten Bosch als Vornehmtuer beschrieben, dem seine Leute und deren Arbeitsbedingungen herzlich egal waren! Sich die Hände mit Arbeit schmutzig zu machen, das kam gleich gar nicht für ihn in Frage. Es sei denn, Investoren besuch-

ten die Firma, von denen sich Edison eine Menge frisches Kapital versprach. Dann konnte es passieren, dass plötzlich die Tür aufgerissen wurde, Edison im weißen Anzug durch die Fabrikhalle stürmte, sich an die schmutzigste Maschine stellte und sich die mit Öl verschmierten Hände danach am nunmehr ruinierten weißen Anzug abwischte. Mit einer entschuldigenden Geste und schweißüberströmt kam er danach wieder zu den perplexen Investoren, denen er sein ungewöhnliches Verhalten mit dem schlechten Personal erklärte, mit dem man heutzutage viel zu oft geplagt sei. Wenn man halt nicht alles und jedes selber mache…
Die Masche verfing: die Investoren zeigten sich vom Fleiß des genialen Erfinders schwer beeindruckt und versorgten Edison nur allzu gern mit den erwünschten Geldmitteln.
Aber nicht nur bei Edison, auch überall sonst in den Fabriken, die Bosch besuchte, herrschten unwürdige Arbeitsbedingungen. Robert Bosch zog rasch die Konsequenzen aus dieser verstörenden Erfahrung und wurde Mitglied der Gewerkschaft »Knights of labour« (»Ritter der Arbeit«).
Seiner Freundin Anna schilderte er diese Beobachtungen: Natürlich habe man hier »im Land der unbegrenzten Möglichkeiten« tatsächlich die Chance, vom Tellerwäscher zum Millionär zu werden. Das sei auch zweifelsohne faszinierend. Aber wenn einer in der Gosse lande, dann interessiere das in Nordamerika auch niemanden. Für Bosch ein Unding. Und so schreibt er nach Obertürkheim, Anna müsse keine Angst davor haben, dass er womöglich für immer in den USA bleiben wolle. Auf gar keinen Fall sei das so. Denn er wolle in einem Land nicht leben, in dem »der Eckstein der sozialen Gerechtigkeit« fehle.
Beinahe täglich schreibt er einen Brief, ebenso regelmäßig kommt ein Brief für ihn von Anna. Schließlich geben sie sich sogar über den Atlantik hinweg das Heiratsversprechen! Vor der Verlobung muss Robert aber noch einen Warnhinweis loswerden – und zwar warnt er Anna Kayser vor seiner Einstellung. Er ist sich ohnehin der Tatsache bewusst, dass Annas eher konservative Eltern ihn, den voll-

bärtigen Raubauz von der Alb nicht sonderlich gut leiden können und für ihre Tochter lieber einen anderen Heiratskandidaten aussuchen würden. Zu allem Übel ist der Bosch auch politisch ganz anders gestrickt. Er ist ein Sozialist! Tage- und Nächtelang habe er sich das Hirn zermartert, aber immer wieder komme er am Ende zu derselben Schlussfolgerung: nämlich dass der Sozialismus die beste von allen Gesellschaftsformen darstelle. Wie er das Blatt auch dreht und wendet, eines bleibt gleich: »Ich bin Sozialist!« bekennt er seiner Anna gegenüber freimütig und stellt es ihr anheim, ihn lieber doch noch rechtzeitig in die Wüste zu schicken, bevor sie sich an einen »Roten« bindet! Doch Anna hat sich längst für Robert Bosch entschieden: »Dann bisch halt Sozialist!« Geheiratet wird trotzdem – sobald Robert wieder zurück ist aus Amerika. Das dauert aber noch einige Zeit. Anfang 1885 verlässt er die USA, geht nun aber zunächst für ein knappes Jahr nach England, wo er bei den »Siemens Brothers/England« arbeitet, um sich (genau wie einige Jahre vor ihm Gottlieb Daimler) in den Herstellungstechniken im »Mutterland der Industrialisierung zu vervollkommnen. Was haben diese jungen Leute damals auf sich genommen, um ihr Ziel zu erreichen! Und das bei den damaligen beschränkten Möglichkeiten der Kommunikation nach Hause!
Erst Ende 1885 kehrt Robert Bosch nach Deutschland zurück – aber immer noch nicht nach Württemberg. Sein Weg führt ihn erst einmal nach Mitteldeutschland, wo er Arbeit bei einem Elektroinstallationsbetrieb in Magdeburg bekommt. Doch auf Dauer verträgt sich sein Temperament nicht mit der dortigen Mentalität, auch das Heimweh nach Württemberg und nach seiner Anna wird groß und größer, und so geht er in der zweiten Jahreshälfte 1886 zurück nach Stuttgart. Auch wenn ihm seine Brüder andere Standorte ans Herz legen, wo er sich bald selbständig machen könnte, als ausgerechnet das noch nicht sonderlich stark industrialisierte Stuttgart (die Rede war dabei von der rheinischen Metropole Köln genauso wie vom auf-

strebenden Heilbronn und sogar von Furtwangen im Schwarzwald, das für seine guten Handwerker bekannt ist), kommt für ihn dennoch nur Stuttgart in Frage. Dickschädelig und trotzig hat er die Vorschläge seiner Brüder vom Tisch gewischt: Das sei die typische Arroganz der Älteren, dem kleinen Bruder gegenüber, hat er dabei geknurrt. Der Grund für Stuttgart war natürlich (nicht nur, aber hauptsächlich) seine Verlobte Anna aus Obertürkheim. Selbst wenn die Heirat noch eine Weile warten musste. Denn zuerst sollte ja der Sprung in die Selbständigkeit gewagt werden.

Die Geburtsstunde des Automobils

Am 10. November 1885, es ist Friedrich Schillers 126. Geburtstag, schieben Gottlieb Daimler und Wilhelm Maybach ihren »Reitwagen« aus der Cannstatter Gartenhaus-Werkstatt. Dabei handelt es sich um eine Art Fahrrad mit Holzrahmen, Sattel, eisenbeschlagenen Holzrädern, dazu links und rechts je ein kleines Stützrad. Mitten in das Vehikel haben sie ihren Standuhrmotor eingebaut. Der 60 Kilogramm leichte Einzylinder-Viertaktmotor bringt dank der 260 Kubikzentimeter Hubraum bei maximal 700 Umdrehungen/min eine Leistung von sage und schreibe 0,5 PS zuwege! Wenn es gelingt, den Motor zu starten und die Explosionen des Treibstoffs in Gang zu setzen, was mit der Glührohrzündung schon schwierig genug ist. Wenn aber dann der Explosionsmotor erst einmal in seinen Arbeitsmodus versetzt ist, wird sofort klar, weshalb die wenigen Menschen, die ihn bislang in Aktion erlebt haben, von einer Höllenmaschine sprechen! Das Ungetüm faucht, zischt, knallt, ruckelt, stößt schwarze, übel riechende Rauchwolken aus – und bewegt den Kolben im Zylinder wie von Geisterhand betrieben in einer unfassbaren Geschwindigkeit. Das furchterregende Teufelsding soll jetzt das eigenartige Holzfahrrad antreiben, und der 16-jährige Paul, der älteste Sohn von Gottlieb Daimler, soll den Reitwagen steuern.

Natürlich ist es kein Zufall, dass Daimler den Termin von Schillers Geburtstag gewählt hat. Sein Kalkül ist, dass die Leute an diesem Tag durch die Feierlichkeiten abgelenkt sind. Schillers Geburtstag wurde damals ja überall in den Städten und Dörfern gefeiert, meist unter freiem Himmel, wenn es das Novemberwetter noch zugelassen hat. Es war eine Veranstaltung, zu der die Menschen in Scharen geströmt sind. Wer wollte sich an einem solchen Tag folglich für die beiden Konstrukteure interessieren, die wieder einmal irgendwelche Experimente mit ihrer knatternden, rußenden Höllenmaschine zu unternehmen schienen und

sich heute gleichzeitig noch an einer Art hölzernem Fahrrad zu schaffen machten? Heute stand Schillers Geburtstag im Mittelpunkt des Interesses, nichts anderes. Und das war gut so. Denn falls das Experiment mit der ersten Ausfahrt des Reitwagens schiefgehen sollte, dann hätte es kaum jemand richtig mitbekommen, sollte es aber gut gehen, dann konnten die von den Schillerfeiern aus Berg, Gaisburg, Gablenberg, Cannstatt und Untertürkheim zurückströmenden Massen gleich weiter feiern: Nichts weniger als die erste motorisierte Ausfahrt der Weltgeschichte. So hatte sich Gottlieb Daimler das also ausgedacht. Nun war natürlich noch die Frage, wie das Wetter an diesem Tag sein würde. Es war ja immerhin schon November. Da musste man mit allem rechnen: Regen, Nebel, Glätte. Doch das Wetter hielt, die Bedingungen waren ideal.
Trotzdem war das Risiko natürlich hoch, dass bei dieser ersten Fahrt des Reitwagens etwas Unvorhergesehenes passieren würde. Und so war das Entsetzen von Emma Daimler grenzenlos, als sie (aus guten Gründen erst kurz vor dem Start) erfuhr, dass ihr 16 Jahre alter Sohn Paul die Höllenmaschine steuern sollte! Wie konnte ein Vater nur so verantwortungslos sein, und seinen Sohn auf ein derartiges Ungetüm setzen?! Auch die wenigen Beobachter, die sich zunächst um das Gartenhaus versammelt hatten, wollten ihren Augen und Ohren kaum trauen, als sich Paul tatsächlich in den Sattel schwang. Sicherlich hörte man die Argumente von Gottlieb Daimler, der Paul verbringe doch sowieso jede freie Minute in der Werkstatt und verfüge deshalb bereits über einen für sein Alter enormen technischen und handwerklichen Sachverstand. Außerdem sei er kräftig genug, den Lenker fest in den Händen zu halten – im Gegensatz zu seinem herzkranken Vater und zum eher schmächtigen Wilhelm Maybach.
Aber trotz aller zur Schau gestellten Zuversicht von Vater und Sohn: die »Fahrt« kam natürlich einem Höllenritt gleich! Wieder und wieder schärfte Daimler dem Jungen ein, dass er um Gottes Willen den Lenker immer fest mit

Der Reitwagen von 1885

beiden Händen umklammern müsse und ja niemals – niemals! – loslassen dürfe. Paul sollte also, so war der Plan, mit dem Vehikel auf der nahezu ebenen und schnurgeraden Strecke den Neckar entlang von Cannstatt bis zum Bahnhofsvorplatz in Untertürkheim fahren. Eine ideale Wegstrecke für den waghalsigen Versuch. Zudem war es hier problemlos möglich, später die exakte Geschwindigkeit zu ermitteln, wenn das Experiment sein hoffentlich gutes Ende gefunden hatte.

Schiller hin oder her: Wie ein Lauffeuer sprach sich plötzlich im Neckartal herum, der junge Daimler sitze auf einer Höllenmaschine mit zwei Rädern und werde in wenigen Minuten zu einem wahren Höllenritt aufbrechen. In Massen strömten die Menschen von den Schillerfeiern zurück an die vorgesehene Strecke und ließen den todesmutigen Chauffeur ein ums andere Mal hochleben. Und dann der Start! Ein lauter Knall, wie von einem Pistolenschuss, dann stieß das Ungetüm direkt unter dem Hinterteil seines Lenkers eine pechschwarze Rauchwolke aus und der Reitwagen mitsamt dem todesmutigen Paul Daimler begann, sich in Bewegung zu setzen. Erst langsam, dann schneller, immer schneller! Allein am starken Schlingern des Gefährts, dessen übel riechende Auspuffgase mittlerweile das ganze Neckartal vernebelten, ließ sich ablesen, welche Kraftanstrengung es den Jungen kosten musste, den Reitwagen einigermaßen in der Spur zu halten. Deshalb also der Ratschlag seines Vaters, von Anfang an ja niemals den Griff seiner Hände zu lockern… Während Wilhelm Maybach den Reitwagenlenker beim Start in Cannstatt betreute, erwartete Gottlieb Daimler seinen Sohn mit klopfendem Herzen am Ziel auf dem Bahnhofsvorplatz in Untertürkheim – inmitten von hunderten begeisterten Zuschauern. Und es wurden immer mehr, die begeistert verfolgten, wie sich ihnen die schwarze Rauchwolke von Cannstatt her den Neckar entlang tatsächlich rasch näherte. Jetzt konnte man schon die Explosionsgeräusche hören und dann… brachen die Leute in einen unbeschreiblichen Jubel aus, als sie den heransausenden Reitwagen erblickten! Es gelang dem schweißüberströmten Paul tatsächlich, auf den Bahnhofsplatz einzubiegen und dort sogar noch leicht schwankend eine Ehrenrunde zu drehen! »Bravo! Ein Hoch auf Gottlieb Daimler!« »Ein Hoch auf Paul!« »Ein Hoch auf den Reitwagen!« Die Begeisterung der Menge steigerte sich in frenetischen Jubel! Doch der einzige, dem der Sinn plötzlich gar nicht mehr nach Jubeln stand, war ausgerechnet Gottlieb Daimler. »Anhalten Paul. Mach um Himmels Willen endlich den Motor aus! Anhalten!«

Es war nicht zum Aushalten! Wieso um alles in der Welt kam der sonst so folgsame Paul denn heute nicht den Anweisungen seines Vaters nach?! »Anhalten! Sofort!« Aber scheinbar unbeeindruckt drehte Paul weiter seine Runden. Eine nach der anderen. Angefeuert von der tausendköpfigen Menge. »Anhalten!« brüllte Gottlieb Daimler mit sich überschlagender Stimme. Nicht auszudenken, was passieren konnte, wenn Paul für einen Sekundenbruchteil die Kontrolle über den Reitwagen verlöre und die eisenbeschlagenen Räder auf dem glitschigen Kopfsteinpflaster wegrutschten! Dann wäre der ganze Triumph schon

wieder zunichte gemacht. »Daimlersohn mit Reitwagen schwer verunglückt!« Der Konstrukteur konnte die Schlagzeilen schon vor seinem geistigen Auge sehen!
Mit einem Mal veränderte sich der Ton des Motors. Die Qualmwolke drang jetzt nur noch unregelmäßig aus dem Abgasrohr, der Motor begann zu spucken, zu stottern, dann stand er still. Und kurz danach auch der Reitwagen.
Erleichtert richtete Paul sich auf und wischte sich mit dem Handrücken den Schweiß von der Stirn, während ihn die Zaungäste ein ums andere Mal hochleben ließen. Ganz im Gegensatz zu seinem zornentbrannten Vater, der sich mit wütenden Schritten einen Weg durch die Menge bahnte, um seinen Sohn anstelle einer Gratulation mit harschen Worten zur Rede zu stellen. »Was sollte das denn? Wieso hast du denn nicht auf mich gehört und nicht sofort angehalten? Was hast du dir nur dabei gedacht?«
Mit einer verlegenen Geste nahm Paul die Fahrerbrille ab und sandte seinem Vater einen verständnisheischenden Blick zu. »Ich… ich habe nicht gewusst wie das geht.«
»Du hast was nicht…« stotterte der entgeisterte Daimler.
Unbehaglich zuckte Paul mit den Schultern. »Ich habe nicht gewusst, wie ich den Motor ausschalten kann – und außerdem hatte ich wirklich mehr als genug damit zu tun, das Ding in der Balance zu halten! Das war tatsächlich ein richtiger Höllenritt. Mir tun alle Knochen im Leib weh!«
»Aber du hättest doch bloß den Hahn für das Petroleum zudrehen müssen. Denn wenn kein Treibstoff mehr nachkommt, dann kann der Motor gar nicht weiterarbeiten. Das müsstest du doch eigentlich wissen, so oft, wie du bei uns in der Werkstatt mitgeholfen hast!«
»Das sagt sich so leicht, Vater«, stöhnte Paul. »Aber wenn du voll damit beschäftigt bist, mit beiden Händen den Lenker festzuhalten – wer hat mir denn eigentlich vorher noch eingeschärft, dass ich niemals loslassen soll? – dann hast du wirklich keinen Nerv mehr, dich auch noch zum Petroleumhahn hin zu tasten…«
Diese Erklärung klang plausibel – und für weitere Erörte-

rungen blieb ihnen jetzt ohnehin keine Zeit mehr, denn die Menge drängte sich immer dichter an sie heran, um die beiden Daimlers und ihren Reitwagen ein ums andere Mal kräftig hochleben zu lassen. Hinterher wurde der Erfolg mit Rostbraten, Spätzle und Trollinger in einer Untertürkheimer Wirtschaft natürlich ausgiebig gefeiert. Die Sache mit der späteren Rückfahrt war ja kein größeres Problem, denn Alkoholkontrollen hatte die württembergische Polizei damals noch nicht in ihrem Repertoire.
Ob freilich alle Beobachter des damaligen Geschehens schon geahnt haben, dass sie Zeugen eines Ereignisses von weltgeschichtlicher Bedeutung gewesen sind? Eher nicht. Und dennoch war genau das der Fall.

Der 10. November 1885 ist die Geburtsstunde des Automobils!

Daran beißt die Maus keinen Faden ab, auch wenn die Badener mit Carl Benz… Aber dazu später mehr.
Bereits zum zweiten Mal sind damit Cannstatt und Untertürkheim zu Meilensteinen der württembergischen Industriegeschichte geworden, dieses Mal sogar mit einer weltgeschichtlichen Wegmarke! Beinahe auf den Tag genau 40 Jahre zuvor, am 22. Oktober 1845, war zwischen Cannstatt und Untertürkheim die erste Teilstrecke der Königlich-Württembergischen-Staatseisenbahnen feierlich eröffnet worden. Zu einer Zeit, als Gottlieb Daimler noch der Bäckersbub Däumler in Schorndorf war und davon träumte, eines schönen Tages auch Ingenieur werden zu können: Eisenbahningenieur. Es kam dann bekanntlich ganz anders.
Bei der Fahrt am 10. November 1885 ist es Daimler und Maybach auch gelungen, die Durchschnittsgeschwindigkeit des Reitwagens exakt auszurechnen: Paul Daimler hat auf der knapp zwei Kilometer langen Strecke eine durchschnittliche Geschwindigkeit von 12 Stundenkilometern auf die Straße gebracht. Sensationell!
Weshalb die beiden den Umweg über das hölzerne Fahrrad gewählt haben und ihren Motor nicht gleich in eine vierrädrige Kutsche eingebaut haben, das bleibt freilich bis heute ein Rätsel. Ganz sicher hätte ihr Motor nämlich auch bereits eine Kutsche von der Stelle bewegen können, darin sind sich die Experten einig. War es die Übervorsicht, mit der Wilhelm Maybach oft ans Werk gegangen ist, oder gab es noch einen anderen Grund? Wir wissen es nicht. Klar ist freilich: die Geburtsstunde des Automobils hätte eigentlich schon 1884, spätestens im Sommer 1885 sein können. Und wenn sie das so gemacht hätten, dann hätte es auch nie eine Diskussion um die Frage geben können, wem denn nun der Ruhm zusteht, das erste Automobil erfunden zu haben. Daimler/Maybach oder Benz? Aber es war halt nicht so, die Geschichte ist anders verlaufen.

Apropos: Geschichte wiederholt sich… lautet eine immer unter Historikern wieder gern diskutierte These. Zwar unter veränderten Bedingungen, aber eben doch. Genau so war es auch 68 Jahre nach dem historischen Ereignis mit dem Reitwagen. Nur einen guten Steinwurf weit vom Untertürkheimer Bahnhofsplatz entfernt hat sich nämlich eine ganz ähnliche Episode zugetragen – freilich ohne dass es dieses Mal in historische Dimensionen hinein gereicht hätte. Dafür jedoch handelt es sich um eine verbürgte Geschichte aus der Familie des Autors – dessen Vater Willi sich im Jahr 1953 vom ersten selbstverdienten Geld ein wunderschönes BMW-Motorrad zugelegt hat. Voller Stolz ist er mit dem neu erworbenen Prunkstück in seinen oberhalb von Untertürkheim gelegenen Wohnort Luginsland gebraust, um den ahnungslosen Eltern die Maschine sogleich vorführen zu können. Offenbar hatte er vor lauter Eile jedoch nicht richtig zugehört, als ihm der Motorrad-Verkäufer sämtliche technischen Raffinessen erklärt hat und so nahm die Peinlichkeit unweigerlich ihren Lauf. Kaum dass er Luginsland mit der BMW glücklich erreicht und damit auch für einiges Aufsehen (wenn auch nicht für ein ganz so großes wie weiland Paul Daimler mit dem Reitwagen) gesorgt hat, da tauchte mit einem Mal die Frage auf, wie man das gute Teil wohl abstellen könne. Doch leider gab es auf die Frage keine Antwort. Ausgerechnet diesen Teil der Einführung musste er wohl überhört haben. Und so blieb ihm schließlich nur ein Ausweg aus der Malaise, nämlich so lange mit dem Motorrad um das »Anlägle« (dem Luginsländer Kinderspielplatz) herumzukurven, bis irgendwann auch der letzte Tropfen Benzin den Tank verlassen hatte. Genauso hat er es gemacht – und konnte das Vehikel folglich, wie einst Paul Daimler, aufatmend und ohne irgendwelchen Schaden an Leib und Leben zum Stehen bringen. Wie sich die Bilder gleichen… Zur Ehrenrettung des tapferen Motorradlenkers muss freilich noch angefügt werden, dass er jene Episode (die dem Schreiber dieser Zeilen von Willis Mutter gleich mehrfach

und ohne jedes Augenzwinkern erzählt worden ist) entschieden abgestritten hat – und das auch heute noch hartnäckig tut, wenn die Sprache wieder einmal auf die Sache mit den unzähligen Motorradrunden um das Luginsländer »Anlägle« kommt. Es steht hier also Aussage gegen Aussage – im Gegensatz zu der allerersten Automobilfahrt, die ja tatsächlich erst mit einem leeren Reitwagentank zu ihrem glücklichen Ende gekommen ist.
Zurück zu Daimler, Maybach und der Reitwagenfahrt im November 1885. Keine drei Monate später hat ein anderer Konstrukteur nachgezogen:
Am 29. Januar 1886 meldet Carl Benz, geboren im Jahr 1844 in Karlsruhe, Gründer der »Rheinischen Gasmotorenfabrik Mannheim«, einen dreirädrigen Motorwagen zum Patent an. Allein diese Tatsache zeigt deutlich, dass die Erfindung des Automobils sozusagen »in der Luft lag«. Auch Benz hat einen Einzylinder-Viertaktmotor konstruiert, der jedoch mit nur 200 Umdrehungen pro Minute und einer Leistung von 0,6 PS etwas schwächlich daher kommt und den dreirädigen Wagen nur mit Mühe vom Fleck bringt. Und dennoch gilt heutzutage (aber ganz und gar zu Unrecht!) diese Patentanmeldung als Geburtsstunde des Automobils. Was sie aber nicht ist. Allenfalls handelt es sich dabei um die Nachgeburt. Denn: man muss ja eigentlich nur genau lesen, was da oben beschrieben worden ist. Carl Benz meldet also das Patent für einen dreirädrigen Wagen mit Explosionsmotor an diesem Tag lediglich an, es wird ihm logischerweise jedoch erst einige Wochen später erteilt. Und

Carl Benz

außerdem hatte ja der motorisierte Reitwagen mit Paul Daimler am Lenker bereits am 10. November 1885 die zwei Kilometer von Cannstatt nach Untertürkheim erfolgreich zurückgelegt. Argumentiert wird dann immer mit der Form dieser ersten Vehikel und der Anzahl der Räder. Klar ist, dass der Benzwagen tatsächlich mehr einer Kutsche ähnelt, als der Reitwagen, der trotz seiner Bezeichnung »Wagen« eher wie ein Fahrrad mit zwei ganzen und zwei Stützrädern daher kommt. Aber die erste motorisierte Fahrt mit dem Reitwagen ist nachweislich bereits längst erfolgt, als Benz seinen Wagen auf dem Papier (!) zum Patent angemeldet hat. Dass eine erste inoffizielle Probefahrt des Benz-Vehikels nachweislich schon vor der öffentlichen Reitwagenfahrt von Daimler stattgefunden hat, lässt sich nirgendwo belegen. Die (viele Jahrzehnte später) erfolgten Aussagen von Bertha Benz in dieser Richtung können ernsthaft nicht als Beweis herangezogen werden. Und übrigens: auch vor dem ersten offiziellen Start des Reitwagens hat es ganz sicher schon einige Vor-»Versuche« gegeben, denn welcher Konstrukteur stürzt sich schon in ein tausendfach beobachtetes Abenteuer, ohne vorher seine Probefahrten einigermaßen erfolgreich absolviert zu haben?!

Der Benzwagen von 1886

Jetzt geht es in Cannstatt richtig los

Im März 1886 wagen Daimler und Maybach den nächsten Schritt. Ein vierrädriger Wagen soll jetzt mit dem Benzinmotor ausgestattet werden. Der Konkurrenz soll das natürlich so lange wie möglich verborgen bleiben, denn die Erfindung des »richtigen« Automobils liegt ja in der Luft. Aber wer wird die Nase am Ende vorn haben – und mit welcher Technik? Die beiden Konstrukteure sind sich einig: zunächst einmal muss die Qualität stimmen. Getreu dem Grundsatz: »Das Beste oder nichts«. Daimler bestellt deshalb beim renommiertesten Stuttgarter Kutschenhersteller, der Kutschen-Manufaktur von Wilhelm Wimpff, dessen Spitzenmodell, eine »Americain« – angeblich soll es ein Geburtstagsgeschenk für seine Frau werden, die am 29. April ihren 43. Geburtstag feiert. Diese angebliche Geburtstagsüberraschung ist der offizielle Grund dafür, dass Herstellung und Lieferung des Prachtstücks in aller Heimlichkeit zu geschehen haben. Die Kutsche kostet ein Vermögen: 775 Mark. Das ist der Jahreslohn eines Arbeiters – aber es ist halt auch das Beste, was es im Königreich Württemberg an vierrädrigen Fahrzeugen zu kaufen gibt. Die Chaise ist ein wahrer Traum von einer Kutsche: Dunkelblau mit roten Zierstreifen und schwarzen Ledersitzen. Einmalig! Doch so schön die Kutsche auch ist, die Lieferung verzögert sich um mehrere Monate. Der Geburtstag von Emma Daimler verstreicht, ohne dass sie ihr Geschenk erhalten hat.

Erst im August wird die »Americain« endlich in der Taubenheimstraße angeliefert. Und zwar bei Nacht und Nebel, denn trotz der ärgerlichen Verzögerung bleibt es bei der strikten Geheimhaltungsvorschrift. Aus welchen Gründen auch immer, das ist dem Lieferanten im Grunde genommen einerlei. Nächtelang sind Daimler und Maybach nun damit beschäftigt, das Vehikel für den Einbau ihres Motors vorzubereiten. Bald wird ihnen jedoch klar, dass sie es mit der technischen Ausstattung im Cannstatter Gartenhaus nicht schaffen werden. Sie lassen die Kutsche also in die Maschinenfabrik Esslingen bringen, wo Daimlers Freund Adolf Groß zu dieser Zeit der leitende Direktor ist. Hier gibt es die richtigen Gerätschaften, die sie für den Einbau brauchen. Von Groß erhält er die Zusicherung, dass natürlich kein Sterbenswörtchen über den Einbau des verbesserten Standuhrmotors in das vierrädrige Gefährt nach draußen dringen wird. So kommt Gottlieb Daimler über Umwege also doch noch in die Maschinenfabrik Esslingen. Und wieder einmal wird hier an diesem wahrhaft historischen Ort Geschichte geschrieben. Nicht nur württembergische Industriegeschichte! Unglaublich, dass im Lauf der Jahre beinahe völlig in Vergessenheit geraten ist, welche überragende Rolle die Maschinenfabrik Esslingen für den technischen Fortschritt gespielt hat!

Die Wimpffkutsche von 1886

Anfang Oktober 1886 ist es dann soweit: Daimler und Maybach haben ihren Motor erfolgreich in die Wimpffkutsche einbauen können. Es hat lange gedauert, bis die Entscheidung gefallen ist, an welcher Stelle der Motor am sinnvollsten seine Arbeit verrichten könne. Während Wilhelm Maybach der Meinung war, das Heckteil der Kutsche sei dafür am besten geeignet (Hinterradantrieb also), hat sich am Ende Gottlieb Daimler mit seiner Überzeugung durchgesetzt, der Motor müsse vorne sein. Das sei doch eigentlich ganz logisch, schließlich sei die »Americain« ja nichts anderes, als eine Pferdekutsche. Und wo befinden sich die Zugpferde bei einer solchen Kutsche? Logisch! Vorne natürlich! Also muss der Motor nach vorne. »Wilhelm: wir bauet unser Gäule vorne ein«; lautete folglich Daimlers entscheidender Satz. Und so hat das erste vierrädrige Automobil der Welt also einen Vorderradantrieb bekommen. Mit der fix und fertig montierten Kutsche knattern sie im Oktober 1886 aus der Werkshalle und absolvieren damit die erste vierrädrige Automobilfahrt der Weltgeschichte.

Wenn es also eine wirkliche, unumstrittene Geburtsstunde des Automobils gibt, dann ist es dieser Moment, in dem die Wimpffkutsche mit ihren vier Rädern aus eigener Kraft die Hallen der Maschinenfabrik Esslingen verlässt! Leider gibt es keine konkrete Datumsangabe für die allererste Fahrt der Wimpffkutsche. Klar ist nur – und auch glaubhaft von verschiedenen Zeugen bestätigt – dass diese Fahrten tatsächlich stattgefunden haben. Und dass es im Oktober 1886 gewesen ist. Teilgenommen haben neben den beiden Erfindern die stolzen Daimlersöhne Paul und Adolf, dazu der nicht minder stolze Karl Maybach und natürlich Adolf Groß, der Chef der Maschinenfabrik, in der diese historische Erfindung zusammengebaut worden ist.

Man mag jetzt darüber streiten, ob der hölzerne Reitwagen mit seinen zwei »richtigen Rädern« und zwei Stützrädern schon alle Kriterien des Automobils erfüllt hat, oder ob das erst die Wimpffkutsche mit wirklichen vier Rädern ist. Aber eines von beiden Vehikeln war es! Die dreirädrige Benzinkutsche von Carl Benz (ein Rad vorne, zwei hinten) kann es dagegen nicht sein. Sie ist ja schließlich erst viele Monate n a c h dem Reitwagen auf die Straße gekommen

und hatte außerdem (logischerweise bei einem Dreirad!) auch keine vier Räder – im Gegensatz zur Wimpffkutsche. Aber wenn die Räderfrage, wie von der »Baden-Benz-Fraktion« immer wieder ins Feld geführt wird, nicht die entscheidende sein soll, dann ist sie das im Vergleich zwischen dem Benzdreirad und dem Daimlerreitwagen ja logischerweise auch nicht. Dann nämlich... wärs halt doch der Reitwagen – und damit Daimler und Maybach, denen der Ruhm zusteht, das Automobil erfunden zu haben!
Und noch etwas wird klar, wenn man an diesen Fragen herumkaut, mit denen man mühelos einen ganzen Abend durchdiskutieren kann: die Erfindung des Automobils lag schlichtweg »in der Luft«. Aber einer muss es dann halt gewesen sein – wobei es in diesem Fall sogar gleich zwei waren.
Gut, die Manager des Daimler-Benz Konzerns lässt diese Diskussion seit Jahrzehnten gänzlich kalt – denn mit einigem (durchaus nicht unberechtigtem) Stolz merken sie an, dass ihnen die Frage, wer denn nun zuerst da war, herzlich egal sein könne. Einer der beiden Namensgeber ihres Konzerns ist es ja auf jeden Fall. Das mag ernsthaft niemand bestreiten. Ob nun Daimler oder Benz: das juckt bei »Daimler-Benz« im Grunde genommen niemand. Den armen Maybach haben sie dabei gleich ganz unterschlagen. Deshalb ist von Wilhelm Maybach auch so selten die Rede, wenn es um die Erfindung des Automobils geht. Schade, denn er hätte es wirklich verdient, in einem Atemzug mit Benz und Daimler genannt zu werden. Nicht wenige Experten verweisen sogar darauf, dass es Gottlieb Daimler allein niemals geschafft hätte, sein Gäule zum Laufen zu bringen.
Doch auch Daimler hat posthum eine Niederlage erlitten: als man den Markennamen »Mercedes-Benz« aus der Taufe gehoben hat, ist es (mutmaßlich badischen) Konzernstrategen gelungen, den Namen des Firmengründers Gottlieb Daimler einfach unter den Tisch fallen zu lassen. Eigentlich atemberaubend. Denn wenn Benz, warum

dann nicht auch Daimler? »Mercedes«, ja, das ist klar. Darauf kommen wir später noch zu sprechen. Aber wieso da noch ein Benz dazu musste, während ein Daimler einfach abserviert worden ist? Rätselhaft!

Doch wer gedacht hat, damit sei jetzt aber wirklich der Gipfel aller denkbaren Zumutungen für den schwäbischen Nationalstolz erreicht, der sei sachte darauf hingewiesen, dass sie das dem Firmensitz benachbarte, altehrwürdige frühere »Neckarstadion« inzwischen mit dem Begriff »Mercedes-Benz Arena« entweiht haben. Kein Wunder, dass Schwabens einstiger Fußballstolz in der mausgrauen Betonschüssel seitdem öfter verliert als gewinnt. Und Gottlieb Daimler? Rotiert fassungslos in seinem Grab im nahen Uffkirchhof!

Man stelle sich nur einen Augenblick lang einmal das Unvorstellbare vor: dass man in der Benz-Stadt Mannheim beschlossen hätte, das dortige Waldhofstadion in »Gottlieb-Daimler-Arena« umzubenennen! Es wäre der Startschuss zu einer neuen badischen Revolution! Und am Ende wäre der Namenszug ruck-zuck wieder verschwunden. Denn ein aufrechter Badener beziehungsweise Kurpfälzer (was sie dort ja in Wahrheit sind) würde so etwas niemals zulassen. Nicht so die Schwaben: mit denen kann man es anscheinend machen…

In einer Hinsicht sind sich die badischen und die württembergischen Behörden jedoch ähnlich: Die ersten Ausfahrten mit den neuartigen, wie von Geisterhand bewegten Kutschen, die so fürchterlich knattern, stinken und qualmen, gestalten sich in Cannstatt genauso schwierig, wie in der Kurpfalz. Es kommt grundsätzlich jedes Mal zu einem Menschenauflauf, wenn Benz, Daimler und Maybach sich mit ihren pferdelosen Wagen auf die Straße wagen. Turbulente Szenen spielen sich ab: scheuende Pferde, angstvoll davon laufende Menschen, zornige Droschkenlenker, spöttische Beobachter, wenn das seltsame Vehikel schon nach wenigen Metern plötzlich stehen bleibt und von seinen Lenkern umständlich repariert werden muss. Das ist mit an Sicherheit grenzender Wahrscheinlichkeit ohnehin nur ein Spielzeug für reiche Müßiggänger, die nicht wissen, was sie mit ihrem Geld anfangen sollen, sind die Leute überzeugt. Aber dass den Pferdekutschen daraus jemals eine ernstzunehmende Konkurrenz entstehen wird? Niemals! Die Frage ist also, muss man es überhaupt dulden, dass diese stinkenden Ungeheuer im wahrsten Sinn des Wortes die Gäule scheu machen und die Menschen auf den Straßen in Lebensgefahr bringen? Muss man nicht! Und deshalb entscheiden die Behörden, dass diese Ausfahrten erst in den Abendstunden stattfinden dürfen, wenn der Verkehr deutlich nachgelassen hat. (In Wien hat man Jahre später eine noch schärfere Verordnung erlassen, nämlich dass grundsätzlich ein Mann mit einer Warnflagge in der Hand vor den Motorwagen herzulaufen habe). Zwei Jahre später hatte man sich in Mannheim und Cannstatt dann soweit an die – trotz alledem nach wie vor eher unbeliebten – Benzinkutschen gewöhnt, dass deren Lenkern auf Antrag eine behördliche Erlaubnis für das Fahren mit der Motorchaise ausgestellt worden ist. Die ersten Führerscheine der Welt.

Auch auf dem Neckar hat Gottlieb Daimler im Spätherbst 1886 für einiges Aufsehen gesorgt. So schreibt die »Cannstatter Zeitung« am 5. November 1886: »In letzter Zeit hat ein auf dem Neckar fahrendes, von acht Personen besetztes Boot, das sich, wie von unsichtbarer Kraft getrieben, mit großer Geschwindigkeit stromauf- und abwärts den Weg durch die Fluten bahnt, bei den Vorübergehenden nicht geringes Aufsehen erregt. Das Schiffchen mit eigenartigem Triebwerk ist von Ingenieur Daimler hier gebaut; die ersten Probefahrten wurden Anfang August gemacht. Seitdem haben mehrere hervorragende Techniker solche Fahrten mitgemacht. Seitens des Ruderers bedarf es nur eines Drucks mit der Hand, um das Boot nach jeder gewünschten Richtung in schnelleren oder langsameren Lauf in Bewegung zu setzen.« Die zweite Vision seines Leitspruchs »Zu Lande, zu Wasser und in der Luft« hatte Daimler parallel zur Wimpffkutsche also nun ebenfalls wahr gemacht: die individuelle Mobilität »zu Wasser«. Fehlte noch die dritte Dimension. Aber auch das war nur eine Frage der Zeit.

Im gleichen Monat, in dem die Daimlerschen Motorbootfahrten auf dem Neckar für Gesprächsstoff in Stuttgart sorgen, gründet Robert Bosch am 15. November 1886 (im Alter von 25 Jahren) in der Rotebühlstraße 75 B die »Werkstätte für Elektrotechnik und Feinmechanik« – er setzt also von Anfang an auf zwei Sparten: denn falls es dem einen Zweig schlecht geht, kann ihn der andere stützen. Dieses Prinzip behält er zeitlebens bei – und es gilt bei Bosch (natürlich im viel größeren Maßstab) noch heute. In der Automobilkrise vor einigen Jahren, als die anderen Sparten die Autotechnik mit »über Wasser« gehalten haben, hat sich wieder einmal erwiesen, wie vorausschauend der Firmengründer schon vor über 125 Jahren gehandelt hatte. Damals bietet er seine Dienste an bei der Installation und Reparatur von Telephonen, Haustelegrafen, Blitzableitern, elektrischen Apparaten, Feinmechanik aller Art, etc. – er verfügt ja über all diese Fertigkeiten, die er sich auf seinen zahlreichen Stationen in Amerika, England und Deutschland auf diesem ganz neuen Feld der Technik mit viel Fleiß und Ehrgeiz angeeignet hat. Interessant in diesem Zusammenhang: von irgendwelchen Plänen im Bereich der Mobilität ist bei dieser Angebotspalette weit und breit nichts zu sehen. Klar: Das Kapitel Automobil steckt erstens noch in den Kinderschuhen, und zweitens dürfte sich Robert Bosch zu dieser Zeit auch überhaupt nicht mit dem Gedanken beschäftigt haben, eines Tages einmal für die Automobilbranche zu arbeiten. Seine Zukunft sieht er in der Telegrafie und in der Elektrotechnik – ganz ähnlich übrigens, wie später Ferdinand Porsche. Auch der hat von einer Karriere auf dem Feld der Elektrizität geträumt, nicht von der Mobilität. Dass sich das Automobil und die Elektrotechnik derart nahe kommen würden, das konnte keiner von ihnen ahnen. Auch nicht, dass sie beide einmal eine herausragende Rolle in der Automobilgeschichte schreiben würden. Jeder auf seine Weise.

Das Gründungskapital für Boschs Firma bestand aus dem väterlichen Erbe in Höhe von 10.000 Mark. Nach der Anschaffung einer Werkbank und den erforderlichen Maschinen war nicht mehr viel davon übrig. Aber seine Mutter hat ihm bedeutet, dass sie mit ihrem Ersparten hilfreich an Roberts Seite stehen würde, sollte er eine finanzielle Dreingabe einmal nötig haben. Das war beruhigend.
Stuttgart als Standort hat der junge Firmengründer tatsächlich deshalb ausgewählt, weil in Obertürkheim seine Verlobte Anna wohnte, die ihm mit recht deutlichen Worten zu verstehen gegeben hat, dass sie ihre familiäre Zukunft in Stuttgart sehen würde. Die Hauptstadt des Königreichs Württemberg ist zu dieser Zeit mit 125.000 Einwohnern eher ein Großstädtle, als eine Metropole. Der industrielle Aufschwung steht noch ziemlich weit vor der Tür. Zur Zeit der Firmengründung liegt die Bosch-Werkstatt in einem Hinterhof der Rotebühlstraße deshalb auch noch am Stadtrand von Stuttgart. Bereits 20 Jahre später sieht das dann schon ganz anders aus.
Und es gibt noch einen zweiten Grund, weshalb Bosch sich gerne vom Standort Stuttgart als dem richtigen Ort für

Die Bosch-Werkstatt in der Rotebühlstraße 75 B

seine Firma überzeugen lässt. Denn der liberalste Wind im Deutschen Reich weht damals in Stuttgart! Das ist schon seit den Zeiten von Verleger Johann Friedrich Cotta (1764–1832) so, der neben Goethe und Schiller auch die schwäbischen Geistesgrößen Hölderlin, Hegel, Schwab und Uhland gefördert und verlegt hat – genauso wie mit Annette von Droste-Hülshoff eine der ersten Schriftstellerinnen überhaupt. Stuttgart ist eine Stadt, in der die Kultur ebenso heimisch ist wie eine freie Gesinnung. Jedenfalls kann man sich hier freier fühlen, als im übrigen Deutschland. Das zeigt sich beispielsweise an der Tatsache, dass nach dem Fall der Sozialistengesetze im deutschen Kaiserreich ab Oktober 1890 besonders viele Sozialisten aus dem Exil nach Stuttgart kommen und sich lieber hier niederlassen, anstatt beispielsweise in Berlin. Eine von ihnen ist Clara Zetkin, die von London nach Stuttgart geht und als eine der berühmtesten Frauenrechtlerinnen und gefeierte Sozialistin in die Geschichte eingehen wird. Der Zufall will es, dass sie im selben Haus wohnt wie die Boschs. Mit viel Glück war es Robert Bosch gelungen, sich für seine Familie vor einem anderen Interessenten die größere Wohnung in dem Haus zu sichern: der »Interessent« war Clara Zetkin gewesen, die ihm das aber nicht übel genommen hat, schließlich war die Boschfamilie auch die wesentlich größere. Der Sozialist Bosch und die Sozialistin Zetkin haben sich bald angefreundet und die zufälligen morgendlichen Begegnungen im Treppenhaus haben Bosch mit ihrem inspirierenden Gedankenaustausch, das hat er später freimütig bekannt, über die schweren Jahre hinweg geholfen, als seine Firma tief in eine finanzielle Krise geschlittert war und er mehrfach überlegt hat, ob er die Firma nicht zusperren müsste. Er hat Clara Zetkin dank seiner guten Kontakte sogar eine Stelle als Redakteurin der sozialistischen Frauenzeitung »Gleichheit« vermitteln können. Im Lauf der Jahre ist aus der zufälligen Bekanntschaft dann eine richtige Freundschaft entstanden, in die auch Clara Zetkins späterer Mann, der sozialistische Maler Friedrich

Zundel aus Sillenbuch aufgenommen worden ist. Abendelang gab es anregende Diskussionen zu den Themen Sozialismus, Marxismus, Industriepolitik und vielerlei mehr – oft bis spät in die Nacht hinein. Und im Urlaub ging es munter weiter, denn mehr als einmal sind die Paare Zundel/Zetkin und Bosch auch gemeinsam in die Ferien gefahren. Um den Maler Zundel, der zwar ein angesehenes Mitglied des Stuttgarter Künstlerbundes war, aber dennoch finanziell nicht unbedingt auf Rosen gebettet war, zu unterstützen, hat Anna Bosch dann eines Tages ihrem Mann einen Vorschlag gemacht, der später fatale Folgen nach sich ziehen sollte: wie wäre es, wenn Zundel die Boschkinder portraitieren würde? Natürlich jedes einzeln. Das würde doch gut passen, zumal ihnen Zundels Stil ohnehin gefalle und Zundel das Honorar gut gebrauchen könnte. Eine direkte finanzielle Zuwendung hätte er nie und nimmer angenommen, aber auf diesem Weg sei das doch etwas ganz anderes. Robert Bosch war begeistert von Annas Idee und hat sofort zugestimmt. Und so nahm das Unheil seinen Lauf… Denn als (der wesentlich ältere) Zundel mit dem Portrait der Tochter Paula Bosch beschäftigt war, da hat es plötzlich gefunkt. Zuerst bei ihm, dann auch bei ihr. So hat eine Liebesbeziehung ihren Lauf genommen, von deren Existenz weder die Boschs, noch Clara Zetkin, über viele Monate hinweg keine Ahnung hatten. Dementsprechend fassungslos sind sie dann aus allen Wolken gefallen, als die Bombe geplatzt ist. Es war der Bruch zwischen Clara Zetkin und den Boschs. Der genauso perplexe Robert Bosch hat zwar noch versucht, den Riss wieder zu kitten, aber da war nichts mehr zu machen. Es schien ihm gerade so, als würde ihm Clara Zetkin persönlich die Schuld an der Affäre geben. Und so war es beinahe zwangsläufig, dass Clara Zetkin beim ersten großen Streik in der Firma Bosch von Mai bis Juli 1913 hinter den Kulissen die Strippen zog. Bosch war verzweifelt: ausgerechnet er, der »rote Bosch« war zum Feindbild seiner Arbeiter geworden. Und seine von ihm so verachteten Unternehmer«kollegen« haben sich vor Freude auf die Schenkel geklopft. Und dann war darüber auch noch eine Freundschaft zerbrochen. Es hat lange gedauert, bis sich Bosch von dem Schock erholt hat. Die Beziehung zwischen Paula und Zundel hat all diese Eruptionen freilich überstanden: im Jahr 1927 haben sie geheiratet und sind auf den »Berghof« nach Tübingen gezogen, den Bosch für seine Töchter Paula und Margarete gebaut hatte. Die beiden Schwestern haben später die Tübinger Kunsthalle gestiftet, wo Zundels Bilder ausgestellt sind.

Das alles hat freilich erst viele Jahrzehnte nach der Firmengründung stattgefunden. Niemand hätte damals damit rechnen können, dass die Firma einmal derart erblühen würde. Denn die Gründungsphase war ja schwierig genug. Deshalb zurück zu den Anfängen:

Zunächst einmal hat die schon in Amerika geplante Heirat zwischen Robert Bosch und seiner Anna um ein Jahr verschoben werden müssen. Geheiratet haben sie dann erst im Oktober 1887. Diese Verschiebung hatte gleich mehrere Gründe: zunächst einmal war da die Firmengründung im Spätherbst 1886, dafür hat es Boschs ganze Konzentration gebraucht. Dann haben sich die Zweifel dazu gesellt, ob er, der Gastwirtssohn »von dr Alb ra« überhaupt dazu in der Lage sei, seiner Anna, die ja aus großbürgerlichen Verhältnissen stammte, ihr den gewohnten Lebensstandard erhalten zu können. Dass er in den Augen der künftigen Schwiegereltern ohnehin nicht der richtige Heiratskandidat für ihre Tochter war, das haben sie ihm relativ deutlich zu verstehen gegeben. »Pest, Cholera, von dr Alb ra!« Wer will denn schon so einen Gesellen in die eigene (bessere) Gesellschaft aufnehmen?! Aber was sie auch versucht haben, um Anna von ihrem Robert zu entzweien, es war nichts zu machen. Bockelhart blieb Anna bei ihrer Entscheidung. Bis dann doch noch einmal ein Fünkchen Hoffnung aufblitzte, denn der Bräutigam in spe hatte seiner Verlobten bedeutet, dass er nur standesamtlich heiraten wolle, bitte nicht auch noch kirchlich! Wieso denn das? Auf gar keinen

Fall mochte Anna das akzeptieren – und so kam es zu seitenlangen Briefwechseln, in denen Bosch seiner Verlobten die Gründe für diese Haltung ausführlich dargelegt hat. Sein Vater sei Freimaurer gewesen, und auch er trage eher dieses Gedankengut in sich. Zwar sei er evangelisch getauft, aber im Grunde genommen sei es ihm nicht so wichtig mit der Kirche. Es spiele doch auch überhaupt keine Rolle, ob einer Moslem sei, Hindu oder Christ: »Egal zu welchem Gott jemand betet – Hauptsache, er ist ein guter Mensch!« Und er setzt noch eine Überzeugung obendrauf: »Meine Religion gipfelt in einem Wahlspruch: Sei gerecht! Mein Gott ist die Menschheit.« Aus diesem Grund bitte er darum, ihm die kirchliche Hochzeit zu ersparen. Aber Anna und erst recht deren Eltern (die ihre Chance wittern, sich des ungeliebten Schwiegersohns in allerletzter Sekunde vielleicht doch noch entledigen zu können) bleiben hart. Und so kommt es schließlich zu einem Kompromiss: sie bestehen zwar auf einer kirchlichen Hochzeit, doch sie ersparen dem Bräutigam das offizielle Hochzeitsfoto. Es gibt also kein »Beweisfoto« von der kirchlichen Zeremonie, die dann ohnehin nur im kleinsten Kreis in der Kirche auf dem Obertürkheimer Friedhof (!) stattgefunden hat. Bis 1908 ist Robert Bosch formal in der Kirche geblieben, dann erfolgte sein Kirchenaustritt, der natürlich an die Öffentlichkeit gedrungen ist und in Stuttgart (mittlerweile war er ja ein berühmter Mann) für heftige Diskussionen gesorgt hat. Trotz des offiziellen Austritts hat er aber kirchliche Organisationen und die verschiedensten kirchlichen Projekte gerne finanziell unterstützt, wenn sie ihm sinnvoll erschienen sind. Denn es gehe ja um die Menschen, nicht um die Institution. Kurze Zeit nach seinem Kirchenaustritt hat er Besuch von Mitgliedern des »Gottlosenbundes« bekommen, die natürlich ihre (finanzielle) Chance gewittert haben. Man wolle ihn gerne als Mitglied gewinnen. Soso… Bei dieser Gelegenheit hat Robert Bosch wieder seinen berühmt-berüchtigten Adlerblick aufgesetzt und die Vertreter des »Gottlosenbundes« durchdringend gemustert.

Dann die Frage: »Wissen sie das denn ganz bestimmt, dass es keinen Gott gibt?« Verlegenes Schweigen… »Also!« Mit diesem Wort hat er die Tür zugeschlagen und die atheistischen Freunde mussten unverrichteter Dinge wieder von dannen ziehen. Geld haben sie von Bosch keines bekommen. Wer nicht Mitglied der Kirche ist, der muss deswegen noch lange nicht gottlos sein, das war seine Grundeinstellung. Und nach dieser hat er gelebt und gehandelt.
So ist es auch zu verstehen, weshalb im »Hauptbuch« der neu gegründeten Firma die erste Seite fehlt. Auch Bosch hatte natürlich so ein Buch gekauft, in das alle Einnahmen und Ausgaben eingetragen werden. Üblicherweise stand auf der ersten Seite einer solchen Kladde das Bekenntnis »Mit Gott!«. Das hat er sorgfältig herausgetrennt, denn auch in dieser Hinsicht wollte er konsequent sein und sich nicht mit fremden Federn schmücken. Es musste auch ohne diesen Spruch gehen.
Einen der ersten Aufträge für seine Firma hat Bosch dank seiner nach wie vor engen Kontakte auf die Schwäbische Alb erhalten: und zwar von der Albwasserversorgung, die in diesen Jahren kräftig ausgebaut worden ist. Es war ein System zur Fernabfrage des Wasserstands in den einzelnen Pumpwerken. Und es hat (natürlich) hervorragend funktioniert.

Der Saustall auf dem Seelberg

Am 5. Juli 1887 kauft Gottlieb Daimler auf dem Cannstatter Seelberg um 30.200 Mark ein 3.000 Quadratmeter großes Industriegrundstück, auf dem noch die Halle einer ehemaligen Vernickelungsfabrik steht. Dort will er nun in einem größeren Maßstab in die Produktion von Automobilen einsteigen. Das Gartenhaus in der Taubenheimstraße ist dafür viel zu klein. Und in den eigenen Garten muss die Fabrikhalle ja nicht unbedingt gebaut werden. Dafür ist die parkähnliche Anlage viel zu schön. Also soll jetzt die alte Fabrikhalle auf dem Seelberg zur ersten richtigen Produktionsstätte für die Daimlerwagen werden. Praktischerweise befindet die sich gleich »um die Ecke« – in der unmittelbaren Nähe des Wohnhauses.

Zügig stellt Daimler 23 Leute ein, doch trotzdem ist an den Aufbau einer Produktion so schnell nicht zu denken: Die Männer müssen sich nämlich erst einmal um den »Saustall« in der verlotterten, stillgelegten Fabrik kümmern. Wochenlang sind sie mit Ausräumen und Aufräumen beschäftigt, anstatt mit der Herstellung von Automobilen. Zentimeterdick liegt der Staub auf dem Boden, überall läuft man in Spinnweben hinein. Ob das wirklich so eine gute Idee war, mit der alten Fabrik? Die ersten Zweifel kommen auf, denn das Aufräumen zieht sich dahin, ohne dass eine nennenswerte Verbesserung erkennbar ist. Sogar noch Anfang Oktober herrscht in der Fabrikhalle das schiere Chaos, davon berichtet Anton Welt, den Daimler gerade eben als seinen Produktionsmeister eingestellt hat. Der hochqualifizierte Welt, der sich von der renommierten Maschinenbaugesellschaft Karlsruhe nach Cannstatt hat locken lassen, ist schockiert über die Zustände auf dem Seelberg. Gleich am ersten Arbeitstag macht er in der Mittagspause seinem neuen Chef große Vorwürfe: »Wenn ich daran denke, mit welchen kühnen Hoffnungen und in welch freudiger Erwartung ich heute Morgen erschienen bin! Auch alle meine Bekannten und Verwandten haben

mich darum beneidet, dass ich nun die Gelegenheit haben sollte, meinen Teil am weiteren Erfolg des schnelllaufenden Benzinmotors beizusteuern. Und dann so etwas: Anstatt in eine wohleingerichtete Werkstätte hat man mich in einen Raum geführt, in dem außer einem einzigen Motor nicht viel zu sehen war. Und dann meine erste »Arbeit«, die im Aufräumen und im Ausfegen bestanden hat, um überhaupt einmal eine gescheite Werkbank aufstellen zu können. Mitten in dem ganzen Dreck! Das hätte ich in so einem Betrieb nun wirklich nicht vermutet!« Daimler kontert ungerührt: »Zu einem guten Mann gehört, dass man auch den Besen führen kann. Dazu sollte man sich nie zu schade sein. Erst einmal muss das Geld verdient werden, das der Kauf des Geländes und der Umzug hier verschlungen hat und dann geht's ans Aufräumen und ans schöne Herrichten. Eins nach dem andern halt.« Und außerdem: »Rom ist auch nicht an einem Tag erbaut worden!«
Diese Argumentation muss Anton Welt offenbar überzeugt haben: jedenfalls ist er bei der Stange geblieben – und zwar 38 Jahre lang, bis zum Eintritt in den wohlverdienten Ruhestand. In dieser Zeit hat er sich mehr als einmal zusammenreißen und vor allem in Geduld üben müssen, denn das über dem Firmeneingang prangende Motto des Unternehmensgründers »Das Beste oder nichts« ist vor allem von Wilhelm Maybach oft genug stark strapaziert, in Welts Augen manchmal auch ein bisschen überstrapaziert worden. Als Beispiel dafür hat er später erzählt, wie eines schönen Tages ein neuer Wagen schon halb verladen war, dann plötzlich sei von Maybach das Kommando gekommen: »Nochmal zurück! Den Wagen wieder abladen, wir müssen da noch ein neues Teil einbauen!« Auf den irritierten Hinweis, der Kunde habe dieses Teil doch gar nicht bestellt – schon deswegen nicht, weil es zur Zeit der Bestellung noch gar nicht entwickelt war – meinte Maybach lapidar: »Es ist aber ein technischer Fortschritt. Und wenn wir etwas Besseres haben, dann bauen wir das auch ein!« Ende der Diskussion! Das Beste oder nichts: so zeitaufwen-

dig das auch sein mochte. Qualität geht vor Geld verdienen (auch in dieser Hinsicht waren sich Daimler, Maybach und Bosch immer einig – so spinnefeind sie sich auch begegnet sind). Wie dem auch sei, jedenfalls ist dem entnervten Anton Welt an diesem Tag der Stoßseufzer entschlüpft: »Wenn du koi Geduld hosch, dann gohsch zum Daimler, do kannsch se lerna!« (Wenn du keine Geduld hast, dann geh zum Daimler. Da kannst du sie lernen).

Im Sommer 1887 kommt der Inhaber einer kleinen Maschinenfabrik (»Schmehl und Hespelt«) aus Möckmühl zu Robert Bosch, von dem er viel Gutes über dessen Qualitätsarbeit gehört hat und fragt ihn, ob er wohl für seinen ortsfesten Gasmotor, an dem der Zündapparat defekt sei, einen Ersatz anfertigen könne. Bosch bejaht, sagt aber dazu, dass es sich bei diesem Motor und dem Zündapparat um ein Modell aus Deutz handele. Er müsse also erst einmal schriftlich anfragen, ob er beim Nachbau eventuell irgendwelche Patentrechte verletze. Doch aus Deutz bekommt er keine Antwort auf seinen Brief und so baut Bosch mit seinen Leuten den Zündapparat schließlich einfach nach. Der Maschinenbauer ist begeistert von der Qualität dieser Arbeit und empfiehlt nun auch seinen Kollegen, sich am besten an Bosch zu wenden, falls es bei ihren Gasmotoren Probleme mit der Zündung geben sollte. Da muss man nicht mehr erst nach Deutz gehen und wochenlang vergeblich auf eine Antwort warten.
Dieser Auftrag des Maschinenbauers aus Möckmühl hat sich im Nachhinein buchstäblich als die Initialzündung erwiesen. Es war das erste Mal, dass Robert Bosch mit dem Bau von Zündapparaten in Berührung gekommen ist. Wobei ganz eindeutig feststeht, dass es sich bei diesem allerersten, von Bosch gebauten Zündapparat um einen Nachbau des Modells aus Deutz handelt. Man kann es auch unfeiner ausdrücken und die erste Boschzündung ein Plagiat nennen. Obwohl er sich, das muss ja zu seiner Ehrenrettung nochmals ausdrücklich festgehalten werden, vorsorglich in Deutz erkundigt hat, ob er das überhaupt machen dürfe. Nicht auszudenken, wenn er eine Antwort (womöglich gar ein Verbot) erhalten hätte! Dann hätte es die Boschzündung für den Gasmotor in Möckmühl nämlich gar nicht gegeben – und der Aufstieg der Firma Bosch hätte nie beginnen können.
Obwohl… Was heißt hier Aufstieg? In den ersten Jahren

war es mit den Zukunftsaussichten für die junge Firma in der Rotebühlstraße 75 B nicht allzu weit her. Man hangelte sich von Auftrag zu Auftrag, ohne so richtig vom Fleck zu kommen. Bosch hat in seiner Auftragsnot alles produziert, was die Kunden gewünscht haben: Noten- und Blindenschreibmaschinen, Zigarrenschneider, Nudelpressen, Zigarrenspitzen, Federhalter, Wasserhähne – es war ein richtiger Gemischtwarenladen.
Allerdings ist ihm da beim einen oder anderen Projekt halt auch sein hitziges Temperament gewaltig in die Quere gekommen. Beispielsweise in einem Stuttgarter Kaufhaus, für das Bosch in die einzelnen Etagen eine Haustelefonanlage verlegen sollte. Dem Kaufhausbesitzer scheint das nicht schnell genug gegangen zu sein, jedenfalls stand er alle paar Minuten mit allen Anzeichen der Ungeduld neben dem genervten Bosch. Als er dann den Apparat, der noch gar nicht fertig montiert war, testweise benutzte und sich sogleich über die mangelnde Verständigungsqualität beschwerte, da ist dem Jungunternehmer endgültig der Kragen geplatzt. Wutentbrannt hat er sein Werkzeug auf den Boden geworfen und dem Mann entgegengeschleudert, er könne ihm den Buckel herunterrutschen! Am nächsten Tag haben sie ihre Installationen wieder abgebaut. Sollte der Kerl schauen, wer ihm seine Telefonanlage einbaute: die Firma Bosch jedenfalls nicht! Egal, wie schlecht es auch ging. Aber alles brauchte man sich nun auch wieder nicht gefallen lassen. Da war sie wieder durchgebrochen, diese Eigenschaft, mit der er Zeit seines Lebens zu kämpfen hatte: der Jähzorn, das heftige Aufbrausen. »Pest, Cholera, von dr Alb ra!« Einmal mehr hatte er die Vorurteile der Stuttgarter über die Älbler eindrucksvoll bestätigt. Es hat auch gar nicht lange gedauert, bis der vierschrötige Raubauz mit seinem Fahrrad, schwarzem Anzug, schwarzem Vollbart und schwarzem breitkrempigem Hut in Stuttgart zu einer lokalen Berühmtheit geworden ist. Man kannte ihn: sowohl für sein Temperament als auch für die Qualität seiner Arbeit.

Weil es der Firma trotz der allgemein anerkannten Qualität in den Anfangsjahren also alles andere als gut ging, haben einige wohlmeinende Kunden Robert Bosch aufgefordert, seinen Zündapparat doch einmal dem Motorenbauer Gottlieb Daimler in Cannstatt vorzustellen. Der würde doch gerade an einem verbesserten Motor arbeiten und sei sicher dankbar dafür, anstelle seiner doch recht umständlichen Glührohrzündung eine viel praktischere Variante präsentiert zu bekommen. Nach kurzem Überlegen hat Bosch zugestimmt. Und so ging er also eines schönen Tages im Herbst 1887 zu Daimler. Nichts ahnend vom Streit, den Daimler einige Jahre zuvor bei der Gasmotorenfabrik in Deutz ausgefochten hatte. Und so kam es, wie es kommen musste: kaum hatte Daimler den vierschrötigen Kerle erblickt, der ihm hoffnungsvoll einen besonders zuverlässigen Zündapparat präsentieren wollte, da wars auch schon geschehen: Daimler sah rot! Denn Daimler hatte den Zündapparat natürlich sofort als Deutzer Modell identifiziert und schlagartig war aller Frust und aller Verdruss, den er in den Deutzer Jahren in sich angestaut und gehofft hatte, ihn in Cannstatt für immer vergessen zu können, wieder durchgebrochen. Er soll machen, dass er ihm aus den Augen komme und sich samt seinem seltsamen Apparat sofort dorthin begeben, wo der Zimmermann das Loch gelassen habe! In hohem Bogen ist Robert Bosch aus dem Daimlerhaus geworfen worden. Was für eine Demütigung. Das war der Beginn einer lebenslangen Feindschaft zwischen Bosch und Daimler. Von einem Engagement auf dem Gebiet der Mobilität waren Robert Bosch und seine Firma damit weiter entfernt denn je. Es sollte noch viele Jahre dauern, bis der Wind sich überraschend drehte – und noch nicht einmal Robert Bosch hat nach dieser unangenehmen Szene noch geglaubt, dass er ausgerechnet auf dem Motorensektor eines Tages so überaus erfolgreich sein würde. Aber er war aus demselben Holz geschnitzt, wie Gottlieb Daimler: ein zäher Bursche, der nicht so schnell die Flinte ins Korn werfen mochte.

Es ist schon seltsam, dass sich ausgerechnet diese beiden seitdem in inniger Abneigung verbunden waren, dabei hätten sie doch so viele Gemeinsamkeiten gehabt: ihren Fleiß, die penible Arbeitsweise, das technische Verständnis, die soziale Grundeinstellung, ihre Dickschädeligkeit, den Jähzorn und… ihre Vorliebe für ein gutes schwäbisches Essen. Es gibt da beispielsweise noch das Kochbuch der Emma Daimler, das vor einigen Jahren neu aufgelegt worden ist, darin hat sie die ganzen Lieblingsspeisen ihres Gottlieb aufgeschrieben: von »Saure Nierle« über Rostbraten mit Spätzle bis zum »Eingemachten Kalbfleisch«. Und wenn es dann noch ein Viertele Trollinger dazu gab, war die Welt des schwäbischen Genießers in Ordnung. Es war das Höchste der Gefühle. Ganz genauso ging es Robert Bosch, dem auf seinen langen Reisen öfter einmal das Wasser im Mund zusammen lief, wenn er voller Sehnsucht daran gedacht hat, wie schön es doch sein könnte, jetzt in einem gemütlichen »Gaisburger Wirtschäftle« zu sitzen und ein gutes Essen vor sich auf dem Tisch zu haben. Einen »Gaisburger Marsch« womöglich. Oder »Allgäuer Kässpätzle«. Schupfnudeln. Flädlessuppe… So sehr sich Bosch und Daimler seit ihrer schicksalhaften ersten und einzigen Begegnung im Herbst 1887 auch gemieden haben, so deckungsgleich waren ihre Vorlieben. Schwaben mit Leib und Seele. Aber vielleicht war ja genau das der Grund für diese seltsame gegenseitige Abneigung. Denn gleichnamige Pole stoßen sich bekanntlich ab.

Rekordjagd im Dreikaiserjahr

Das Jahr 1888 war in vielerlei Hinsicht ein bemerkenswertes Jahr: politisch ist es als das »Dreikaiserjahr« in die Deutsche Geschichte eingegangen, denn am 9. März war Kaiser Wilhelm I. gestorben, der 1871 in Versailles zum Deutschen Kaiser proklamiert worden war. Sein zum Zeitpunkt der Thronbesteigung bereits an Kehlkopfkrebs erkrankter Sohn ist ihm als Friedrich III. nachgefolgt. Keine hundert Tage danach ist er der Krankheit erlegen und so wurde am 15. Juni Wilhelm II. zum neuen Kaiser proklamiert. Ein übler Geselle, der Deutschland dann zielsicher in die Katastrophe des 1. Weltkriegs getrieben hat. Im wahrsten Sinn des Wortes »ein Thränenjahr«, wie man damals gesagt hat. Dafür gab es im Hinblick auf den Fortschritt umso mehr zu staunen. Vor allem im Monat August.

Bertha Benz

Bertha Benz, die Ehefrau von Carl Benz, unternimmt Anfang August 1888 mit dem dreirädrigen Benz-Motorwagen eine Rekordfahrt von Mannheim nach Pforzheim. Anscheinend ist sie dazu ohne Wissen ihres Mannes aufgebrochen. Begleitet wird sie von ihren beiden Söhnen Eugen (15) und Richard (13). Bertha, die Tochter des Zimmermeisters Karl Friedrich Ringer aus Pforzheim, ist eine energische und tatkräftige Frau, die sich schon im Alter von 22 Jahren von den Eltern ihre ganze Mitgift ausbezahlen ließ, um alles Geld in die Unternehmung ihres Verlobten Carl Benz zu stecken. Vom Temperament her gilt sie ohnehin als die wichtige Triebfeder, ohne die ihr

Mann niemals so weit gekommen wäre. Während Carl noch zweifelt, handelt Bertha bereits. Und so ist es durchaus wahrscheinlich, dass sie heimlich zu ihrer Überlandfahrt aufgebrochen ist, denn Carl hätte ihr weder seine Zustimmung noch den Wagen gegeben. In aller Frühe ist es losgegangen. Bereits auf Höhe von Wiesloch neigte sich jedoch der Treibstoff seinem Ende zu und so hat sie an der Stadtapotheke in Wiesloch Halt gemacht und sich hier mit neuem Treibstoff versorgt. Das explosive Gemisch, das sie in den Tank schütten ließ, war Ligroin, wir kennen es unter dem Begriff Waschbenzin. Dank dieses frühzeitigen Tankstopps ist die Wieslocher Apotheke zur »ersten Tankstelle der Welt« geworden.

Die waghalsige Fernfahrt über eine Distanz von 106 Kilometer wird ein voller Erfolg, denn sie beweist die Zuverlässigkeit der bislang als höchst unzuverlässig eingeschätzten Motorkutschen. Bertha Benz hat nun überzeugend das Gegenteil bewiesen und bringt die Automobile mit ihrer Fahrt in die Erfolgsspur. Das ist das historische Verdienst der Bertha Benz! Später wird zwar behauptet, nicht Bertha, sondern ihre Söhne hätten den Wagen gesteuert, was aber angesichts des Alters der Jungen eher unwahrscheinlich ist – sicherlich durften die beiden Buben auch mal ans Steuer, aber nicht über die ganze Strecke. Außerdem brauchte es sowieso der vereinten Kräfte von allen dreien, wenn es einen steilen Berg hochging – der im Vergleich zum Daimlerantrieb deutlich schwächere Motor schaffte es oft nicht ohne Hilfe und so war ein ums andere Mal schieben angesagt. Überhaupt handelte es sich bei dieser Fahrt um eine Gemeinschaftsleistung, denn natürlich gab es immer wieder etwas zu reparieren – und einer allein hätte das niemals bewerkstelligen können. So war zwischendurch die Isolierung am Motor defekt geworden und Ersatzmaterial natürlich nicht an Bord. Die findige Bertha hat dennoch einen Ausweg gefunden, indem sie eines ihrer Strumpfbänder geopfert hat, das eine wunderbare Isolierung abgegeben hat. Oder die Sache mit der verstopften Benzinleitung: wozu besaß man schließlich eine Hutnadel, mit deren Hilfe die Leitung ruckzuck wieder gängig gemacht werden konnte? Die Frau wusste sich wirklich zu helfen! Aber wie gesagt: ganz auf sich alleine gestellt, wären solche Reparaturen natürlich nicht möglich gewesen. Mindestens ein zusätzlicher Helfer musste ja den Motor in Gang setzen, den Wagen in der Spur halten, etc. Aber so wurde die erste Überlandfahrt einer Benzinkutsche überzeugend gemeistert. Und als Bertha Benz dann auch noch die Rückfahrt von Pforzheim nach Mannheim über eine andere Route gelang, da war die Pioniertat perfekt – der Durchbruch für die Benzmotorwagen war geschafft und Bertha Benz ist in die Automobilgeschichte eingegangen. In einem Atemzug mit Carl Benz muss auch ihr Name genannt werden, denn ohne sie wäre das Kapitel Benz-Motorwagen bereits wieder Vergangenheit gewesen. Aber nun hatte mit einem Mal also wieder Benz die Nase vorn.

Gottlieb Daimler, den zur gleichen Zeit dieselben Absatzprobleme plagten wie seinen Konkurrenten in Mannheim, konterte die Rekordfahrt der Bertha Benz mit einer nicht minder spektakulären Aktion: er stattete das Luftschiff des Leipziger Buchhändlers Hermann Wölfert mit seinem Standuhr-Motor aus, der einen Propeller antreiben sollte. Für die Befüllung mit Wasserstoff werden riesige Mengen an Zinkspänen und Schwefelsäure benötigt: die Ausgangsprodukte für die Herstellung des Gases. Zu diesem Zweck werden sämtliche Cannstatter Apotheken und Drogerien leer gekauft – und trotzdem reicht es noch immer nicht, um die riesige Luftzigarre so zu befüllen, dass sie sich vom Boden löst! Die Gaserzeugungsmaschinen laufen auf höchsten Touren, aber bald gibt es keinen Nachschub mehr. Zu wenig Wasserstoff, um das Gewicht in die Luft zu tragen, das Hermann Wölfert auf die Waage bringt. Es muss aber heute stattfinden, denn wenn es heute nicht gelingt, dann wird über eine Woche vergehen, bis wieder genügend Zinkspäne und Schwefelsäure vorhanden sind. Und der bisher hineingepumpte Wasserstoff wird längst aus dem Luftschiff entwichen sein.
Es gibt nur eine Möglichkeit, um den Start doch noch zu schaffen. Wölfert weiß genau, was das bedeutet. Er ringt heftig mit sich – und gibt schließlich schweren Herzens seinen Verzicht auf die Fahrt bekannt. An seiner Stelle soll sein wesentlich leichterer Helfer Knabe (der heißt nicht nur so, sondern der schmächtige junge Mann sieht auch so aus) in den Käfig unterhalb des Rumpfes steigen, wo er den Standuhrmotor bedienen soll und damit (falls alles gut geht) Luftfahrtgeschichte schreiben wird. Es ist ein riskantes Unterfangen, denn es geht um wenige Gramm! Und wenn sie sich mit dem Gewicht und den Auftriebseigenschaften des hochentzündlichen Wasserstoffs auch nur minimal verrechnet haben, dann Gute Nacht! Trotzdem wagen sie es: Am 8. August 1888 steigt das Luftschiff vom

Daimler-Firmengelände am Cannstatter Seelberg auf! Es ist ein Abenteuer, bei dem es wirklich um Millimeter geht! Denn das Luftschiff bewegt sich nur äußerst träge nach oben und wenn jetzt auch nur ein etwas stärkerer Wind aufkommt, dann wird es den Schornstein streifen – mit fürchterlichen Konsequenzen! Es scheint den Beobachtern am Boden eine halbe Ewigkeit vergangen, als die Luftzigarre mit knapper Not am Schornstein tatsächlich vorbeischwebt. Jetzt ist es soweit: auf einen Zuruf von Daimler legt der in seinem Käfig sitzende »Pilot« den Gang ein und betätigt die Steuerung. Der Propeller beginnt sich zu drehen. Es funktioniert! Erstmals in der Menschheitsgeschichte »fährt« ein Luftfahrzeug, das von einem Explosionsmotor angetrieben wird, nicht mit dem Wind, sondern gegen den Wind.

Das Luftschiff landet dann einige Kilometer nordwestlich auf einer Wiese zwischen Mühlhausen und Aldingen nicht weit vom Neckar entfernt (auf der Höhe des heutigen Flugplatzes »Pattonville«). Erstaunlicherweise schafft Knabe diesen Bodenkontakt, ohne dass das Luftschiff zerschellt oder gar in Flammen aufgeht. Ein Wunder! Gottlieb Daimler, dessen Vision der Mobilität »zu Lande, zu Wasser und in der Luft« damit in allen drei Bereichen Wirklichkeit geworden ist, verzichtet aber lieber auf weitere Experimente mit den Wölfertschen Luftschiffen. Er findet – und ist sich dabei mit Maybach absolut einig – dass man mit dem waghalsigen Aufstieg am Seelberg das Schicksal mehr als genug herausgefordert hat und bei dem ganzen Abenteuer nur knapp an einer Katastrophe vorbei geschrammt ist. Das reicht sowohl Daimler, als auch seinen Nerven! Erst viele Jahre später wird er wieder für einen Luftschiffbauer tätig werden: es ist Graf Zeppelin, für dessen erstes Luftschiff er die Motoren liefert.

Am 29.September 1888 gründen der Klavierbauer William Steinway und Gottlieb Daimler in New York die »Daimler Motor Company«. Er bietet seine Motoren nicht nur zum Verkauf an, sondern produziert hier auch Gas- und Petro-

leummotoren. Daimler ist damit der erste Motorenbauer auf dem neuen Kontinent.
Zustande gekommen war der Kontakt schon viel früher, noch in der Deutzer Zeit von Maybach und Daimler. Im Auftrag der Gasmotorenfabrik hatte sich Wilhelm Maybach im Jahr 1876 auf der Weltausstellung in Philadelphia aufgehalten und bei dieser Gelegenheit auch seinen Bruder Karl besucht, der bei Steinway arbeitete. Gegründet worden war die Firma vom Instrumentenbauer Heinrich Steinway aus Seesen im Harz, der nach Amerika ausgewandert war. Sein Sohn William hatte sich dann auf den Klavierbau spezialisiert. Bei Maybachs Besuch hatte man sich kennengelernt und über die Jahre hinweg immer den Kontakt gehalten, Bis schließlich die Idee mit der gemeinsamen Firmengründung geboren wurde – auf einem ganz anderen Feld von Handwerk und Technik. Und so haben Daimler und Steinway in Nordamerika ein Stück Industriegeschichte geschrieben, auch wenn der Absatz zunächst weit hinter den Erwartungen blieb. Die Motorisierung in Amerika steckte – im Gegensatz zu Europa – erst in den Kinderschuhen. William Steinway war freilich nicht der Mann, der so schnell die Flinte ins Korn warf. Er glaubte fest an die Zukunft ihrer »Daimler Motor Company« und investierte kräftig weiter in den Ausbau der Produktionsanlagen – so kräftig, dass die in ernsten finanziellen Schwierigkeiten steckende Daimlergesellschaft in Cannstatt schließlich nicht mehr mithalten mochte oder konnte. So haben sich im Lauf der Jahre die Anteilsverhältnisse in Richtung Steinway verschoben – was im Nachhinein betrachtet wohl ein Fehler war. Denn nach William Steinways Tod im Jahr 1896 haben seine Erben die »Daimler Motor Company« ruck-zuck an »General Electric« verkauft. Kurz danach begann in den USA der Siegeszug des Automobils.

Zurück nach Deutschland – in die traurige Realität des Herbstes 1888. Das Automobil hat sich weder in Mannheim noch in Stuttgart durchgesetzt. Trotz der spektakulären Überlandfahrt von Bertha Benz und trotz des Luftschiff-Coups von Cannstatt laufen die Geschäfte schlecht bei Daimler und bei Benz. Das hängt natürlich vor allem mit der Wirtschaftskrise zusammen, in die das Deutsche Reich geschlittert ist und in der die Leute nur noch wenig Neigung zeigen, ihr Erspartes für solche Luxusgüter wie einen pferdelosen Wagen auszugeben. Man weiß ja, wie viel Geld nicht nur das Vehikel als solches kostet, sondern was auch die zahlreichen Reparaturen und Unterhaltsmaßnahmen regelmäßig verschlingen. Und so kommt es, dass Daimlers Finanzmittel trotz der hohen Abfindung aus Deutz beinahe aufgezehrt sind. Niemals hätte er das für möglich gehalten. Doch es ist so. Die zahlreichen Restriktionen der Behörden, die sie den »Automobilisten« auferlegen, bremsen den ohnehin bescheidenen Absatz zusätzlich. Mit der Qualität heruntergehen und billiger produzieren, um die Automobile preisgünstiger abgeben zu können? Niemals! Qualität

Daimler-Straßenbahn 1887

steht für Daimler auch bei finanziellen Engpässen grundsätzlich an erster Stelle. Über Qualität wird gar nicht erst diskutiert, Qualität wird produziert!
Selbstverständlich werden die Daimlerwagen von den beiden Chefkonstrukteuren grundsätzlich persönlich »handgeprüft« bevor sie an die Kunden ausgeliefert werden. Das ist Ehrensache! Maybach und Daimler unternehmen mit jedem neuen Wagen eine ausgedehnte Testfahrt, die meistens ins Remstal führt. Maybach sitzt am Steuer, Daimler sagt, wo es lang geht. Die Fahrt führt sie in Richtung Schorndorf, in Daimlers Geburtsort, wohin er nach wie vor zahlreiche enge Kontakte pflegt. Insgeheim hat Daimler seine Pläne, einmal eine Produktionsstätte in Schorndorf aufzubauen, nach wie vor im Hinterkopf. Die Probefahrten ins Remstal dürfen frühestens bei Einbruch der Dunkelheit starten, das haben die Behörden in den Anfangsjahren so bestimmt. Und so ist es bereits dunkle Nacht, als ihnen bei einer dieser Probefahrten im Frühherbst 1888 schon ganz in der Nähe von Schorndorf an einer Remsbrücke auf dem Weg ein einsames Licht entgegen kommt. Offenbar ein Radfahrer. Doch seltsam: der Kerl weicht nicht aus, sondern bleibt stur in der Wegmitte. Aber irgendwann muss er doch ausweichen! Oder zumindest anhalten! Von wegen! Er scheint eher schneller zu werden! Plötzlich tuts einen harten Schlag, Fluch, ein dumpfer Aufprall, gefolgt von einem Schmerzensschrei. Maybach bringt den Wagen, der wegen der Brücke sein Tempo Gott sei Dank sowieso schon gedrosselt hat, abrupt zum Stehen. Sie steigen aus und sehen im Licht der Wagenlaternen schemenhaft, wie sich der Mann stöhnend wieder hochrappelt. »Du liabs Herrgöttle von Biberbach! Was um Himmels Willen war denn das?« krächzt eine Stimme, die Gottlieb Daimler irgendwie bekannt vorkommt. Ja klar, das ist die Stimme vom Schuster Schnabel, einem Nachbarn aus der Höllgasse! Zum guten Glück scheint der nur leicht verletzt zu sein, so wie er schimpft. »Ja sag mal, Schnabel, was machst du denn da? Wieso

fährst du uns denn direkt in das Automobil hinein?!«
Schnabel schnappt vor Empörung nach Luft: »In das Automobil hinein!«
»Ja, sicher. Du bist uns einfach in den Wagen hinein gefahren! Mit voller Absicht! Bist du denn lebensmüde?!«
»Lebensmüde! Mit voller Absicht! Da hört sich doch alles auf!« Jetzt ist Schnabel erst recht außer sich! »Da komme ich nichts ahnend von meinem Obstwiesle und sehe in der Dunkelheit zwei Lichter auf mich zukommen. Zwei Radfahrer denke ich. Gut, hältst du dich in der Mitte, dann können sie links und rechts an dir vorbei. Und kaum, dass ich das zu Ende gedacht habe, da tuts auch schon einen Mordsschlag und ich liege auf dem Boden. Und dann kommst du daher, und fragst mich, was ich hier tue!«
»Ach Schnabel! Sag bloß. Du hast die Laternen an unserem Wagen also für zwei Fahrradfahrer gehalten!«
»Natürlich. Für was denn sonst?!«
»Oh je. Klar. Das hast du natürlich nicht wissen können. Ist dir auch wirklich nichts passiert?«
Zum guten Glück ist das der Fall gewesen: bis auf einige blaue Flecken war der gute Schnabel mit dem Schrecken und einem leicht verbogenen Drahtesel davon gekommen. Immerhin hat er damit den (mutmaßlich) ersten Unfall der Automobilgeschichte quicklebendig überstanden. Und als kleine Wiedergutmachung durfte er nun auch als einer der ersten Passagiere mit der pferdelosen Kutsche zurück nach Schorndorf fahren. Auch wenn er sich zunächst gesträubt hat, sein Hinterteil »in so eine Höllenmaschine« zu setzen. Gottlieb Daimler hat ihn schließlich mit dem Argument überzeugt: »Ich fahre doch auch damit. Einem alten Nachbarn wirst du doch wohl trauen dürfen«. So nahm die Episode für Schnabel noch ein gutes Ende und überall konnte er in Schorndorf nun erzählen, wie es so ist, wenn man mit einer Petroleumkutsche durch das schöne Remstal zuckelt – und wie vorsichtig man sein muss, wenn einem des Nachts auf dem Weg zwei vermeintliche Fahrradlaternen entgegen kommen.

Mercedes wird geboren

Am 16. September 1889 wird in Wien Mercedes Adrienne Ramona Manuela Jellinek geboren

Von Anfang an ist die Drittgeborene das Lieblingskind ihres Papas Emil Jellinek und von Geburt an dessen Augenstern. Eigentlich waren seine Frau Rachel und Emil kurz vor der Geburt des Kindes übereingekommen, für den Fall, dass es eine Tochter werde, ihr den Rufnamen Adrienne zu geben. Doch kaum hatte der überglückliche Vater seine erste Tochter erblickt, war er hingerissen von der Anmut des Säuglings. Sofort war ihm klar: da musste ein anderer erster Name her. Und dabei kam ihm plötzlich »Mercedes« in den Sinn. Dieser wunderschöne spanische Vorname passte wie kein zweiter zu dem schönsten Mädchen, das jemals das Licht der Welt erblickt hatte. »Mercedes« – die Anmutige, die Liebreizende. Mercedes Adrienne Ramona Manuela Jellinek, der Augenstern ihres Vaters Emil. Ein Mädchen, das mit seinem Namen automobile Weltgeschichte schreiben sollte. Was in diesem Jahr natürlich noch niemand ahnen konnte. Noch nicht einmal Emil Jellinek, der sich ansonsten doch immer auf der Höhe der Zeit befand.

Mercedes Jellinek

Emil und Mercedes Jellinek

Am 28. Juli 1889 stirbt Emma Daimler. Sie hat in den Wochen vor ihrem Tod mit aller Energie, die ihr die schlimme Krankheit noch gelassen hat, versucht, nicht nur ihre familiären Dinge zu regeln, sondern sie hat ihren Mann beschworen, seine Firma, die immer stärker mit finanziellen Engpässen zu kämpfen hatte, ganz neu zu organisieren. Dazu sei es unbedingt notwendig, Investoren herein zu holen. Fachleute, die sich mit den Finanzen auskannten – im Gegensatz zu dem Techniker Gottlieb Daimler. Daimler war alles andere als angetan von diesen Vorschlägen und schaltete auf stur. Denn sich nun auch in der eigenen Firma mit Leuten herumschlagen zu müssen, die einem das Leben zur Hölle machten und einen nur vom Arbeiten abhielten: nein danke. Doch die Situation wurde nicht besser, die Absatzkrise blieb bestehen. Und so gab Daimler schließlich widerwillig nach und musste Emma versprechen, den schwerreichen Rottweiler »Pulverkönig« Max Duttenhofer als Investor zu gewinnen. Der Duttenhofer sei absolut interessiert an einer Beteiligung in Cannstatt, das habe er ihr bereits in einem persönlichen Gespräch signalisiert. Emma Daimler hatte nämlich, sehr zum Erstaunen ihres damals völlig ahnungslosen Gatten, hinter Daimlers Rücken längst die Weichen für eine hoffentlich bessere Zukunft der Firma gestellt. Einer der maßgeblichen Tippgeber war dabei niemand anderer als Daimlers langjähriger Freund Adolf Groß gewesen, der ihm als Direktor in der Maschinenfabrik Esslingen den Einbau des Motors in die Wimpffkutsche ermöglicht hatte. Ein absolut vertrauenswürdiger Zeitgenosse! Ihr Gottlieb brauchte sich also gar nicht erst zu echauffieren, von wegen »hinter dem Rücken« und so… Emma Daimler hatte also bereits für die Zeit nach ihrem Tod gesorgt. Eine zutiefst anrührende Handlungsweise, wenn man bedenkt, dass sie von ihrer Lungenkrankheit bereits stark geschwächt war. Und alles geschah natürlich in bester Absicht. Aber dann kam es doch ganz anders, als geplant. Dramatisch anders.

Auch der 52 Jahre alte Ferdinand von Zeppelin hat, wie der vier Jahre ältere Daimler, eine schlechte Zeit hinter sich. Im Januar 1890 scheidet Zeppelin aufgrund einer Intrige aus dem Militärdienst aus. Das muss aber gar nicht so negativ sein, wie es sich zunächst anhört, denn von nun an kann er sich ganz seinem Traum vom lenkbaren Luftschiff widmen, in den er in den Folgejahren nahezu sein gesamtes Vermögen steckt (und beinahe alles verliert). Und immerhin befördert man ihn zum Abschied vom Militär – wenn auch eher aus »kosmetischen Gründen« noch zum General.
Eine Lebensphase ist zu Ende und Zeppelin kann im Grunde seines Herzens aufatmen. Denn in den vergangenen Jahren hat es immer wieder Ärger mit den Preußen gegeben, die ja spätestens seit 1871 die deutsche Politik bestimmen und den anderen Ländern ziemlich deutlich zu verstehen geben, dass sie für Berlin nur eine Art Vasallenstaaten darstellen. Als württembergischer Gesandter in Berlin hat er sich jahrelang darüber geärgert, mit welcher Arroganz sich die Preußen über die Mundart der Schwaben lustig machen. Und wie sie über die eher bedächtige schwäbische Sprechweise lächeln. Nun gut, die Preußen reden in der Tat schneller, als der Schwabe denkt, diesen vermeintlichen Vorteil billigt ihnen Zeppelin durchaus zu. »Bis ein Schwabe das Wort Wurst sagt, hat sie der Preuße schon zweimal gefressen!« So isch das halt. Aber weswegen müssen die Schwaben deswegen immer noch gleich mit einem gewaltigen Minderwertigkeitskomplex herumlaufen? Weshalb trauen sie sich in Gegenwart eines Preußen kaum noch, den Mund aufzumachen? Und wie sie sich erst verbiegen und sich dabei fast die Zunge brechen, wenn sie meinen, hochdeutsch reden zu müssen. Er findet das alles höchst ärgerlich. Und dann noch diese ewigen preußischen Einmischungen in allen Bereichen der Verwaltung! Sogar noch bei der Auswahl der württembergischen Ge-

neräle wollen sie das letzte Wort haben! Zeppelin schreibt eine zwar wütende, aber auch streng vertrauliche Analyse dieser seiner Meinung nach untragbaren Verhältnisse an den württembergischen König. Doch seine Stellungnahme wird dem Kaiser zugespielt und Wilhelm II. ist natürlich außer sich! Es bleibt nur eine Konsequenz: der sofortige Abschied aus dem Militärdienst. Zeppelin zieht nach Stuttgart zurück und in seinen Sommerwohnsitz, Schloss Girsberg am Bodensee bei Kreuzlingen. Dort hat er seine frühe Kindheit verbracht.

Hier kann er sich nun in Ruhe seinen Luftschiffplänen widmen, die während der Militärzeit natürlich viel zu kurz gekommen sind. Von König Wilhelm II. von Württemberg bekommt er wenig später ein Grundstück in der Manzeller Bucht am Bodenseeufer bei Friedrichshafen zur Verfügung gestellt, das groß genug ist, um den Bau seines ersten Luftschiffs realisieren zu können. Und auch wenn noch Jahre ins Land gehen müssen, bis es wirklich so weit ist: Dieses Grundstück wird nicht nur zur Keimzelle des Luftschiffbaus, sondern es ist auch der Kernort der Industrialisierung des ganzen württembergischen Bodenseeraums rund um Friedrichshafen. Von hier aus gehen später all die entscheidenden Impulse aus, die Friedrichshafen und sein Umland zu einem High-tech Standort machen, deren Firmen heute Weltgeltung haben.

Man fragt sich natürlich, wie der König dazu kommt, Zeppelin ein solches Geschenk zu machen. Der Graf war in relativ jungen Jahren der Erzieher des Königs gewesen, dem als Kronprinz aber keinesfalls der Sinn danach stand, einmal König werden zu wollen. Der Kronprinz hatte ganz andere Pläne für sich und seine Zukunft und dementsprechend renitent hat er sich verhalten. Da half nur eine strenge und gleichzeitig diplomatisch geschickte Hand – diese meinte man, im Grafen Zeppelin gefunden zu haben. Zeppelin war von dieser Aufgabe zwar alles andere als begeistert, aber Befehl ist halt Befehl und so wurde er für ein knappes Jahr – übrigens in Berlin – zum Erzieher des

Kronprinzen. Tatsächlich hat er diese Aufgabe mit Bravour gemeistert und seinem Zögling die richtigen Flötentöne beigebracht. Ihr Lebtag lang sind sich die beiden seitdem mit großem Respekt begegnet. Das ist der Grund, weshalb der seinem Erzieher immer dankbare König Wilhelm II. auch unerschütterlich an Zeppelins Seite stand, als kübelweise Hohn und Spott über dem »Luftgrafen« ausgeschüttet worden sind. Als selbst der Kaiser begeistert in den Chor der Spötter eingestimmt hat und Zeppelin sogar als den »Dümmsten von allen Süddeutschen« beleidigt hat: auch dann stand der König von Württemberg unerschütterlich zu »seinem« Zeppelin.
Auch in Friedrichshafen ist man dem Grafen Zeppelin, immerhin einem protestantischen württembergischen Offizier, viele Jahre lange mit unverhohlener Skepsis, anfangs sogar mit deutlicher Ablehnung, begegnet. Denn man darf ja nicht vergessen, dass erst wenige Jahrzehnte vergangen waren, seitdem die Württemberger Friedrichshafen und ganz Oberschwaben sozusagen im Handstreich kassiert hatten. Mehr als nur zähneknirschend hatte sich der katholische Landstrich bei Napoleons Neugestaltung der deutschen Landkarte zwischen 1802 und 1810 ins neu entstandene Königreich Württemberg zwingen lassen. Die Klöster waren aufgelöst worden, deren ganzer Besitz an Württemberg gegangen. Ebenso die Freien Reichsstädte, auch deren Zeit war schlagartig zu Ende. Eine dieser Reichsstädte, die Stadt Buchhorn, gebärdete sich bei der Eingliederung dermaßen renitent, dass der erboste König Friedrich als neuer Herr der Stadt nicht nur das ehemalige Kloster Hofen in Beschlag genommen und als nunmehriges Schloss zur Sommerresidenz seiner Familie umgebaut hat, während er die Klosterkirche der neugegründeten evangelischen (!) Kirchengemeinde zur Verfügung stellte. Jetzt sind die Buchhorner natürlich erst so richtig auf die Barrikaden gegangen, worauf König Friedrich die nächste Stufe der Bestrafungsaktion gezündet hat, indem er den alten Ortsnamen Buchhorn beseitigt hat. Von nun an

heiße die Stadt nicht mehr Buchhorn, sondern Friedrichshafen, hat er dekretiert. Von seiner Warte aus eine ganz logische Bezeichnung: der Hafen des Königs Friedrich am Bodensee. Natürlich hat er das den Buchhornern »grad zum Bossen« gemacht. Aber sie hatten keine Chance, auch wenn die Volksseele vor (ohnmächtiger) Wut noch so gekocht hat. Seitdem heißt Buchhorn Friedrichshafen.
Das Klima in der Stadt war also nicht unbedingt dazu angetan, den Württembergern mit offenen Armen zu begegnen. Auch wenn seitdem schon einige Jahrzehnte vergangen waren. Jetzt kam da also dieser ehemalige General namens Zeppelin daher (»ond evangelisch isch'r au!«), der in der Manzeller Bucht mit der Produktion einer riesigen, mit hochexplosivem Gas gefüllten Luftzigarre begann, die trotz ihrer gewaltigen Größe und des gigantischen Gewichts in den Himmel steigen sollte! Unglaublich! Das Schlimmste an der Sache aber war die Tatsache, dass er seine Arbeiter gleich mitbrachte und vor allem für die besser bezahlten Aufgaben zunächst nur Arbeiter und Ingenieure aus Stuttgart und Umgebung anheuerte. Mit anderen Worten: noch mehr württembergische Protestanten am einstmals oberschwäbisch-reichsstädtisch-katholischen Bodenseeufer! Obwohl die Gründe dafür auf der Hand lagen, denn in Friedrichshafen waren zum damaligen Zeitpunkt industrielle Arbeitsplätze schlichtweg nicht vorhanden und infolgedessen auch keine Arbeiter mit den nötigen Kenntnissen. Trotzdem hat man sich im ehemaligen Buchhorn natürlich »granatenmäßig« darüber aufgeregt. Doch was hätte der arme Zeppelin auch machen sollen? Friedrichshafen, obwohl eine ehemalige Freie Reichsstadt, war im Prinzip nicht mehr, als ein größeres Bauerndorf. Erst jetzt, ganz zu Ende des 19. Jahrhunderts, begannen sich die Verhältnisse hier dramatisch zu verändern. Dank Zeppelin: der hatte ein enormes Talent dafür, sich die richtigen Leute für sein gigantisches Projekt auszusuchen. Lauter findige Köpfe, Tüftler wie beispielsweise den Wengertersohn Ludwig Dürr, der schon als Maschi-

nenbaustudent ein Praktikum bei Zeppelin in Friedrichshafen absolviert hatte und dem der »Luftgraf« bis zu seinem Studienabschluss extra eine Stelle freigehalten hat. Eine goldrichtige Entscheidung, denn Ludwig Dürr wurde dann der Ingenieur, der sämtliche Luftschiffe des Grafen Zeppelin konstruiert hat – bis zum letzten Luftschiff, dem tragischen »LZ Hindenburg«. Ein talentierter, zeitlebens bescheiden gebliebener Mann, der nie viel Aufhebens um sich und seine Person gemacht hat. Ein schwäbisches Tüftlergenie von echtem Schrot und Korn. Aber halt schon wieder so ein evangelischer Württemberger! Ein »Wueschtgläubiger«!
In dieser aus der Landesgeschichte heraus erklärbaren und ja auch durchaus verständlichen Skepsis, die dem Grafen Zeppelin anfangs am württembergisch (gewordenen) Bodenseeufer entgegengeschlagen ist, dürfte wohl der Grund dafür zu suchen sein, dass Zeppelin niemals seinen festen Wohnsitz in Friedrichshafen hatte – grundsätzlich ist er im Hotel abgestiegen, wenn er in Friedrichshafen zu tun hatte – und das hatte er ja oft wochen- und monatelang. Es war auch immer dasselbe Hotel, der »Buchhorner Hof«, den es nach wie vor gibt und der in seinem Namen noch an die alte Reichsstadtherrlichkeit erinnert (das Hotel liegt nahe am Bodenseeufer, gleich gegenüber vom heutigen »Zeppelinhaus«, der Stadthalle). Um es noch einmal ganz deutlich zu sagen: Friedrichshafen hat dem »Luftgrafen« sein Wirtschaftswunder zu verdanken – alle Sparten der hier angesiedelten Zukunftsindustrie gehen einzig und allein auf den württembergischen Protestanten Zeppelin und seine Firmengründung zurück: beispielsweise die »ZF«, die Zahnradfabrik, die einst aus der Notwendigkeit entstanden ist, den Motorantrieb des Luftschiffs mit verschiedener Drehzahl und Leistung laufen lassen zu können, dann die Zeppelinwerke, die Firma des Flugpioniers Claudius Dornier beziehungsweise die Unternehmen, die daraus hervorgegangen und miteinander verschmolzen sind, ebenso wie die Nachfolger der Maybachwerke. Die aller-

meisten davon sind absolute High-Tech-Schmieden, die führend in der Luft-, Raumfahr- und Antriebstechnik sind. Nicht zu vergessen die Zeppelinuniversität, die fleißig weiteren wissenschaftlichen Nachwuchs ausbildet. Alles hat den Ursprung im Luftschiffbau des Grafen Zeppelin. Und ausgerechnet hier hatte er nie einen festen Wohnsitz!

Die Fortschrittsverhinderer

Am 28. November 1890 wird in Cannstatt die »Daimler-Motorenwagengesellschaft« DMG gegründet. Die Gesellschafter sind Gottlieb Daimler, der Rottweiler »Pulverkönig« Max Duttenhofer und der Karlsruher Fabrikant Wilhelm Lorenz. Die Vertragsverhandlungen wurden maßgeblich von Bankier Kilian Steiner von der Württembergischen Vereinsbank beeinflusst, einem engen Freund Duttenhofers. Daimler erhofft sich dadurch mehr Kapital, das man für die Ausweitung der Produktion und für die Entwicklung benötigt. Er wird stellvertretender Aufsichtsratsvorsitzender, Maybach wird zum Vorstandsmitglied berufen. Doch das war Augenwischerei, um Daimler von den wesentlichen Vertragsbestandteilen abzulenken. Im »Kleingedruckten« sind ganz andere Machtverhältnisse fixiert, als der in dieser Hinsicht naive Daimler glaubt. Duttenhofer nimmt dann auch sofort nach Vertragsunterzeichnung alle Fäden in die Hand und ändert rigoros die Geschäftspolitik. Künftig heißt es: Umsatz statt Qualität! Das führt zwangsläufig zu gewaltigen Konflikten mit Daimler und Maybach. Im Alltagsbetrieb haben Daimler und Maybach kaum noch Einfluss. Regelmäßig werden sie in den Vorstandsitzungen überstimmt – und das in der eigenen Firma, wie Daimler immer noch denkt! Aber es ist nicht mehr seine Firma, das wird ihm jetzt in aller Deutlichkeit zu verstehen gegeben. Schon nach wenigen Wochen spitzen sich die Dinge zu, es kommt zum Eklat. Aber Daimler sind die Hände gebunden: jetzt erst holt er sich juristischen Rat – viel zu spät! Plötzlich ahnt er, dass er beim Abschluss des Vertrags viel zu vertrauensselig gewesen ist! Es ist eindeutig Duttenhofer, der bestimmen kann, wo es in der DMG lang geht! So steht es eindeutig im von Daimler unterschriebenen Vertrag. Es ist hereingelegt worden, ganz klar. Aber auch diese Erkenntnis hilft ihm nicht mehr aus der Misere: Der Firmengründer ist ins Hintertreffen geraten, außerstande, den Dingen eine andere Wendung zu geben. Schlimmer hätte es gar nicht kommen können. Emmas gut gemeinte Ratschläge haben sich ins Gegenteil verkehrt! Und Gottlieb Daimlers Herzkrankheit macht ihm auch wieder schwer zu schaffen. Kein Wunder! Denn das Allerschlimmste: es scheint keinerlei Ausweg aus der Misere zu geben!

Am 26. Januar 1891 stirbt Nikolaus August Otto, der angebliche »Erfinder« des Otto-Motors im Alter von 58 Jahren. Seltsam, wohl aus einer depressiven Grundstimmung heraus, die natürlich mit dem Ärger in der DMG zusammenhängt, schreibt Daimler in einem Kondolenzbrief an dessen Witwe: »...die ganze Vergangenheit steigt mir wieder vor der Seele auf, und auch mein späteres Lebensschicksal ist mit durch ihn bestimmt worden«. Tatsächlich stehen Daimler und Maybach zu diesem Zeitpunkt vor einem ähnlichen Scherbenhaufen, wie Jahre zuvor in Deutz!

Am 11. Februar 1891 kündigt Wilhelm Maybach bei der DMG. Er will sich nicht länger mit den Einschränkungen in der Konstruktion herum ärgern. Scheinbar gibt es bei Maybachs Kündigung auch ein Zerwürfnis mit Gottlieb Daimler. Das ist aber nur vorgespiegelt – auch wenn das heute noch immer wieder erzählt wird. Das Gegenteil ist der Fall: Denn in Wirklichkeit gründet Daimler mit Maybach heimlich eine neue Firma. Im ehemaligen Cannstatter »Hotel Hermann« soll Maybach neue Motoren entwickeln – zunächst nur auf dem Reißbrett und zunächst auch ohne Daimlers Mithilfe, denn der bleibt zum Schein in »seiner« DMG (die gar nicht mehr seine ist), wo er nach Möglichkeiten sucht, in der Motorenwagengesellschaft wieder die Oberhand zu gewinnen. Es wird kaum gelingen, das ahnt Daimler. Aber er muss Geduld an den Tag legen, denn auch aus patentrechtlichen Gründen können sie nicht sofort in die Produktion gehen – ganz abgesehen von den erforderlichen finanziellen Mitteln, über die er nicht mehr verfügt.

Der Strom lernt fließen

Der 25. August 1891 wird zum Meilenstein in der Elektrizitätsgeschichte: Die erste Fernübertragung von Drehstrom wird erfolgreich bewältigt. Vom Generator in Lauffen am Neckar bis nach Frankfurt auf die Internationale Elektrotechnik-Ausstellung sind es 176 Kilometer. Es gelingt dabei erstmals, elektrische Energie über eine große Distanz zu transportieren und in der Ausstellungshalle – trotz des unvermeidlichen Energieverlusts auf der Strecke – noch 1.000 Glühlampen zum Leuchten zu bringen. Realisiert wird diese Pionierleistung von der »Allgemeinen-Elektricitäts-Gesellschaft«, der AEG (seligen Angedenkens). Was heutzutage so selbstverständlich klingt, ist damals der Startschuss für die Gründung von industriellen Zentren, denn nun ist der Standort von Fabriken, die ihre Maschinen mit Elektrizität betreiben wollen, nicht mehr an ein Gewässer gebunden. Der Strom kann jetzt überall hin transportiert werden.

Gottlob Honold

Innerhalb weniger Jahre werden viele Fabrikstandorte auf dem Land aufgegeben, während in den neu entstehenden Ballungsräumen große Industriegebiete aus dem Boden gestampft werden. Die Berichte über die neuesten Techniken auf der Elektrizitätsausstellung begeistern auch einen jungen Burschen aus der Gegend von Ulm. Er heißt Gottlob Honold und er sieht seine berufliche Zukunft seitdem in der Elektrotechnik. Lernen will er das Handwerk von der Pike auf und zwar bei einem der Besten.

Im Herbst 1891 tritt Gottlob Honold aus Langenau als Lehrling in die Firma Robert Bosch ein. Bosch klärt ihn aber sofort auf: »Es gibt bei mir kein Vitamin B« – nur weil er der Sohn des Oberlehrers sei, der mit seinem Vater befreundet war, brauche er sich darauf nichts einzubilden. Außerdem muss Honold sich erst einmal in Geduld üben und noch vier Monate warten, bis er die Lehrstelle bekommt, weil Bosch noch einen Lehrling hat, dessen Ausbildung eben noch so lange dauert. Und damit auch das gleich geklärt ist, hat ihn der Firmenchef darauf hingewiesen, dass er von ihm zwar Unterkunft und Essen, aber keinen Lohn bezahlt bekomme, »denn im Gegensatz zu den Amerikanern, die ihre Lehrlinge nur ausbeuten, investiere ich in Dich. Du kostest mich sogar viel Geld, wenn ich Dich gut ausbilde.« Also: das seien die Bedingungen – falls er trotzdem kommen wolle, herzlich gern. Verhandelbar sei da aber nichts. Er solle sich das gut überlegen. Gottlob Honold akzeptiert und absolviert eine erfolgreiche Lehrzeit. Nur einmal kommt es während seiner Ausbildung zu einer größeren Verstimmung mit Robert Bosch. Und zwar, als er trickreich versucht, eventuell doch noch an ein kleines Salär zu kommen, nachdem er schon anderthalb Jahre bei Bosch arbeitet. Er spannt seinen Vater ein. Das Kalkül: Der Freund von Boschs verstorbenem Vater werde schon etwas bewegen können, wenn er ihn um ein kleines Taschengeld für seinen Sohn bitten würde. Aber der Älbler bleibt bockelhart. Er schreibt ihm einen langen Brief zurück, in dem er deutlich macht, wieviel Geld ihn sein Lehrling kostet. Beispielsweise ist da die Sache mit den zwölf Türkontakten, die Gottlob hergestellt habe. Die kosteten ihn pro Stück eine Mark, während er sie für nur 80 Pfennig verkaufen könne. »Sie werden nun sagen, entweder arbeitet Gottlob nichts, oder Sie lehren ihn nichts. Es ist aber ganz anders. Wenn ich Gottlob so arbeiten lassen wollte, dass er mir etwas verdient, so hätte ich ihn die Kontakte beispielsweise aus Guss machen lassen, anstatt, wie ich es tat, aus Blech.« Wollte er ihn ausnutzen, dann würde er ihn wie einen Hilfsarbeiter beschäftigen, der ihm damit noch Geld einbringe. »So wird es häufig gemacht.« Aber nicht bei

Robert Bosch: da wird einem Lehrling etwas beigebracht! Punktum! Und so bleibt es dabei: Gottlob bekommt kein Geld, dafür aber eine sorgfältige Ausbildung.
Nach Ende der Lehrzeit, mit der sich der Lehrherr im Großen und Ganzen sehr zufrieden zeigt (gelobt hat der wortkarge Bosch ja nie sonderlich viel. Insofern war es schon der Gipfel des Erreichbaren, als er zu Honold gesagt hat: »Also, ganz schlecht wars net!«), empfiehlt er ihm, sich jetzt erst einmal anderswo in der Welt umzuschauen, um ein bisschen seinen bislang ausschließlich schwäbischen Horizont zu erweitern. Er schickt ihn nach Frankfurt, zu einer Firma, die elektrische Messinstrumente herstellt, dort solle er ein Jahr bleiben. Danach wäre es gut, sich ein paar Monate in der Maschinenfabrik Esslingen anstellen zu lassen und im Anschluss daran seinen Wehrdienst hinter sich zu bringen. Honold befolgt die Ratschläge und absolviert seine Soldatenzeit bei den Pionieren in Ulm, exakt dort, wo 20 Jahre vorher schon Robert Bosch gedient hat. Das ist natürlich alles kein Zufall, die beiden waren aus einem ähnlichen Holz geschnitzt und Bosch wusste genau, welchen Rohdiamanten er mit Gottlob Honold bereits angeschliffen hatte. Jetzt ging es darum, das enorme Potential richtig zu veredeln, und so hat er Honold nach dem Ende von dessen Soldatenzeit geraten, noch ein Studium der Elektrotechnik dranzuhängen. Er empfiehlt ihm natürlich die Universität Stuttgart, wo Professor Wilhelm Dietrich nach wie vor der Lehrstuhlinhaber ist, also jener Wissenschaftler, bei dem auch Bosch schon studiert hat und zu dem er nach wie vor einen guten Kontakt hält. Honold solle dem Herrn Professor »einen schönen Gruß von mir« sagen, mit der Bitte, ihn als Studenten anzunehmen. Bosch verabschiedet seinen ehemaligen Lehrling mit dem Hinweis, dass er ihn nach dem abgeschlossenen Studium gerne wieder in der Firma beschäftigen würde, dann natürlich als Ingenieur, aber nur, wenn die Abschlussnote mindestens ein »Gut« sei. Gottlob Honold beherzigt diesen Ratschlag perfekt, absolviert sein Studium souverän und wird an-

schließend von Bosch als dessen Erster Ingenieur für Elektrotechnik eingestellt. Jetzt natürlich mit einem guten Gehalt. Und das im Alter von 25 Jahren. Aber Bosch wusste genau, was er tat. Nur wenige Monate später sollte sich die Verbindung Honold – Bosch bereits als entscheidend für den rasanten Aufstieg der Firma Robert Bosch und den endgültigen Durchbruch zum Weltunternehmen erweisen.

Dabei waren die Vorzeichen im Jahr von Honolds Ausbildungsbeginn bei Bosch alles andere als gut gewesen. Die finanzielle Lage der Firma hatte sich 1891 dramatisch verschlechtert. Obwohl Robert Bosch in Stuttgart für sehr gute Qualitätsarbeit bekannt war, hatte die Firma die ganze Zeit über rote Zahlen geschrieben. Und nun wurde alles noch schlimmer! Es lag noch nicht einmal am Auftragseingang, sondern hauptsächlich an den Kunden. Die Zahlungsmoral ist miserabel. Vor allem bei der Ärzteschaft, die zahlreich unter seinen Kunden vertreten ist. Es zieht sich oft über Monate hin, bis er endlich sein Geld bekommt, dabei hat er das ganze Material und die Löhne seiner Arbeiter schon längst bezahlen müssen. Und zu allem Übel gerät er immer wieder an einen schrägen Vogel: So hat er zu dieser Zeit beispielsweise die elektrische Installation für ein Fotolabor vorgenommen, doch kaum dass die Arbeit beendet ist, gesteht ihm der Fotograf, dass er leider zahlungsunfähig sei: pleite! Und wieder einmal hatte Bosch weder einen Vorschuss, noch eine Abschlagszahlung verlangt! Es ist eine Katastrophe. Seine sämtlichen Geldmittel sind zerschmolzen wie Schnee in der Aprilsonne: Die 10.000 Mark Startkapital sind längst aufgebraucht, die Mutter hilft ihm darauf mit einem Darlehen von 3.000 Mark aus der größten Verlegenheit, weitere Darlehen kommen kurzfristig von seinen Brüdern und den Schwägern dazu, das sind insgesamt noch einmal beinahe 10.000 Mark. Aber es reicht trotzdem nicht: Sein Kreditrahmen von 10.000 Mark bei der Stuttgarter Gewerbekasse ist ebenfalls bis zum Limit ausgereizt – die Überschuldung ist

längst da, eigentlich ist er so gut wie bankrott. Das Aus für die Firma Bosch ist greifbar nahe! Er hat noch nicht einmal mehr das Geld, um seinen Arbeitern am Samstagnachmittag ihren Wochenlohn ausbezahlen zu können und muss sich mehr als einmal an den Obsthändler in der Rotebühlstraße wenden und ihn um einen Kredit bitten. Man sieht ihm schon von weitem an, wie peinlich das für ihn ist, wie demütigend. Der Obsthändler gibt ihm das Geld, denn er weiß ja, dass Bosch auf gar keinen Fall etwas schuldig bleiben wird und versucht ihn zu trösten: »Das wird schon wieder Herr Bosch. Sie müssen nur fest daran glauben. An der Qualität ihrer Arbeit liegt es jedenfalls nicht!«
Trotzdem muss er an Ostern 1892 von seinen 24 Leuten 22 entlassen, an Ende kann er nur noch seinen Meister Arnold Zähringer und den Lehrling Gottlob Honold behalten. Eine Situation, die ihm fürchterlich zu schaffen macht, denn es waren ja allesamt fleißige Arbeiter, denen er nun kündigen muss. Und das Land steckt mittlerweile auch noch tief in einer Wirtschaftskrise!
Ganz kurz denkt er daran, die Flinte ins Korn zu werfen und die Firma zu liquidieren. Nach fünf arbeitsreichen Jahren. Sollte das alles etwa umsonst gewesen sein? Nein! Also beißt er die Zähne zusammen und macht weiter. Irgendwann muss es doch aufwärts gehen! Zum guten Glück hat er Honold und Zähringer behalten. Das sollte sich in einigen Jahren segensreich auswirken!

Im selben Jahr 1892 wäre Gottlieb Daimler mit seinem Sohn Paul bei einer Bootsfahrt auf dem Bodensee beinahe ertrunken – wieder einmal war er im August zur Sommerfrische nach Konstanz gefahren, wo er im Inselhotel abgestiegen ist. Eberhard von Zeppelin, der Bruder des »Luftgrafen«, hatte die einstige Baumwollmanufaktur der Großeltern auf der Dominikanerinsel inzwischen zum Hotel umgebaut – ein wunderbarer Platz direkt am Bodenseeufer. Perfekt geeignet nicht nur für die »normalen« Sommerfrischler, sondern eben auch für Leute vom Schlag

eines Gottlieb Daimler, denn der Konstrukteur hatte auch im Urlaub immer »ein bissle Gschäft« dabei. Im diesem Fall befand sich sein neuester Motor im Reisegepäck. Den konnte man hier nun wunderbar auf ein Boot montieren und mit Ferdinand von Zeppelin, der mittlerweile ja wieder in Stuttgart wohnte und Daimler in Cannstatt natürlich schon oft begegnet war, einen neuartigen Luftpropeller als Antrieb ausprobieren. Das passte alles wunderbar zusammen: zwei Fliegen mit einer Klappe! Denn während Daimler seinen neuen Motor auf höchster Drehzahl über das Wasser jagte, konnte Zeppelin herausfinden, welche Propellerform wohl die Beste war, um so ein Gefährt kraftvoll voranzutreiben.
Genau bei einer solchen Testfahrt wäre es jedoch beinahe um die beiden Daimlers geschehen gewesen. Denn als sie am Nachmittag wieder einmal den Motor starten wollten, kam der Hotelier mit bedenklicher Miene dazu und deutete in den noch strahlend blauen Himmel und zeigte dann auf die leichte Wolkenbildung über dem Säntis. Das sei an solchen heißen Tagen kein gutes Zeichen. Seiner Meinung nach sei schlechtes Wetter im Anmarsch, sie sollten also Vorsicht walten lassen oder am besten gleich ganz auf die Ausfahrt verzichten. Doch Vater und Sohn Daimler dachten gar nicht daran, den Warnhinweisen des Hoteliers Folge zu leisten. Bei so einem schönen Wetter! Sie stachen also in See – und waren bereits einige Minuten unterwegs, als sich ihnen ein Dampfer näherte, der direkt auf sie zuhielt. Es schien gerade so, als wolle er das Boot rammen! In letzter Sekunde aber drehte der Dampfer bei und der Kapitän zeigte sich an der Reling. Sie sollten bitte sofort umdrehen und so schnell wie möglich zurück nach Konstanz fahren, rief er ihnen zu. Denn ein heftiger Föhnsturm kündige sich an. Damit sei nicht zu spaßen. Doch während der alte Daimler lediglich gelangweilt mit den Schultern zuckte, gab Paul dem Kapitän zur Antwort, sein Vater sei ein erfahrener Ingenieur, der wisse schon, was zu tun sei. »Dem Ingeniör ist nichts zu schwör…« Und damit gaben sie vor

der Nase des verdutzten Dampferkapitäns so richtig Vollgas – allerdings nicht zurück in Richtung Inselhotel, sondern hinaus auf die Seemitte. Dort kam es, wie es hatte kommen müssen: aus buchstäblich heiterem Himmel brach das Unheil über sie herein und ein gewaltiger Sturm ließ die Nussschale in den meterhohen Wellen wie ein Spielzeugschiffchen hilflos hin und her tanzen. Schließlich wurde das Boot mit seinen kreidebleichen Insassen in der Nähe von Fischbach ans Ufer geworfen. Bis auf ein paar kleinere Schrammen waren sie erstaunlicherweise unverletzt geblieben. Es war die stürmischste Seefahrt ihres Lebens, die mit knapper Not in keiner Katastrophe geendet hatte. Nicht auszudenken, wenn es anders gekommen wäre: denn dann hätte Graf Zeppelin als bittere Konsequenz aus diesem Vorfall ja auch nie die Daimlermotoren als Antrieb für sein erstes Luftschiff erhalten. Und die Luftfahrtgeschichte hätte womöglich ganz anders geschrieben werden müssen.

Im Frühjahr 1893 kommt der frischgebackene Spenglergeselle Ferdinand Porsche nach Wien und erhält eine Anstellung als Hilfsarbeiter bei der »Vereinigten Elektrizitäts AG« von Bela Egger, die demnächst einen gigantischen Auftrag realisieren soll: die Beleuchtung von Schloss Schönbrunn mit elektrischem Strom! Vermittelt hat ihm diese faszinierende Anstellung und die (zähneknirschende) Einwilligung des Vaters der einflussreiche Teppichfabrikant Ignaz Ginzkey aus Maffersdorf, dessen Firma von Eggers Ingenieuren schon vor einigen Jahren auf den Elektrizitätsbetrieb umgestellt worden ist. Diese Arbeiten waren damals ja eine Art Initialzündung für Ferdinand Porsche gewesen: seit dieser Zeit hat er seinen Traum geträumt, auch einmal als Mechaniker oder gar als Ingenieur in der Elektrizitätsbranche arbeiten zu können. Was dann aber erst einmal den bereits beschriebenen Ärger mit seinem Vater ausgelöst hat.
Bei seiner Ankunft in Wien ist Ferdinand noch nicht ein-

mal 18 Jahre alt und deshalb hat – der nach wie vor von dem Wienaufenthalt seines Juniors alles andere als begeisterte – Anton Porsche dem Sohn dessen ältere Schwester Anna als eine Art »Aufpasserin« und Betreuerin mit nach Wien geschickt. Während der Vater also hofft, dass das Heimweh seinen Sohn aus der Fremde bald wieder zurück in die Spenglerei nach Böhmen treiben wird, ist für Ferdinand ein Traum in Erfüllung gegangen! Er arbeitet jetzt bei keinem Geringeren, als beim berühmten Pionier der Elektrizität in Österreich! Bela Egger! Unglaublich, aber wahr! Zwar ist er dort zunächst nur ein kaum beachtetes, winzig kleines Rädchen im Getriebe des hochangesehenen Unternehmens, aber mit Fleiß und Entschlusskraft müsste es doch zu schaffen sein, aufzusteigen und eines Tages sogar Ingenieur im Fach Elektrotechnik werden zu können. Der Ehrgeiz brennt in ihm und treibt ihn unaufhörlich voran und so ist Ferdinand morgens grundsätzlich der Erste, der in die Firma kommt. Gleich nach der Arbeit stürmt er aus der Firma und schleicht sich als »Schwarzhörer« in die Vorlesungen an der Technischen Universität (TU) in Wien. Das ist nicht ohne Risiko, leicht kann man dabei erwischt und bestraft werden, aber alles geht gut. Die »richtigen« Studenten staunen über den seltsamen Kommilitonen, der meist in letzter Minute atemlos in den Hörsaal stürmt, sich sofort in einem der hintersten Ränge verkriecht und von der ersten Sekunde an hochkonzentriert die Ohren spitzt. Ganz eindeutig ist er der eifrigste Zuhörer von allen, wie ein Schwamm saugt er den Vortrag des Professors in sich auf. Und dann noch seine eigentümliche dunkle Kleidung mit dem weißen Stehkragen: eigentlich sieht er ja aus, wie ein Priesterseminarist, aber nicht wie einer, der sich für Physik und Elektrotechnik interessiert. Ob er überhaupt mitbekommt, wie die anderen über ihn spötteln, das ist zweifelhaft, denn ihn interessiert einzig und allein die Vorlesung. Auch den Kontakt mit den anderen beschränkt er aus guten Gründen auf ein Minimum. Beinahe drei Jahrzehnte später schließt sich dann für ihn ein Kreis: die TU

Wien verleiht ihm die Ehrendoktorwürde. Ausgerechnet der ehemalige Schwarzhörer ist jetzt also ein Dr.-Ing. h.c. (ein Titel, der sich bis heute im Firmennamen des Sportwagenherstellers aus Zuffenhausen findet). Im Lauf der Zeit kommt noch eine zweite Ehrung hinzu: vor dem Hauptgebäude der TU steht die Büste des Ferdinand Porsche. Es ist mehr als offenkundig, dass sie hier mittlerweile richtig stolz sind auf ihren prominentesten Ingenieurs«studenten«. Auf den »Automobilkonstrukteur des Jahrhunderts«, der nie ein »richtiges« Ingenieursstudium abgeschlossen hat. Was für eine erstaunliche Karriere, die freilich erst durch den späteren Umzug nach Württemberg ihr rasantes Tempo aufnehmen wird!

Im August 1893 versucht es Bosch mit seinen Zündapparaten bei der Firma von Carl Benz, nachdem er ja bei Daimler so demütigend gescheitert ist. Dann soll sie eben die Konkurrenz in Mannheim verwenden. Doch auch Carl Benz zeigt ihm die kalte Schulter: er will keine Zündapparate von Bosch, sondern bleibt lieber bei seiner bewährten Batteriezündung. Deren Nachteil ist jedoch ein extrem hohes Gewicht – aber er hat schon eine Alternative im Sinn – und zwar das Glührohrverfahren, wie es Gottlieb Daimler anwendet. Ohne dessen Wissen und folglich auch ohne dessen Erlaubnis kopiert Benz die Glührohrzündung, während Bosch auf seinem – eindeutig besseren – Produkt sitzen bleibt. Es ist zum Haareraufen! Die Behandlung, die er bei Benz erfahren hat, unterscheidet sich kaum von der Abfuhr bei Daimler in der Taubenheimstraße. Und so ist es nicht verwunderlich, dass die Abneigung zwischen Benz und Bosch ihr Lebtag lang bestehen bleibt – genauso wie zwischen Bosch und Daimler. Tröstlich in diesem Zusammenhang: auch Daimler und Benz sind sich in herzlicher Abneigung verbunden. In einigen Jahren werden sie sogar gegeneinander prozessieren! Das alles hilft dem jungen Firmengründer Robert Bosch aber nicht aus seiner Absatz- und Ertragsflaute: zwangsläufig muss er sich halt weiter mit der Reparatur von Wasserhähnen, der Herstellung von Zigarrenanzündern und Halterungen für Petroleumlampen über Wasser halten. Diese Art der Produktion entspricht aber so ganz und gar nicht dem, was er sich für sein hochmodernes Zukunftsunternehmen eigentlich vorgenommen hat, wofür er studiert, und wofür er sich so viele Jahre im In- und Ausland weiter qualifiziert hat.
Aber trotzdem… hält er zäh an seinem Lebenstraum fest – und lässt sich die Stimmung innerhalb der Belegschaft keinesfalls vermiesen. Ob es mit dem Auftragseingang gut läuft oder weniger gut: die Arbeitsatmosphäre »beim jungen Bosch« unterscheidet sich gewaltig von der in anderen

Betrieben. Besonders gern hat Bosch nämlich mit seinen Leuten während der Arbeit in der Werkstatt Lieder gesungen – genauso falsch wie lautstark. Gottlob Honold berichtet davon: »Über die Liedertexte herrschte zwar manchmal Unstimmigkeit, weil zweierlei politische Anschauungen vertreten waren. Meistens musste aber die nach rechts zielende christliche Richtung nachgeben.« Weil es dabei oft erstaunlich laut geworden ist, obwohl ihm in dieser Phase kaum noch Arbeiter geblieben waren, hat Bosch dann darum gebeten, künftig doch eher statt »forte« ein »pianissimo« zu wählen, nicht dass die Leute draußen auf der Straße glaubten, »das hier drinnen sei ein Konservatorium«.

Übereinstimmend haben alle, die damals schon bei Robert Bosch angestellt gewesen sind, berichtet, was für ein wunderbares menschliches Betriebsklima in der Rotebühlstraße 75 B geherrscht habe. Obwohl es da natürlich auch immer wieder einmal zu seinen legendären Wutausbrüchen gekommen ist, wenn beispielsweise der Lehrling am Samstagabend die Maschinen nicht richtig saubergemacht und/oder die Werkstatt nicht ordentlich ausgekehrt hat. Dann konnte sich schlagartig ein fürchterliches Donnerwetter über dem armen Sünder entladen. Aber wenn die Eruption vorüber war, dann hat man sich ebenso rasch auch wieder vertragen und die Sache war vergeben und vergessen. Wenn es jedoch am nächsten Samstag gleich wieder passiert ist, dann gute Nacht!

Auch in anderer Hinsicht war Bosch bereits in den 1890er Jahren ein Pionier. Obwohl seine Firma ja alles andere als auf Rosen gebettet war, hat er seinen Arbeitern schon zu dieser Zeit die höchsten Löhne in ganz Stuttgart gezahlt und dabei die Arbeitszeit von zehn auf neun Stunden heruntergesetzt. Er hat ihnen sogar den Achtstundentag in Aussicht gestellt, falls die anderen Wettbewerber in ihren Firmen von zehn auf neun Stunden gingen. Doch die Konkurrenten haben nicht im Traum daran gedacht, die Arbeitszeit zu verkürzen. So musste es bei Bosch eben zu-

nächst einmal bei einer Stunde weniger bleiben, als bei den anderen. Und so gern er den Acht-Stunden-Tag schon lange vor der Jahrhundertwende auch umgesetzt hätte: das wäre ruinös gewesen.
Aber dafür hat er im Sommer an Tagen, an denen die Hitze im Stuttgarter Talkessel wieder einmal unerträglich geworden ist, die Werkstatt am Nachmittag geschlossen und seine Männer bei voller Lohnfortzahlung nach Hause geschickt. Vor über 125 Jahren! Das hat in den Stuttgarter Unternehmerkreisen natürlich für manches Aufsehen und unwilliges Gebrummel gesorgt!
So sozial und menschlich es bei Bosch zugegangen ist, so viel hat er im Gegenzug aber auch verlangt: eine sorgfältige Arbeitsweise, ja keine Schlamperei. Eingestellt hat er grundsätzlich mit Probezeit, wer dieses Risiko nicht auf sich nehmen mochte, der konnte gleich wieder kehrt machen. Denn über allem stand seine Maxime: »Murkser und Pfuscher werden bei mir nicht geduldet!«. In der Firma behalten hat er wirklich nur die Tüchtigsten, die anderen hat er schnell wieder vor die Tür gesetzt, da war er gnadenlos konsequent. Kein Wunder, dass es dabei manchmal zu ziemlich derben Wortwechseln gekommen ist, natürlich garniert mit den schönsten schwäbischen Schimpfwörtern, bei denen Bachel, Lötfeile und Allmachtsschlamper noch die harmlosesten gewesen sind…

Der deutsch-britische Geschäftsmann Frederic Simms gründet 1893 in London als Lizenznehmer die »Daimler Motor Syndicate Ltd.«, es ist der Beginn der britischen Automobilindustrie. Der clevere Simms hat sich das exklusive Recht gesichert, im Bereich des British Empire (außer Kanada) Daimlerwagen zu verkaufen. Auch Gottlieb Daimler hat eine Position im Aufsichtsrat dieser Firma, im Gegenzug sitzt Simms nun im Aufsichtsrat der DMG in Cannstatt.
Im Oktober 1894 werden die Gräben innerhalb der DMG immer tiefer. Nachdem Duttenhofer gegen Daimlers ent-

schiedene Gegenwehr eine Absenkung der Qualität durchgesetzt hat, um die Automobile mit einer höheren Rendite verkaufen zu können, kommt es zum Eklat: Gottlieb Daimler kündigt zum 11. November 1894 bei der DMG. Er verlässt die Firma, die er einst gegründet hat. Auf keinen Fall will er dafür verantwortlich sein, dass schlechte Produkte mit minderwertiger Qualität ausgeliefert werden. Genau so kommt es aber. Schlimm genug, dass die DMG seinen Namen trägt. Dafür hat er jetzt mehr Zeit, um zusammen mit Maybach im ehemaligen Hotel »Hermann« an neuen Konstruktionsplänen zu arbeiten. Noch muss das aus patentrechtlichen Gründen in aller Heimlichkeit geschehen. Aber schon bald soll eine neue Firma gegründet werden, die der DMG das Leben schwer machen wird. Dazu braucht er aber Investoren… Allein der Gedanke daran, was die Investoren mit seiner DMG angerichtet haben, lässt ihn wieder zögern. Kommt Zeit, kommt Rat. Jetzt geht es erst einmal um die perfekten Konstruktionszeichnungen. Zeitgleich gerät die DMG in eine schwere Krise. Nach Daimlers Ausscheiden hagelt es Beschwerden von unzufriedenen Kunden. Nur noch 25 Prozent der Produktion sind ausgelastet. So kann es nicht weitergehen. Auch Simms drängt bei den Aufsichtsratssitzungen massiv auf ein Umsteuern in der Firmenpolitik.

Frederic Simms

Schon am 1. November 1895 wird Gottlieb Daimler und kurz danach auch Wilhelm Maybach von der DMG wieder eingestellt. Sie sollen mit ihren Namen und vor allem mit ihrer Erfahrung versuchen, das Ruder der trudelnden Firma so schnell wie möglich wieder herum zu reißen. Ur-

sprünglich wollte Duttenhofer nur Maybach und nicht auch noch den starrköpfigen Daimler zurückgewinnen, doch Maybach erteilt ihm bei einem Sondierungsgespräch eine glasklare Abfuhr: »Ich bin ein Zögling Daimlers. Wir stehen nicht isoliert da, wie Sie meinen.« Er nennt klipp und klar seine Bedingung: Entweder beide oder keiner. Einen Keil durch das Gespann Daimler/Maybach zu treiben, ist unmöglich. Das sollen alle wissen. Auch der einflussreiche Simms drängt darauf, Daimler mit ins Boot zu holen – und außerdem: »Ich will den Daimler haben, nicht den Duttenhofer«. So bleibt Duttenhofer angesichts der tiefroten Zahlen, der nicht enden wollenden Kundenreklamationen, den Auftragsstornierungen und dem Drängen von Simms, nichts anderes übrig, als Daimler und Maybach im Rahmen eines »Wiedergutmachungsvertrags« in der DMG »neu« einzustellen.
Die wichtigste Vorbedingung der beiden Konstrukteure ist allen bekannt: »Das Beste oder nichts!« Innerhalb kürzester Zeit gelingt ihnen die Kehrtwende. Die Qualitätsmängel werden behoben. Schon allein die Tatsache, dass Daimler und Maybach wieder in verantwortlicher Position in der DMG tätig sind, lässt die Kunden Vertrauen fassen. Die

Daimlerlastwagen

Bestellungen schnellen in die Höhe. Die DMG ist nicht nur zurück in der Gewinnzone, sondern die Erträge sind so hoch, wie nie zuvor! Am 21. Dezember 1895 feiert man im Cannstatter Kursaal die Fertigstellung des 1.000. Daimlermotors. Gottlieb Daimler lädt dazu die ganze Belegschaft ein und bezahlt die rauschende Feier, bei der natürlich der Trollinger in Strömen in die durstigen Kehlen fließt, aus seinem privaten Geldbeutel. Ehrensache! Und gesungen wird bei dieser Gelegenheit auch, Daimler ist nämlich ein ebenso begeisterter Sänger wie Robert Bosch. Und so schmettert er mit dem eigens gegründeten »Gesangverein Petroleum« so manches Lied, das die Daimler-Motoren und Fahrzeuge kräftig hochleben lässt:

»Und hoch das Werk für dessen Ruhm
Wir einig wollen streben!
Ihm weih'n wir unser ganzes Thun
Das Daimler-Werk soll leben!«

Wer gut arbeitet, der soll auch gut feiern dürfen: Ehrensache für den Firmengründer. Weil sich die Belegschaft in den folgenden Jahren geradezu explosionsartig vermehrt, ist es ihm aber leider nicht mehr möglich, weiterhin diese ganz großen Feste zu veranstalten, bei denen er alle seine Gäste großzügig freihält. So beschränkt er sich darauf, die alten Weggefährten einzuladen, die »alte Garde«, zu der er ein kameradschaftliches Verhältnis pflegt. Regelmäßig kommt er auch zum Rentnerstammtisch und übernimmt dann natürlich grundsätzlich die Rechnung.

Parallel zur routinemäßigen Automobilproduktion beschäftigen sich Daimler und Maybach natürlich weiter mit Verbesserungen an den Fahrzeugen. So entwickeln sie um die Jahreswende 1895/96 schon den ersten Leichtmotor mit Aluminium-Gehäuse. Und 1896 wird der erste Lastwagen ausgeliefert, an dessen Konstruktion sie seit fünf Jahren gearbeitet haben. Nutzlast bis zu zwei Tonnen! Zur

Feier des Tages verfasst Daimler persönlich ein »Gedicht Marke Eigenbau«, das er bei der Präsentation des LKW selbstredend persönlich vorträgt:

»Ein Daimler ist ein gutes Tier,
zieht wie ein Ochs. Du siehst's allhier.
Er frisst nichts, wenn im Stall er steht,
und sauft nur, wenn die Arbeit geht.
Er drischt und sägt und pumpt dir auch,
wenn's Moos dir fehlt, was oft der Brauch.
Er kriegt nicht Maul- und Klauenseuch'
Und macht dir keine dummen Streich'.
Er nimmt im Zorn dich nicht aufs Horn,
verzehrt dir nicht dein gutes Korn.
Drum kaufe nur ein solches Tier,
dann bist versorgt du für und für.«

Kurz nach diesem Triumph folgt der erste Omnibus: dank der Motorleistung von 10 PS können darin 16 Personen befördert werden. Im Oktober 1898 nimmt der Motor-Postomnibus den Linienverkehr zwischen Bad Mergentheim und Künzelsau auf: es ist die erste Motorbuslinie der Welt.
1896 verklagt Gottlieb Daimler seinen Konkurrenten Carl Benz vor dem Landgericht in Mannheim wegen Verletzung seiner Patentrechte bei der Glührohrzündung. Daimler gewinnt den Prozess – und das Tischtuch zwischen Benz und Daimler ist damit endgültig zerrissen.

Jellinek wars fad

Im Frühjahr 1897 besucht Emil Jellinek aus Baden bei Wien mit seiner Tochter Mercedes die DMG. Dem Multimillionär Jellinek ist es furchtbar langweilig (ihm ist fad, wie es in Österreich heißt).

Emil Jellinek

Er sucht sich folglich ein neues Betätigungsfeld und meint, dass es durchaus auf dem Gebiet dieser neuartigen Motorkutschen liegen könnte. Auch er will, ganz im Daimlerschen Sinn, immer nur das Beste vom Besten und so hat er sich persönlich nach Cannstatt begeben, um das Unternehmen des Herrn Daimler persönlich unter die Lupe zu nehmen. Denn Jellinek will künftig an seinem Zweitwohnsitz in Nizza Autorennen veranstalten (und natürlich gewinnen). Obwohl mehrfacher Millionär bleibt er doch der Geschäftsmann, der einen Riecher für gute Umsätze hat – und so ist er sich ganz sicher, dass ihm seine vermögende Nachbarschaft an der Cote d'Azur die Wagen regelrecht aus den Händen reißen wird – welchen Preis auch immer er verlangen wird. Hauptsache, die Automobile haben das Rennen gewonnen. Dafür zahlen die Rothschilds für das neue Auto jede Summe. Sie wollen grundsätzlich nur das Beste. Genauso wie Jellinek – und Daimler. Also Autorennen: ausführlich bespricht Jellinek mit Daimler und Maybach vor diesem Hintergrund seine Wünsche nach dem schnellsten Automobil, das zu bekom-

men ist. Da er auch seine Tochter Mercedes mitgenommen hat, wird dieser Besuch in der Rückschau zu einem gleich in mehrfacher Hinsicht historischen Datum: es ist nicht nur der Beginn der Zusammenarbeit Daimler-Jellinek, sondern auch der Startschuss zu einer rasanten Firmenentwicklung und die Geburtsstunde des Markennamens Mercedes, auch wenn der erst in einigen Jahren zur offiziellen Bezeichnung für die Daimlerwagen werden soll. Noch kann niemand, selbst die unmittelbar Beteiligten nicht, ahnen, was da im Frühjahr 1897 begonnen hat.
Der exzentrische Jellinek ist ja bekanntlich schon seit der Geburt des Kindes völlig vernarrt in seine Tochter Mercedes. Sie war erst vier Jahre alt, als ihre Mutter Rachel im Alter von nur 39 Jahren gestorben ist. Ihre einzige Bezugsperson ist seitdem ihr geliebter Papa, der seinem Augenstern buchstäblich jeden Wunsch von den Augen abliest. In Nizza besitzt er gleich zwei komfortable Villen, die er nach seiner Tochter Mercedes I und Mercedes II nennt, im Hafen von Nizza liegen zwei Jachten, Mercedes I und Mercedes II. Von dieser Warte aus betrachtet, ist es eigentlich nur folgerichtig, dass dann auch einmal sein Automobil genau so heißen muss. Vorausgesetzt es ist das Beste, das Schnellste, das Schönste! Aber genau aus diesem Grund ist er ja bei Daimler vorstellig geworden.
Zu dieser Zeit ist Emil Jellinek übrigens noch nicht, wie in der offenbar unausrottbaren Legende behauptet wird, österreichischer Konsul in Nizza, noch ist er »nur« ein Privatier, der es durch seinen Seegrashandel zu enormem Reichtum gebracht hat. Konsul wird er erst viele Jahre nach dem Cannstattbesuch (und sogar erst nachdem ihm seine automobile Phase auch schon wieder »fad geworden« ist). Dann allerdings wird er nicht nur Österreichisch-Ungarischer Konsul in Nizza, sondern kurz danach auch noch Konsul von Mexiko. Zukunftsmusik… Und an dieser Stelle sei gleich noch ein zweites Gerücht aus der Welt geräumt: Jellinek ist auch kein Vorfahre der österreichischen Literatur-Nobelpreisträgerin Elfriede Jelinek.

Das kann man an der Schreibweise des Nachnamens ablesen, denn ein kleines »l« macht dabei nämlich einen großen Unterschied.
Geliefert werden soll das nagelneue Gefährt zunächst an Jellineks Sommerwohnsitz in Baden bei Wien. Baden ist zu dieser Zeit der mondänste Kurort in der Habsburgermonarchie. Der Kaiser und sein Hofstaat weilen hier gerne zur Sommerfrische. Die ganze »bessere Gesellschaft« gibt sich in Baden ein Stelldichein. Der Hochadel, das Militär. Der nichtadelige Emil Jellinek will nun den vornehmen Herrschaften zeigen, dass er es ist, der die Nase vorn hat. Sie sollen aus dem Staunen nicht mehr heraus kommen. Denn noch nie ist ein Motorwagen auf den Badener Straßen gesehen worden. Das wird eine Sensation geben! Aber genau aus diesem Grund muss der Daimlerwagen unbedingt noch im Lauf des Sommers dort ankommen. Die Familie hält sich nämlich nur bis Mitte Oktober in Baden auf. Den Winter verbringt man im milderen Klima von Nizza, während man in den Sommermonaten in Baden weilt. Dort ist es in dieser Jahreszeit nicht so heiß, wie in Nizza, im Winter allerdings zu kalt. Und so veranlasst der ebenso exzentrische wie wetterfühlige Jellinek zweimal im Jahr den Umzug seines gesamten Hausstandes. Nahezu alles Mobiliar wird in einen Sonderzug geladen, dessen Fracht so schwer ist, dass ihn zwei Lokomotiven über die Alpen ziehen müssen. Jellinek will den neuen Daimlerwagen unbedingt erst in Baden ausprobieren, bevor er die Sache mit den Autorennen an der Cote d'Azur angeht. Daimler und Maybach versprechen, dass sie sich ins Zeug legen werden. Eine technische Weiterentwicklung brauche freilich ihre Zeit… Zeit, die der ungeduldige Jellinek nicht aufbringen will. Nach Baden! Noch in diesem Sommer! Das muss doch möglich sein!

Am 11. Juni 1897 bekommt die Firma Robert Bosch, nicht Robert Bosch selbst (!), vom kaiserlichen Patentamt ihr erstes Patent anerkannt: »Elektrischer Funkengeber zur Zündung des Explosionsgemisches an Gasmaschinen und dergleichen«. Die Patentnummer lautet auf 99399. Mit Mobilität hat das noch immer nicht das Geringste zu tun, denn bei dieser Weiterentwicklung handelt es sich nach wie vor um einen konventionellen Zündapparat an stationär betriebenen Gasmotoren. Ob Bosch jemals mit den Automobilantrieben zusammenkommen wird, das ist nach seiner Abfuhr bei Benz und Daimler sowieso mehr als unwahrscheinlich. Doch immerhin: das erste Patent ist da!

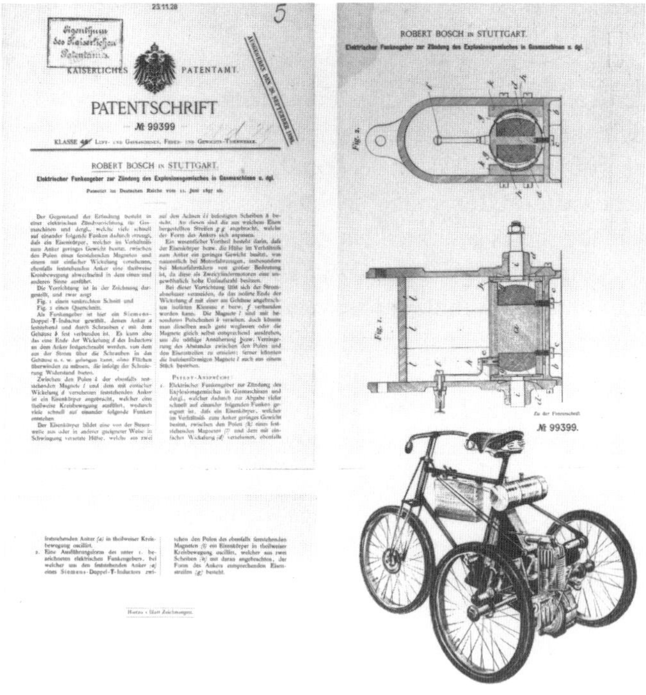

Erstes Boschpatent

Ihm werden Zehntausende weitere folgen: mittlerweile sind es mehr als 5.000 Patente. Pro Jahr wohlgemerkt! Das bedeutet: An einem einzigen Werktag meldet Bosch heute durchschnittlich 20 Patente an!

Der 30. September 1897 ist der Gründungstag des Mitteleuropäischen Motorwagenvereins. Als Gründungsmitglieder in Berlin persönlich anwesend sind auch Carl Benz und Gottlieb Daimler. An die Gründung schließt sich eine internationale Automobilausstellung an, auf der neben anderen Herstellern der Benz mit drei Wagen und Daimler mit einem Automobil vertreten sind. Dass Benz und Daimler sich nicht – auch nicht zufällig – über den Weg gelaufen sein sollen, das ist kaum möglich. Zumal sie ja im selben Saal gesessen haben, als der Motorwagenverein aus der Taufe gehoben worden ist. Man hat sich wohl eher geflissentlich ignoriert, denn das Verhältnis zwischen den beiden war spätestens seit dem von Daimler gewonnenen Prozess um die Patentverletzung beim Glührohr zerrüttet. Aber das Märchen, dass sie sich nie begegnet sein sollen… das bleibt dann doch, wie schon der Name besagt, nur ein Märchen.
Im württembergischen Weinbau kommt es zu einer schweren Krise. Denn durch den versuchsweisen Anbau von amerikanischen Reben hat man ab 1890 neuartige Pilzkrankheiten in den Weinbau eingeschleppt. Der echte und der falsche Mehltau (Peronospora) breiten sich auf verheerende Art und Weise aus, weil die europäischen Reben keinerlei Widerstandskraft dagegen besitzen und es gibt kein Bekämpfungsmittel. Wenige Jahre später gesellt sich auch noch die Reblausplage dazu. Die Folgen für Reben und Weingärtner sind verheerend. Ganze Weinlagen werden vernichtet, die Ernte fällt aus, viele Wengerter stehen vor dem Ruin und sind gezwungen, ihre Weinberge für einen Bruchteil des eigentlichen Wertes verkaufen zu müssen. Tausende Arbeitsplätze im Weinbau sind vernichtet. Parallel zu dieser Katastrophe beginnt in Württemberg,

Das »de Dion-Bouton«-Motor-Dreirad

vor allem im Mittleren Neckarraum, die Industrialisierung. So ergreifen viele ehemalige Wengerter diese neue Chance und werden jetzt zu Fabrikarbeitern. Die meisten von ihnen bewirtschaften nur noch am Feierabend und am Wochenende ein kleines »Gütle«.

Im Herbst 1897 besucht der einflussreiche DMG-Lizenznehmer und Aufsichtsrat Frederic Simms die Firma von Robert Bosch und möchte einen Zündapparat für sein »de Dion-Bouton«-Motor-Dreirad. Er habe gehört, dass die Boschzündungen besser und zuverlässiger arbeiteten, als die umständliche und störanfällige Glührohrzündung von Daimler. Folglich wolle er nun auch eine Boschzündung für sein Vehikel bekommen. Das ist die große Chance für Robert Bosch! Denn wenn es gelingt, Simms von der Boschqualität zu überzeugen, dann eröffnen sich vielleicht doch noch ganz neue Absatzmöglichkeiten. Denn wenn der dann mit seinem Einfluss bei der DMG ein gutes Wort für Bosch einlegt, dann müsste es gelingen, mit der DMG ins Geschäft zu kommen. Trotz des früheren Rauswurfs

durch Daimler. Der hat schließlich, wie man gehört hat, nicht mehr das alleinige Sagen bei der DMG. Und Daimler ist Simms bekanntlich zu Dank verpflichtet. Erstmals also zu diesem Zeitpunkt – seit der Firmengründung sind jetzt elf Jahre vergangen – bekommt Bosch einen Auftrag auf dem Feld der Mobilität! Doch die Sache gestaltet sich viel schwieriger, als zunächst zu erwarten war.
Auf die Frage, wie viele Umdrehungen der Motor denn mache, ist die Rede von zirka 600 Umdrehungen pro Minute. Das müsste sein Zündapparat auf alle Fälle leisten können, gibt Bosch zur Antwort und erhält daraufhin den Auftrag von Simms. Doch kaum ist Simms gegangen, da stellen sie beim Testlauf in der Werkstatt zu ihrem Schrecken fest: der Motor ist viel stärker. Er benötigt eine Zündung für 1.800 U/min! Das Dreifache! Ein Ding der Unmöglichkeit! Das schaffen ihre bisherigen Zündungen nie und nimmer! Und schon wieder ist die Zukunft in weite Ferne gerückt! Was also tun? Boschs Werkstattmeister Arnold Zähringer will die Flinte nicht so schnell ins Korn werfen und tüftelt nun zusammen mit dem Lehrling Max Rall (dem Nachfolger von Honold, der jetzt in Stuttgart Elektrotechnik studiert) an einem neuen Zündapparat. Nächte- und monatelang, dann haben sie es geschafft! Ihre Zündung bewältigt die 1.800 Umdrehungen. Ganz zum Schluss hatte es noch Probleme mit der Isolation gegeben, bis von Max Rall der entscheidende Vorschlag gekommen war: man könnte es doch einmal mit einer Keramik-Isolierung probieren. Das war die Lösung! Eine geniale Idee, die bis auf den heutigen Tag Bestand hat.
Im Oktober 1897 trifft der Daimlerwagen aus Cannstatt endlich bei Emil Jellinek in Baden bei Wien ein. Doch das sehnlichst erwartete Automobil, die sensationelle Motorwagenpremiere in Baden, endet in einem peinlichen Desaster. Die anfangs neidvoll bestaunte, pferdelose Kutsche erweist sich gleich bei der ersten Ausfahrt als äußerst störungsanfällig. Aus guten Gründen hat die DMG den Bordmechaniker Haas aus Cannstatt mitgeschickt – und

trotzdem bleibt der Wagen schon nach wenigen Minuten einfach liegen. Fährt keinen Meter mehr. Weder vor, noch zurück. Unter dem Gespött der zahlreichen Zaungäste muss der wutschnaubende Jellinek sein Vehikel zur Villa zurückschieben. Jellinek ist nach dieser demütigenden Erfahrung außer sich vor Zorn und fordert von der DMG ultimativ die sofortige Neukonstruktion eines besseren und wesentlich zuverlässigeren Wagens. Außerdem war dieser Motor doch sowieso viel zu leistungsschwach! Da muss sich etwas tun – und zwar gewaltig! Jellinek nimmt in seinem Brief kein Blatt vor den Mund, so dass der entnervte Daimler nun Wilhelm Maybach damit beauftragt, die Wünsche des exzentrischen Multimillionärs entgegen zu nehmen. Künftig verhandelt also nur noch Maybach mit Jellinek. Er verspricht ihm, so rasch wie möglich einen neuen Wagen zu konstruieren, der den Wünschen von Jellinek dann hoffentlich entspricht. Mit der DMG wird vereinbart, dass sie Jellinek für die neuen Automobile als Fahrer, sowie für »eventuell notwendige« Reparatur- und Wartungsarbeiten, weiterhin den Mechaniker Haas zur Verfügung stellen. Haas wird später von Jellinek als Garagenmeister für alle Fahrzeuge im Jellinekschen Fuhrpark in Nizza und Baden angestellt – und bleibt in dieser Funktion bis zum Ausbruch des 1. Weltkriegs. Danach zieht er mit seiner Familie wieder zurück nach Cannstatt, wo seine Nachfahren noch heute leben und dem kauzigen Emil Jellinek nach wie vor ein ehrendes Angedenken bewahren.

Pferdekutsche mit Elektroantrieb

Im Herbst 1897 nimmt der k.u.k. Hofkutschenlieferant Ludwig Lohner aus Wien Kontakt mit Bela Egger auf. Der Grund für das Gespräch sind Lohners zahlreiche vergebliche Versuche bei Daimler, Benz und Renault, einen Explosionsmotor in eine seiner Kutschen eingebaut zu bekommen. Sie alle verweigern ihm eine Lieferung mit dem Hinweis auf exklusive Lizenzrechte, die sich schon die Konkurrenten gesichert hätten. Selbst bei Rudolf Diesel in Augsburg bekommt er eine Abfuhr, denn Diesels Motor ist noch nicht alltagstauglich – das zumindest meint der Konstrukteur, der sich keiner Blamage aussetzen will, wenn er den neuartigen Motor zu früh präsentiert – und so zieht Lohner mit Diesels wenig tröstlicher Auskunft wieder von dannen: »Ich brauche für meine Entwicklung noch zwei, drei Jahre, kommen sie dann wieder.« Aber bis dahin wird es zu spät sein – in zwei bis drei Jahren ist Lohner die Konkurrenz um viele Meilen davon gefahren. Das aber darf nicht sein, denn schließlich repräsentiert Lohner eine alteingesessene Firma, die sich wegen ihrer überragenden Qualität nicht zu Unrecht Hofkutschenlieferant nennen darf.

Im Grunde genommen sind natürlich auch Lohner diese stinkenden, pferdelosen Benzinkutschen ein arger Dorn im Auge, aber er muss auf diesem Gebiet zumindest mitmischen, wie die anderen auch. Denn »wer nicht mit der Zeit geht, der geht mit der Zeit...« Und dass die anderen Konkurrenten allesamt bereits ihre Fühler ausgestreckt haben, das trägt nicht gerade zu Lohners Beruhigung bei. Erst recht nicht, dass sie den Motorenbauern in den Vertrag diktiert haben, nicht gleichzeitig auch noch Lohner beliefern zu dürfen. Ludwig Lohners letzte Chance auf eine pferdelose Kutsche ist deshalb Bela Egger, obwohl der keine Benzin- sondern Elektromotoren herstellt. Der vorausschauende Lohner hat sich gedacht: was mit einem Explosionsmotor geht, das müsste doch eigentlich auch mit einem Elektromotor gehen. Der muss freilich ortsunabhängig arbeiten können, das heißt, er muss seinen Energienachschub mit auf dem Wagen transportieren können, genauso wie sie das bei den Benzinkutschen mit dem Treibstofftank machen. Geht das auch mit einem Elektromotor? Kann man den Strom dafür irgendwie mitführen? Egger zeigt sich aufgeschlossen und meint, das könne man einmal versuchen. Sie vereinbaren also, dass Lohner in seiner Manufaktur in der Wiener Porzellangasse eine Kutsche zur Verfügung stellt, in die Eggers Leute einen batteriebetriebenen Elektromotor einbauen sollen. Die Frage wird sein, wie schwer ist die Batterie dafür und wie lange wird sie die Energie für den Motor liefern können? Wie soll der Motor überhaupt aussehen, um zwei beziehungsweise vier Räder bewegen zu können? Das wird eine knifflige Angelegenheit werden, und deshalb verspricht Egger dem Kutschenbauer, ihm seine besten Leute zu schicken. Chef des Montagetrupps wird Ernst Egger persönlich sein, der Sohn des österreichischen Strompioniers. Mit von der Partie ist auch ein besonders eifriger Arbeiter aus Maffersdorf, der sich in den letzten Jahren innerhalb kürzester Zeit mit Fleiß, Geschick und Intelligenz vom Hilfsarbeiter bis zum Leiter des elektrischen Prüfraums bei Egger hochgearbeitet hat: Ferdinand Porsche. Der hatte mit einer Eigenkonstruktion kurz zuvor bereits die Aufmerksamkeit des Firmengründers auf sich gelenkt, als er es schaffte, an sein Fahrrad einen Elektromotor zu montieren. Mit Erfolg. Sein erstes eigenes Fahrzeug! Ein Elektrofahrrad, mit dem er jetzt wie mit Geisterhand bewegt durch die Wiener Gassen brauste – vorbei an den staunenden Fußgängern. Wenn das nicht der richtige Mann für das neuartige »Lohner-Egger-Mobil« war…

Im Frühjahr 1898 meldet Robert Bosch das Patent auf die Zähringer/Rall – Zündung an. Nicht auf den Namen Bosch, sondern auf Zähringer/Rall. »Es ist das geistige Eigentum dieser Männer!« argumentiert Bosch. Dafür sollen sie auch belohnt werden. Das ist und bleibt sein Grundsatz – ein Unternehmerleben lang. Er zahlt Arnold Zähringer ebenso wie seinem Lehrling Max Rall eine Lizenzgebühr für jeden verkauften Zündapparat. Max Rall bekommt 20 Pfennig pro Apparat! Das ist ein ordentliches Geld! Erst recht in diesen Zeiten, in denen ein Lehrling mit einem Azubi heutiger Tage nicht im Mindesten verglichen werden kann. Üblicherweise hatte der Lehrling die Werkstatt auszufegen, irgendwelche Handlangerdienste zu verrichten, und ansonsten nichts zu melden! Nicht so bei Robert Bosch. Natürlich hat das Ausfegen der Werkstatt zum Pflichtprogramm für den Lehrling gehört, aber damit war dann halt noch lange nicht Schluss, sondern man wurde sorgfältig ausgebildet, wie ja schon Gottlob Honold erfahren hatte. Und jetzt auch noch dem eigenen Lehrling eine Lizenzgebühr zu bezahlen! Das war mehr als ungewöhnlich. Bei Bosch war schon gegen Ende des 19. Jahrhunderts vieles ganz anders, als bei den anderen.
Und noch etwas muss in diesem Zusammenhang ganz deutlich erwähnt werden: Robert Bosch war nie Erfinder, sondern »lediglich« der kenntnisreiche Unternehmer, der es geschafft hat, die richtigen Leute mit den jeweiligen Problemstellungen zusammen zu bringen. Das muss man erst einmal können, denn dafür braucht es natürlich sehr viel handwerklichen und technischen Sachverstand. Und seine Arbeiter muss man dafür auch ganz genau kennen: ihre Stärken vor allem. Das war bei Bosch der Fall. Wenn man das weiß, dann ist es nur noch auf den ersten Blick verwunderlich, dass Bosch selbst kein Patent besessen hat. Es gibt tatsächlich kein einziges Patent, das auf Robert Bosch persönlich ausgestellt ist – im Gegensatz zur Firma. Viele

Jahrzehnte später hat er seine Grundeinstellung dazu in einem Zeitungsinterview (September 1931, Frankfurter Zeitung) beschrieben: »Man kann mir nachsagen, ich sei gar kein Erfinder, und ich mache auch gar keinen Anspruch auf diesen Titel. Aber ich bin der Mann, der es fertig gebracht hat, durch Ausdauer, durch gutes Beispiel und durch richtige Behandlung meiner Mitarbeiter einen Betrieb aufzubauen, der einen guten Namen hat in der ganzen Welt. Ich verdanke nicht einen geringen Teil meines Erfolges meiner ausdauernden Gründlichkeit, die verhütete, dass etwas Schlechtes aus meiner Werkstatt hinausging.« Er war der Mann, der das richtige Händchen hatte, der seinen Arbeitern und Ingenieuren, wenn sie die Lösung gefunden hatten, dann auch den Ruhm (und den finanziellen Erfolg) von Herzen gegönnt hat. Das ist eines der Erfolgsrezepte von Robert Bosch. Und dann erwähnt er in dem Interview noch einen zweiten wichtigen Punkt: zum Fleiß als einer schwäbischen Grundtugend muss unbedingt die Gründlichkeit dazu kommen, die Qualität, das »made in Suevia«. Das war ihm enorm wichtig. Er konnte ja oft nächtelang nicht einschlafen, vor lauter Sorge, womöglich ein schlechtes Produkt herzustellen. So etwas durfte auf gar keinen Fall passieren: »Lieber Geld verlieren als Vertrauen!« das war Boschs Devise damals (und ist es zu einem guten Teil auch heute noch). Neben der gewaltigen Innovationskraft, die das Unternehmen Bosch schon immer ausgezeichnet hat, ist dieser Leitsatz des alten Vadder Bosch ganz sicher der Schlüssel dafür gewesen, dass sie über all die Jahrzehnte, die seit der Firmengründung in der Rotebühlstraße vergangen sind, »beim Bosch« beständig gewachsen sind. Ein Weltunternehmen, um dessen Zukunft man sich keine Sorgen machen muss. Auch wenn so manches spätere Vorstandsmitglied insgeheim die Faust in der Tasche geballt hat, wenn manche Rationalisierungs- und Sparidee wieder mal an den unverrückbaren Grundsätzen zerschellt ist, mit denen Robert Bosch in seinem jahrelang ausgefeilten Testament dafür Sorge getragen hat, dass ihm seine Nachfolger die soziale und qualitative Grundausrichtung seiner Firma, so wie er sie haben wollte, niemals kaputt machen können: die Statuten beim Bosch sprechen eine eindeutige Sprache. Und unterm Strich ist man sehr gut damit gefahren. Nicht trotz, sondern gerade wegen der Grundsätze, die Robert Bosch seiner Firma für alle Zeiten ins Stammbuch geschrieben hat.

Beim Daimler war das ganz genauso. Nur dann, wenn sie grade mal wieder den Leitsatz ihres Firmengründers »Das Beste oder nichts« in den Orkus gekippt hatten, ist es ihnen grundsätzlich ziemlich schlecht gegangen, so lange, bis man sich schließlich doch auf die alten Tugenden zurück besinnen musste – zwangsläufig. Mehr als einmal hat sich dieses »weg von den Ursprüngen – zurück zu den Ursprüngen« in der Daimlergeschichte wiederholt. Momentan scheinen sie sich in Untertürkheim lieber wieder an den guten alten Zeiten zu orientieren, denn immerhin wirbt man in den Annoncen und auf den Planen der Firmenlastwagen stolz und riesengroß mit dem altbewährten Daimlerspruch. Sage also noch einer, die Firmenlenker würden aus der Geschichte nie etwas lernen. Manche schon, manche nie… Wie gesagt: immer dann, wenn sie ihren Leitspruch ernst genommen haben, sind sie mit dieser Maxime gut gefahren. Genau so, wie die vielen schwäbischen Firmen, kleine wie große, in denen auch schon seit Jahrzehnten die Qualität an erster Stelle steht. Unterm Strich hat sich das immer ausgezahlt. Ganz im Sinne von Theodor Heuss, unseres ersten (aus Brackenheim stammenden) Bundespräsidenten, der ja mit Bosch gut bekannt war und schon kurz nach dem 2. Weltkrieg die erste Bosch-Biographie geschrieben hat. Eine der Grundüberzeugungen von Heuss lautete: »Qualität ist immer das Anständige«.

Frederic Simms ist von der neuen Bosch-Zündung begeistert und will, dass diese Zündung nicht nur an seinem Motorrad ihren Dienst tut, sondern künftig auch in die Motoren der DMG eingebaut wird. Sie hat sich tatsächlich als viel unkomplizierter, weniger störanfällig und leistungsstärker erwiesen, als Daimlers Glührohrzündung. Und so wird Simms bei Gottlieb Daimler vorstellig und schlägt ihm vor, künftig nur noch die Zähringer/Rall-Zündung von Bosch einzubauen. Doch der alte Konstrukteur lehnt barsch ab. Den habe er schon einmal zur Tür hinaus geworfen. »Der kommt mir nicht in die Firma – und schon gar nicht kommt dem seine Zündung an meine Motoren!« So schnell lässt sich Simms jedoch nicht abwimmeln und so muss Daimler ihm versprechen, eine Boschzündung wenigstens probeweise in einen seiner Wagen einzubauen und damit eine längere Testfahrt zu unternehmen. Zu Daimlers Verdruss funktioniert die Zündung bei einer Fahrt nach Tirol einwandfrei. Dennoch bleibt er bei seiner Weigerung. Simms wählt nun ein anderes Vorgehen: als Mitglied im Aufsichtsrat der DMG setzt er einen Beschluss des Gremiums durch, mit der Firma Bosch in Verhandlungen zu treten, inwieweit man deren Zündungen eventuell für die DMG übernehmen könne. Daimler als technischer Vorstand der DMG wird also per Aufsichtsratsbeschluss gezwungen, Gespräche mit Bosch zu führen. Was für eine Zumutung! Persönlich will er »diesem Bosch« keinesfalls mehr begegnen, aber gleichzeitig muss er dem Votum des Aufsichtsrats nachkommen. Bosch wird also zum Gespräch eingeladen, zu dem dann jedoch nur Wilhelm Maybach erscheint. Gottlieb Daimler lasse sich wegen einer Unpässlichkeit entschuldigen. Nun gut, auch recht. So eng ist die Freundschaft ja wirklich nicht, als dass Bosch etwas vermisst. Maybach freilich ist von Daimler mit eindeutigen Instruktionen versehen worden. Auf gar keinen Fall darf am Ende der Zusammenkunft die Vereinbarung stehen, dass man bei den Zündungen künftig kooperieren wolle. Zum Schein solle Maybach zwar ein Interesse vortäuschen, in Wahrheit aber die Bedingungen in unannehmbare Höhen schrauben. Damit dabei ja nichts schief laufen kann, hält sich Daimler im Nebenzimmer auf, wo er das Gespräch belauscht. Auch ein Übernahmeangebot lehnt Bosch ab, denn er riecht den Braten rechtzeitig. So könnte Daimler die Magnetzündung bequem in der Schublade versenken. Aber das Patent einfach weiter zu verkaufen, das habe er nun nicht mehr nötig, denn jetzt sei er »endlich dank der neuen Zündung unabhängig«. Maybach, der zu Boschs Erstaunen das Gespräch immer wieder unterbricht, um kurz im Nebenzimmer zu verschwinden, bietet ihm jetzt an, die Zündungen exklusiv für die DMG herzustellen, allerdings könne man ihm nur eine kleine garantierte Stückzahl zugestehen. Ein Knebelvertrag, den Bosch schnell durchschaut. Und schließlich begreift er, dass Maybach nur zum Schein mit ihm verhandelt. Auch die Sache mit dem Nebenzimmer wird ihm plötzlich klar. Wütend bricht Robert Bosch darauf die Verhandlungen ab. Eine Zusammenarbeit zwischen Bosch und der DMG wird es nicht geben! Daimler war mit seiner Taktik erfolgreich: die Zumutung, mit dem Raubauz von der Alb zusammen arbeiten zu müssen, bleibt ihm erspart! Zumindest für die kommenden Monate… denn Daimler ahnt nicht, wie sich die Dinge gegen seinen Willen schließlich doch noch entwickeln werden. Aber zunächst ist alles in seinem Sinn gelaufen. »Daimler hasste mich und machte mir alle Schwierigkeiten, die er machen konnte«. Daimler habe aufgrund dieser rätselhaften persönlichen Abneigung einfach nicht einsehen wollen, dass die neue Magnetzündung von Bosch viel besser an seine Motoren passte, als seine eigene Entwicklung. Im Nachhinein betrachtet ist das klar: Es konnte schlichtweg nicht gut gehen, denn da waren zwei Dickschädel aufeinander geprallt – noch schlimmer: zwei schwäbische Dickschädel!

Im Sommer 1898 kommt Graf Zeppelin zu Daimler, nachdem er schon im Jahr 1892 Gespräche wegen eines Motors für ein Luftschiff geführt hat. Jetzt ist es soweit, dass man in die konkrete Phase einsteigen kann. Zeppelin möchte natürlich einen neu konstruierten Motor für sein Luftschiff, den stärksten und modernsten, der machbar ist. Zudem sollte er extrem leicht sein. Als Zündung wünscht sich Zeppelin eine Boschzündung, von der er nur Gutes gehört habe. Er möchte lieber nicht die Glührohrzündung verwenden, die bei Daimler üblich ist und kann diesen Wunsch auch gut begründen, denn schließlich werden sich über den beiden Motoren ja 15.000 Kubikmeter hochentzündlicher Wasserstoff befinden. Aber Daimler lehnt kategorisch ab und sagt, dass da selbstverständlich die Glührohrzündung hineinkommt. Zeppelin bleibt nichts anderes übrig, als sich mit dieser Aussage zufrieden zu geben. Fürs Erste… denn auch hier wird es am Ende anders kommen, als Daimler gedacht hat.

Bitte keine Benzinkutschen

Ende August 1898 finden in Wien die Probefahrten mit dem neuen Elektromobil Marke »Lohner-Egger« statt, Ferdinand Porsche hat sich inzwischen neben Ernst Egger zum eigentlich verantwortlichen Konstrukteur für das Elektromobil hochgearbeitet. Doch die ersten Fahrten werden zum Desaster. Sie kommen nur ein paar hundert Meter weit, dann ist an der Ringstraße endgültig Schluss. Das tonnenschwere Vehikel macht keinen Mucks mehr. Unter dem hämischen Gelächter der Pferdedroschkenlenker müssen sie ihr Elektromobil durch den ganzen 9. Bezirk zurück zur Kutschenmanufaktur von Ludwig Lohner schieben. Die zahlreichen Zaungäste sind sich einig in ihrer Einschätzung: Das wird nie etwas werden! So wenig, wie die Benzinkutschen jemals für den Alltagsbetrieb eingesetzt werden können. Es ist und wird ein sündhaft teurer Zeitvertreib für gelangweilte, vermögende Müßiggänger bleiben. Für Porsche und seine Mitarbeiter ist es eine niederschmetternde Erfahrung: ihre Konstruktion scheint noch nicht ausgereift zu sein. Außerdem war Schlamperei

Der Elektro-Porsche

im Spiel, denn aus einem Leck war Batteriesäure getropft und hatte die Kabel zerfressen. Diese Entdeckung macht den jungen Mann rasend vor Wut. Er reißt sich die Mütze vom Kopf und trampelt minutenlang außer Rand und Band auf der Mütze herum. Dann endlich beruhigt er sich wieder und entschuldigt sich mit verlegenem Lächeln bei Lohner für sein Benehmen.
Trotzdem setzt es von Lohner noch eine heftige Standpauke. Der überlegt ernsthaft, ob er nicht bei Bela Egger vorstellig werden soll um ihn zu bitten, einen älteren, erfahreneren Mann mit der Überarbeitung des Elektromobils zu betrauen. Ihm scheint, der erst 22 Jahre junge Herr Porsche ist wohl doch noch nicht ganz so weit, eine solche Aufgabe zu bewältigen. Er sollte besser erst einmal an sich und seinen Wutausbrüchen arbeiten. Ferdinand Porsche stockt der Atem. Das darf auf keinen Fall geschehen. Er fühle sich sehr wohl in der Lage, die Aufgabe zu meistern und das mit den Wutausbrüchen werde kein zweites Mal passieren. Und er wisse auch schon, was er am Motor beim Antrieb verbessern könnte. Lohner lässt sich schließlich erweichen und behält Porsche. Die Arbeit kann weiter gehen.
Einer der prominentesten Unterstützer für das Elektromobil findet sich übrigens in der unmittelbaren Nachbarschaft von Lohner. Um die Ecke in der Berggasse 19 hat nämlich Sigmund Freud, »der Vater der Psychoanalyse« seine Praxis. Er beschwört Lohner und dessen Konstrukteure, nach dem ersten Fehlstart ja nicht gleich die Flinte ins Korn zu werfen, sondern unverdrossen weiterzumachen. Das Elektromobil muss unbedingt zur Serienreife entwickelt werden und sich gegenüber den Benzinkutschen durchsetzen, denn Freud fürchtet »wenn noch mehr lärmende, stinkende Benzinkutschen durch Wien fahren, dann wird bald die ganze Bevölkerung verrückt werden!« Und Patienten hat er eh schon mehr als genug. Keinesfalls dürften die Benzinkutschen das Rennen machen. Lohner und Porsche versichern dem Nachbarn, dass sie tun werden, was in ihren Kräften steht.

In Sachen Wutausbruch hat Ferdinand Porsche sein Versprechen allerdings nicht lange halten können. Mehr als nur einmal ist es später immer wieder zu diesen Eruptionen gekommen, bei denen das schmächtige Männlein getobt hat, wie weiland das Rumpelstilzchen. Und jedes Mal hat seine Schiebermütze daran glauben müssen. Auf der ist er so lange wie ein Berserker herum getrampelt, bis das gute Stück beim besten Willen nicht mehr zu gebrauchen war. Diese Wutanfälle sind immer dann über ihn gekommen, wenn sich urplötzlich ein besonders kniffliges Problem aufgetan hat, mit dem keiner gerechnet hatte. Die Berichte darüber, wie er dann immer aus der Haut gefahren ist, ziehen sich wie ein roter Faden durch die Porsche-Biografie. Aber das war nicht weiter schlimm, denn bald hatten sich seine Mitarbeiter an die »Fünf Minuten vom Chef« gewöhnt und sich nur vielsagend in die Augen geschaut. »Machen wir halt ein paar Minuten Pause bis er sich beruhigt hat.« Keine Viertelstunde später ist Porsche meist mit gesenktem Kopf wieder im Büro erschienen, hat etwas wie »war ja eh net so gemeint, ihr wissts ja eh schon« und dann konnte es weiter gehen mit dem Zeichnen und Konstruieren. Nicht ohne dass er mit seiner berühmten Fistelstimme noch ein zackiges »gehmma, gehmma« hinterher geschickt hätte, denn im beständigen Kampf mit der Zeit hat er sich sein Lebtag lang befunden.

Im September 1898 werden zwei der nagelneuen Daimler-Phoenix-Wagen von Cannstatt in Jellineks Villa nach Nizza geliefert. Deswegen ist der Monsieur in diesem Herbst ausnahmsweise schon früher als sonst aus Baden in sein Winterquartier gezogen, um die neuen Wunderwerke der Fahrzeugtechnik auf der Strecke an der Cote d'Azur intensiv testen zu können. Deren Karosserie weist jetzt erstmals nicht mehr die klassische Kutschenform auf, sondern zeigt bereits die Merkmale eines modernen Automobils. Die Motoren haben nun vier Zylinder und bringen eine Leistung von zunächst 8 PS. Dazu sind sie mit Zündungen von Bosch ausgestattet. Es war ein harter Kampf, an dessen Ende sich Emil Jellinek tatsächlich durchgesetzt hat. Nicht ohne gewaltigen Druck auf die DMG auszuüben! Jellinek hatte Daimler und die DMG mit einer spektakulären Aktion zum Einbau der Boschzündungen regelrecht gezwungen und zwar hat er in verschiedenen Zeitungen, beispielsweise im »Neuen Wiener Abendblatt« Annoncen geschaltet, in denen er mit drastischen Worten vor der Glührohrzündung warnte: »Die Glührohrzündung muss jeden Wagen einmal zum Brennen bringen (…). Es genügt, dass eine heftige Erschütterung das Zuleitungsrohr zu den Brennern beschädigt, um den Brand hervorzubringen. Mir selbst sind in meiner langen Praxis unzählige Male meine Wagen in Brand geraten. Ein Bollée ist mir vollständig ausgebrannt. Hoffentlich wird in kurzer Zeit die bessere Einsicht der Fabrikanten, oder, wenn es nicht anders geht, ein Gesetz die Verwendung jeder Glührohrzündung bei Automobilwagen abschaffen, da bei der Ausbreitung dieses Verkehrsmittels die Folgen dieser gefährlichen Zündung gar nicht absehbar sind.« Es war ein mittleres Erdbeben, das durch diese Annoncen über die DMG hereingebrochen ist: eine Zumutung, im Grund genommen eine Unverschämtheit! Aber was tun? Ihn verklagen? Eine öffentliche Richtigstellung abdrucken? Auf keinen Fall! Denn so sehr Gottlieb Daimler solch ein Vorgehen auch gut geheißen hätte: im Vorstand der DMG wollte man es sich auf gar keinen Fall mit Jellinek (der natürlich beim Verweis auf seine angeblich jahrelangen Erfahrungen maßlos übertrieben hatte) verscherzen, denn der schwang sich gerade zum mit Abstand wichtigsten Kunden auf. Die ganze Jahresproduktion – immerhin 32 Automobile – wolle er der DMG abkaufen, eventuell sogar die doppelte Menge. Dafür aber müsste die Boschzündung in die Motoren eingebaut werden, nur mit dieser Technik könne er das Rennen gewinnen und die vermögende Nachbarschaft an der Cote d'Azur für die Daimlerwagen begeistern. Zähneknirschend musste Daimler daraufhin klein beigeben und Jellinek bei einem Krisengespräch versprechen, in dessen Automobile künftig ausschließlich die Boschzündung einzubauen. Anwesend bei dem Gespräch war neben Daimler, Maybach und Jellinek Boschs Meister Arnold Zähringer, der die Zündung ja zusammen mit Max Rall erfunden hatte. Natürlich war auch Robert Bosch eingeladen worden, doch der hatte dankend abgelehnt und

Daimler-Phoenix-Wagen

kostete seinen Triumph in der Werkstatt aus... Auch Jellineks Beharrlichkeit wurde belohnt: bei einer ersten Testfahrt erreichte sein Wagen 42 Stundenkilometer. Das war inoffizieller Weltrekord! So durfte es gerne weitergehen! Und es ging so weiter: Die Erfolgsgeschichte war nicht mehr zu bremsen!

Ab 21. März 1899 gewinnen die DMG-Phoenix-Wagen triumphal bei der Woche von Nizza. DMG-Fahrer Wilhelm Bauer erreicht dabei eine Durchschnittgeschwindigkeit von sagenhaften 34,57 km/h und ist der Konkurrenz haushoch überlegen. Der begeisterte Jellinek spricht im Siegestaumel erstmals von seinen »Mercedes«-Wagen. Die Daimlerwagen haben sich für alle Welt sichtbar an die Spitze des Fortschritts gesetzt und natürlich registriert die Fachwelt ganz genau, mit welcher Zündung der Motor ausgestattet ist. Damit ist beiden Firmen der Durchbruch gelungen – Bosch und Daimler! Nur in dieser Kombination konnte es gelingen! Ausgerechnet Bosch! Ausgerechnet Daimler! Zwei Firmen, deren Gründer sich mit tiefster Abneigung verbunden waren. Endlich hat Robert Bosch die jahrelange Absatzkrise überwunden und erlebt den Siegeszug seiner Produkte. Der Absatz von Boschzündern steigert sich innerhalb von drei Jahren um 900 Prozent. Und das ist erst der Anfang – ab 1900 geht es noch viel steiler nach oben!

Gottlieb Daimler ist zu diesem Zeitpunkt bereits schwer krank – seine Herzkrankheit beeinträchtigt ihn immer stärker. So muss Wilhelm Maybach nun endgültig die Verantwortung für die technische Weiterentwicklung im Konstruktionsbüro übernehmen. Daimler ist kaum mehr in der Lage, an den Plänen mitzuarbeiten.

Ideenklau bei Porsche

Auch für Ferdinand Porsche wird 1899 ein Schicksalsjahr: auf Veranlassung seiner Verlobten Aloisia Kaes kündigt er im Herbst bei Bela Egger, nachdem ihm Eggers Sohn Ernst die Skizze für den »Oktagon«-Motor gestohlen hat. In tage- und nächtelanger Arbeit hatte er einen ganz neuen, achteckigen Elektromotor entwickelt. Doch eines Tages musste er erleben, wie Ernst Egger den Motor bei Ludwig Lohner vorstellte und dabei behauptete, es sei seine eigene Erfindung gewesen. Zunächst will Porsche die Sache auf sich beruhen lassen, aber seine Verlobte Aloisia drängt ihn dazu, den Vorfall bei Egger senior zu melden. Keinesfalls dürfe der junge Egger mit seinem Ideenklau durchkommen. Das Gespräch mit Bela Egger nimmt jedoch eine unvorhergesehene Wendung: der Firmenchef nimmt seinen Sohn in Schutz und macht Porsche seinerseits üble Vorhaltungen. Wie er es wagen könne, seinen Sohn anzuschwärzen! Als der verstörte Ferdinand ihr davon berichtet, gibt es für Aloisia, die selbst in Eggers Firma arbeitet, keine andere Konsequenz, als dass ihr Verlobter bei Egger kündigt. Und zwar sofort! Denn dieser skandalöse Umgang mit dem geistigen Eigentum eines Angestellten kann nur die Kündigung zu Folge haben! Das möchte Ferdinand aber auf gar keinen Fall tun, schließlich war es doch schon als kleiner Bub sein Lebenstraum gewesen, einst bei Bela Egger arbeiten zu dürfen. Und nun, wo dieser Traum wahr geworden ist, da kann er doch jetzt nicht.... Kann er doch! Aloisia bleibt hart: schließlich reicht Ferdinand Porsche tatsächlich seine Kündigung ein – und sitzt nun mit seinen 24 Jahren in der Wohnung in Wien. Ohne Anstellung! Doch das bleibt nicht lange so. Denn es stellt sich bald heraus, dass der junge Egger die Pläne mit dem Oktagonmotor nicht umsetzen kann. Der unzufriedene Ludwig Lohner handelt rasch: er kündigt Egger und stellt nun Ferdinand Porsche direkt bei seiner Firma ein. Porsche wird zum Chefkonstrukteur der Elektromobile, die künf-

tig den gemeinsamen Namen »Lohner-Porsche« tragen sollen. Damit weist Porsches Zukunft endgültig in eine neue Richtung: die Mobilität. Zum ersten Mal taucht der Name Porsche nun an einem Fahrzeug auf.
Viele Jahre später, anlässlich von Porsches Hochzeit mit Aloisia Kaes, hat Bela Egger sein harsches Verhalten bedauert und sich für die Geschichte mit dem Oktagonmotor entschuldigt. Als Hochzeitsgeschenk hat er Porsche dessen »abhanden gekommene« Konstruktionszeichnungen zurück gegeben. Es sei ein Fehler gewesen damals…

Tod eines Genies

Im September 1899 erleidet Gottlieb Daimler einen schweren Herzinfarkt. Es war bei einer Ausfahrt mit dem Phoenixwagen in der Nähe von Urach geschehen. Wie immer hatte Wilhelm Maybach am Steuer gesessen, als Daimler plötzlich zusammenbrach. In panischer Hast war Maybach darauf ins Krankenhaus nach Stuttgart gerast. Doch obwohl die Ärzte sein Leben hatten retten können, erholte sich Daimler nie wieder. Am 6. März 1900 stirbt Gottlieb Daimler mit 65 Jahren in Cannstatt. Sein Nachfolger als Chefkonstrukteur wird Wilhelm Maybach.

Gottlieb Daimler

Am 8. März fand die Beerdigung statt. Von der Taubenheimstraße trugen die altgedienten Mitarbeiter den Sarg mit ihrem hochverehrten Firmengründer durch Cannstatt, wo in diesen Stunden das öffentliche Leben stillstand, hinauf zum Uffkirchhof.

In unmittelbarer Nähe von Gottlieb Daimler liegt dort auch der im Jahr 1929 verstorbene Wilhelm Maybach begraben. So sind die beiden großen Automobilpioniere sogar noch im Tod vereint. Wo sonst gibt das mehr Sinn, wenn nicht in Cannstatt, dem Geburtsort des Automobils? Als Schreiber dieses Buches pflege ich übrigens schon seit dem Tag meiner Geburt ein ganz eigenes Verhältnis zum Uffkirchhof. Geboren worden bin ich nämlich in der St. Anna-Klinik in Cannstatt (das mittlerweile den Zusatz »Bad« bekommen hatte). Meine Mutter hat mir immer von den eigenartigen Empfindungen berichtet, die sie dort beschlichen haben. Denn vom Fenster der Wöchnerinnenstation in der alten St. Anna-Klinik konnte man direkt auf einen Friedhof schauen. Dass eine junge Mutter bei diesem Ausblick natürlich die seltsamsten Empfindungen befallen können, das ist ja verständlich. Gerade eben hat sie ein Kind geboren und dann sieht man diesen Friedhof dort unten! Alpha und Omega in einem! Erst viel später habe ich dann begriffen, um welchen Friedhof es sich in dieser Geschichte gehandelt hat: um den Uffkirchhof, auf dem Daimler und Maybach begraben sind. Wenn die geneigten Leserinnen und Leser nun noch die Tatsache berücksichtigen, dass ich meine ersten Lebensjahre in Untertürkheim verbracht habe, also dort, wo der »Mercedes« bis heute den Takt vorgibt, dann verwundert es sicherlich nur noch wenig, dass sich in den »Schwäbischen Sternstunden« also einer seine Geburt und Kindheit von der Seele geschrieben hat.

Im Frühsommer 1900 wird der elektrische »Phaeton« des 25 jährigen Ferdinand Porsche zur Sensation auf der Weltausstellung in Paris. Der »Phaeton« der Marke »Lohner-Porsche« erhält eine Goldmedaille. Der Triumph ist perfekt! Innerhalb weniger Monate als Chefkonstrukteur ist Ferdinand Porsche das schier Unmögliche gelungen: ein fahrtüchtiges Elektrofahrzeug zu bauen, das die internationale Presse stürmisch feiert. Das ist der Durchbruch – und Lohner am Ziel seiner Träume. Scheinbar. Denn trotz des sensationellen Erfolges stellt sich schon bald Ernüchterung bei »Lohner-Porsche« ein: die Käufer bleiben aus. Bald ist auch klar, weshalb: Die Wagen sind zu teuer, mehr als doppelt so teuer wie ein Benzinwagen, und außerdem sind sie viel zu schwer. Beides liegt natürlich an den riesigen Batterien. Und dennoch müsste es möglich sein, die Leute für die Elektrowagen zu begeistern. Am besten, wenn man ihnen zeigt, wie pfeilschnell und leistungsfähig der »Lohner-Porsche« ist. Also meldet Porsche den Phaeton bei den nächsten Automobilrennen. Dabei

Porsche beim Semmeringrennen

wird er persönlich am Steuer sitzen. Beim Semmering-Bergrennen im September 1900 fährt der Phaeton zunächst allen Konkurrenten auf und davon, doch dann passiert es: als der Wagen um eine Kurve schießt, platzen die Reifen. Die Belastung durch die tonnenschweren Batterien ist zu groß geworden und Porsche ist wohl zu extrem um die Kurve gejagt. Doch noch will er nicht aufgeben. Mit zusammengebissenen Zähnen fährt er auf den Felgen weiter – aber auch das geht nicht mehr lange gut und am Ende muss er aufgeben. Ein Desaster.
Dass Ferdinand Porsche Zeit seines Lebens ein rasanter Fahrer gewesen ist, das hat mir auch sein ältester Enkel Ernst Piech (Jahrgang 1929) mit drastischen Worten bestätigt. Er sei nämlich nie gern mit dem Großvater Auto gefahren, denn der habe »grundsätzlich nur Vollgas gegeben. Der konnte gar nicht langsam fahren – vor allen Dingen, wenn er um die Kurven gebrettert ist, dass die Reifen gequietscht haben. Das hat ihm einen Heidenspaß gemacht – aber mir war immer speiübel danach!«
Ein Beleg dafür, dass dem Rennfahrer also nicht nur die schweren Batterien, sondern auch sein stürmisches Temperament am Semmering zum Verhängnis geworden sind. Trotzdem: ein Rennen musste unbedingt gewonnen werden, um die potentiellen Käufer zu überzeugen. Das Problem war nur: in Österreich wurde in diesem Jahr kein weiteres Autorennen mehr veranstaltet. Dann halt nach England, dort würde am 6. November noch ein Rennen stattfinden – organisiert vom »Automobil Club of Great Britain«. Nach England! Mit dem Phaeton?! Ludwig Lohner kämpfte sichtlich um seine Fassung, als Porsche ihm seinen Vorschlag unterbreitete. Ob er eine Ahnung davon habe, was das kosten würde? Transport, Verschiffung, die Meldung beim Rennen, etc etc. Dabei sei ohnehin nur noch wenig Geld in der Kasse. Die teure Entwicklung des Phaeton habe fast alles verschlungen. Dennoch, es müsse sein, blieb Porsche hartnäckig. Denn ohne Rennerfolg keine Kunden, ohne Kunden erst recht kein Geld in der Kasse.

Aber wieso ausgerechnet England? Weil es das letzte Rennen in diesem Jahr sei und außerdem: weil die Engländer mehr automobilen Sachverstand mitbrächten, als die Österreicher. Immerhin handele es sich um das Mutterland der Industrialisierung. Von der Finanzkraft der gehobenen Kreise in England ganz zu schweigen. Durchaus möglich, dass man bei einem Sieg im Rennen mehrere hundert Wagen dort absetzen könne. Mit diesen Argumenten gelang es Porsche, seinen widerstrebenden Chef zu überzeugen. Klar war ihnen allen: es handelte sich um die letzte Chance für den Phaeton. Aber es würde hart werden.
Und es wurde hart. Bockelhart sogar. Denn die Verhältnisse waren alles andere als optimal. Logisch. Das Rennen fand ja in England statt. Und es war November. Nieselregen, aufgeweichte Straßen und Wege. Wie sollte man da ausgerechnet mit einem sage und schreibe vier Tonnen schweren Wagen erfolgreich durch den Morast pflügen? Doch alles Jammern half nichts. Es galt, Gewicht einzusparen – wo es nur ging. Gramm für Gramm. Am Ende montierte Porsche nicht nur die hintere Sitzbank am Phaeton ab, sondern sogar die hölzerne Abdeckung der Batterien. Das ging den Veranstaltern aber jetzt doch zu weit. Sie verlangten, irgendeine Abdeckung müsse aus Sicherheitsgründen über den Batterien bleiben. Zähneknirschend legte er schließlich dicke Wolldecken darüber – was freilich wieder ein paar Gramm mehr an Gewicht bedeutete. Immerhin war ein Limit bei der Spitzengeschwindigkeit vorgegeben, das jeder Fahrer einzuhalten hatte. 19 Stundenkilometer. Da dürfte sich das hohe Gewicht nicht ganz so drückend auf die Reifen auswirken. Die Chance für einen Erfolg war also durchaus gegeben. Am Ende war die Wettfahrt mit dem Phaeton jedoch genauso verlaufen, wie zwei Monate zuvor am Semmering. Bis zur Hälfte der Distanz hatte Porsche in Führung gelegen, doch dann war wieder einmal das Temperament mit dem Chauffeur durchgegangen und er hatte schlichtweg an den Kurven viel zu heftig aufs Gaspedal gedrückt: Wieder waren es die Reifen, die

dem Gewicht der Batterien nicht mehr standhielten und so zerplatzten im Straßenschlamm von England alle Träume des jungen Porsche. Da half auch sein wütender Veitstanz, an den sich die Mitarbeiter längst gewöhnt hatten, nichts mehr – und seine völlig demolierte Mütze hat die Situation auch nicht besser gemacht. Das allerschlimmste aber war sein Besuch im Telegraphenamt, wo er die Depesche nach Wien aufzugeben hatte, die sie dort bereits sehnsüchtig erwarteten. »Rennen leider schlecht verlaufen, Porsche«.
Es war ein einziges Desaster. Er konnte sich lebhaft ausmalen, wie ihn Ludwig Lohner empfangen würde. Das Geld für ihr Englandabenteuer, von dem sie sich so viel erhofft hatten, einfach verpufft. Und Porsche: stand bei Lohner womöglich sogar vor dem Rauswurf. Der erste empfindliche Knick in seiner Karriere stand unmittelbar bevor. Dabei war ihm mit dem Phaeton doch wirklich ein Meilenstein der Mobilität gelungen. Die ganze Fachwelt wusste das. Nur die Kunden dummerweise nicht. Und Lohner zweifelte mehr und mehr an seinem Konstrukteur. War das also bereits das Ende von »Lohner-Porsche«? Das durfte nicht sein! Wenn man nur endlich in der Batterietechnik einen Fortschritt erkennen könnte. Die Dinger waren einfach noch viel zu schwer. Also musste es einen anderen Weg geben. Den würde er finden. Ganz klar, denn so schnell warf ein Ferdinand Porsche die Flinte nicht ins Korn. Und tatsächlich: schon während der langen Rückfahrt aus England nahm in seinem Hinterkopf eine faszinierende Alternative zum Phaeton ganz allmählich Gestalt an. Und als er dann seinen Canossagang in Ludwig Lohners Arbeitszimmer anzutreten hatte, da konnte er dessen Wutausbruch mit einem ganz neuen Konstruktionsplan begegnen, dessen bestechende Logik am Ende sogar der sich allmählich wieder beruhigende Lohner anerkennen musste. Was für Lohner jedoch zunächst einmal einen weiteren tiefen Griff in die Firmenkasse bedeutete. Aber Ferdinand Porsche hatte ihn überzeugt – und fest versprochen, ihm schon bis Ende des Monats seine neue

Konstruktion vorstellen zu können. Das musste man dem Kerl lassen: mochte das Problem auch noch so unlösbar erscheinen, dieser Porsche fand immer einen Ausweg. Wenn dessen Konstruktionen nur nicht jedes Mal solche gewaltige Geldsummen verschlingen würden!
Vor über 110 Jahren kämpfte Ferdinand Porsche also bereits mit denselben Problemen, wie die Ingenieure heutiger Tage: der Leistungsfähigkeit und dem Gewicht der Batterien. Es ist das Grundproblem beim Elektrofahrzeug geblieben. Und dennoch hat Porsche immer an diesen Antrieb geglaubt. Er war der Pionier auf diesem Gebiet – auch bei seinen nächsten Entwicklungen. Dummerweise war er seiner Zeit mit dem Elektrowagen weit voraus – zu weit. Dass der »Phaeton« ein großer Wurf gewesen ist, das kann niemand bestreiten. Aber die Zeit war damals eben noch nicht reif. Manchmal kann es auch ein Nachteil sein, wenn man seiner Zeit voraus ist. Das hat Porsche bitter erfahren müssen. Immerhin hat man die erste eigene Konstruktion des Ferdinand Porsche nie vergessen – und so ist es kein Zufall, dass gut 100 Jahre später der »Luxus-VW« die Bezeichnung »Phaeton« bekommen hat. Auch wenn es zunächst nur wenigen Fachleuten aufgefallen ist: Der Enkel des ersten Phaeton-Konstrukteurs, der frühere VW-Aufsichtsratsvorsitzende Ferdinand Piech, hat mit dieser Namensgebung das erste Automobil seines Großvaters gewürdigt. Fatalerweise ist es nicht nur die Namensgleichheit, bei der die Fahrzeuge übereinstimmen: auch der Absatz des neuen Phaeton hat ziemlich zu wünschen übrig gelassen und erinnert stark an das desaströse kaufmännische Ergebnis von damals…

Ferdinand von Zeppelin, der »Narr vom Bodensee«, von Kaiser Wilhelm II. als »der Dümmste von allen Süddeutschen« geschmäht, kündigt im Frühjahr 1900 den ersten Aufstieg seines LZ 1 (Luftschiff Zeppelin 1) an. Trotz unzähliger Rückschläge, Hohn, Spott und finanzieller Engpässe hat er es geschafft: sein 128 Meter langes und 11,65 Meter hohes Luftschiff wird in den nächsten Tagen in den Himmel steigen. Für den Auftrieb des 13 Tonnen schweren Kolosses, über dessen Aluminiumgerippe eine Leinwand gespannt ist, werden 11.300 Kubikmeter hochexplosiver Wasserstoff benötigt, die in 16 Gaszellen aus Gummi im Schiffsinneren eingeschlossen sind.

Trotz der gewaltigen Dimensionen beträgt die Last, die man damit transportieren kann, gerade einmal 300 Kilogramm. Unter der Luftschiffhülle hängen zwei Gondeln, die Ähnlichkeit mit einem Ruderboot haben. Hier werden sich die insgesamt fünf Mann Besatzung befinden, unter dem Kommando von Graf Zeppelin. Für den Antrieb sind die allerneuesten, noch von Gottlieb Daimler mitkonstruierten Motoren an Bord – persönlich überwacht wurde der Einbau von Wilhelm Maybach. Das war der Wunsch von Daimler in seinen letzten Lebenstagen gewesen und für den pflichtbewussten Maybach ohnehin eine Selbstverständlichkeit. Es ist die fortschrittlichste Technik, die es gibt – und die Daimlermotoren sind inzwischen doch noch mit einer Boschzündung ausgestattet worden – sehr zur Erleichterung des Grafen.

Zeppelin hat die Vertreter von Ministerien aus Berlin und Stuttgart für Ende Juni an den Bodensee eingeladen, damit sie unmittelbare Zeugen des ersten Aufstiegs werden können. Natürlich geht es ihm vor allem um die Abordnung aus dem Kriegsministerium, denn der chronisch finanzschwache Zeppelin möchte das Luftschiff ja für militärische Zwecke einsetzen. Wenn es ihm gelingen sollte, die jahrelangen Zweifler endlich von seiner Idee zu überzeugen und ihnen das Luftschiff zu verkaufen, dann wäre er schlagartig aller finanziellen Sorgen und Nöte enthoben. Natürlich hat er auch Industrielle wie beispielsweise Robert Bosch eingeladen, seine Sponsoren, in deren Kreisen er freilich nicht sonderlich populär ist: »Jetzt kommt gleich der Graf Zeppelin hier vorbei und wird von mir wieder Geld für sein Luftschiff erbetteln wollen«, hat Bosch öfter gegrummelt, wenn sich der Luftgraf wieder Mal zum Besuch angekündigt hatte – mit ziemlich durchschaubarer Absicht. Zeitungsberichterstatter aus ganz Deutschland und Europa sind ebenfalls erschienen. Und – natürlich – König Wilhelm II. von Württemberg, der gerade zur Sommerfrische in Friedrichshafen weilt und Zeppelin über all die Jahre immer unterstützt hatte, auch bei den schlimmsten Pöbeleien des Kaisers.

Der Startankündigung für das Luftschiff folgt allerdings eine tagelange zermürbende Warterei, bei der die Geduld der vielen Tausend Schaulustigen auf eine harte Probe gestellt wird. Einmal ist es das Wetter, das den Aufstieg verzögert, dann wieder gibt es Schwierigkeiten mit der Konstruktion, das nächste Mal hat Chefkonstrukteur Ludwig Dürr Probleme beim Gewicht festgestellt. Und dann auch noch das Wasserstoffgas! Immerhin sind es ja 2.500 Gasflaschen, die von der Herstellerfirma in Frankfurt mit der Eisenbahn nach Friedrichshafen transportiert worden sind und am Hafenbahnhof in Kähne umgeladen wurden. Mit diesen Kähnen hat man dann die Gasflaschen, die unter einem Druck von 150 Atmosphären stehen, zur schwimmenden Luftschiff-Montagehalle in der Manzeller Bucht gerudert, wo sie von jeweils drei Mann in Empfang genommen werden mussten, die den Wasserstoff in eine der Gaszellen leiten sollen. Dabei muss einer die Flasche festhalten, ein zweiter wird mit einem Hammer das Bronzeventil bearbeiten und ein dritter… hält einen nassen Lappen in der Hand. Dessen Aufgabe ist die verantwortungsvollste. Denn sollte einmal – was öfter als ihnen lieb war, tatsächlich auch passiert ist – eine Stichflamme aus dem Ventil züngeln, dann muss der Mann die Flamme sofort mit seinem nassen Lappen ersticken. Sonst... Gute Nacht! Angesichts von über 10.000 Kubikmetern hochentzündlichem Wasserstoff über ihren Köpfen. Eine äußerst diffizile Aufgabe. Man stelle sich diese Szene einmal in der Gegenwart vor. Die Firma würde sofort geschlossen – und der Inhaber verhaftet! Aber beim Befüllen gibt es noch ein weiteres Problem. Denn kaum dass sie es geschafft haben, den Wasserstoff unten in die Gasbehälter hinein zu leiten, da pfeift er durch die Überdruckventile oben schon wieder heraus. In der Sommerhitze hat sich das Metalldach der Montagehalle so sehr erhitzt, dass im oberen Bereich der Halle tropische Temperaturen herrschen – wodurch sich das wertvolle Gas ausdehnt und entweicht. Es war technisches Neuland, wohin man auch blickte. Und trotzdem war der Graf zuversichtlich. Der Aufstieg würde stattfinden. Wenn nicht heute, dann eben morgen. Oder übermorgen. Auch wenn sich der Unmut der geladenen (und der ungeladenen) Zaungäste tagtäglich steigerte: er würde sich nicht hetzen lassen. Dafür stand viel zu viel auf dem Spiel!

Am 2. Juli 1900 um exakt 20.03 Uhr ist es geschafft: das LZ 1 erhebt sich am Abend bei Friedrichshafen am Bodensee erstmals in den Himmel. Dennoch verläuft der Tag ganz anders als erhofft: Der 18- minütige Aufstieg wird zum Fiasko – und das vor mehr als zehntausend entsetzten Zuschauern. Eigentlich hatte es schon am Mittag begonnen, als der für den heutigen Tag angekündigte Aufstieg, für den bestes Wetter vorhergesagt war, wieder und wieder verschoben wurde. Und eindeutig war nicht das Wetter daran schuld. Die Bedingungen waren ideal. Es lag wohl an irgendwelchen Revisionsarbeiten am Schiffskörper, was den Unmut der Menschen, ins Uferlose steigerte. Üble Schimpfworte gegen den Grafen waren zu hören. »Der führt uns doch nur an der Nase herum – und das schon seit Tagen! Was bildet der sich eigentlich ein? Der Narr vom Bodensee!« Abends um sechs Uhr wandten sich die ersten

maßlos enttäuschten Schaulustigen zum Gehen. »Das wird heute garantiert nichts mehr!«
In diesem Moment schwangen die riesigen Tore der Montagehalle auf und das von einem Floß gezogene Luftschiff schwebte knapp über der Wasseroberfläche nach draußen. Was für ein majestätischer Anblick! Die Menge brach in unbeschreiblichen Jubel aus.
Kurz vor acht Uhr hatten die fünf Männer dann ihre Gondeln bestiegen. Ballast wurde abgelassen. Ganz langsam steigt das Luftschiff nach oben. Meter um Meter, immer noch durch zwei starke Taue mit Soldaten der Haltemannschaft verbunden. Vorsichtig lassen sie die Taue durch die Hände gleiten, wenn aus der vorderen Gondel das nächste Kommando ertönt. Dann, als das Luftschiff bei einer Höhe von 30 Metern angekommen ist – noch immer liegt es waagrecht in der Luft – ein besonders lauter Befehl: »Taue lösen!« Sofort geben die Soldaten vorne das Tau frei, ein paar Sekunden später auch die an der hinteren Halteleine. Genau das ist das Problem! Sie hätten es gleichzeitig machen müssen. Denn durch die Verzögerung hinten steigt das Luftschiff mit seiner Nase steil nach oben, während das Heck nach unten hängt. Es muss aber so schnell wie möglich wieder in die waagrechte Position kommen. Dafür ist Vorsorge getroffen, denn für diesen Fall gibt es ein 130 Kilo schweres Ausgleichsgewicht, das man mit einer Winde verschieben kann. Hektisch kurbelt einer der Männer das Gewicht nach vorne, das Luftschiff scheint sich wieder zu stabilisieren, steigt bis in eine Höhe von 400 Metern, die Motoren werden gestartet, das Schiff nimmt, noch immer in nicht ganz waagrechter Position, Fahrt auf. Doch plötzlich bricht die Kurbel, das Ausgleichsgewicht schießt wieder nach hinten, das Schiff biegt sich durch, scheint womöglich gar in der Mitte auseinanderzubrechen und dreht sich zu allem Übel jetzt auch noch mehrmals um die eigene Achse! Die beiden Daimler-Motoren dröhnen mit voller Leistung und schaffen es dennoch nicht, den riesigen Luftschiffkörper gegen den auffrischenden Wind zu bewegen.

Im Gegenteil! Es sieht eher so aus, als würde der Wind sie von der Seefläche wegschieben und über Land drücken. Das darf nicht sein, denn das Luftschiff mit seinen beiden Steuergondeln ist nur für eine Landung auf der Wasseroberfläche konstruiert! Sofort muss Gas abgelassen werden, um diesem Desaster zu entgehen! In der Nähe des Dampferanlegestegs von Immenstaad gelingt es, das Schiff auf dem an diesem Abend zum guten Glück spiegelglatten Bodensee niedergehen zu lassen. Doch jetzt droht das nächste Unheil: vom Wind und der Strömung werden sie direkt auf einen Holzpfahl der Anlegestelle zugetrieben, selbst das Kommando »Motoren volle Kraft zurück« kommt zu spät. Der Holzpfahl bohrt sich in die Luftschiffhülle! Gott sei Dank aber verfängt sich der Pfahl bei der Kollision so im Gerippe des Schiffs, dass dabei keine der Gaszellen verletzt wird. Das hätte eine Katastrophe ausgelöst! So ist der erste Aufstieg eines Zeppelin-Luftschiffs also ohne weiteres Unheil zu Ende gegangen. Insgesamt 18 Minuten hat die turbulente Luftfahrt gedauert. Es ist ein Debakel, denn in den Augen der Behördenvertreter, ist das Experiment gescheitert, Sie haben genug gesehen und werden keinesfalls die Empfehlung aussprechen, dem Grafen ein solches unzuverlässiges Monstrum abzukaufen.

Im Nachhinein betrachtet hatte es wohl gar nicht anders kommen können, denn obwohl die beiden Daimlermotoren das Maximum an Leistung gebracht hatten, was damals möglich war, hatten sie eben doch nur über jeweils 14 PS verfügt, was angesichts des gigantischen Luftwiderstands von LZ 1 natürlich schon bei wenig Wind niemals ausreichend war, um dagegen ankämpfen zu können. Bosch-Zündung an den Motoren hin oder her: am Ende war die maximale Leistung pro Motor eben doch zu gering. Man stelle sich vor: 14 PS – das hat heutzutage schon mancher Rasenmäher! Zwar sind dem ersten Aufstieg im Jahr 1900 sogar noch zwei weitere gefolgt, doch auch diese Himmelfahrten vom 17. Oktober und vom 21. Oktober mit einer Dauer von 80 Minuten und 23 Minuten hatten

die zahlreichen Skeptiker absolut nicht überzeugen können. Dies freilich im krassen Gegensatz zu der Bevölkerung von Friedrichshafen, für die der vormalige »Narr vom Bodensee« jetzt plötzlich zu ihrem neuen Volkshelden geworden war. Aber was nützte das alles, wenn die Geldgeber nicht am selben Strang zogen. Sondern sich von den unverschämten Artikeln des Berichterstatters des »Frankfurter Zeitung« in ihrer Ablehnung bestätigt sahen. Von einem Reporter namens Dr. Hugo Eckener, der in seinem Blatt die niederschmetternden Zeilen veröffentlichte »Von einem ausgedehnteren Hin- und Herfahren zu größeren und geringeren Höhen war freilich nicht merklich die Rede. Man hatte das Gefühl, als ob das Luftschiff sich sehr freute, dass es so nett da oben balancierte, und man freute sich mit darüber: denn ohne Zweifel ist die schöne Ausbalancierung des Fahrzeugs das Gelungenste an der Sache… Nach alledem ist es klar, dass weiter versucht werden wird, und wenn dies auch sonst keinen Nutzen bringen sollte, so jedenfalls einen: dem Orte Friedrichshafen.« Was für eine vernichtende Kritik! Das Luftschiff als eine banale Touristenattraktion für Friedrichshafen herab zu würdigen! Ohne irgendwelchen Nutzen für die Zukunft erkennen zu wollen. Allein dieser Artikel machte die letzten Hoffnungen zunichte, dass der Geldstrom eventuell doch nicht versiegen werde. Und zu allem Überfluss war das Ganze auch noch von einem Menschen geschrieben, der Psychologie studiert hatte, nicht Physik wie Zeppelin. Ein Schreiber, der keinerlei Ahnung von der Zukunftsfähigkeit der Luftschiffe hatte, deren Weiterentwicklung er durch seine Unwissenheit um Jahre zurückwarf. Und ausgerechnet dieser Mann sollte eines Tages zum Nachfolger des Grafen Zeppelin werden, der die Luftschifffahrt in eine völlig neue Dimension führen würde! Das konnte zu diesem Zeitpunkt natürlich noch niemand ahnen.
Der 62-jährige Zeppelin jedenfalls stand im Spätherbst 1900 vor einem Scherbenhaufen: sowohl sein Ruf, als auch seine Finanzen waren ruiniert. Genauso wie die »Gesell-

schaft zur Förderung des Luftschiffbaus« am Ende war, in die er ja das meiste Kapital (über 500.000 Mark, eine Riesensumme, die man in heutigen Eurodimensionen getrost verzehnfachen kann) aus eigenen Mitteln eingebracht hatte. Selbst nach der Verschrottung des teuren Aluminiumgerippes blieb kein Kapital mehr übrig. Nun gut: wenigstens hatten sie alle Verbindlichkeiten begleichen können. Es blieben also keine Schulden zurück. Aber neues Kapital würde es genauso wenig geben! Sämtliche Sponsoren hatten sich zurückgezogen, keine Chance auf Weiterführung des Unternehmens! Und dennoch warf Zeppelin die Flinte nicht ins Korn. Denn eines Tages würde sein Traum Wirklichkeit werden! »Man muss nur wollen und daran glauben, dann wird es auch gelingen!« Das war sein Lebensmotto, an dem er eisern festhielt. Das Schlimmste an der momentanen Situation war, dass er alle seine Mitarbeiter entlassen musste. Es brach ihm beinahe das Herz, diesen engagierten Leuten zu kündigen. Doch es gab keinen anderen Weg. Zwei von ihnen weigerten sich freilich, die Kündigung zu akzeptieren: Ludwig Dürr und Zeppelins Bootsführer Marx. Mit fest entschlossenen Mienen waren sie dem Grafen gegenüber getreten und hatten ihm erklärt, dass sie keinesfalls daran dächten, dem Projekt den Rücken zu kehren. »Wir werden weiter mit Ihnen an einem neuen Luftschiff arbeiten, Exzellenz, denn wir glauben an Sie und Ihr Luftschiff!« Auch der Hinweis, dass sein gesamtes Kapital aufgebraucht sei und er ihnen noch nicht einmal die Krankenkasse bezahlen könne, änderte nichts an der Entscheidung von Marx und Dürr. Sie hätten schließlich noch ein paar Mark auf dem Sparbüchle...
Und dann trat da Zeppelins Ehefrau Isabella auf den Plan. Auch sie glaube fest an die Vision ihres Gatten und sei überzeugt davon, dass er seinen Traum vom lenkbaren Luftschiff eines Tages zu einem erfolgreichen Ende bringen werde. Deshalb wolle sie ihm gerne ihr väterliches Erbe überlassen. Mit diesem finanziellen Grundstock müsste es möglich sein, das Unternehmen behutsam neu aufzubau-

en und bei einem neuen Luftschiff all die Schwachstellen zu beseitigen, die sich bei den Probefahrten von LZ 1 gezeigt hatten. Und mit einem Mal war Zeppelin wieder zurück im Spiel! Dank der Unterstützung seiner »Bella«, wie er sie liebevoll immer genannt hat. Ein Opfer, das sie für ihren »Ferdi« gerne brachte. Es konnte also weitergehen. Mit minimalster personeller Besetzung, aber immerhin. Man stelle sich einmal das Gegenteil vor, dass also Bella gegen die kostspieligen »Spinnereien« ihres Gatten Sturm gelaufen wäre. Wenn sie ihm tagtäglich vorgehalten hätte, wie er das gesamte Privatvermögen der Eheleute Zeppelin für die Schnapsidee geopfert habe, eines Tages mit einem Riesengefährt durch die Luft zu fahren! Sie wäre nur eine von vielen gewesen, die sich vielsagend mit dem Zeigefinger an die Stirn tippten, wenn die Rede in diesen Jahren auf den »Narren vom Bodensee« kam. Weshalb das Geld nicht lieber für schöne Reisen oder ein funkelndes Diamantkollier ausgeben? Nicht auszudenken, wenn Bella diese durchaus verständliche Haltung eingenommen hätte. Aber so war sie nicht: sie stand mit aller Energie hinter ihrem Ferdi. Sie war die sprichwörtliche starke Frau hinter ihrem später dann ja doch noch berühmt gewordenen Mann. Zur damaligen Zeit war es einer Frau noch nicht möglich, selbst in der ersten Reihe zu stehen. Deshalb konnte sie auch nicht die Frau an seiner Seite sein. Sie war die Frau hinter Zeppelin. Und das war genauso entscheidend. Eine Formulierungsfrage, klar. Und dennoch wirft sie auch ein Licht auf die Lebensumstände vor über einhundert Jahren. Man kann Bellas Rolle, die sie in aller Stille übernommen hat, also gar nicht hoch genug würdigen, wenn vom Siegeszug der Luftschiffe berichtet wird. Das ist eine Tatsache, die übrigens im Lebenslauf von jedem dieser großen Konstrukteure ihre Parallele hat. Denn auch hinter Robert Bosch, Carl Benz, Gottlieb Daimler, Wilhelm Maybach, Ferdinand Porsche und (wie gerade beschrieben) Graf Zeppelin stand die sprichwörtlich starke Frau, ohne deren selbstlosen Einsatz für die Visionen ihres Ehemannes es diesen Konstrukteuren niemals gelungen wäre, Leistungen zu vollbringen, mit denen sie in die Geschichtsbücher eingegangen sind. Der Anteil ihrer Frauen an diesem Ruhm ist bislang genauso wenig gewürdigt worden, wie er dennoch eine Tatsache ist. Sie haben ihnen den Rücken freigehalten, sie in ihrem Tun bestärkt und finanziell für die entscheidenden Freiräume gesorgt!

Noch im November 1900 konstruierte Porsche die ersten Hybridfahrzeuge! In der zähneknirschenden Schlussfolgerung, dass es halt noch eine gewisse Zeit des Übergangs braucht, bis die Batterien für die Elektrofahrzeuge endlich leichter und leistungsfähiger werden, macht Ferdinand Porsche sozusagen einen Schritt zurück, indem er seine Automobile mit zwei Antriebsarten ausstattet: mit einem herkömmlichen Benzinmotor und mit einem Elektroantrieb. Damals schon hat Porsche also die Überlegung gehabt, auf die dann nach mehr als 110 Jahren ganze Legionen von (modernen) Ingenieuren endlich auch wieder gekommen sind: dass man vor dem reinen Elektroantrieb einen Zwischenschritt einlegen muss, bis dann die Batterien eines hoffentlich nicht allzu fernen Tages endlich kleiner und leistungsfähiger werden. Was folglich zu der ernüchternden Erkenntnis aus der Historie führt: Seit den Zeiten von Porsche senior hat sich in dieser Hinsicht nichts Entscheidendes bewegt. Natürlich hat Porsche die Benzinmotoren nicht selbst entwickelt, sondern sie vom französ-

Ferdinand Porsche

sischen Hersteller »De Dion-Bouton« bezogen. Jeweils zwei solcher Motoren hat er mit den Generatoren verbunden, um sie während des Benzinbetriebes zur Stromgewinnung zu nutzen. Ein genialer Gedanke, der ebenfalls inzwischen wieder eine fröhliche Auferstehung gefeiert hat! Mit dem »Benzinelektrischen Antrieb« seines »Semper Vivus« (dem »immer Lebenden«), und seinem Nachfolger, dem »Mixte«, hat der 25 Jahre alte, ehemalige Schwarzhörer an der TU Wien das erste Hybridfahrzeug der Welt gebaut. Aber davon, dass den Elektroautomobilen die Zukunft gehört, ist er zu diesem Zeitpunkt noch immer felsenfest überzeugt.
Das Problem für die neuen »Lohner-Porsche« ist nur: die Kundschaft macht immer noch einen großen Bogen um diese Fahrzeuge. Denn obwohl sie jetzt deutlich leichter und billiger angeboten werden können, sind sie halt doch noch teurer, als die ganz normalen Benzinautomobile. Da kann man noch so oft darauf hinweisen, dass der »Lohner-Porsche« den Vorteil eines zweiten Antriebs besitzt, sollte der eine einmal den Geist aufgeben, die Kundschaft zeigt sich davon wenig beeindruckt. Es ist zum Haareraufen – und macht Ludwig Lohner sichtlich nervös. Denn die Entwicklung des »Semper Vivus« hat wieder eine Menge Geld gekostet. Geld, das durch die Absatzflaute tiefrote Zahlen in die Firmenbilanz zeichnet. Für Ferdinand Porsche ist klar, da hilft nur eines: wieder bei Autorennen an den Start gehen und möglichst überall mit dem Wagen auftauchen, um die potentiellen Käufer persönlich von den Vorteilen dieser genialen Konstruktion zu überzeugen. So ist Porsche mit seinem »Semper Vivus« in und um Wien in diesen Monaten überall präsent. Er gehört schon beinahe zum Stadtbild. Eines Tages kommt es dabei in der Nähe von Wien zu einer schicksalshaften Begegnung, die Porsches weitere Karriere entscheidend beeinflussen wird: er kommt an einem Pannenfahrzeug vorbei, das am Straßenrand abgestellt worden ist. Und während sich der Fahrer mit sichtlicher Verzweiflung am Antrieb abmüht, steht der

Besitzer des Vehikels mit säuerlicher Miene daneben. Porsche stutzt. Denn von irgendwoher muss er den elegant gekleideten Mann mit seinem extravaganten Backenbart doch kennen… Aber woher? Richtig: das ist doch der automobilverrückte Emil Jellinek! Das ist der Monsieur Mercedes! Ganz klar! Sofort begreift er: Wenn er diesen Mann von den Vorzügen seines »Semper Vivus« überzeugen könnte, beziehungsweise, wenn es ihm gelänge, mit ihm ins Gespräch zu kommen… Porsche stoppt also und bietet seine Mithilfe bei der Reparatur des Wagens an. Doch der ölverschmierte Chauffeur schüttelt nur verdrossen den Kopf und meint, das mache keinen Sinn. Er habe schon alles versucht. Da helfe nur noch das Abschleppen in die Werkstatt. Natürlich kann sich Porsche den Hinweis nicht verkneifen, dass so eine Panne mit zwei Antriebsarten nicht hätte passieren können und dann kriecht er doch unter den Wagen, um nach der Ursache des Malheurs zu schauen. Auch das ist eine Eigenschaft, die sich durch sein ganzes weiteres Leben zieht: Porsche war sich nie zu schade, selbst die Hand anzulegen, wenn es nötig war. Und mochte der Motor auch noch so ölverschmiert sein und die Kleidung dafür eigentlich nicht die passende: egal. Da gab es keinen Dünkel, sondern nur ein Problem, das seiner Lösung harrte. Wie auch bei der zufälligen Begegnung mit dem havarierten Jellinek. Trotz der Skepsis des Chauffeurs macht sich der junge Mann also unter dem Wagen zu schaffen und kriecht nach kurzer Zeit wieder hervor. »So, das müsste es eigentlich gewesen sein. Das Problem ist behoben. Sie können weiterfahren! Bitte den Motor starten!« Natürlich erntet er ungläubiges Staunen, das sich noch steigert, als der Chauffeur Porsches Aufforderung nachkommt. Tatsächlich: der Motor springt an, die Fahrt kann weiter gehen!

Emil Jellinek ist sichtlich beeindruckt, sowohl vom »Semper Vivus«, als auch von dessen offenbar überaus kenntnisreichem Konstrukteur. »Wie war doch gleich der Name?«

»Porsche. Ferdinand Porsche!«
»Diesen Namen muss ich mir merken. Sie werden von mir hören, Herr Porsche.«
Es würden noch einige Jahre ins Land gehen, bis es so weit war. Doch die entscheidende Weichenstellung für Porsche war erfolgt.
Emil Jellineks ganze Konzentration richtete sich zunächst aber auf ein ehrgeiziges Vorhaben: der Woche von Nizza, die zwischen dem 25. und dem 29. März 1901 ausgefahren wurde. Nach dem fürchterlichen Debakel beim Rennen im Jahre 1900, als einer der DMG-Fahrer sogar tödlich verunglückt war, musste dieses Mal am Ende unbedingt der Triumph stehen. Koste es was es wolle! Eine weitere Blamage wollte sich der Monsieur keinesfalls mehr zumuten.

Die Ära Mercedes

Die Woche von Nizza im März 1901 wird zum entscheidenden Triumph von Jellinek, der DMG und Bosch! Die Automobile der DMG gewinnen alle Rennen! Der Name eines elfjährigen Mädchens wird über Nacht zum Begriff in der internationalen Automobilwelt: Mercedes! Paul Meyan, der Generalsekretär des französischen Automobilclubs, trifft an Ende der Renntage mit seiner Bilanz den Nagel auf den Kopf: »Wir sind in die Ära Mercedes eingetreten!«

Mercedes am Steuer des Mercedes

Die Mercedeswagen sind das weltbekannte Markenzeichen für die DMG-Wagen aus Stuttgart geworden. Zwar noch nicht offiziell eingetragen, aber auch das wird nun nicht mehr lange dauern. Der überglückliche Emil Jellinek ist am Ziel seiner Wünsche. Dafür hat er aber auch hart gekämpft. Wieder und wieder hatte er in den Monaten zuvor vom allmählich entnervten Maybach noch bessere Fahrgestelle, noch leistungsfähigere Motoren verlangt. Er wolle nicht Wagen aus der aktuellen Produktion zu den Rennen melden, sondern diejenigen Automobile, die sich gerade bei Maybach in der Entwicklungsabteilung befänden: »das Neueste vom Neuen«. Auf Maybachs entgeisterten Einwand, diese Neuerungen seien doch noch nicht einmal richtig werkstatterprobt, kontert er knallhart: »Meine Werkstatt ist die Straße!« Und so wurde Maybach von Jellinek dazu gebracht, bereits die übernächste Fahrzeuggeneration nach Nizza zu schicken. Mit durchschlagendem Erfolg. Jellineks Wagen fahren die gedemütigte Konkurrenz in Grund und Boden: Die französischen Automobile, die man als deutlich überlegen eingeschätzt hatte, sind mit weitem Abstand geschlagen worden. Jellinek ist auf der Höhe seines Ruhms angekommen – und außer sich vor Mercedes-Begeisterung. Der internationale Durchbruch für die DMG und Bosch (mit den Zündungen, die nun alle haben wollen) ist damit endgültig geschafft. Die Produktion schnellt in nie für möglich gehaltene Höhen. Und das ist erst der Anfang. »Der Bosch«, so heißt es nun in Stuttgart, »ist unaufhörlich am bauen.«

In Stuttgart entsteht der erste Fabrikbau in Stahlbetonbauweise im Königreich Württemberg. Geplant von Robert Bosch persönlich. Lange wollte die Baukommission diese neuartige Bauweise wegen statischer Bedenken nicht genehmigen, doch sie erweist sich als besonders robust und fällt vier Jahrzehnte später erst dem Bombenhagel des 2. Weltkriegs zum Opfer. Bosch hatte bei der Planung einem Architekten nach dem anderen den Auftrag wieder entzogen, »weil die überhaupt nicht an die Arbeiter gedacht« hätten. Aber in der Fabrikhalle muss unbedingt ein gutes Klima herrschen, denn »die Menschen brauchen doch Luft zum Atmen und auch Licht!« Die düsteren Industriebauten der Vergangenheit will er für sein Unternehmen nicht haben. Aber weil das anscheinend keiner der bisherigen Architekten leisten kann oder mag, hat sich Bosch kurzerhand selber Architekturzeitschriften bestellt und sich umfassend über die neuesten Bauweisen und Techniken informiert. Dabei hat er auch von den Bauten des Franzosen Joseph Monier gelesen, der Eisenstäbe in den Beton steckt und dadurch die Tragkraft und Robustheit des Materials deutlich verbessert hat. Es sind die sogenannten »Moniereisen«. Interessant, dass auch Monier keine Ausbildung als Architekt oder Bauexperte vorweisen kann. Monier war Gärtner, der sich im Lauf der Jahre über die hölzernen Blumenkästen geärgert hatte, die viel zu schnell verfaulten. So suchte er ein anderes Material und experimentierte mit Beton. Doch auch der Beton erwies sich als nicht besonders haltbar. Erst als Monier den flüssigen Beton mit Eisenstäben verstärkte (man nennt das in der Baubranche »armieren« oder »bewehren«), veränderte sich die Festigkeit entscheidend. Die Stahlbetonbauweise war erfunden. Als Bosch diese Geschichte gelesen hat, war er interessiert. Und hinterher überzeugt. Also hat er beschlossen, die neue Fabrikhalle aus Stahlbeton zu bauen. So konnte wesentlich mehr Licht ins Innere geleitet werden als bei den bisherigen Hallen, und durch die größere Höhe des Baus war es in den Sommermonaten auch längst nicht so stickig darin. Die Arbeitsbedingungen waren also wesentlich besser als irgendwo sonst im industriellen Bereich in und um Stuttgart. Am 1. April 1901 bezieht Bosch mit seinen 45 Mitarbeitern das neue Gebäude in der Hoppenlaustraße.

Einen gravierenden Nachteil in der an und für sich ja erfreulichen Entwicklung seiner Firma stellt Robert Bosch aber dann doch fest: Aufgrund der großen Zahl an Neueinstellungen verliert er allmählich den Überblick. Plötzlich kennt er seine Arbeiter kaum noch mit Namen, denn laufend werden neue Leute eingestellt. Früher, da hat er noch gewusst, ob das Töchterle vom Karle wieder gesund ist, wann die Frau vom Frieder wahrscheinlich ihr Kind bekommt, wie die Weinlese beim Wilhelm verlaufen ist und so weiter. Auch über ihre Stärken und Schwächen war er bestens informiert, bis hin zu der (nicht ganz unwichtigen) Feststellung, wer am besten singen konnte. Das war die Kehrseite des Wachstums – und Robert Bosch hat dieser Verlust der persönlichen Nähe ehrlich zu schaffen gemacht.

Auch Daimler expandiert jetzt gewaltig: am 15. August 1901 unterschreibt der Vorstand der DMG einen Vertrag mit dem Untertürkheimer Schultheißen Eduard Fiechtner über den Kauf eines 185.000 Quadratmeter großen Grundstücks in Untertürkheim. Schon lange hatte sich abgezeichnet, dass es am Cannstatter Seelberg zu eng werden würde, und ursprünglich hatte Gottlieb Daimler vorgehabt, die Produktion in seine Heimatstadt Schorndorf zu verlagern. Darüber gab es auch schon erste Verhandlungen. Doch dann haben Daimlers schwere Herzkrankheit und sein früher Tod diese Pläne durchkreuzt. Zumal inzwischen der vorausschauende Schultes von Untertürkheim auf den Plan getreten war, der sich mit vollem Engagement in die Vertragsverhandlungen eingebracht hatte, nachdem er von der Grundstückssuche Wind bekommen hatte. Fiechtner witterte die Chance für das Wengerterdorf Untertürkheim und köderte die DMG mit der Zusage für einen direkten Eisenbahnanschluss in das neue Daimlerwerk. Außerdem werde ab dem Jahr 1902 das erste gemeindeeigene Elektrizitätswerk des Königreichs Württemberg in Untertürkheim Strom produzieren. Fiechtners Verhandlungsgeschick zahlte sich aus: so ist Untertürkheim der Hauptstandort und Firmensitz des Unternehmens ge-

worden und ist das (trotz mancher kurzzeitigen Wirrungen in Sachen Firmensitz, wie einer Episode in Berlin und einer weiteren in Stuttgart-Möhringen) bis heute geblieben. Nachdem im Jahr 1903 ein Großbrand die gesamte Produktion auf dem Seelberg vernichtet hatte, samt 93 fast fertiger Neuwagen, musste es sogar noch schneller gehen. Ab Dezember 1904 wurde in Untertürkheim produziert.

Die Pioniertat des Nachbarn aus Franken

Am 14. August 1901 startet der 27 Jahre junge Auswanderer Gustav Weißkopf aus Leutershausen in Fairfield bei Bridgeport/USA zum ersten Motorflug der Weltgeschichte. Er überwindet mit seinem Fluggerät »Nummer 21« eine 800 Meter lange Strecke, bevor er sicher landet. Mit eingeklappten Flügeln erreicht sein Gefährt auf der Straße eine Spitzengeschwindigkeit von 50 Stundenkilomtern. Das berichtet der »Bridgeport Herald« vier Tage später und benennt zahlreiche Zeugen für den Flug. Es gibt auch eine Zeichnung, doch ausgerechnet das Beweisfoto fehlt. Weißkopfs Pioniertat sorgt in der ganzen Welt für Aufsehen, wird aber bald darauf angezweifelt, vor allem in den amerikanischen Medien. Denn Weißkopf (die Amerikaner nennen ihn Whitehead) hat einen entscheidenden Fehler gemacht: er hat nie die amerikanische Staatsbürgerschaft beantragt. Deshalb konzentriert sich das Medieninteresse in den USA bald auf die Gebrüder Wright, deren Fluggerät erstmals am 17. Dezember 1903 abhebt – beinahe zweieinhalb Jahre nach dem ersten Motorflug von Gustav Weißkopf. Verarmt und vergessen ist er im Jahr 1927 gestorben. Erst in den letzten Jahren ist seine Leistung auch in den USA anerkannt und gewürdigt worden.

Obwohl die Firmen Bosch und Daimler dank ihrer erfolgreichen Zusammenarbeit jährlich neue Umsatzrekorde vermelden, bleibt die alte Feindschaft bestehen. Als Privatmann fährt Bosch um die Jahrhundertwende nie einen Daimler-Wagen. Seine Begründung ist einleuchtend: »Der Daimler wollte ja auch meine Zündung nicht haben, weshalb soll ich dann seine Automobile fahren?!« Selber schuld, die Daimler Leute! Nachtragend konnte der alte Vadder Bosch auch sein. Er bevorzugt in diesen Jahren französische Fabrikate wie »Panhard-Levassor« und »Renault«. Mit diesen Fahrzeugen fährt er regelmäßig nach Albeck, wo er sich im Spätsommer immer mit Kartoffeln versorgt. Denn die Albecker Kartoffeln sind die besten überhaupt. Davon ist er felsenfest überzeugt. Eigentlich logisch. Meint er. Denn so eine Albkartoffel hat es ja viel schwerer, als eine aus dem Unterland, wo das Klima wärmer ist. Aber genau das ist der Knackpunkt: wenn sie schneller wächst, dann ist sie auch nicht so gehaltvoll. Eine Kartoffel aus Albeck, die deutlich langsamer wächst, die kann dagegen mit viel besseren Inhaltsstoffen und einem dementsprechenden Geschmack punkten. So ist das. Punktum! Allerdings ist es mit den Kartoffeln dennoch so eine Sache. Denn natürlich hat nicht immer derselbe Bauer in jedem Jahr die beste Qualität auf seinem Acker. Die hat mal dieser und mal jener. Und dann gilt es auch noch zwischen Salatkartoffeln und den mehlig kochenden Knollen zu unterscheiden. Auch da gibt es Unterschiede. Die können sogar so weit reichen, dass derjenige, der die besten Salatkartoffeln angebaut hat, in diesem Jahr nicht unbedingt automatisch über die besten Mehligen verfügt. Also wird probiert. Wieder und wieder nimmt Bosch bei den verschiedenen Bauern ein paar Pfund von den einen und ein paar Pfund von den anderen mit. Die werden dann in Stuttgart testweise gekocht und verzehrt. Und dann erst entscheidet die Familie, bei wem man sich in diesem Jahr mit den Salatkartoffeln eindeckt und bei wem mit den anderen.

Nur eines ist wie gesagt klar: egal, von wem sie sind, sie müssen aus Albeck sein. Wo es die besten Kartoffeln in ganz Württemberg gibt. Mindestens.

Bosch-Ingenieur Gottlob Honold (der Sohn des Oberlehrers Honold aus Langenau) erfindet 1902 kurz nach seiner Rückkehr in die Firma den Hochspannungsmagnetzünder. Es ist die klassische Zündkerze, so wie sie bis heute in die Benzinmotoren eingebaut wird. Die neuartige Zündung ermöglicht es den Motorbauern, wesentlich leistungsstärkere Motoren zu bauen. Und dabei hatte ihm Robert Bosch zunächst sogar verboten, seiner Idee von der hochgespannten Zündung weiter nachzugehen. Denn eigentlich hatte man den jungen Mann für die Bewältigung von anderen Problemen eingestellt. Mehr als einmal ist ihm von Bosch kräftig der Kopf gewaschen worden, als der ihn wieder einmal verbotenerweise beim Herumtüfteln an der falschen Arbeit erwischt hatte. Am Ende jedoch hat Bosch anerkennend genickt und in seiner trockenen Art kommentiert: »Da haben Sie aber den Vogel abgeschossen!« Robert Bosch hatte sofort erkannt, welcher Quantensprung die neuartige Technik bedeutete, die Honold da entwickelt hatte. Nicht jedoch die zuständigen Sachbearbeiter in der Behörde. Und so wird es ein langer, zäher Kampf, bis Honolds Erfindung als Patent anerkannt wird. Denn das Patentamt lehnt zunächst ab. Darauf reist Gottlob Honold persönlich nach Berlin und stellt seinen revolutionären Apparat direkt im Patentamt vor. Um die zuständigen Mitarbeiter, die sich bei der neuartigen Technik offenbar nicht auskennen, restlos von seiner Erfindung zu überzeugen, hat Honold vorher sogar extra noch ein Verfahren entwickelt, das es ihm möglich macht, den Zündfunken zu fotografieren. Das hat am Ende dann auch die Skeptiker überzeugt. Trotzdem muss noch viel Wasser den Neckar und die Spree herunter fließen, bis ihm das Patent formell erteilt wird. Zweieinhalb Jahre hat es am Ende gedauert. Robert Bosch zahlt Honold für jede verkaufte Zündkerze eine Lizenzgebühr. Diese Lizenzzahlungen machen den erst 26 Jahre alten Honold zu einem reichen Mann. Der Hochspannungsmagnetzünder revolutioniert den Motorenbau und beschert der Firma Bosch ein noch stürmischeres Wachstum, als das schon nach den Erfolgen im Rennen von Nizza der Fall war. Das Unternehmen explodiert geradezu. Nicht ohne anfängliche Absatzschwierigkeiten für das neue Produkt, denn es dauert ja eine Weile, bis es die Ingenieure in den Automobilfirmen begriffen haben, was Honold da erfunden hatte. Aber diese skeptische Distanz, die kannten sie beim Bosch ja schon aus den früheren Zeiten…

26. September 1902: Der Mädchenname »Mercedes« wird auf Betreiben von Emil Jellinek endgültig als Markenzeichen eingetragen und gesetzlich geschützt. Die Fahrzeuge der DMG werden seitdem »Mercedes« genannt. Der Name seiner geliebten Tochter als weltweit bekanntes und berühmtes Markenzeichen. Er scheint am Ziel seiner ehrgeizigen Träume. Doch einem Mann, wie Emil Jellinek reicht das noch immer nicht: seine Mercedes-Begeisterung schwappt über. Und so beantragt er im November bei den Behörden in Wien die amtliche Änderung seines Nachnamens und den seiner Familie in »Jellinek-Mercedes«. Sein Gesuch – samt Anhängen – ist über ein Dutzend Seiten dick. Dennoch lassen sich die Beamten in der Statthalterei von Niederösterreich lange Zeit. Monatelang. Viel zu lang für den immer ungeduldigen Jellinek, der dank seines Vermögens Verbindungen in einflussreichste Kreise der Donaumonarchie besitzt. Der Kaiser selbst wird eingeschaltet. Mit Erfolg: Am 24. Juni 1903 wird die Namensänderung genehmigt. Und Jellineks Tochter Mercedes heißt nun also Mercedes Jellinek-Mercedes, während sich ihr Vater in seiner Villa Mercedes in Nizza freut, sich nunmehr Emil Jellinek-Mercedes nennen zu dürfen.
Gleichzeitig beschließt der exzentrische »Monsieur Mercedes« auf Bitten seiner Tochter, künftig ein bisschen besser auf seine Gesundheit zu achten. Er handelt einen Vertrag mit seinem Hausarzt Dr. Spitzer aus, in dem festgelegt wird, dass der Arzt nur dann Geld bekommt, wenn Jellinek-Mercedes gesund ist. Er soll eine Prämie für die Gesunderhaltung seines Patienten erhalten, nicht für dessen Kranksein oder für das Herum-Kurieren an Symptomen. Genauer gesagt erhält der Arzt 5.000 Kronen ausbezahlt, wenn Jellinek-Mercedes seinen 55. Geburtstag feiern kann. Sollte der Monsieur sein 60. Wiegenfest begehen können, erhält Spitzer sogar 10.000 Kronen. Für den 65. Geburtstag (den er allerdings ganz knapp verpasst hat) sind dann

15.000 Kronen vorgesehen. Vorausgegangen war dieser ungewöhnlichen Vereinbarung eine für den Mediziner hochnotpeinliche Untersuchung mit dem neuartigen Röntgengerät. Bei den Röntgenaufnahmen hatten die Ärzte nämlich eine Geschwulst am Gesäß des Patienten entdeckt. Bei einer vorsichthalber angeordneten Kontrollaufnahme ergab sich dasselbe Bild: es handelte sich dabei um ein rätselhaftes Etwas mit einer ganz und gar eigenartigen Dreiecksform. So etwas hatten die Ärzte noch nie gesehen. Ein medizinisches Rätsel! Der vermeintlich schon dem Tod geweihte Jellinek war aufgrund der niederschmetternden Diagnose logischerweise mit seinen Nerven am Ende. Zitternd kleidete er sich wieder an – und zuckte plötzlich zusammen. Da war sie, die Geschwulst! Und zwar in Form einer Gürtelschnalle, die von seinem Hosenbund herunter baumelte und exakt jener sonderbaren, dreieckigen Geschwulst ähnelte, die man bei ihm diagnostiziert hatte! Diese Esel hatten also nicht nur die Gürtelschnalle mitgeröntgt, sondern sie auch noch für eine Geschwulst gehalten! Was für Trottel und Kurpfuscher! Jellineks Urteil über die Kunst der Ärzte stand seitdem felsenfest – und deshalb war es zu dem Deal mit dem peinlich berührten Hausarzt Dr. Spitzer gekommen. Kein Geld mehr für das Kranksein. Bezahlung nur noch bei bester Gesundheit. Eine besonders frühe Form der Kostendämpfung im Gesundheitswesen.

Am 17. Oktober 1903 heiratet Ferdinand Porsche in Maffersdorf und kommt wegen einer Panne bei einer Probefahrt mit seinem »Mixte«-Wagen beinahe zu spät zur eigenen Hochzeit. Gerade anderthalb Stunden vor Beginn der Zeremonie trifft er mit der Eisenbahn auf dem Bahnhof von Maffersdorf ein – während sein Automobil noch in einer Schneewehe in Vorarlberg steckt, weil er auf der glatten Fahrbahn mit Karacho um die Kurve gedonnert war. Und so musste er eben anstelle des »Mixte«, mit dem er so gerne vorgefahren wäre, halt mit der Eisenbahn vorlieb nehmen. Immerhin waren die Züge damals noch pünktlich.

Im Jahr 1906 verlässt Wilhelm Maybach die DMG, nachdem er im Vorstand zunehmend (wie schon damals in den 90er Jahren) unter Druck geraten ist. Wieder wird von ihm verlangt, bei der Qualität ein bisschen zu sparen und nicht immer das beste Material zu verwenden. Maybach lehnt das kategorisch ab und verweist auf die Maxime seines lebenslangen Mentors Gottlieb Daimler »Das Beste oder nichts!« Schließlich habe man ja schon damals ganz genau verfolgen können, was passiere, wenn Abstriche an der Qualität gemacht würden. Doch Maybach kann sich nicht gegen die Sparkommissare durchsetzen und kündigt schließlich entnervt. Der spätere »König der Konstrukteure« macht sich daraufhin mit einem Konstruktionsbüro selbständig und gründet im Jahr 1909 mit seinem Sohn Karl in Bissingen bei Bietigheim an der Enz eine eigene Firma, in der sie qualitativ hochwertige Motoren herstellen.

Der rote Bosch

Am 1.August 1906 führt Robert Bosch in seiner Firma den Achtstundentag ein und erklärt zusätzlich den 1. Mai (den Tag der Arbeit) in der Firma Bosch zum Feiertag. Als erster Arbeitgeber in Württemberg macht er den Samstagnachmittag arbeitsfrei, denn »die Leute müssen sich auch einmal erholen können. Ich fordere von ihnen höchste Präzision, das kann aber nur gelingen, wenn sie gut ausgeruht zur Arbeit kommen«. Bosch begründet es mit seiner Grundeinstellung, es sei ihm ein unerträglicher Gedanke, irgendwann einmal ein schlechtes Produkt zu verkaufen. »Lieber Geld verlieren, als Vertrauen!« Aber für gute Qualität müssen sich die Mechaniker erst einmal konzentrieren können und das geht nicht, wenn man sie vorher bis zur Erschöpfung ausgequetscht hat.

Robert Bosch zahlt seinen Arbeitern die höchsten Löhne in Württemberg. Als auch das noch bekannt wird, ist das Maß in den schwäbischen Unternehmerkreisen endgültig voll! Voller Spott haben sie ihm schon den (ihrer Meinung nach ehrabschneidenden) Titel »der rote Bosch« verpasst, den Bosch selbst aber stolz als Auszeichnung für seine soziale Grundeinstellung versteht. Und diejenigen, die ihm den Titel verpasst haben, die mag er sowieso nicht: solche Arbeitgeber seien Leuteschinder und Erzkapitalisten. Mit denen mag er nichts zu tun haben. Man ist sich also in herzlicher Abneigung verbunden.

Und jetzt also auch noch die mit Abstand höchsten Löhne! Eines Tages wird Bosch deshalb von einem empörten Firmenbesitzer zur Rede gestellt, der ihm vorhält, die ganze Lohnstruktur in Württemberg auf den Kopf zu stellen. Unsolidarisch sei das. Die anderen könnten bei solchen Löhnen nicht mehr mithalten. Für Bosch sei das ja ein leichtes Spiel, kein Kunststück als schwerreicher Unternehmer. Ausgerechnet er, der sonst immer vorgebe, so sehr auf Solidarität und Fairness zu achten. Wo bliebe denn jetzt die Rücksicht auf seine Unternehmerkollegen? Wie gesagt, für einen reichen Bosch sei das ja kein Problem, für die anderen aber schon. Worauf Bosch dem »Kollegen« knallhart entgegen gehalten hat: »Ich bin so reich, weil ich so gut zahle!« Das ist seine Botschaft, im Betrieb und auch nach außen: zahle deine Leute für anständige Arbeit ebenfalls anständig, dann bekommst du es tausendfach zurück. Gutes Geld für gute Arbeit. Eine zeitlos aktuelle Einstellung.

Und noch eine Maxime hat er in die DNA seiner Firma eingepflanzt: keiner beim Bosch soll bitteschön glauben, er sei wichtiger als der andere, denn »jede Arbeit ist wichtig, auch die kleinste!« Niemand von seinen Leuten soll sich für etwas Besseres halten. Wehe dem Direktor bei Bosch, der beispielsweise auf die Sekretärin herunterschaut. Der alte Vadder Bosch hätte ihm sofort die Tür gewiesen! Denn ohne den Chauffeur, ohne den Pförtner, die Putzfrau und den Arbeiter ginge es auch mit dem besten Manager nicht voran. Wichtig ist grundsätzlich der gegenseitige Respekt für alle und für alles, was man tut, das ist die feste Überzeugung von Robert Bosch, der das schon als kleiner Bub in der Albecker »Krone« verinnerlicht hat.

Und dass man Konflikte nicht miteinander austrägt, sondern sich geflissentlich über Monate hinweg ignoriert, das kam für ihn natürlich überhaupt nicht in Frage. Da wäre ihm schon sein aufbrausendes Temperament im Weg gestanden. Wenn es Probleme gibt, dann schafft man sie aus der Welt, in dem man darüber spricht. Und nicht so handelt, wie die beiden Büroangestellten, die, obwohl sie auf derselben Etage saßen, grundsätzlich nicht miteinander gesprochen haben. Weder von Angesicht zu Angesicht, noch am Telefon. Zur Kommunikation im (damals noch nicht mit EDV und E-Mail ausgestatteten) Büro haben sie sich des Boten bedient, der doch eigentlich für ganz andere Wegstrecken vorgesehen war. Irgendwann hat Bosch mitbekommen, dass der Bürobote ständig zwischen den beiden Büros hin- und herpendelte, um Notizen hin- und herzutragen. Er hat ihn dann zur Rede gestellt und gefragt, was diese fortwährende Hin- und Her-Rennerei denn eigentlich solle. Antwort: »Die beiden können sich nicht leiden und sprechen nicht miteinander!« Der Firmengründer hat daraufhin grimmig genickt und dem Boten den Auftrag gegeben: »Jetzt gehen Sie sofort zum einen und dann zum anderen und richten denen einen schönen Gruß von mir aus: wenn die Herrschaften sich nicht sofort wieder wie normale Menschen benehmen, dann können sie morgen gleich alle beide zu Hause bleiben!« Seitdem hatte der Bürobote beim Bosch auf dieser Etage etliche Arbeitsgänge weniger zu erledigen.

Streng war er schon. Sehr streng sogar. Mit sich genauso, wie mit seinen Leuten. Pfuscher hatten bei ihm – wie schon beschrieben – sowieso keine lange Verweildauer. Das galt auch in Sachen Pünktlichkeit. Die Arbeitszeit ist nicht nur pünktlich einzuhalten, sondern dann wird auch geschafft und nicht die Zeit vertan. Da konnte er fuchsteufelswild werden, wenn er etwas anderes mitbekommen hat. Schließlich war er selbst ja seit Gründung der Firma ein Musterbeispiel an Korrektheit und Pünktlichkeit. Morgens der Erste, abends der Letzte. Und er hat sich nicht so verhalten, wie jener Buchhalter, der jeden Morgen gleich nach Arbeitsbeginn eine gute halbe Stunde verschwunden war. Irgendwann ist das Robert Bosch aufgefallen. Auf seine verwunderte Nachfrage, wo der Mann denn immer so lange stecken würde, erhielt er zur Antwort. »Auf dem Abort.« Worauf Bosch krebsrot angelaufen ist und den Mann vor versammelter Mannschaft im wahrsten Sinn des Wortes mit dem verbürgten Ausruf zusammengeschissen hat: »Zum Schaffa beim Bosch kommt mer morgens frisch gsoicht ond gschissa!« (auf Hochdeutsch soll damit ungefähr ausgedrückt sein: »Man kommt gefälligst erst nach erfolgreich verrichtetem Toilettengang zur Arbeit!«) Womit er seinem Titel als Raubauz von der Alb wieder einmal alle Ehre gemacht hat. Und wehe dem Mann, falls er das nicht sofort beherzigt hat. Der nächste frühmorgendliche Gang zur Toilette wäre für ihn zur Einbahnstraße geworden.

Robert Bosch

Seine Anweisungen hat Robert Bosch nur einmal gegeben. Beim zweiten Mal hat er dann konsequent zur Tür gezeigt: »Da geht's naus – und zwar sofort!«

Ein Stern wird geboren

Im Jahr 1906 finden die Daimlersöhne Paul und Adolf im Nachlass ihres Vaters die Postkarte, die dieser aus Deutz damals an ihre Mutter nach Karlsruhe geschrieben hatte. Die Postkarte, auf deren Vorderseite an der Stelle des künftigen Direktorenhauses ein dreizackiger Stern aufgezeichnet ist und auf der Rückseite die Erklärung: »Von hier aus wird ein Stern aufgehen und ich will hoffen, dass er uns und unseren Kindern Segen bringt.« Mit einem Mal wird ihnen klar: Das ist es! Diese drei Zacken des Sterns stehen symbolträchtig für die Lebensziele von Gottlieb Daimler, für die dreifache Mobilität »Zu Lande, zu Wasser und in der Luft«. Der Stern wird zum Markenzeichen für die DMG. Er wird seitdem vorne an jedem Automobil der Untertürkheimer angebracht. An jedem Mercedes. Zusammen mit dem Markennamen Mercedes komplettiert sich damit das Erscheinungsbild: es ist die Geburtsstunde des Mercedessterns! Seit mehr als 100 Jahren eines der bekanntesten Markenzeichen weltweit.

Porsches Flop

Am 19. Juli 1906 wird der 30-jährige Ferdinand Porsche auf Vermittlung des einflussreichen Emil Jellinek-Mercedes neuer technischer Direktor bei AustroDaimler in Wiener Neustadt. Dort hatte inzwischen Paul Daimler gekündigt und war zurück nach Stuttgart gegangen. Mit der Anstellung als Technikchef bei AustroDaimler kommt Porsche seiner Kündigung bei den Lohner-Werken zuvor. Denn weil weder die Elektro- noch die Hybridfahrzeuge von »Lohner-Porsche« von der Kundschaft angenommen worden sind, die unermüdliche Entwicklungsarbeit des jungen Konstrukteurs aber enorme Summen verschlingt, war Lohner in eine gefährliche finanzielle Schieflage geraten. Später sagt Ludwig Lohners Sohn, »der Porsche hätte meinen Vater beinahe in den Ruin getrieben«. Jellinek-Mercedes kauft Lohner die Rechte an einigen Porsche-Entwicklungen ab und hilft ihm so aus der Krise. Damit können alle zufrieden sein: Jellinek-Mercedes hat für AustroDaimler den begabten Konstrukteur an Land gezogen und Ferdinand Porsche kann endlich wieder nach Herzenslust konstruieren, ohne die ständigen Vorhaltungen eines Ludwig Lohner ertragen zu müssen.

Erster Auftrag für Porsche bei AustroDaimler ist auf Wunsch von Emil Jellinek-Mercedes die Konstruktion eines Automobils mit Benzinmotor. Unter dem Namen »Majawagen« wird sogar extra eine neue Automobilmarke gegründet – ähnlich, wie beim Markennamen »Mercedes«. Denn Jellinek hat neben der Mercedes noch eine zweite Tochter: Andrée. Sie hört auf den Kosenamen ›Maja‹.

Also soll nun auch Maja – gleiches Recht für beide Töchter – von ihrem Papa ebenfalls eine Automobilmarke geschenkt bekommen. Allerdings ist in der Zwischenzeit auch bei Jellinek die Skepsis gewachsen, was die Zukunft der eher unverkäuflichen Hybrid- oder gar Elektroantriebe betrifft. Deshalb wünscht er sich von Porsche ein konventionelles Automobil mit Verbrennungsmotor. Der neue Motor soll unter Porsches Leitung bei AustroDaimler entwickelt werden. Es ist Porsches erste Konstruktion mit einem Benzinmotor. Und genau hier liegt das Problem. Denn Porsche hat mit Explosionsmotoren keine Erfahrung. Trotzdem willigt er ein und stürzt sich mit Feuereifer auf seine neue Aufgabe, die er in Rekordzeit erledigt. Doch der anfängliche Freudentaumel verfliegt rasch, denn der bereits Anfang 1907 vorgestellte Majawagen wird zum Flop. Porsche hat den Wagen viel zu hastig konstruiert.

Mercedes mit Schwester Maja und Ehemann Karl von Schlosser

Das Fahrzeug ist unzuverlässig, leistungsschwach und keinesfalls ausgereift. In der Fachwelt schüttelt man den Kopf über den fehlerhaften Majawagen. Zwar wird nun hektisch versucht, die Fehler zu beheben, doch der Ruf der neuen Automarke ist bereits ruiniert. Die Kundschaft bleibt aus. Dazu gesellt sich die Wirtschaftskrise in Österreich. Und so verschwindet die Marke »Maja« rasch wieder vom Markt. Im Vergleich zum strahlenden Mercedesstern war »Maja« noch nicht einmal eine Sternschnuppe.
Immerhin hat Ferdinand Porsche damit ausreichend Lehrgeld gezahlt und weiß nun, wie man gute, schnelle und zuverlässige Autos baut. Er hat seine Lektion gelernt – aber das Tischtuch zwischen ihm und dem zutiefst enttäuschten Emil Jellinek-Mercedes ist seitdem zerschnitten.
Eine anrührende Episode am Rande: Die beiden Schwestern Maja und Mercedes liegen auf dem Wiener Zentralfriedhof begraben. Sogar im selben Grab. Das war der Herzenswunsch von Maja – die erst am 20. April 2003 gestorben ist. Sie wollte bei ihrer geliebten, viel zu früh verstorbenen Schwester Mercedes bestattet werden. Das Grab ziert eine wunderschöne Skulptur der Mercedes, angefertigt vom Kärntner Bildhauer Josef Valentin Kassin, der auf Veranlassung (und Finanzierung) von Emil Jellinek bereits den monumentalen Undinebrunnen im Kurpark von Baden geschaffen hatte, bei dem die Hauptperson Undine die Gesichtszüge der jungen Mercedes Jellinek trägt. Das Mercedes-Maja-Grab in Wien dürfte damit die weltweit einzige Grabstätte sein, bei der die Namenspatinnen von zwei Automobilmarken nebeneinander im Tod vereint sind.
Auch der Bruder der beiden Mädchen ist unter der Mercedes-Skulptur begraben worden: der Schriftsteller und Sprachwissenschaftler Fernand-Raoul Jellinek-Mercedes. Er hatte am 10. Februar 1939 nach dem Einmarsch der Nazis in Österreich Selbstmord begangen, weil er wochenlang von den braunen Helfershelfern bedroht und bedrängt worden war. Man hatte ihn aufgrund der »Verord-

nung über das Vermögen von Juden« gezwungen, seinen Privatbesitz zu Schleuderpreisen zu veräußern, darunter seine umfangreiche Bibliothek. Sein Großvater war ja der Wiener Oberrabbiner Aaron Jellinek gewesen.

Gut zwanzig Jahre zuvor, zum Ende des 1. Weltkriegs, unmittelbar nach dem Zusammenbruch der österreichisch-ungarischen Donaumonarchie, hatte Fernand noch für eine denkwürdige Szene gesorgt, die in Österreich wie ein Lauffeuer die Runde gemacht hat: in voller Uniform und Bewaffnung war der Leutnant Jellinek hoch erhobenen Hauptes an der Spitze seiner Abteilung auf den Heldenplatz in Wien marschiert. Dort erst hatten sie sich dann ihrer Waffen entledigt und somit die Kapitulation bestätigt. Eine Geste, die auch der militärische Gegner mit hohem Respekt zur Kenntnis genommen hat. Ausgerechnet diesem ehemaligen österreichischen Offizier wurde seine jüdischer Abstammung zum Verhängnis!

Wer das Mercedesgrab beim nächsten Wienbesuch selbst einmal besichtigen möchte (der Zentralfriedhof an sich ist ja eh immer einen Besuch wert): Im Informationszentrum dort kann man sich nach dem Grab erkundigen und bekommt auch gerne einen Lageplan. Der Spaziergang lohnt sich, schon allein die Gesichtszüge der Mercedes auf dem Grabstein aus weißem Marmor betrachten zu können, ist ein bewegendes Erlebnis. Jedenfalls war es das für mich.

Der Bruder von Emil Jellinek-Mercedes, Prof. Dr. phil. Dr. jur. Georg Jellinek, ein bedeutender Jurist und Staatsrechtler, wurde im Jahr 1907 übrigens zum Rektor der Universität Heidelberg gewählt. Er war der erste Rektor der Ruprecht-Karls Universität mit jüdischer Abstammung. Was kaum noch jemand weiß: er hat den bis heute so gerne verwendeten (und selten verstandenen) Begriff »von der normativen Kraft des Faktischen« geprägt. 1910 konvertierte er zum Christentum.

Und auch der jüngere Bruder des einstigen enfant terrible Emil, der Sprachwissenschaftler Max Hermann Jellinek, hat den akademischen Karriereweg eingeschlagen: er hat es zum Professor an der Universität Wien gebracht – wohin ihm später sein so tragisch aus dem Leben geschiedener Neffe Fernand gefolgt ist.

Der Monsieur Mercedes hat genug

Das Scheitern des Majawagens war eine Riesenenttäuschung für Emil Jellinek-Mercedes. Er hatte so große Hoffnungen auf den jungen Konstrukteur gesetzt – und stattdessen wird er von den Fachjournalisten mit Hohn und Spott übergossen. Wieso nur hat Porsche bei der Konstruktion diese Hektik an den Tag gelegt – und das auf einem Feld (dem Explosionsmotor), auf dem er keinerlei Erfahrung besessen hat? Dass der chronisch ungeduldige Auftraggeber selbst einen Teil der Schuld daran tragen könnte, das kommt ihm natürlich nicht im Entferntesten in den Sinn. Der Graben, der sich zwischen den beiden durch die Schmach mit dem Majawagen gebildet hat, lässt sich nicht mehr zuschütten. Mehr noch: die ständigen Reibereien mit den Daimlerleuten in Stuttgart, die Anfeindungen der Konkurrenten und nun auch noch das Desaster mit dem neuen AustroDaimler in Wiener Neustadt, das alles ist zu viel für ihn. Voller Zorn kehrt Emil Jellinek-Mercedes seinem einstmals so heiß geliebten Automobilgeschäft den Rücken!

Aber zum Glück hat er schon eine neue Spielwiese für seinen Tatendrang gefunden. Im Jahr 1907 wird er österreichisch-ungarischer Generalkonsul in Nizza, kurz danach auch Konsul von Mexiko und 1908 zusätzlich Leiter des Konsulats in Monaco. 1908 scheidet er sogar ganz aus der DMG aus. Ebenso bei Austro-Daimler.

Das Kapitel Automobil ist für Emil Jellinek-Mercedes ein für allemal beendet. Immerhin hat er in den knapp zehn Jahren seines intensiven Engagements die entscheidende Starthilfe für drei spätere Weltunternehmen geleistet, denn ohne ihn wären weder Bosch noch Daimler in die Weltliga aufgestiegen. Bosch wäre ein kleiner, feiner Installationsbetrieb in Stuttgart geblieben und die DMG ein schwäbischer Autobauer, der allein von dem Ruhm, einst mit dem legendären Reitwagen Pionierarbeit geleistet zu haben, nicht würde überleben können. Der klassische Übernahmekandidat für einen der aufstrebenden Konkurrenten wie NSU, Horch, Audi oder Opel. Und der Dritte im Bunde? Das ist – trotz des Zerwürfnisses – Ferdinand Porsche. Denn wenn er nicht von Jellinek-Mercedes als Technikchef zu AustroDaimler geholt worden wäre, dann wäre er bei Lohner schon bald vor die Tür gesetzt worden und die einst so hoffnungsvoll und stürmisch begonnene Karriere des Autobauers Porsche hätte ihr jähes Ende gefunden. Eindeutig durch die spektakuläre Anstellung bei AustroDaimler ist die Spur gelegt worden, die Porsches späteres Unternehmen zur Weltgeltung führen würde. Drei Weltfirmen – ein Name: Emil Jellinek-Mercedes. Und alle drei haben sie ihren Sitz in Stuttgart!

Was nochmals deutlich zu sagen wäre: erst jetzt, nach seinem Ausscheiden aus der Automobilbranche wird Emil Jellinek-Mercedes Konsul. Obwohl seit Jahrzehnten in allen möglichen und unmöglichen Publikationen, von keinerlei Sachverstand getrübt davon berichtet wird, »der österreichische Konsul Jellinek« habe die »Woche von Nizza« gegründet: so stimmt es nicht. Konsul war er zu diesem Zeitpunkt schlichtweg noch nicht. Aber auch diese Mär dürfte nicht mehr auszurotten sein. Denn schließlich schreibt (leider) einer vom anderen ab, ohne sich die Mühsal anzutun, in die Tiefe der Quellen zu gehen. Einen weiteren Versuch war es dennoch wert.

Natürlich wird in Wiener Neustadt der unermüdliche Mentor und Geldgeber schmerzlich vermisst. Austro-Daimler muss nach dem Maja-Debakel sobald wie möglich einen neuen Wagen präsentieren, der das Publikum überzeugt. Das ist alles andere als einfach. Denn nach wie vor steckt Österreich in einer Wirtschaftskrise. Die Kauflust der Kunden ist gering, der Ruf angekratzt und die Entwicklung eines neuen Modells bei der finanziell nicht mehr auf Rosen gebetteten AustroDaimler schon aus Kostengründen ein Drahtseilakt. Doch der neue Technikchef schaut unverdrossen nach vorne. An Konstruktionsideen hat es dem immer optimistischen Ferdinand Porsche zeitlebens nie gemangelt. Und so konstruiert er jetzt neben den handelsüblichen Fahrzeugen einen neuen Rennwagen. Denn nach wie vor ist er felsenfest der Meinung, dass sich ein Verkaufserfolg bei der breiten Käuferschicht nur dann erzielen lässt, wenn man Autorennen gewonnen hat. Nur das überzeugt die Kunden. Eine Erfahrung, die er schmerzlich genug von der anderen Seite aus gemacht hat. Am besten, man versucht es bei einem Langstreckenrennen. Denn dabei kann sowohl die Leistungskraft wie auch

Prinz-Heinrich-Fahrt 1910

die Robustheit des Wagens unter Beweis gestellt werden. Und so meldet Ferdinand Porsche drei AustroDaimlerwagen für die legendäre Prinz-Heinrich-Fahrt im Jahr 1910. Sie führt über die – für damalige Verhältnisse mörderische – Distanz von 1944 Kilometern. Er selbst wird einen der Wagen steuern. Die Fahrt wird zum Triumph für die Autos aus Wiener Neustadt: Porsche belegt den 1. Platz, gefolgt von den beiden anderen AustroDaimlern. Die Konkurrenz ist düpiert. Und Ferdinand Porsche hat endlich seinen ersten Rennsieg eingefahren! Weitere Rennsiege werden folgen.

Zu verdanken hat er seine Triumphe in dieser Zeit zu einem ordentlichen Teil seinem zuverlässigen Bordmechaniker Josip Broz. Der gebürtige Kroate, ein ausgebildeter Schlosser, hat schon bei zahlreichen Autofirmen gearbeitet und wird nun als »Einfahrer« bei AustroDaimler beschäftigt. Bei Porsches Renneinsätzen fungiert er als klassischer Schmiermaxe, der dafür zu sorgen hat, dass alle Teile des Wagens reibungslos funktionieren. Bei jeder Rennpause sieht man ihn unter, über oder am Rennwagen werkeln, schrauben und ölen. Grundsätzlich waren bei diesen Rennen immer zwei Mann an Bord – nach wie vor aus guten Gründen, denn noch waren die Materialien den enormen Belastungen während einer Dauerfahrt bei Vollgas kaum gewachsen. Ein gutes Ersatzteillager war deshalb in Kombination mit einem zuverlässigen Schrauber die absolute Vorbedingung für einen Rennsieg. Fahrer und Beifahrer haben sich hervorragend ergänzt – nur eine Eigenschaft an seinem Josip, die hat Ferdinand Porsche dann doch zunehmend genervt: dessen ständige »Politisiererei«. Ob er das denn nicht sein lassen könne, hat er ihn einmal zur Rede gestellt. Sonst sei er ja schon ein netter Bursche, aber… Worauf ihm sein Schmiermaxe zur Antwort gegeben hat, das sei ein bisschen schwierig, denn schließlich stamme er ja vom Balkan, und in diesem Völkergemisch dort sei das mit der Politisiererei halt so eine Sache. Nun denn, fügte sich Porsche in diese Erkenntnis: Hauptsache, die Auto-

mobile wurden weiterhin sorgfältig gewartet. Und das wurden sie. Im Jahr 1913 freilich hieß es – sehr zu Porsches Leidwesen – Abschied nehmen. Der 21-jährige Josip wurde als Rekrut in die österreichisch-ungarische Armee eingezogen. Und im Jahr darauf brach der 1. Weltkrieg aus. Ferdinand Porsche und Josip Broz sollten sich nie mehr wiedersehen.
Das heißt, indirekt dann doch. Denn viele Jahre später, als Porsche in Stuttgart längst sein eigenes Konstruktionsbüro eingerichtet hatte, kam einer seiner langjährigen Mitarbeiter, der ihm aus Wiener Neustadt an den Neckar gefolgt war, ins Chefbüro gestürmt und wedelte aufgeregt mit einer Zeitung. »Da! Der Mann auf dem Foto! Den kennen wir doch! Das ist doch unser Josip! Der nennt sich jetzt Tito!« Tatsächlich war auf dem Bild der frühere »Einfahrer« bei AustroDaimler zu erkennen, der sich seit 1934 Tito nannte und 1937 Generalsekretär der Kommunistischen Partei Jugoslawiens geworden war. Im Zweiten Weltkrieg würde er als jugoslawischer Partisanenführer und späterer Staatspräsident von Jugoslawien Weltgeschichte schreiben. Die Tatsache, dass der legendäre Tito einst Schmiermaxe bei den Autorennen von Ferdinand Porsche gewesen war, das ist nur noch den wenigsten bekannt. Auch die »Dr. Ing. h.c. F. Porsche AG« in Zuffenhausen macht damit keine Werbung. Noch nicht einmal auf dem Balkan. Dabei hat sich sein einstiger Chef sicherlich darüber gefreut, dass der Schmiermaxe von damals so eine schöne Karriere machen konnte – trotz, oder vielleicht grade wegen seiner ewigen Politisiererei.

Der nächste Versuch: am 4. August 1908 startet das Luftschiff LZ 4 mit dem 70 Jahre alten Grafen Zeppelin an Bord zu seiner spektakulären 24-Stunden Dauerfahrt. Jetzt ist das in allen Teilen stark verbesserte Schiff mit zwei 105 PS starken Daimlermotoren ausgerüstet. Die Dimensionen sind noch gewaltiger, als vor acht Jahren: 136 m lang und 13 m hoch ist der Koloss. Und weil man sich solche Ausmaße kaum vorstellen kann, hier ein Vergleich: die modernsten Passagierjets heutiger Tage, der Airbus A 380 und der Dreamliner von Boeing würden beide zusammen grade mal genauso lang sein, wie LZ 4! Das Unglaublichste aber kommt noch: denn befüllt ist das Luftschiff mit 15.000 Kubikmetern hochentzündlichem Wasserstoff, verteilt auf mehrere Gasbehälter aus Gummi. Ein Wahnsinn! Aber Zeppelin und seiner Crew blieb keine Wahl, denn diese Dauerfahrt war von den Beamten im preußischen Kriegsministerium als Leistungsnachweis gefordert worden. Seit den wenig überzeugenden Erfahrungen mit LZ 1 sind die Zweifel an Zeppelin und seinem Luftschiffabenteuer nicht kleiner geworden, eher im Gegenteil. Nach wie vor verspottet ihn der Kaiser als »Dümmsten von allen

Luftschiff LZ 4

Süddeutschen«. Doch der »Narr vom Bodensee« gibt nicht auf, sondern verfolgt trotz des katastrophalen Rückschlags bei der Bruchlandung von LZ 2 im Januar 1906 weiter zäh seinen Plan. Und endlich hat er genug Geld sammeln können, um ein neues Luftschiff zu bauen. Es ist ein Balanceakt auf messerscharfer Klinge, denn wenn das Experiment schief geht und er den Tauglichkeitsnachweis nicht erbringen kann, dann wird das Ministerium das Luftschiff nicht für die Armee ankaufen und die dringend benötigte Kaufsumme von 1 Million Mark wird nicht auf seinem Konto eintreffen. Es wäre der Ruin: das endgültige Aus für seinen Lebenstraum. Dabei ist die Forderung der Preußen ungeheuerlich: denn noch niemals zuvor in der Geschichte der Menschheit hat sich ein gesteuertes, mit einem Antrieb versehenes Fluggerät auch nur annähernd so lange am Himmel halten können. Und da verlangen sie gleich 24 Stunden! Ein Ding der Unmöglichkeit. Dennoch willigt Zeppelin ein und startet am 4. August gleich bei Sonnenaufgang in der Manzeller Bucht.

Es ist ein glasklarer Augustmorgen, die Wetterprognose für die nächsten 24 Stunden ist günstig. Jetzt oder nie! Begleitet von den Hurrarufen der vielen tausend Schaulustigen und den ersten telegrafischen Berichten der aus aller Welt angereisten Sonderkorrespondenten der Tageszeitungen, steigt das Luftschiff problemlos in die Höhe und nimmt dann Fahrt auf in Richtung Konstanz. Weiter gehen soll es den Rhein entlang, westwärts über den Rheinfall nach Basel. Dort am Rheinknie dann der 90 Grad Schwenk in Richtung Norden, bis nach Mainz. Über Mainz soll dann gewendet werden, um nun mit Kurs nach Süden Friedrichshafen anzusteuern, wo sie, so haben es Zeppelins Männer berechnet, ungefähr 24 Stunden später wieder in der Manzeller Bucht ankommen werden. Und jetzt geschieht etwas Unglaubliches. Plötzlich hat sich in den Köpfen der Menschen etwas bewegt. Zeppelin ist nicht mehr der Narr vom Bodensee, sondern das unglaubliche Wagnis, das er heute eingeht, macht ihn endgültig zum Volks-

helden. Die Zeitungen drucken Sonderausgaben. Überall dort, wo das Luftschiff erwartet wird, werden die Städte und Dörfer mit Fahnen geschmückt und kaum ist LZ 4 zu erkennen, da läuten die Kirchenglocken. Musikkapellen marschieren auf. Die Menschen strömen in Massen auf die Straßen und winken ihnen begeistert zu, manche klettern sogar auf die Hausdächer, um den heldenhaften Luftfahrern und ihrer riesigen Luftzigarre so nahe wie möglich zu sein. Über Nacht ist ein regelrechter »Hype« um den Luftgrafen entstanden. Und das nicht nur in Deutschland: Millionen Menschen in der ganzen Welt verfolgen gebannt die Zeitungsberichte von der Fahrt des LZ 4. Unter dem Jubel der Menge werfen die Luftschiffer Postkarten ab: es ist, damals natürlich noch unbewusst, die Geburtsstunde einer ganz speziellen Form der Luftpost. Es ist ein einziger Triumphzug – unter den Augen von ganz Deutschland. Zeppelin scheint endlich am Ziel seiner Träume.
Doch auf Höhe von Offenburg gibt es erstmals Probleme mit einem der Motoren. Die Bordmechaniker schaffen es aber, den Motor während der Fahrt zu reparieren. Es kann also weitergehen, ohne dass die begeisterten Menschen am Boden etwas davon bemerkt hätten. Sie überqueren die badische Residenzstadt Karlsruhe, deren Straßen verstopft sind mit begeistert jubelnden Zeppelinfans. Jetzt nach Speyer, dann weiter in Richtung Mannheim, wo die Sirenen der Fabriken zu ihren Ehren ertönen. Kurz nach Worms machen die Motoren wieder Probleme und dieses Mal wird schnell klar, dass es unmöglich sein wird, sie zu reparieren, während das Schiff in der Luft ist. Aber wo gibt es eine Möglichkeit zur Notlandung? Das Luftschiff mit seinen beiden schiffsartigen Steuergondeln ist nur für eine Landung auf dem Wasser vorgesehen. Es bleibt also nichts übrig, als nach einer Landestelle auf dem Rhein Ausschau zu halten. Das ist jedoch leichter gesagt, als getan. Denn im Gegensatz zum Bodensee herrscht auf dem Rhein ja eine beachtliche Strömung, außerdem muss man den Wind mit einberechnen, dazu die Uferböschung – und das alles mit

defekten Motoren, mit denen sie das Schiff kaum noch steuern können. Auf der Höhe der Siedlung Kornsand bei Oppenheim gibt der Graf den Befehl zur Landung. Er hat im Rhein zwei Inseln (sogenannte Buhnen) entdeckt. Zwischen denen gehen sie nieder – und vertäuen das Schiff blitzschnell. Dennoch gehen dabei einige Aluminiumstreben zu Bruch, doch es hätte schlimmer kommen können. Die Hülle ist heil geblieben und vor allem: die Gasbehälter!
Wie ein Lauffeuer spricht sich in Oppenheim, Nierstein und Mainz herum, dass LZ 4 hier notgelandet ist – eigentlich ist die 24-Stunden-Dauerfahrt damit gescheitert. Aber darüber macht sich kaum jemand Gedanken. Zeppelin ist der neue Superstar. Wegen eines solchen kleinen Malheurs kann man ihm in Berlin nicht mehr die kalte Schulter zeigen. Zumal er die Motoren reparieren wird und dann wieder aufsteigen will. Noch ist die Fahrt nicht zu Ende.
Zu tausenden strömen die Menschen heran, um den silbern glänzenden, riesigen Walfisch zu bestaunen, der da auf dem Rhein gestrandet ist. Auch ein elfjähriger Bub ist aus Mainz hergerannt und verfolgt mit offenem Mund die dramatischen Stunden bis zum Wiederaufstieg. Die Szene macht so großen Eindruck auf ihn, dass er sie später in seinen Lebenserinnerungen schildert, die unter dem Titel »Als wärs ein Stück von mir« zum literarischen Riesenerfolg werden. Der kleine Bub von damals hieß Carl Zuckmayer.
Für Zeppelin und seine Männer wird die Zeit knapp. Die Reparatur der Motoren dauert länger als gedacht – schon neigt sich der Tag seinem Ende entgegen. Es wird kühler. Und das bedeutet, dass sich das Wasserstoffgas in den Gaszellen zusammenzieht, wodurch das Schiff einen Teil seiner Auftriebseigenschaften verliert. Und dabei haben sie wegen der Landung ohnehin schon viel zu viel von dem kostbaren Gas ablassen müssen! Es ist ein Kampf gegen die Uhr, gegen die Dunkelheit, gegen die Kühle, gegen das Gewicht. Denn in der abendlichen Kühle saugt sich jetzt auch noch die Baumwollhülle des Luftschiffs mit Feuchtigkeit

voll, wird also schwerer. Man muss allen erdenklichen Ballast zurücklassen, doch es reicht noch immer nicht. Dann müssen halt auch einige Mann aus der Besatzung da bleiben, obwohl man an Bord jede Hand gebrauchen kann. Doch alles Räsonieren hilft nicht. Mit fünf Mann weniger beginnen sie im letzten Licht des Tages ihren neuerlichen Aufstieg. Um Haaresbreite geht es gut: das Luftschiff streift zwar an der Uferböschung, doch dann gewinnt es an Höhe und verschwindet in der Dunkelheit. Nur noch das Brummen der beiden Motoren, die anscheinend wieder einwandfrei funktionieren, ist noch eine Zeitlang zu hören. Mitten in der Nacht erreichen sie Mainz, ihren geplanten Wendepunkt. Viel später als geplant, aber in Mainz hat sich in dieser Nacht niemand zum Schlafen gelegt und so wird das Luftschiff, das man ja nur durch einige Lichter an den Gondeln erkennen kann, mit frenetischem Jubel begrüßt. Wie selbstverständlich beschreibt es einen Halbkreis und verschwindet dann langsam in Richtung Süden in der Nacht. Alles scheint wieder nach Plan zu funktionieren. Doch die Freude ist nicht von langer Dauer. Denn jetzt frischt der Wind auf, kommt ihnen genau entgegen, die Motoren röhren auf voller Leistung und schaffen es dennoch kaum, das Luftschiff vorwärts zu bewegen. Dann gibt der eine Motor wieder seltsame Geräusche von sich. Kurz danach stellen sie fest, er ist heiß gelaufen, sie müssen ihn abstellen. Jetzt verfügen sie also nur noch über einen Antrieb, und das trotz des starken Gegenwinds. Aber auch der zweite Motor hat ja schon Probleme gemacht, deshalb ist es alles andere als wahrscheinlich, dass sie mit einem Motor die Distanz nach Friedrichshafen bewältigen können.

Es bleibt nichts anderes übrig, als nochmals eine Landung zu wagen. Am besten in Stuttgart, beim Daimler. Denn dessen Ingenieure haben ja die Motoren gebaut, sie können die Fehler am besten beheben. Aber wie soll das alles gehen? Da ist zunächst die Frage, wie wollen sie die Ingenieure bei Daimler in Untertürkheim über ihr Vorhaben informieren? Zu Beginn des 20. Jahrhunderts gibt es in der Luft weder Handy, noch email oder Funk. Es gibt nur eine Möglichkeit: eine Postkarte abzuwerfen, auf der sie ihr Problem schildern. In der Hoffnung, es möge jemand diese Postkarte auffangen und zur Telegrafenstation bringen. Die hoffentlich noch besetzt ist. Hier wie da. Also rufen sie mit dem Megaphon in die Dunkelheit hinunter, dass man mit der Postkarte bitte sofort zum Telegrafenamt eilen möge – sofern jemand die Karte in die Hände bekäme. Auch dieses Unterfangen glückt: vom Daimlerbüro wird zurück gekabelt, man erwarte das Luftschiff am nächsten Morgen und sei bereit für die Reparatur. Diese Nachricht wird per Flüstertüte wiederum nach oben gerufen. Alles klar. Die Fahrt kann also eventuell doch noch zu einem guten Ende kommen. Es wird jedoch immer problematischer mit dem Wind, mit dem einen Motor und mit der Abtrift. Ihre genaue Position zu bestimmen, wird zum Lotteriespiel. Und das Ganze ohne Radar, Navi und dergleichen. Nichts, außer Mond und Sterne. Endlich entdecken sie im Mondlicht eine silbern glänzende Flussbiegung. Die ist charakteristisch für den Neckar auf der Höhe von Besigheim. Das ist der Wegweiser nach Süden! Jetzt brauchen sie sich also nur noch am Flusslauf zu orientieren, dann kommen sie automatisch neckaraufwärts in Untertürkheim an. Wobei sich sofort die Frage stellt, wo man dort landen kann. Das Neckartal ist eng bebaut, die Windverhältnisse angesichts des einen, auch nur halbwegs funktionierenden Motors problematisch. So entscheidet Zeppelin schließlich, dass man es auf der Filderebene oberhalb von Stuttgart probieren werde. Die ist schön flach (aus diesem Grund ist dort ja auch viele Jahre später der Landesflughafen gebaut worden). Freilich bedeutet das, nicht auf dem Wasser, sondern auf dem festen Boden zu landen. Das geht eigentlich nicht. Es muss aber! Eine andere Möglichkeit sehen sie nicht. Und jetzt überschlagen sich die Ereignisse. Gerade eben erst sind die Einwohner von Stuttgart durch ein sonderbares Brummen am Himmel geweckt worden

und verfolgen nun staunend, wie die riesige Luftzigarre an diesem Morgen des 5. August 1908 von der aufgehenden Sonne in ein magisches rötliches Licht getaucht wird, während sie weiter Kurs auf die Filder in Richtung Echterdingen hält. Und dann macht die Nachricht in Windeseile die Runde, dass Zeppelin vorhat, sein Luftschiff dort oben zu landen.
Tumultartige Szenen spielen sich auf den Straßen ab, denn an diesem Morgen will jeder in Stuttgart das Luftschiff und dessen heldenhafte Mannschaft mit eigenen Augen bewundern. Die Arbeit muss heute ausnahmsweise einmal warten – und das mitten im Schwäbischen! Alles was laufen kann, scheint in Richtung Echterdingen zu strömen. Es sind zigtausende. Am Zahnradbahnhof fliegen die Fäuste, um noch einen Platz hoch nach Degerloch zu ergattern, die Waggons der Filderbahn sind hoffnungslos überfüllt, die Fahrgäste quellen förmlich aus den Fenstern heraus, stehen dicht gedrängt auf den Plattformen, sogar auf den Puffern zwischen den Wagen. In der Zwischenzeit ist das Luftschiff erstaunlich sanft gelandet – trotz des defekten Motors. Zwei Kompanien des Grenadierregiments »Königin Olga« schwärmen aus, um den Schiffskörper vor den Schaulustigen und vor allzu forschen Souvenirjägern zu sichern. Auch die Daimlerleute sind bereits eingetroffen, um den defekten Motor so schnell wie möglich zu reparieren. Wieder und wieder lassen die Menschen – es mögen mittlerweile an die 50.000 sein – den Grafen Zeppelin hochleben. Es ist ein einziges Volksfest. Noch nie waren so viele Menschen auf den Fildern an einem Fleck versammelt. Irgendwann wird der Rummel dem alten Grafen zu viel. Seit mehr als 30 Stunden ist er bereits auf den Beinen – nun braucht er dringend Ruhe. Man bringt ihn nach Echterdingen in den Gasthof »Hirsch«, wo er sich ein bisschen aufs Ohr legen will, bis der Motor wieder funktionsfähig ist. Denn noch am Nachmittag soll es weitergehen. Und obwohl das Luftschiff schon zum zweiten Mal unplanmäßig landen musste, ist allen klar: auch aus dieser zweiten

Landung kann man dem Grafen keinen Strick drehen. Der neue deutsche Volksheld hat in überzeugender Manier bewiesen, dass seine Idee funktioniert. Doch kaum hat Zeppelin sein »Ripple mit Sauerkraut« gevespert und sich auf sein Zimmer im »Hirsch« zurückgezogen, da rast auch schon das Unheil an diesem drückend heißen Hochsommertag auf Echterdingen zu. Eine massive Gewitterfront zieht auf! Um genau 14.54 Uhr knallt eine gewaltige Windböe auf den riesigen Schiffskörper. Kurz darauf eine zweite Böe, dann die dritte. Das Luftschiff hebt sich. Erst das Heck, dann der Bug. Egal, wie verzweifelt die Soldaten auch versuchen, die Halteleinen festzuhalten: die Anker fahren aus dem Erdboden, als wären sie Zahnstocher in einem Stück schmelzender Butter. So heftig ist der Auftrieb, dass manche Soldaten jetzt in zwei, drei Metern Höhe in der Luft an ihren Leinen zappeln. Abspringen! Sofort! Denn durch den massiven Wind wird das Luftschiff jetzt in Richtung Osten gedrückt und taumelt führerlos über die Filder. Es ist ein einziges Tohuwabohu. Die Gendarmerie jagt dem Zeppelin hinterher, ebenso die Schaulustigen. Allen ist klar: eine fürchterliche Katastrophe bahnt sich an, denn das Luftschiff hält direkt auf Bernhausen zu. Und keine Chance, es aufzuhalten! Nicht auszudenken, wenn der Schiffskörper mit seinen ursprünglich 15.000 Kubikmetern hochentzündlichem Wasserstoff an Bord (nach dem beiden Zwischenlandungen mögen es jetzt vielleicht nur noch 10.000 Kubikmeter sein, aber das ist immer noch mehr als genug) auf eines der Häuser dort prallt! Kurz vor Bernhausen gerät das Luftschiff ins Trudeln, sinkt tiefer und verfängt sich in einer Birnbaumallee. Einer der Äste durchstößt die Hülle, das ist noch nicht weiter schlimm. Dann aber schlitzt er auch eine der Gaszellen aus Gummi auf. Auch das könnte noch gutgehen, wenn sich nicht durch das aufreißende Gummi eine statische Entladung ereignet hätte, die in der aufgeladenen Gewitterluft zum Verhängnis wird. Der Wasserstoff explodiert! Ein kurzes scharfes Zischen, dann ein lauter Knall, dem eine Detonation folgt. Danach eine zweite und eine dritte Detonation. Jetzt schießt eine gewaltige Feuersäule aus dem Schiffsrumpf in den Himmel, die Baumwollhülle wird rasend schnell ein Opfer der Höllenglut, die Aluminiumträger knicken kraftlos um. Bereits nach wenigen Minuten ist von dem stolzen Luftschiff nur noch ein jämmerliches Gerippe übrig, das wie das Skelett einer Rieseneidechse auf dem Boden liegt.

Schon wenige Minuten später erfährt Zeppelin im »Hirsch« von der Katastrophe und lässt sich unverzüglich an die Unglücksstelle bringen. Dort haben sich inzwischen auch die Schaulustigen eingefunden. Viele von ihnen weinen, andere balgen sich mit den Soldaten herum, denen sie vorwerfen, das Luftschiff nicht richtig gesichert und festgehalten zu haben. Noch an Ort und Stelle erklärt Oberingenieur Ludwig Dürr dem Grafen, wie es seiner Meinung nach zu dem Unglück gekommen ist. Doch was soll das alles noch? Der 70-jährige Zeppelin steht vor den Trümmern seines Lebenswerks. Es ist vorbei. Endgültig. Zeppelin ist ruiniert, seine Vision von der bemannten Luftfahrt zu Ende geträumt.

Doch die Menschen wollen sich nicht damit abgeben. Noch an der Unglücksstelle lassen sie ihn ein ums andere Mal hochleben. Zeppelin jedoch will nur noch eines: weg von den Fildern, wo er die schlimmste Niederlage seines Lebens hat hinnehmen müssen. Nur noch kurz zurück nach Echterdingen, um seine Sachen aus dem Zimmer zu holen – und dann mit dem Zug nach Friedrichshafen. Was für ein grauenvoller Gedanke! Doch kaum ist er mit seinem Koffer wieder aus dem »Hirsch« gekommen, da wird er schon von einer tausendköpfigen Menschenmenge mit »Hurra«-Rufen empfangen. Die Leute geben keine Ruhe, sondern drängen sich ganz dicht an ihn heran, fordern ihn zum Weitermachen auf. Geldbeutel werden ihm zugeworfen, Kinder bringen ihm ihre Sparbücher, wie im Chor rufen sie jetzt: »Sammeln, spenden, neues Luftschiff bauen!« Zeppelin, über dessen Wangen Tränen der Rührung und der Verzweiflung rinnen, bedankt sich mit zitternder Stimme. Dann setzt er sich in einen Daimlerwagen, der ihn zum Bahnhof nach Stuttgart bringt. Aller Jubel, alle Euphorie, alle Spendenbereitschaft, selbst der begeisterte Empfang, den sie ihrem gescheiterten Helden in Friedrichshafen bereiten, das mit den blau-weißen Fahnen der Zeppelins geschmückt ist, kann ihm nicht über die Erkenntnis hinweghelfen, dass es vorbei ist. Er ist ruiniert, die Firma muss endgültig liquidiert werden. Aus.

Zeppelin verlässt Echterdingen

Am nächsten Tag will er vor seine Leute treten und ihnen persönlich, wie sich das gehört, mitteilen, dass das Märchen zu Ende ist. Doch kaum betritt er das Firmengelände in Manzell, da stürzt ihm schon sein Sekretär entgegen und meldet, dass bereits 300.000 Mark aus allen Teilen des Reiches eingetroffen sind, um ihm den Bau eines neuen Luftschiffs zu ermöglichen. Auch König Wilhelm II. von Württemberg hat aus seinem Privatvermögen 20.000 Mark gespendet, nach zwei Tagen ist die Spendensumme auf 600.000 Mark gestiegen. Die Reichsregierung beschließt, dass er von den in Aussicht gestellten Geldern für die Dauerfahrt 500.000 Mark sofort erhält, denn er habe ja bewiesen, dass sein Luftschiff viele hundert Kilometer in der Luft zurücklegen kann und dass er es an jede gewünschte Stelle habe lenken können. »Im Prinzip« sei damit der geforderte Tauglichkeitsnachweis erbracht worden. Es ist unfassbar! Ganz Deutschland gerät in einen regelrechten Spendentaumel. Aus den Resten des Luftschiffs, aus den Aluminiumträgern, machen sie Löffel und Gedenkmünzen, die wie Reliquien behandelt werden. Mit dem Erlös aus diesen Verkäufen kommt weiteres Geld in die Kasse. Schon zwei Tage nach der Katastrophe von Echterdingen, bei der erstaunlicherweise niemand ums Leben gekommen ist, ruft der kaiserliche Kronprinz Wilhelm zu einer »Volksspende für den Grafen Zeppelin zum Bau eines neuen Luftschiffs« auf – und selbst Kaiser Wilhelm II. scheint plötzlich zu begreifen, dass er mit dem »Narren vom Bodensee« jetzt anders umgehen sollte. Er telegrafiert ihm seine »herzlichste Teilnahme bei diesem überaus unglücklichen Missgeschick« und beglückwünscht ihn »zum ruhmvollen Abschluss Ihrer epochemachenden großartigen Leistung«. Kurz danach zeichnet er ihn sogar mit dem zweithöchsten Orden des Deutschen Reiches aus. Auch der Kaiser hat erkannt, dass hier ein neuer Volksheld geboren worden ist, in dessen Nähe auch etwas Glanz auf ihn, den im Volk unbeliebten Monarchen, würde abstrahlen können. Am Ende der Spendeneuphorie kann Zeppelin die gewaltige Summe von 6.096.555 Mark bilanzieren! Es ist ein Leichtes, mit dieser Summe ein neues Luftschiff zu bauen. Und von der Regierung kommt dazu noch der Auftrag für eine weitere Luftzigarre. Wie der sprichwörtliche Phönix aus der Asche ist Zeppelins Lebenstraum aus den Trümmern neu entstanden. Aus der verheerenden Niederlage ist ein Triumph ohnegleichen geworden.

Bemerkenswert ist dabei auch die Tatsache, dass Zeppelin das gespendete Geld nicht als sein Privatvermögen betrachtet, sondern er überführt es in eine Stiftung. Diese Zeppelinstiftung baut Wohnungen für die Arbeiter, richtet einen Sozialfonds ein. Alle Firmen, die aus dem Zeppelin-Luftschiffbau hervorgehen, sind direkt mit dieser Stiftung verknüpft. Und noch eine großartige Geste des Luftfahrtpioniers: nachdem er gehört hat, dass am selben Tag, an dem sein Luftschiff explodiert ist, die Stadt Donaueschingen bei einem verheerenden Brand stark zerstört worden ist, schickt er 3.000 Mark des gespendeten Geldes (es ist ja ohnehin mehr, als er benötigt) zum Wiederaufbau der Stadt nach Donaueschingen.

Interessanter Aspekt am Rande: man stelle sich vor, die Motorenprobleme hätte es nicht gegeben. Dann wäre die Notlandung bei Echterdingen nie erfolgt, das Luftschiff nicht in Flammen aufgegangen und der ganze große Begeisterungstaumel um den Luftgrafen womöglich nie ausgebrochen. Denn gerade die Tragik dieser Katastrophe und sein bewundernswert gefasstes Verhalten dabei haben ja erst das letzte Quäntchen Euphorie ausgelöst, das ihn dann zum Superstar gemacht hat. Mit anderen Worten: nur weil es diese Motorenprobleme gegeben hat, ist alles so gekommen, wie es dann gekommen ist. Hätte also Wilhelm Maybach nicht im Jahr 1906 bei Daimler gekündigt, weil man ihn nicht mehr nach dem Grundsatz »Das Beste oder nichts« arbeiten lassen wollte, hätte es diese Qualitätsprobleme womöglich gar nicht gegeben, und Zeppelin wäre am 5. August 1908 nie zum Helden geworden…

Gerade einmal zwei Monate nach dem »Tag von Echterdingen«, im Oktober 1908, haben sie an der Stelle, an der das Luftschiff gelandet ist, bereits einen Zeppelin-Gedenkstein in einem von Linden gesäumten Ehrenhain errichtet. Diese Gedenkstätte gibt es immer noch: sie findet sich, wenn man auf der B 27 von Stuttgart kommend in Richtung Reutlingen/Tübingen fährt, ungefähr auf Höhe des Flughafens gleich nach dem Unterqueren einer Brücke auf der rechten Seite. Und alle Welt glaubt, dass es sich hierbei exakt um die Stelle handelt, an der das Luftschiff zerschellt ist. Dabei war das doch einige Kilometer weiter südöstlich der Fall. In Bernhausen. Aber dort überlegen sie immer

noch, was man zum Gedenken an diesen Tag wohl für ein Denkmal aufstellen könnte. Ist ja erst gute hundert Jahre her – und gut Ding will halt nun mal Weile haben… Kein Wunder, angesichts solcher verhinderter Spontaneität, dass die Explosion von Bernhausen deswegen halt als der »Tag von Echterdingen« in die Geschichtsbücher eingegangen ist.
Nachdem also innerhalb kürzester Zeit genügend Geld für den Bau eines neuen Luftschiffs vorhanden war, haben Zeppelin, Dürr und die anderen fieberhaft überlegt, wie sich künftig solche Explosionen vermeiden lassen könnten. Klar war ja relativ bald, dass es am Material der Gaszellen gelegen hatte. Am Gummi, das beim Zerreißen diesen fatalen elektrostatischen Funken ausgelöst hatte. Am allerbesten wäre natürlich ein anderes, nicht explosives Gas als Auftriebsmittel gewesen. Aber der Weg zum nicht brennbaren Helium lag noch in weiter Ferne. Für die nächsten Jahre musste es beim Wasserstoff bleiben. Also war die Frage, ob sich wohl ein anderes Material finden ließe, in das man den extrem flüchtigen Wasserstoff füllen könnte. Sie haben jahrelang experimentiert und nichts gefunden – bis der Franke Georg Hacker aus Münchberg, Zeppelins erster Luftschiffkapitän, schließlich die richtige Idee eingebracht hat: Goldschlägerhaut! Der im Jahr 1870 geborene Georg Hacker war seit seinem 16. Lebensjahr zur See gefahren, als Matrose, später als Steuermann und Navigator. Dann hat er in Wilhelmshaven am Institut für Meteorologie gearbeitet, bis ihm im Jahr 1907 die Zeitungsannonce eines Grafen Zeppelin aus Friedrichshafen aufgefallen ist, in der dieser schrieb: »Suche erfahrenen Steuermann und Navigator für meine Luftschiffe.« Sofort dachte sich Hacker, dass könnte etwas für ihn sein, noch einmal eine neue Aufgabe. Er hat sich also unverzüglich in den Zug gesetzt, ist an den Bodensee gefahren und hat sich beim Grafen für den Posten des »Obervermessungssteuermanns« beworben. Zeppelin hat ihn sofort eingestellt. Hacker war genau der Mann, den er suchte. Zeppelins

Überlegung war klar: sie brauchten unbedingt einen Steuermann aus der christlichen Seefahrt. Denn ob Schiff zur See oder Schiff in der Luft, das war einerlei – und es handelte sich ja um ein Schiff, das über den Himmel zu steuern war. Freilich hatte keiner von ihnen Kenntnisse in diesem Bereich und so war Hacker, der zusätzlich auch seine meteorologische Erfahrung vorweisen konnte, ein Glücksfall. Zeppelins erster Luftschiffkapitän. Er hat seine Aufgabe vorbildlich erfüllt und viele Instrumente, die ihm beim Navigieren auf dem Meer nützlich waren, in die Luftschiffe übernommen. Und nicht nur in die Luftschiffe. Denn Hackers Überlegungen haben sich als tauglich für die gesamte Luftfahrt erwiesen und so werden bis heute zahlreiche Instrumente in den modernen Düsenjets eingesetzt, die letztlich auf den Oberfranken Georg Hacker zurückgehen. So ist Hacker zu einem guten Teil sogar zum Wegbereiter der modernen Luftfahrt geworden, obwohl die Geschichtsschreibung seine Leistung nie gewürdigt hat. Von dieser Warte aus betrachtet verwundert es auch kaum, dass den modernen Jetpiloten der Name Hacker gänzlich unbekannt ist, obwohl sie tagtäglich die von ihm eingeführten Instrumente nutzen. Man hat ihn vergessen. Genauso wie in Münchberg, seiner Heimatstadt, wo sie es noch nicht einmal geschafft haben, eine Straße nach ihm zu benennen. Das hat – wenigstens in Ansätzen – das benachbarte Hof fertig gebracht, auch wenn es nur ein Weg ist, der Hackers Namen trägt. Warum das so ist? Das lag wohl auch an seinem Wesen – er war da ganz ähnlich wie Ludwig Dürr und viele andere Luftschifferkollegen: bescheiden, intelligent und tüchtig. Um sich selbst hat er genauso wenig wie die Kollegen ein großes Aufsehen gemacht – und so ist der ganze Ruhm dem Grafen Zeppelin zuteil geworden, während dessen Männer mehr und mehr im »Dunkel der Geschichte« verschwunden sind.

Und so ist auch die Geschichte mit der Goldschlägerhaut kaum noch bekannt, dabei war deren Einführung genauso ein Meilenstein der Luftschiffgeschichte. Ein Vorschlag,

der von Georg Hacker gekommen ist, dem Franken, der sich an eine Beobachtung in seiner fränkischen Heimat erinnert hat. Auf dem Weg von Ansbach nach Münchberg kommt man kurz vor Nürnberg an der Goldschlägerstadt Schwabach vorbei. Und die Goldschläger dort, die das Blattgold mikroskopisch fein bearbeiten, verwenden als Trennschicht zwischen dem Blattgold und ihrem Hammer die so genannte Goldschlägerhaut. Das ist ein Material, das nicht spröde wird, das nicht so schnell zerreißt und wenn doch, dann wird dabei kein elektrostatischer Funke erzeugt. Genau! Goldschlägerhaut. Das sei die Lösung – meinte Hacker, stieß bei seinen Kollegen jedoch über Monate hinweg auf ungläubiges Kopfschütteln. Was für eine Wahnsinnsidee! Denn bei Goldschlägerhaut handelt es sich um einen Teil des Rinderblinddarms. Nun ist so ein Rind zweifelsohne schon ein großes Tier und dessen Blinddarm auch nicht gerade klein. Aber im Vergleich zu einem Luftschiff?! Undenkbar! Dennoch war es des Rätsels Lösung. Es war das einzige Material, mit dem man in der damaligen Zeit in der Lage war, das Gummi für die Gasbehälter zu ersetzen. Nach den ersten erfolgreichen Versuchen wurden seitdem die Gaszellen von jedem Luftschiff aus Goldschlägerhaut hergestellt. Für eine einzige Gaszelle hat man dafür 50.000 Rinderblinddärme benötigt. Und nachdem in solch ein Luftschiff ja mehr als nur eine Gaszelle eingebaut werden musste, sind für die ganz großen Luftschiffe wie »Zeppelin« oder »Hindenburg« tatsächlich 700.000 Rinderblinddärme verarbeitet worden!
Zu Beginn des 1.Weltkriegs, als die Luftschiffe noch zu militärischen Einsätzen benutzt worden sind (die ersten Bomben, die aus der Luft über London abgeworfen worden sind – mit verheerenden Folgen – kamen aus diesen Luftschiffen) hat man sogar die Metzgereien dazu verpflichtet, die Goldschlägerhaut unverzüglich abzuliefern, als besonders wichtiges Material zum Bau der Kriegsluftschiffe.
Zurück zu den Ereignissen nach dem »Tag von Echterdingen«. Sogar Kaiser Wilhelm II. war ja nun plötzlich ein be-

geisterter Fan des Grafen Zeppelin geworden und ließ deshalb sogleich den Wunsch verlauten, er wolle möglichst bald so ein Luftschiff mit eigenen Augen sehen. Am besten sei es, so lautete der Vorschlag des Monarchen, wenn Zeppelin mit seinem Luftschiff im November in Donaueschingen vorbeischaue, denn für den 7. November 1908 habe er einen Besuch bei seinem Vetter, dem Fürsten von Fürstenberg eingeplant. Und sein Sohn, der Kronprinz, würde übrigens auch mal gerne in so einer Luftzigarre mitfahren. Er, seine Majestät natürlich ebenfalls, aber aus staatspolitischen Gründen käme das natürlich (leider) nicht in Frage. Nicht auszudenken, wenn sich mit dem Kaiser an Bord ein Unglück ereignen würde… (Anmerkung am Rande: Dem Deutschen Volk wäre in diesem Fall viel Leid erspart geblieben). Dem Ansinnen des Kaisers nachzukommen war natürlich alles andere als einfach. Denn das nächste Luftschiff LZ 5 war noch nicht gebaut, LZ 4 war in Echterdingen verbrannt. Es blieb also nur noch das technisch längst veraltete LZ 3. Und das alles mitten im berüchtigten Novembernebel am Bodensee! Wie oben erwähnt ohne Radar, Netz und doppelten Boden! Es war ein Ding der Unmöglichkeit. Und dennoch hat Zeppelin sofort entschieden: »Wir müssen das machen!« Alle Einwände hat er beiseite gewischt: die des Meteorologen, die von Dürr, von Hacker, etc. Es müsse sein. Es sei die einmalige Chance, dem Kaiser zu beweisen, zu welchen Leistungen ein Luftschiff fähig sei. Mit dieser Fahrt könne man ihren ehemaligen Gegner für alle Zeiten für die Luftschiffe begeistern. Punktum! Somit stand also felsenfest: die Fahrt am 7. November 1908 würde stattfinden. Und zwar mit dem Kronprinzen an Bord. Als »Kaiserfahrt« ist sie in die Luftfahrtgeschichte eingegangen.
Was für ein Wagemut! Wenn man bedenkt, dass Zeppelin und seine Männer doch eben erst in Echterdingen mit knapper Not dem Tod von der Schippe gesprungen waren! Und jetzt so eine Herausforderung des Schicksals! Sie müssen Nerven wie Drahtseile besessen haben!

Die Fahrt sollte sie von Friedrichshafen aus direkt in das 80 Kilometer entfernte Donaueschingen führen. Obwohl am See ein unangenehm starker Wind herrschte, der sich in der Höhe noch deutlich verstärkte. Dazu wurde von der Baar besonders dichter Nebel gemeldet. Noch einmal versuchte der Meteorologe, den Grafen von seinem brandgefährlichen Vorhaben abzubringen. Vergeblich! Es war ein Höllenritt auf Messers Schneide. Allein der eiskalte Gegenwind, der den Männern in den offenen (!) Gondeln in die Gesichter blies und ihre Mützen, Schnurrbärte selbst die Instrumente mit Raureif bedeckte. Dann der immer dichter werdende Nebel, der sich wie ein Leichentuch ausbreitete. Die Sicht betrug 0,0 Meter! Kein Berg, der als Orientierungsmarke aus dem Nebel ragte. Woran sollte sich der Navigator Hacker nur orientieren? Es war der reinste Blindflug. Klar war nur, die höchsten Berge auf der Baar, den 977 Meter hohen Hohenlupfen und den 977 Meter hohen Himmelberg mussten sie auf der Steuerbordseite liegen lassen. Aber wie konnte das gelingen? Irgendwann tauchte plötzlich doch eine Bergkuppe vor ihnen auf. Gerade noch rechtzeitig vor einer Kollision konnte Hacker das Ruder herumreißen. Dann irgendwann war er sicher – sie mussten nun ziemlich genau über Immendingen sein. Aber um das beweisen zu können, mussten sie tiefer gehen und den Nebel durchstoßen. Eine nervenzerfetzende Sinkphase begann. Dann wurde es lichter: eine Wiese war zu sehen, ein Schienenstrang, ein Gebäude. Hacker nahm sein Fernglas zur Hand. »Bahnhof Immendingen« war auf dem Schild an dem Haus zu lesen! Na also! Sie hatten es geschafft! Eine unglaubliche navigatorische Meisterleistung. Ab jetzt war es einfach: nun mussten sie nur noch der Eisenbahnlinie in Richtung Westen folgen, dann würden sie automatisch den Bahnhof in Donaueschingen erreichen. Und genau so war es: exakt in dem Moment, als sie über der Stadt eintrafen, verzog sich der Nebel, die Sonne brach durch, der Zug mit dem Kaiser fuhr ein, und unter dem Jubel von vielen hundert Donaueschingern grüßten Zeppelin und der Kronprinz von ihrem silbern glänzenden Luftschiff hinunter zur staunenden Menge mitsamt Wilhelm II. Größer hätte der Triumph gar nicht ausfallen können, als in diesem Moment, kurz nachdem sie in den Gondeln des Luftschiffs ihr Leben riskiert hatten.

Nachdem der Nebel nun verschwunden war, verlief die Rückfahrt nach Manzell reibungslos. Noch am Abend dieses Tages bekam der ehemalige Narr vom Bodensee im Donaueschinger Schloss, wohin er jetzt mit dem Automobil gebracht worden war, vom Kaiser den höchsten Orden des Reiches verliehen. Der Triumph war vollständig.

Graf Zeppelin war nun weltberühmt. Mehr noch: sein Name ist zu einem Synonym geworden. Eine Manifestation, wie sie nur extrem wenigen Menschen beschieden ist. Bei jedem Luftschiff heißt es seitdem, »das da oben« sei ein Zeppelin (was ja nicht unbedingt der Fall sein muss). Es ist wie beim Papiertaschentuch und dem Markennamen »Tempo«. Oder bei »Ariel« und Waschmittel. Egal, wie viele Luftschiffbauer es gegeben hat, am Ende ist nur er in Erinnerung geblieben: Ferdinand Graf Zeppelin. »Man muss nur wollen und daran glauben – dann wird es auch gelingen!«

Der Prince of Wales 1913 bei Zeppelin in Friedrichshafen

In Wiener Neustadt bleibt die Lage schwierig. Trotz Porsches Rennerfolgen läuft der Absatz bei AustroDaimler wegen der anhaltenden Wirtschaftskrise nach wie vor schleppend. Ab 1909 baut Porsche bei AustroDaimler deshalb Rüstungsprodukte. Dem Militär ist das technische Genie des jungen Konstrukteurs natürlich nicht verborgen geblieben: im Auftrag von Generaloberst Ottokar Landwehr von Pragenau konstruiert er den so genannten »Landwehr-Train« mit Hybridantrieb, der es schafft, auch die größten Kanonen in das unwegsamste Gelände zu transportieren, ohne dabei auf Schienen angewiesen zu sein. Genau genommen ist es ein Zug auf Rädern, der auch auf Schienen fahren kann – aber nicht unbedingt muss. Der riesige Landwehrtrain mit seinen bis zu zehn aneinandergekoppelten Anhängern bekommt den Spottnamen »Tatzelwurm«. Eine echte Innovation, die freilich nach dem Untergang der Donaumonarchie rasch in den Schubladen verschwindet – vermutlich auf immer und ewig... Von wegen! Denn gut 40 Jahre später wird genau dieses Prinzip der Fortbewegung von der NASA wieder aus der Mottenkiste geholt. Porsches Landwehrtrain wird zur Steilvorlage für die Konstruktion des Mondfahrzeugs der Apollo Missionen 15, 16 und 17.

Am 20. Februar 1909 heiratet die erst neunzehneinhalbjährige Mercedes Jellinek-Mercedes in Nizza den 29 Jahre alten Baron Karl von Schlosser – natürlich im Rahmen einer pompösen Hochzeitsfeier, wie sie selbst das mondäne Nizza kaum einmal erlebt hat. Und Konsul Emil Jellinek-Mercedes ist überglücklich – denn durch diese Verbindung ist seiner Ansicht nach jetzt die ganze Familie Jellinek-Mercedes geadelt worden. Erst der Namenszusatz Mercedes, dann der doppelte Konsultitel und nun auch noch das Adelsprädikat in der Familie. Was will man mehr? Der endgültige Abschied von der Automobilbranche, die ihm neben den zahlreichen Triumphen auch so viel Verdruss beschert hat, fällt ihm dadurch noch leichter.

Mercedeshochzeit in Nizza

Zeppelin holt Maybach 1912 als Motorenbauer von Bissingen nach Friedrichshafen. Nach dem Desaster mit den Daimlermotoren bei LZ 4 will er sicherstellen, dass er die allerbeste Motorenqualität für seine Luftschiffe bekommt. Und die können ihm nur Wilhelm Maybach und dessen kongenialer Sohn Karl liefern. Die Maybach-Motorenwerke werden dadurch zu einem der bedeutendsten Motoren- und Automobilbauer der 20er und 30er Jahre.
Aus Friedrichshafen wird schon zu dieser Zeit dank der Impulse, die vom Luftschiffbau ausgehen, ein echter »High-Tech«-Standort. Zahlreiche weitere Firmen werden hier gegründet, die alle auf dem Gebiet der Mobilität und der Luftfahrt modernste Technik entwickeln und produzieren. So entsteht auch die Zahnradfabrik Friedrichshafen, die »ZF«. Man produziert Getriebe, aus der Notwendigkeit heraus, die Luftschiffe mit verschiedenen Drehzahlen und Übersetzungen besser steuern zu können. Heute

ist die »ZF« ein Weltkonzern. Aus den Maybach-Motorenwerken geht später die »Motoren- und Turbinen-Union« MTU hervor. Nicht zu vergessen Claude Dornier, der französische Flugzeugkonstrukteur, der ursprünglich bei Zeppelin beschäftigt war und auf dessen Veranlassung auch die deutsche Staatsbürgerschaft erhalten hat. Später hat sich Dornier mit seiner Abteilung selbständig gemacht und in Absprache mit der Zeppelin-Stiftung die Dornierwerke gegründet. Wohin man auch schaut in Friedrichshafen – und selbst wenn es nicht immer im Firmennamen steht: überall ist Zeppelin »drin«. Die Pioniertat des württembergischen Protestanten hat am Bodensee reiche Früchte getragen.

Die Gosch vom Bosch

Im Jahr 1913 hat die Firma Bosch auf allen Kontinenten Filialen gegründet und macht bereits 88 Prozent ihres Umsatzes im Ausland. Robert Bosch bleibt sich und seinen Grundsätzen treu als der sparsame, bescheidene Unternehmer, der er schon immer gewesen ist. In Stuttgart wird er wegen seiner legendären Sparsamkeit hinter vorgehaltener Hand überall belächelt. Der knorzige Älbler, der sich als zigfacher Millionär auch noch im hohen Alter nach jeder rostigen Büroklammer gebückt hat, die auf dem Boden lag. Denn: »So geht man doch nicht mit dem Sach' um!«

Noch heute werden diese wahren Episoden in Stuttgart gerne erzählt. Beispielsweise auch die Sache mit der Stromverschwendung. Wie am Abend öfter einmal der Alarmruf durch die Firmengebäude schallte, wenn da irgendwo noch Licht in einem Raum brannte, obwohl sich niemand darin aufhielt und der Pförtner gesehen hatte, dass Robert Bosch im Anmarsch war: »Leut' machet s' Licht aus, dr Vadder kommt!« Denn wehe, er hat in den Raum hineingeguckt, in dem das Licht an war und keiner drin. Da konnte er regelrecht aus der Haut fahren. So verschwendet man doch nicht das Geld der Firma! Angesichts der heutigen Stand-by Mentalität hätte er da viel zu tun – nicht nur, aber auch, »beim Bosch«.

Lange haben sie in der Bosch-Familie geglaubt, das mit der übertriebenen Sparsamkeit, das sei ein ganz besonders merkwürdiger Charakterzug ihres Vaters. Auch wenn der sich immer damit gerechtfertigt hat, das es dabei eben nicht um eine Marotte von ihm persönlich handele, sondern dass grundsätzlich alle Älbler so sparsam seien: denn wer auf der Schwäbischen Alb aufwächst, in diesem rauen Klima mit den kargen Böden, der müsse zwangsläufig »sein Sach« zusammenhalten und sparen, sonst würde es nie etwas. Das sei den Älblern in Fleisch und Blut übergegangen. Und damit auch ihm. Das sei doch ganz klar. Dennoch war die Familie anderer Ansicht, zumindest so lange, bis eines Tages die ehemalige Haushälterin von Boschs verstorbener Mutter Margarete zu Besuch in Stuttgart war und sie bei Kaffee und Kuchen die alten Zeiten in Albeck hochleben ließen. Irgendwann meinte dann Boschs Ehefrau Anna zu der Besucherin, sie fände es schon merkwürdig, dass die Älbler irgendwie alle gleich aussähen, vor allem an der Kinnpartie. »Auch Sie. Sie haben genau die gleiche Kinnstellung wie meine verstorbene Schwiegermutter.« Worauf die Frau etwas verlegen den Kopf senkte und murmelte, das sei kein Wunder, denn »als die Frau Bosch tot war und wir ihr Gebiss gefunden haben, da wollten sie es in den Bach schmeißen. Aber ich habe gesagt, das kommt nicht in Frage, ich nehms lieber zu mir. Denn vielleicht kann ichs ja eines Tages noch brauchen. Und jetzt… jetzt hab ichs tatsächlich brauchen können.« Mit anderen Worten: sie hatte »die Gosch«, das Gebiss von der Mutter Bosch, halt nun bei sich im Mund.

Ganz passend zu dem in Stuttgart in jenen Jahren (wenn auch aus anderen Gründen) kursierenden Spruch: »Hättsch dei Gosch ghalta, hätt de dr Bosch bhalta.«

Robert Bosch hat bei dieser Geschichte nur in sich hinein gelächelt, denn das war ja die Bestätigung für seine These, dass das mit der Sparsamkeit eben doch bei allen Älblern genau gleich ist. Sparsamkeit hoch zwei.

Viele Jahre später hat sich in der Familie noch so eine legendäre Debatte um die Sparsamkeit entwickelt. Es war zu der Zeit, als seine Tochter Gretel ihm den Haushalt führte. Mit sichtlich wachsendem Verdruss hat ihr Robert Bosch beim Einkochen von Erdbeermarmelade zugeguckt und irgendwann verdrießlich gebrummelt, dass man mit dem Sach' doch nicht so verschwenderisch umgehen müsse. Auf die erstaunte Nachfrage, was er denn konkret meine, deutete er auf das neue Einmachpapier, das sie zum Verschließen der Gsälzgläser benutzen wollte. Dafür könne man doch auch das alte ein zweites Mal verwenden. Man brauche es nur abzuspülen und trocken zu lagern. »So etwas Gutes schmeißt man doch nicht einfach weg!« Mehr und mehr habe sich Robert Bosch in seine Sparsamkeitsrage hineingesteigert, berichtet seine Tochter in ihren Erinnerungen, bis man mitten in einem harschen Wortwechsel angelangt war. Auf dem Höhepunkt der Auseinandersetzung erklärte die empörte Gretel, er könne ihr samt dem ganzen Erdbeergsälz gestohlen bleiben! Also entweder mit dem neuen Einmachpapier oder gar nicht. Dann solle er halt gucken, wo er dann das Gsälz her bekomme – oder er solle es am besten selber kochen! Das war das entscheidende Argument. Jetzt hat er klein beigegeben. Wenngleich zähneknirschend und grummelnd. Verstanden hat er die Argumentation seiner Tochter nicht. Aber er musste sich geschlagen geben. Denn eine Saison ohne selbst gekochtes Erdbeergsälz? Undenkbar! Zumal das gekaufte ja viel zu teuer war…

Dass diese Geschichten mit der legendären Sparsamkeit des alten Vadder Bosch tatsächlich keine Märchen sind, hat mir vor einigen Jahren auch eine ältere Dame aus Ulm anlässlich einer Lesung in der Erbacher Stadtbücherei bestätigt: als junges Mädchen sei sie in den 30er Jahren über den Reichsarbeitsdienst auf den Boschhof in Mooseurach mit seiner mittlerweile großen Landwirtschaft gekommen, um dort ihren Arbeitsdienst abzuleisten. Gleich beim Eintreffen habe der Verwalter sie instruiert, wie sie sich zu verhalten habe, wenn eines Tages der Herr Bosch vorbei kommen sollte. »Dann musst du einen Knicks machen und sagen Grüß Gott, Vadder Bosch. Denn der Herr Bosch will, dass man »Vadder« zu ihm sagt.«

Irgendwann war es dann soweit. Der greise Patriarch und das junge Mädchen begegneten sich auf dem Bauernhof. Nachdem sie brav ihren Knicks gemacht und »Grüß Gott, Vadder Bosch« gesagt hatte, nickte er ihr freundlich zu, grüßte zurück und deutete dann mit weit ausgestrecktem Arm auf eine bestimmte Stelle am Boden. »Mädle, was liegt dort?«

»Da liegt ein rostiger Nagel, Vadder Bosch!«

»Noi«, schüttelte Bosch entschieden den Kopf. »Da liegt des Geld vom Vadder Bosch. Jetzt hebsch den Nagel auf und bringsch ihn zum Verwalter, mit einem schönen Gruß von mir. Denn den Nagel kann man nochmal grad klopfen und dann kann man ihn nochmal benutzen.«
Sie habe der Bitte Folge geleistet und den rostigen Nagel also mitsamt Boschs Anweisung zum Verwalter gebracht. Aber der habe ihn einfach weggeschmissen. Nicht auszudenken, wenn der Vadder Bosch das mitbekommen hätte! Er wäre ausgeflippt! Wieder einmal!
Aber selbst wenn es so gekommen wäre, der Verwalter hätte ihm die Szene nicht sonderlich übel genommen. Denn man kannte ihn ja als den jähzornigen Menschenfreund, der sein Verhalten selbst immer gleich wieder bereut hat. Stundenlang ist er dann oft mit gesenktem Kopf herumgeschlichen, denn mit einer direkten Entschuldigung war das halt auch immer so eine furchtbar schwierige Sache... Wie gesagt, sie haben es ihm nicht vorgehalten, sie wussten ja, dass er nicht aus seiner Haut konnte. Auch in der Firma war das nie ein Fall fürs Arbeitsgericht. Ganz im Gegenteil sogar. Vielmehr, erzählt Eva Madelung, die jüngste Bosch Tochter, sei sie immer wieder alten Bosch-Mitarbeitern begegnet, die ihr voller Stolz gesagt hätten: »Mich hat ihr Vater auch mal zusammen geschissen!« Während sie nach dieser Aussage zusammengezuckt sei, habe ihr Gegenüber jedoch beteuert, sie brauche sich deshalb nicht zu schämen, denn daran sei nichts Schlimmes gewesen. Sie haben so ein harsches Zusammenfalten durch den Chef eher als eine Art Bosch-Verdienstabzeichen im Gedächtnis behalten. 1. Platz sozusagen im Bosch-internen Beliebtheitswettbewerb. Das dürfte in der Arbeitswelt ziemlich einzigartig sein, dass man einen Vorgesetzten noch Jahrzehnte später in dankbarer Erinnerung behält, weil der einen mal kräftig »zusammengeschissen« hat!
Weswegen haben sie es ihm nicht übel genommen? Nicht nur deshalb, weil ja bekannt war, wie schnell er aus der Haut fahren konnte und dass danach auch nie etwas zu-

rück geblieben ist. Sondern auch, weil sie seine anderen Eigenschaften kennen und schätzen gelernt hatten – die schwäbischen Tugenden, die der junge Bosch auf der rauen Alb schon mit der Muttermilch aufgesogen hat: Arbeiten, Sparen, sein »Sach« zusammenhalten – und den Menschen mit Respekt und Achtung begegnen. Nicht eitel sein. Sich selbst sein. Ehrlich, grade heraus. »Authentisch«, wie man heute sagt.

Jedem Firlefanz war er abhold und erst recht jedem Getue um seine Person herum. Auch diese Episode ist verbürgt: Am Morgen nach der Verleihung der Ehrendoktorwürde der Uni Stuttgart (die er doch gar nicht hatte bekommen wollen!) ist Robert Bosch – wie immer als einer der Ersten – am Pförtner vorbeigekommen und während er gerade ein »Guten Morgen« auf den Lippen hatte, sprang der Mann bereits auf, salutierte und schmetterte lautstark: »Guten Morgen, Herr Doktor Bosch!« Worauf sich die Miene des Angesprochenen schlagartig verfinsterte und er dem verduzten Pförtner wütend entgegenschleuderte: »Wehe du sagsch no oimol Dokter zu mir! Dann kannsch was erleben! Ich bin dr Bosch ond ich bleib dr Bosch!« Ende der Diskussion.

Nicht der Titel ist wichtig, sondern der Mensch, der dahinter steckt. Weshalb es »beim Bosch« an den Bürotüren nach wie vor keine Täfelchen mit »Dr.« und/oder »Prof.« gibt. Das hat er erst gar nicht zugelassen.

Dazu passt auch der Eintrag, den Robert Bosch einst im Goldenen Buch einer Stadt von sich hinterlassen hat. Es war ihm ohnehin »wie Spitzgras«, wenn da wieder einmal ein Bürgermeister oder der Hotelbesitzer daher galoppierte, bloß weil er, »der Bosch«, als prominenter Gast hier abgestiegen war. Immer dieses unnötige Aufsehen! Gleichzeitig wollte er nicht unhöflich sein und nahm also seufzend den Füllfederhalter in die Hand, um auch seinen Namen in die Liste der Prominenz zu setzen, die dem Ort bereits die Ehre ihrer Anwesenheit gegeben hatte. Nur, als er dann gesehen hat, wer da alles drin stand, da hat er dann

doch noch einmal heftig gezuckt. Gerichtspräsidenten, Juristen, Offiziere! Was hatte denn er, der einfache Unternehmer Bosch, in einer solchen Liste von Tagdieben und Müßiggängern verloren?! Aber rechtzeitig hat ihn noch der Schalk gepackt und so hat er in das Goldene Buch geschrieben: »Robert Bosch, Stuttgart. Beruf: Mensch!«
Bescheidenheit. Kein großes Aufhebens von sich machen. Da hätte der alte Vadder Bosch aber mordsmäßig gestaunt, wenn er heute bei einem seiner berühmt-berüchtigten Kartoffelausflüge nach Albeck an der A 8 Stuttgart-München auf Höhe der Messe Stuttgart das »Bosch-Parkhaus« erblicken würde, wo sich in riesigen roten Lettern das BOSCH-Signet über die Fahrbahn breitet. Es ist sage und schreibe 55 Meter lang, die einzelnen Buchstaben sind 8 Meter hoch. Damit ist es aktuell (Stand 2015) der zweitgrößte Schriftzug der Welt – gleich nach dem legendären Hollywood-Signet. Und weil es sich im Gegensatz zur (unbeleuchteten) Hollywood-Werbung dank der Strahlkraft von 18.000 Leuchtdioden auch noch in der dunkelsten Nacht bestens sichtbar präsentiert, gilt es als die größte Leuchtreklame der Welt. Und das sogar doppelt. Denn das Bosch-Logo prangt ja bekanntlich auf beiden Seiten des Parkhauses. Gut möglich, dass der Firmengründer nach diesem Anblick eine unruhige Nacht verbringen würde. Denn so eine gigantische Werbung, die bekommt man schließlich nicht zum Nulltarif. Allein der nächtliche Stromverbrauch! Das kostet… Man kann sich lebhaft ausmalen, was er dazu wohl gesagt hätte. Wahrscheinlich hätte er seinen Nachfolger erst einmal kräftig »zusammengeschissen« und sich dann am Tag danach mit der Bemerkung: »Es hät ja au a bissle kleiner glangt!« für seinen Ausraster auf die einem Robert Bosch maximal mögliche Art und Weise entschuldigt. Krumm genommen hätte mans ihm trotzdem nicht. Man wusste ja (siehe oben), wie es gemeint war…
Der Kriegsausbruch am 1. August 1914 stürzt Robert Bosch in einen Gewissenskonflikt. Als weltweit tätiger Un-

ternehmer hat er eindringlich vor einem Krieg und dessen verheerenden Folgen gewarnt. Doch nach dem Attentat von Sarajewo haben die Dinge ihren Lauf genommen. Das Schlimmste für Bosch war, mit ansehen zu müssen, wie ausgerechnet seine Firma mit Rüstungsprodukten Unsummen verdient hat. Bosch war ja wegen seiner Produktpalette zwangsläufig ein kriegswichtiger Betrieb – im 1. wie auch im 2. Weltkrieg. Eine fatale Situation! Keinesfalls will sich Bosch aber am Leid anderer bereichern – er will nichts davon für sich und seine Firma behalten und so weist er seine Buchhaltung an, sämtliche Kriegsgewinne in einen Sonderfonds zu überführen, aus dem dann die Witwen und Waisen der als Soldaten gefallenen Boschmitarbeiter unterstützt werden. Außerdem soll das Geld (13 Millionen Mark) für den Ausbau des Stuttgarter Neckarhafens gespendet werden (dafür wird der widerstrebende Bosch später zum Ehrenbürger von Stuttgart ernannt) und zur Förderung des Lehrstuhls für Elektrotechnik an der Universität Stuttgart (weshalb er dort – ebenfalls gegen seinen Willen – zum Ehrendoktor gemacht wird).

Zweifacher Schlussakkord

Am 8. März 1917 stirbt Graf Zeppelin in Berlin im Alter von 78 Jahren. Ursache sind Komplikationen nach der Operation einer Darmerkrankung. Am 12. März wird er auf dem Pragfriedhof in Stuttgart unter großer Anteilnahme der Bevölkerung begraben. Als der Sarg mit den sterblichen Überresten des Luftfahrtpioniers ins Grab gesenkt wird, ertönt über den Köpfen der vieltausendköpfigen Trauergemeinde ein rasch anschwellendes Brummen: Das Heeresluftschiff LZ 87 und das Marineluftschiff L 43 erscheinen am Himmel und verharren direkt über dem Pragfriedhof. Aus den Luftschiffgondeln werden zwei Kränze abgeworfen, dann senken sie als letzte Verneigung vor ihrem verstorbenen Erfinder den Bug und verschwinden wenig später wieder am Horizont. Es ist eine zu Herzen gehende Szene, die niemanden unberührt lässt.
Dem prominentesten Trauergast, König Wilhelm II. von Württemberg, ist bei der Beerdigung seines ehemaligen Erziehers ein kleines Malheur passiert. Ausgerechnet in jenem Augenblick, in dem er einen letzten Blumengruß in das Grab werfen wollte, schlüpfte ihm sein Ehering vom Finger und landete neben dem Sarg in der Friedhofserde! Verdattert blickte der König hinunter ins Grab. Was tun? Am besten gar nichts. Hineinklettern und den Ring aus der Friedhofserde heraus wühlen? Das geht beim besten Willen nicht. Und so liegt der Ring des Königs Wilhelm II. von Württemberg noch immer im Zeppelingrab auf dem Stuttgarter Pragfriedhof. Schade um den schönen Ring! Genau in diesem Moment ist ein Foto gemacht worden, das den König mit diesem ganz besonders traurigen Gesichtsausdruck beim Zeppelin-Begräbnis zeigt. Klar, haben sich die Leute gedacht: da trauert jemand um einen engen Weggefährten, dem er es letztlich sogar zu verdanken hat, dass er überhaupt den Thron besteigen konnte. Die Wahrheit hat jedoch noch diese zweite Seite, die nur wenige kennen. Meinem Freund und Kollegen Gerhard

Raff ist sie von König Wilhelms Schwiegerenkeltochter Wied erzählt worden. Der hat es mir weiter erzählt. Sonst kennt die Geschichte bislang niemand. Es dürfte also eine harte Nuss sein, die von den Archäologen späterer Jahrhunderte zu knacken ist, wenn sie im Grab eines mutmaßlichen Luftfahrtpioniers namens Zeppelin auf einen Ring stoßen werden, der eindeutig einem König zugeordnet werden muss... Seltsam. Dabei war Zeppelin doch »bloß« ein Graf! Der Mythos Zeppelin wird also weitere Jahrhunderte überdauern – wenngleich unter etwas anderen Vorzeichen.

Kein Jahr später, am 21. Januar 1918, stirbt Emil Jellinek-Mercedes im Alter von 64 Jahren in Genf. Die »Gesunderhaltungsprämie« für seinen Hausarzt für das Erreichen des 65. Geburtstages hat er – besser gesagt sein Hausarzt – also knapp verpasst. Die Umstände seines Todes sind tragisch, denn der bislang so hoch angesehene doppelte Konsul ist im Krieg zwischen alle Fronten geraten: seine zweite Frau ist Französin, wird deshalb in Österreich angefeindet und der Spionage verdächtigt. Der empörte Jellinek bricht darauf alle Brücken zu Österreich hinter sich ab und verlässt das Land, um nur noch in Nizza in seinen Mercedesvillen zu wohnen. Doch auf französischem Boden ergeht es ihm genau so, wie zuvor seiner Ehefrau. Jetzt wird er, der Österreicher, von den Franzosen der Spionage verdächtigt. So flieht er im Jahr 1917 nach manchen Irrwegen schließlich nach Genf in die neutrale Schweiz, während die Kriegsgegner Österreich und Frankreich in seltener Einigkeit sein Vermögen und seine Besitzungen »aus steuerlichen Gründen« beschlagnahmen. Es bleiben ihm freilich noch genug Mittel übrig, um in Genf im repräsentativen Hotel »National« eine ganze Etage für sich und seine Familie anzumieten (Das Hotel »National« war das letzte große Grand Hotel dieser Epoche – und ab 1920 Sitz des Völkerbundes). Aber auch in der Schweiz findet er keine Ruhe, denn jetzt verdächtigen ihn die Schweizer plötzlich der Spionage und sperren ihn nach mehreren Verhören sogar für einen Tag ins Gefängnis – eine ungeheuerliche Demütigung für den konsternierten Jellinek, der sich nun auch in der Schweiz nicht mehr wohl und nicht mehr sicher fühlt. Ständig wird er von zwielichtigen Gestalten bedroht und einmal sogar zusammengeschlagen. Aber die Gendarmerie geht seiner Anzeige nicht weiter nach. Es ist eine vertrackte Situation, denn wohin kann er sonst gehen? Europa befindet sich im Krieg und deshalb muss er zwangsläufig mit seiner Frau in der Schweiz bleiben. Sehr zu beider Leidwesen ist Tochter Mercedes nicht an seiner Seite. Mercedes darf als Ehefrau des Karl von Schlosser, der im Innenministerium arbeitet und folglich als Geheimnisträger gilt, Österreich nicht verlassen. Als sie jedoch die Nachricht erhält, dass es Emil Jellinek gesundheitlich ganz schlecht gehe, stiehlt sie sich bei Nacht und Nebel illegal über die Grenze und ist bei ihrem geliebten Papa. Bis zu den letzten Minuten seines Lebens – am 21. Januar stirbt er in ihren Armen. Eine Katastrophe für Mercedes.

Es ist das Ende eines Mannes, dem Daimler, Bosch und Porsche ihre entscheidenden Impulse verdanken.

Sein letzter Wunsch war in Nizza auf dem Cimiez-Friedhof begraben zu werden, an der Seite seiner geliebten, viel zu früh verstorbenen Ehefrau Rachel, der Mutter von Mercedes. Aber erst viel später, 40 Jahre nach seinem Tod und nach endlosen Debatten mit den Behörden, können die Hinterbliebenen seinen Wunsch erfüllen. Das wunderschöne Marmorgrabmal hoch über der Cote d'Azur ist vor einigen Jahren von Daimler-Benz mustergültig renoviert worden.

Nach dem 1. Weltkrieg gerät AustroDaimler in eine schwere Krise, denn die Rüstungsproduktion, die das Unternehmen am Laufen gehalten hat, ist durch die Niederlage Österreich-Ungarns völlig zum Erliegen gekommen. Zu allem Übel stürzt der verbliebene Rest des einstigen Vielvölkerstaates, die jetzige Republik Österreich, in eine besonders schwere Rezession. Doch Porsche, der sich schon während der kritischen Zeit der ab 1917 herrschenden Nahrungsmittelknappheit als findiger Kopf erwiesen hat, richtet seinen Blick nach vorn. Während der Krise hat er neben seine Direktorenvilla in Wiener Neustadt einen Kuhstall bauen lassen, wodurch seine Kinder Louise und Ferry jetzt wieder frische Milch bekommen können – und die kranken Kinder seiner Mitarbeiter natürlich auch. Ehrensache! Also: nicht zurückschauen, das ist Porsches Devise immer und in jeder Hinsicht. Auch bei AustroDaimler: Wenn sich die Leute keine großen Fahrzeuge mehr leisten können, dann baut er nun halt kleinere Automobile, die so genannten Saschawagen, benannt nach dem Vornamen des neuen Finanziers, den er für AustroDaimler an Land gezogen hat, den ehemaligen Grafen (der seinen Titel seit dem Ende der Monarchie ja nicht mehr tragen darf) Sascha Kolowrat.
Die Konstruktion gelingt ihm hervorragend und die Saschawagen erregen nicht nur viel Aufsehen, sondern sorgen bei der 13. Targa Florio 1922 in Sizilien für Aufsehen. Trotz ihrer viel geringeren PS-Zahl lassen sie die stärkeren Wagen, sogar die Mercedes, spielend hinter sich.
Mit einem cleveren Trick haben Porsche und Kolowrat zuvor verhindert, dass die Italiener die Fahrzeuge der österreichischen Konkurrenz manipulieren. Das ist mehr als einmal geschehen, denn in Italien will man natürlich, dass ein italienisches Auto gewinnt, keinesfalls ein Österreicher. Aber Porsche und Kolowrat lackieren ihre AustroDaimler knallrot – in der Rennfarbe der Italiener (woraus

Porsche bei der Targa Florio

das spätere Ferrari-Rot hervor geht). Tatsächlich bleiben sie unbehelligt, die Italiener haben sich täuschen lassen, und den Saschawagen gelingen bei der härtesten Rallye der Welt spektakuläre Erfolge.

Auch privat sorgt Ferdinand Porsche für den Rennfahrernachwuchs vor: Bereits an Weihnachten 1920 hat der elfjährige Ferry von seinem Vater nämlich ein ganz besonderes Geschenk bekommen, einen selbst konstruierten Miniaturwagen mit einem echten Benzinmotor! Die Mutter ist entsetzt – der Sohn begeistert. Mit seinem »Ziegenbockwagen« braust Ferry in ganz Wiener Neustadt herum, während die Gendarmen pflichtschuldigst zur Seite schauen, denn es ist ja der Sohn des hochverehrten Herrn Direktors, der da mit gut 30 Stundenkilometern heranbraust. Die nächste Generation Porsche wird somit schon im frühesten Knabenalter mehr oder minder behutsam an Geschwindigkeit und Mobilität herangeführt.

Trotz der Rennerfolge der Saschawagen bleibt der wirtschaftliche Erfolg im kriegsgeschädigten Österreich jedoch weiterhin aus. Der entnervte Kolowrat zieht sich als Financier zurück, die Situation bei AustroDaimler spitzt sich da-

durch dramatisch zu. Ferdinand Porsche, der längst neue Konstruktionen angekündigt hat, wird vom Aufsichtsrat vor die Wahl gestellt, 2.000 Arbeiter zu entlassen, um die damit eingesparten Kosten für weitere Modellentwicklungen benutzen zu können oder diese Entwicklung einzustellen – was den Aufsichtsräten ohnehin lieber wäre. Aber für Porsche ist die Konsequenz klar: er lässt sich nicht erpressen und erst recht nicht wird er der Kündigung von 2.000 Arbeitern zustimmen. Denn: wovon sollen diese Leute und ihre Familien dann leben?! Mit den Worten »Sau-Bagage! Da tu ich nimmer mit!«, die Porsche den Aufsichtsräten voller Zorn entgegenschleudert, endet nach 17 Jahren seine Zeit in Wiener Neustadt.
Ferdinand Porsche kündigt also im Februar 1923 als Technischer Direktor bei AustroDaimler und wird schon am 30. April 1923 als Nachfolger von Paul Daimler neuer technischer Direktor bei der DMG in Stuttgart. Zum zweiten Mal also »beerbt« er Paul Daimler auf dessen Posten, erst in Wiener Neustadt jetzt in Stuttgart. Doch von Anfang an fühlt Porsche sich bei den ernsten, sparsamen Schwaben nicht richtig wohl und gerät auch bald in die ersten Konflikte mit den anderen Mitgliedern im Vorstand. Er fordert mehr Freiheiten (und mehr Geld) für seine Entwicklungsarbeit. Aber der Firma geht es nach dem verlorenen Weltkrieg und mitten im Inflastionsjahr 1923 finanziell viel zu schlecht, um alle Sonderwünsche des anspruchsvollen Konstrukteurs erfüllen zu können.

Skandal in Wien! Schon jahrelang hat man gemunkelt, dass etwas nicht stimmt in der Ehe der Mercedes. Die Eheleute Schlosser, wie sie jetzt ganz bürgerlich heißen, (das Adelsprädikat hatten sie ja genauso wie die anderen österreichischen Adeligen ablegen müssen) sollen sich schon lange nicht mehr verstanden haben. Aber eine Scheidung? Das ist in diesen Zeiten nahezu undenkbar, erst recht, wenn die Scheidung auf Betreiben der Ehefrau erfolgen soll. Doch der Skandal ist perfekt: Im Jahr 1924 lässt sich

Mercedes (von) Schlosser tatsächlich scheiden. Sie verlässt nicht nur ihren Mann, sondern auch die beiden Kinder Elfriede (12) und Hans-Peter (8) und zieht nun mit dem Kunstmaler Rudolf (von) Weigl zusammen. Er ist die große Liebe ihres Lebens – aber leider auch ein stadtbekannter Säufer, der die Aufträge zu seinen nicht sonderlich anspruchsvollen Kunstwerken nur dank der guten Beziehungen seines Vaters bekommen hat. Bei der Eheschließung ist Weigl bereits schwer krank. Er stirbt nur drei Monate nach der Hochzeit und lässt eine völlig verzweifelte Mercedes zurück. Sie fühlt sich nun mutterseelenallein, denn ihre beiden Kinder haben sich nach der Scheidung von ihr losgesagt. Spätnachts trifft man sie manchmal in den übelsten Lokalen von Wien, wo sie ihren Kummer ertränken will. Doch meist ist sie wie vom Erdboden verschluckt. So gelingt es ihrer Schwester Maja erst nach monatelanger Suche, Mercedes endlich zu finden. Aber es ist bereits zu spät. Auch sie trägt längst eine todbringende Krankheit in sich.

28.Juni 1926: Fusion der Firmen Benz und Daimler zu »Daimler-Benz«. Es war alles andere als eine »Liebesheirat«, sondern eine von den Banken erzwungene Fusion, die diese beiden ältesten Automobilfirmen der Welt zusammen gebracht hat. Der DMG und Benz ging es aufgrund der schlechten wirtschaftlichen Lage in der Weimarer Republik schon seit Jahren alles andere als gut: dringend brauchen sie neues Geld. Doch die Banken sind zu weiteren Krediten nur unter der Bedingung bereit, dass eine Fusion stattfindet. Unter dem Markennamen »Mercedes-Benz« werden von dem neuen Unternehmen künftig die Automobile vermarktet, der Name Daimler fällt bei der Automarke weg, das ist eine Konzession an die badische Firma Benz für die Tatsache, dass als Firmensitz Stuttgart fungieren wird. Carl Benz erlebt die Fusion noch, Gottlieb Daimler dagegen dreht sich auf dem Uffkirchhof in seinem Grab – ausgerechnet die Fusion mit dem verachteten Benz

und zu allem Überfluss heißen seine Autos jetzt auch noch Mercedes-Benz! Eine Ungeheuerlichkeit.
Jahr für Jahr verstärken sich Porsches Probleme bei Daimler-Benz. Auch nach der Fusion ist es nicht besser geworden, ganz im Gegenteil: Im Oktober 1928 wird im Aufsichtsrat von Daimler-Benz formuliert, man wünsche sich einen »weniger genialen, dafür sparsameren, zuverlässigeren und der Einwirkung seiner Kollegen zugänglicheren Konstrukteur« als Technikvorstand. Das zielt – wieder einmal – eindeutig gegen Porsches Credo, laufend bessere Produkte zu erzeugen und bei neuen Modellen auch technisches Neuland zu betreten. Nur so kann es einen Fortschritt geben. Porsche sieht sich und sein Handeln ganz im Sinn des Daimlerschen Mottos »Das Beste oder nichts« – und er bekommt mit dieser Überzeugung genau dieselben Probleme, die auch schon Gottlieb Daimler und Wilhelm Maybach entnervt haben.
Schließlich scheidet Ferdinand Porsche im Dezember 1928 bei Daimler-Benz freiwillig aus. Er kündigt. Letzter Anlass dafür ist eine Intrige, in die er ahnungslos hinein stolpert. Es sind dieses Mal nicht die ständigen Querelen wegen Mittelkürzungen bei Neuentwicklungen, sondern angeblich gibt es Qualitätsprobleme an dem von ihm konstruierten Mercedes 8/38. Vor allem beim Start hat der Wagen seine Mucken. Er springt nicht zuverlässig an. Porsche mag das nicht glauben und so kommt es zum Showdown vor dem komplett versammelten Vorstand, bei dem er die Zuverlässigkeit nachweisen will: an einem kalten Novembermorgen stehen 15 Mercedes 8/38 auf dem Firmengelände und jetzt wird er den Herrschaften beweisen, dass er recht hat und dass jeder Wagen problemlos anspringen wird. Er ahnt natürlich nicht, dass in der Nacht die Batterien der Fahrzeuge heimlich gegen kleinere ausgetauscht worden sind und so erlebt er beim ersten Startversuch schon eine schlimme Überraschung. Nichts tut sich. Ebenso wenig beim zweiten, beim dritten und beim vierten Mercedes. Nach der Hälfte gibt er auf, reißt sich wutentbrannt die

Mütze vom Kopf und trampelt in der mittlerweile bekannten Art und Weise wie ein Rumpelstilzchen auf der Kopfbedeckung herum. Dann nimmt er – in des Wortes wahrster Bedeutung seinen (zertrampelten) Hut. Wichtig ist ihm abschließend nur noch, dass er das Heft des Handelns in der Hand behält: nicht der Aufsichtsrat spricht die sofortige Kündigung gegen Porsche aus, sondern Porsche gegen Daimler-Benz. Formal würde sein Vertrag zwar noch bis März 1929 laufen, aber das Tischtuch ist längst zerschnitten. Beide Seiten haben mehr als genug von ihrer reibungsvollen Zusammenarbeit und heben den Arbeitsvertrag mit sofortiger Wirkung auf. Porsche schmeißt hin! Er will so schnell wie möglich fort aus Stuttgart, nichts wie weg – auf Nimmerwiedersehen. Das Kapitel Stuttgart ist erledigt. Ein für allemal. Meint er…
Schon am 4. Januar 1929 geht Porsche als Technikvorstand zu den Fahrzeugwerken Steyr. Endlich wieder zurück in Österreich! Bei Steyr lernt er Erwin Komenda kennen, einen genialen Designer, den er später zum Chefdesigner der Firma Porsche machen wird und der – angefangen vom VW Käfer bis zum 911er – die Formen sämtlicher Porsche-Produkte festlegt. Die Porsche-DNA. Es ist genau wie bei Bosch: auch Porsche wusste immer, wer ein fähiger Mitarbeiter ist und wo er wen am sinnvollsten einsetzen kann. Und auch er schafft es, seine guten Leute jahrzehntelang in der Firma zu halten. Porsches Aufenthalt in Steyr ist nicht von langer Dauer, denn auch hier läuft es nicht nach Wunsch. Es ist nicht nur eine neue Wirtschaftskrise in Österreich, die ihm hier das Leben als Entwickler schwer macht, weil das Geld so knapp ist. Fatalerweise übernehmen dort kurz nach Porsches Amtsantritt Aktionäre von AustroDaimler das Ruder und streichen die Mittel sowie Porsches Kompetenzen drastisch zusammen. Die Folge: nach nur wenigen Monaten in Steyr kündigt Porsche bereits wieder. Jetzt aber hat er »die Nase von den Aktionären und ihren ewigen Sparappellen endgültig voll« und macht sich mit 55 Jahren erstmals selbständig. Als Standort für

seine eigene Firma kommt eigentlich nur eine Stadt in Frage. Darüber ist er sich – zu seinem eigenen Erstaunen – relativ schnell im Klaren.

Am 23. Februar 1929 stirbt Mercedes Jellinek, geschiedene Baronin von Schlosser, verwitwete Weigl im Alter von nicht einmal 40 Jahren. Im gleichen Alter wie ihre Mutter Rachel war sie an derselben Art von Knochenkrebs erkrankt. Mercedes wird auf dem Wiener Zentralfriedhof bestattet.

Mercedes in glücklicheren Tagen

Ferdinand Porsche geht im Frühjahr 1930 zurück nach Stuttgart und bereitet dort die Gründung eines eigenständigen Konstruktionsbüros vor, das schließlich am 1. Dezember 1930 in der Kronenstraße offiziell die Arbeit aufnimmt. Am 25. April 1931 erscheint im Handelsregister der Eintrag »Dr.-Ing. h.c. F. Porsche GmbH, Konstruktion und Beratung für Motoren- und Fahrzeugbau«. Also doch: ausgerechnet wieder Stuttgart! Trotz aller Querelen und Verständigungsprobleme mit den Schwaben. Streitereien, die doch noch gar nicht so lange zurückliegen! Aber natürlich hat sich Porsche das schwäbische Hauptstädtle als Sitz seiner Firma ganz bewusst ausgewählt, weil er weiß, dass die Menschen dort halt schon ganz besonders fleißig sind und zudem über einen herausragenden automobilen Sachverstand verfügen. Über alles andere kann man ja hinwegsehen – zumal im Konstruktionsbüro der österreichische Dialekt dominiert, denn er nimmt seine besten Mitarbeiter aus der AustroDaimler Zeit und aus Steyr mit nach Stuttgart: Karl Rabe, Franz Xaver Reimspieß und Erwin Komenda. Namen, die schon bald Automobilgeschichte schreiben werden. Diese »Melange« zwischen seinen besten Leuten aus Österreich, mit dem schwäbischen Know How katapultiert das kleine Konstruktionsbüro an die Spitze des technischen Fortschritts!
Schon bald rennen ihm die Interessenten die Türe ein – auch wenn so manche Anfrage eher befremdlich erscheint: im Jahr 1932 lehnt Porsche nach reiflicher Überlegung das Angebot von Josef Stalin ab, oberster Fahrzeugkonstrukteur der Sowjetunion zu werden. Dazu noch im Rang eines Ministers. Er hat lange geschwankt, ob er nicht vielleicht doch zusagen sollte, denn Stalin hätte ihm völlig freie Hand gelassen und auch finanziell den Rücken freigehalten (hatte der Diktator wenigstens behauptet). Andererseits: jetzt hatte er sich nach Jahrzehnten des Ärgers mit seinen Aufsichtsräten endlich dazu durchgerungen, eine eigene Firma zu gründen. Sollte er das nach anderthalb Jahren schon wieder aufgeben. Er war kurz davor, es zu

tun, wenn er da nicht auf eine Anforderung gestoßen wäre, die ihm unerfüllbar erschien: es war das Verbot, ins Ausland zu reisen. Wenn er erst einmal unterschrieben hätte, dürfte er die Sowjetunion nie wieder verlassen. Diese Bestimmung war nicht verhandelbar – und damit der Knackpunkt für Porsche. Denn nie wieder sein geliebtes Österreich besuchen zu können, nie wieder Maffersdorf, nie wieder Wien, das kam ja auf gar keinen Fall in Frage. Und so blieb Porsche in Stuttgart. Lieber selbständig im Schwäbischen, als der Sklave eines russischen Diktators zu sein. Ministerrang hin oder her. Die Wahl hat sich schnell als richtig erweisen, denn das Konstruktionsbüro bekam jetzt Aufträge von fast allen großen deutschen Automobilfirmen, sogar für die Rennwagen der AutoUnion, die Porsche und seine Männer zu Weltrekorden geführt haben.

Bosch und der Widerstand

Robert Bosch, der jahrzehntelang enorme Geldsummen für die Förderung der Demokratie in Deutschland ausgegeben hat, registriert mit Entsetzen die Machtübernahme Hitlers. Grundsätzlich vermeidet er bei allen (zwangsläufigen) Begegnungen mit Hitler den »Hitlergruß« und die Bezeichnung »Führer«. Nur wegen seines enormen Ansehens unter den Deutschen wird er von den Nationalsozialisten nicht dafür bestraft.

Es hat eine einzige Aussprache zwischen Bosch und Hitler gegeben, die am 22. September 1933 in der Berliner Reichskanzlei stattgefunden hat. Die Unterredung war nur von kurzer Dauer, denn die beiden grundverschiedenen Männer waren sich schließlich seit jeher in heftiger Abneigung verbunden. Der Ärger hatte schon damit begonnen, dass Bosch von Hitler gefragt wurde, welche Wünsche er denn »vorzubringen habe, worauf Bosch in seiner trockenen Art geantwortet hat: »Keine!« Die Einladung sei doch von der Reichskanzlei ausgegangen, nicht umgekehrt. Und als Hitler über diese harsche Replik erstaunlicherweise einfach hinweg gegangen ist und meinte, die Schwaben seien zwar auch Demokraten, aber halt schon anderer (sprich besserer) Art als die Berliner, da empfand Bosch das als lobhudeliges »Brei ums Maul schmieren« und hat seinen Verdruss darüber auch deutlich zu erkennen gegeben. Im weiteren Verlauf des Gesprächs, bei dem fast nur der Reichskanzler geredet haben soll, warf Bosch schließlich trocken ein: »Sie müssen sich auf dem Stuhl Bismarcks doch recht merkwürdig vorkommen«. Worauf Hitler wütend ans Fenster trat, tief durchschnaufte und sich nur mühsam wieder beruhigte. Kurz danach war die Unterredung beendet – frostiger, als sie begonnen hatte.

Später kommentierte Bosch die Frage, über den Eindruck, den Hitler in diesem Gespräch auf ihn gemacht habe: »Das will ein Staatsmann sein und weiß nicht, was Gerechtigkeit ist!«

Sie sind sich dann noch ein paar Mal begegnet, aber mehr als die allernotwendigsten Begrüßungsfloskeln haben sie nie miteinander ausgetauscht – natürlich hat Bosch den Reichskanzler zu dessen großem Verdruss auch niemals mit »Führer« angesprochen, sondern immer nur mit »Herr Hitler«. Andere wären für eine solche Haltung von der Gestapo bedrängt und eingesperrt worden. Nicht so Bosch, vor dem die Nazis erstaunlicherweise eine Art Beißhemmung an den Tag gelegt haben. Und selbst wenn einer der einflussreichen braunen Fanatiker vor ihm militärisch die Hacken zusammengeschlagen und stramm den rechten Arm zum »Deutschen Gruß« in die Höhe gereckt hat, sah man den alten Vadder Bosch höchstens verdrießlich die Stirn runzeln und ein lautes »Grüß Gott« schwäbeln. Eine Anbiederung bei den Faschisten – und sei sie auch noch so klein? Niemals!

Einmal, erinnert sich seine Tochter Eva, die damals natürlich, wie fast alle jungen Leute, vom gewaltigen Tschingdarassabumm und Gepränge der Nationalsozialisten fasziniert gewesen ist, dass ihr Vater zu ihrem großen Entsetzen nach der Lektüre eines Zeitungsartikels über Hitlers neueste Anordnungen wütend ausgerufen habe: »Wieso bringt den Kerl denn keiner um?«

Heimlich hat Robert Bosch von Anfang an die Arbeit der Widerstandskämpfer unterstützt und beispielsweise dem von den Nazis bedrängten ehemaligen Leipziger Oberbürgermeister Carl Goerdeler wieder eine Anstellung und ein Gehalt gegeben– ebenso dem mit Berufsverbot belegten Journalisten (und späteren ersten Bundespräsidenten) Theodor Heuss.

Natürlich war Boschs Verhalten den Nationalsozialisten schon ein arger Dorn im Auge – und weil sie die offene Konfrontation mit dem angesehenen Demokraten gescheut haben, versuchte Hitler über seinen württembergischen Gauleiter Murr, die Firma zu übernehmen. Auch Murr, einem besonders fanatischen braunen Eiferer, war der »rote Bosch« schon immer suspekt gewesen. Und Murr fand einen Kniff, wie man es schaffen konnte, Boschs Unternehmen doch noch unter die Kontrolle der NSDAP zu bekommen. Der Plan war simpel: mit der Begründung, dass kein einziges Parteimitglied in der Führungsebene von Bosch verankert wäre – und das in diesen Zeiten, wo ein kriegswichtiges Unternehmen wie Bosch unbedingt in der Hand einer vertrauenswürdigen Person, also eines Parteimitglieds, sein müsse – müsste man es doch schaffen, einen überzeugten Nationalsozialisten in den Vorstand einzuschleusen, der dort bald die Macht übernehmen könnte. Sorgfältig hat Murr die Übernahme vorbereitet und seinen Sohn dazu bestimmt, den Boschvorstand im Handstreich zu kapern. Aber Robert Bosch hat diese Verschwörung rechtzeitig gewittert und blitzschnell zu einem raffinierten Gegenschlag ausgeholt: er hat seinen früheren Sekretär und Nachfolger Hans Walz angewiesen, zum Schein sofort in die Waffen-SS einzutreten.

Der Coup ist geglückt. Denn mit einem Vorstand, der Mitglied der gefürchteten Waffen-SS war, ist die Argumentationskette von Murr zusammengefallen wie ein Kartenhaus. Wer konnte dem Führer näher sein, als ein Offizier der Waffen-SS? Dass Walz in Wahrheit nie wirklich zu dieser üblen Truppe gehört hat, sondern in aller Heimlichkeit und überdies absolut glaubwürdig eine ganz andere Politik (nämlich die von Robert Bosch) betrieben hat, beweist allein schon die Tatsache, dass Walz nach dem Krieg als einer der ersten Deutschen vom Staat Israel die Auszeichnung »Gerechter unter den Völkern« erhalten hat. Hunderten von Juden ist bei Bosch durch den Trick mit der Waffen-SS das Leben gerettet worden.

Und dennoch: das Kapitel Zwangsarbeit bei Bosch als kriegswichtiger Produktionsstätte während des 2. Weltkriegs bleibt ein düsteres – denn genauso wie bei sämtlichen anderen Firmen in dieser Sparte, sind auch hier beim Einsatz von Zwangsarbeitern natürlich die übelsten Dinge passiert. Und Robert Bosch waren die Hände gebunden. Er war ja ohnehin schon bis ans Äußerste gegangen. Eine Situation zum Verzweifeln!

Am 23. September 1936 feiert Bosch seinen 75. Geburtstag: und natürlich fürchtet er, der nie ein großes Aufhebens um sich und seine Person gemacht hat, diese Feierlichkeiten. Er schreibt: »Ich glaube, die Sache wird für mich nicht gerade schön. Ich bin neugierig, wie ich das Fest überstehen werde…« Immerhin haben am Tag vor dem großen Festempfang in der Stuttgarter Liederhalle alle württembergischen Minister und auch die zwangsläufig auf der Einladungsliste stehenden NS-Parteigrößen zu Boschs größter Freude empört ihre Einladungen zurück gegeben, weil in der Festschrift zum Jubiläum immer nur Robert Bosch erwähnt worden ist und kein einziges Mal der Reichskanzler Adolf Hitler. Also hatte die unangenehme Lobhudelei um seine Person auch mal eine gute Seite… Trotz der Absagen der Politgrößen haben sich Tausende in die Halle gedrängt, unzählige überschwänglich lobpreisende Reden sind gehalten worden und am Ende musste sich der Jubilar dann natürlich dafür bedanken. Er hat es wie üblich kurz gemacht, mit nur wenigen, knappen Worten. Zeit zum Schwätzen hatte er ja nie, »lieber was Gscheites schaffa, als seine Zeit mit Schwätzen zu vergeuden!« Aber was da anlässlich seines 75. alles gesagt worden sei, müsse er »als geradezu übertrieben bezeichnen« und er wolle nun lieber mit einer Schweigeminute diejenigen ehren, die sein Lebenswerk mit aufgebaut hätten, aber schon früher als er hätten gehen müssen. Und als es dann in der riesigen Halle schlagartig totenstill geworden ist, da hat selbst der alte Raubauz von der Alb mit den Tränen kämpfen müssen. Im Nachhinein hat er freilich auch noch angemerkt, dass ihm bei allen Lobreden eigentlich zu sehr auf die industrielle und die technische Seite abgehoben worden sei und man viel zu wenig auf die soziale Verantwortung eines Unternehmers eingegangen sei, was ihm doch zeitlebens am meisten am Herzen gelegen habe.

Die Arbeit in Porsches Stuttgarter Konstruktionsbüro geht erfolgreich voran und mündet in einem spektakulären Triumph: Bei der Ausschreibung für einen preisgünstigen »Volks«-Wagen für alle Deutschen, der nicht mehr als 1.000 Mark kosten darf, wirft Porsche mit seinen Mitarbeitern sämtliche großen Automobilfirmen aus dem Rennen. Porsche baut in Fallersleben, dem späteren Wolfsburg, aus dem Nichts ein ganz neues Werk auf: für den zunächst so genannten »KdF«-Wagen (»Kraft-durch-Freude-Wagen«), den Volkswagen, den VW Käfer. Freilich plagt ihn bei jedem Aufenthalt in der topfebenen norddeutschen Landschaft das Heimweh, vor allem nach Österreich und seinen Wäldern. Und so wird schließlich mit Holz aus österreichischen Fichten mitten in Fallersleben seine Jagdhütte aus der Zeit bei AustroDaimler nachgebaut: die »Louisenhütte« aus Hochwolkersdorf in der Buckligen Welt. Damit ihm auch in Norddeutschland immer ein Hauch von Österreich um die Nase wehen konnte – zumindest in der Vesperpause, auf gut österreichisch »Jause« genannt. Die Louisenhütte gibt es hier wie dort übrigens immer noch – in Wolfsburg steht sie mittlerweile unter Denkmalschutz.

Am 10. April 1940 wird am Stuttgarter Pragsattel das Robert-Bosch Krankenhaus eröffnet – natürlich kommt das Geld dafür aus Boschs Privatvermögen (bei diesem neuen Gebäude handelt es sich um das Nachfolgeprojekt des 1921 eröffneten ersten Krankenhauses in der Marienstraße, für das Bosch schon drei Millionen Mark gespendet hat). In der Gründungsurkunde ist klar und deutlich der Wille des Stifters vermerkt, das Krankenhaus möge dem Zweck dienen, die Homöopathie mit der Schulmedizin zu versöhnen. Dieser Wunsch steht zwar nicht mehr ganz so im Mittelpunkt des heutigen, nochmal ganz neu gebauten Bosch-Krankenhauses (ins alte Gebäude am Pragsattel ist mittlerweile das Polizeipräsidium Stuttgart eingezogen), aber dennoch gilt diese Klinik, die nach wie vor über die Robert-Bosch-Stiftung verwaltet wird, als eines der führenden Krankenhäuser im Südwesten.
Immer wieder kommen in Boschs letzten Lebensjahren Bittsteller in großer Zahl zu ihm. Man weiß ja, wie spendenfreudig und finanzkräftig er ist. Und so kann er sich der vielen Anfragen kaum erwehren. Manche lehnt er natürlich auch ab – wie beispielsweise in der schon erwähnten Episode mit den Vertretern des Gottlosen-Bundes. Aber wenn die alten Weggefährten aus Albeck kommen… Die wird er ja wohl kaum abweisen, das ist ihr Kalkül. Also bringen ihm die früheren Schulkameraden tapfer ihren Wunsch vor, der Robert möge doch ein bisschen Geld für die alte Heimat spenden, denn sie bräuchten dringend eine neue Turnhalle.
Boschs Reaktion ist zunächst jedoch ziemlich überraschend für die alten Kumpels ausgefallen, denn er hat (mal wieder) erst die hohe Stirn in äußerst tiefe Falten gelegt, sein besonders kritischer Blick, den er dazu aufgesetzt hatte, hat Skepsis pur signalisiert – erst hat er ein bisschen gebrummt, dann schließlich gemeint: »Ond no machet ihr so a Nazibude draus. Ond i guck domm aus dr Wäsch!«

Nein, nein, eine Nazibude solle das keinesfalls werden, bloß eine Schulturnhalle. Ganz sicher. Großes Albecker Ehrenwort.
»Na ja…« so richtig zufriedengestellt hat ihn das noch immer nicht, denn: »Ond no schmieret ihr mi als Geldgeber au no en dr Zeidong rom.«
Auch dazu gab es ein eindeutiges Nein. Wenn er als Geldgeber nicht genannt werden wolle, dann würden sie seinen Wunsch natürlich respektieren.
Klar, bis zur Grundsteinlegung oder bis zum Richtfest, danach wüssten es dann alle. So ein Versprechen sei schnell gebrochen: »Domm rausgeschwätzt isch schnell, aber hinterher…«. Also hätte er gerne ein paar Sicherheiten mehr. Nach einigem Hin und Her haben sie sich darauf geeinigt, die Sache notariell zu regeln. Im Gegenzug dafür, dass sie von Robert Bosch das Geld für ihre Turnhalle bekommen, ist im Notarvertrag festgehalten worden, dass der Albecker Gemeinderat und der zuständige Schulrat jeweils 500 Mark als Strafe an Bosch würde zurück zahlen müssen, wenn irgendwie bekannt würde, wer ihnen den Bau finanziert habe (was ja ohnehin die Spatzen von den Albecker Dächern gepfiffen haben). Also gut, die Unterschriften haben den Vertrag besiegelt, das Geld ist geflossen – und die Albecker haben geschwiegen wie ein Grab. Immerhin 10.000 Mark sind es gewesen – damals eine stolze Summe. Erst viele Jahre nach Boschs Tod ist offiziell herausgekommen, wer der großzügige Spender war. Überrascht hat das in Albeck niemand.
Jahrzehntelang hat sich Robert Bosch mit der Frage herumgeplagt, wie das mit der Firma nach seinem Tod einmal weitergehen könnte. Schon lange vor dem Tod seines Sohnes Robert im Jahr 1921, dem eine jahrelange Leidenszeit voranging, war ihm klar geworden, dass es für ein großes Unternehmen gefährlich ist, wenn sich die Macht in den Händen eines Einzelnen befindet. Selbst wenn es sich um einen direkten Nachfahren, ein Familienmitglied handelt. Es gab (und gibt noch immer) genügend abschre-

ckende Beispiele in dieser Hinsicht – eines der spektakulärsten sind die jahrelangen Kämpfe der Familien Porsche und Piech um die Vorherrschaft bei Porsche und bei VW. Wer schluckt wen? Und: wer sagt wem, wo es langgeht? Welchen Schaden solche Hahnenkämpfe für das Wohl des Betriebes und seiner zigtausend Mitarbeiter darstellen, das scheint die unmittelbar Beteiligten erst in zweiter Linie zu interessieren. Also: auf keinen Fall die gesamte unternehmerische Verantwortung in die Hände der Familie legen. Das schien ihm geboten. Aber was sonst? Eine Aktiengesellschaft vielleicht? Auch das hat er ausprobiert, um nach einigen Jahren ernüchtert feststellen zu müssen, dass dieser Weg kein gangbarer sein konnte – zumindest nicht für eine Firma mit den Grundsätzen eines Robert Bosch. Am Ende ist er dann auf das Stiftungsmodell gekommen und hat das schon 1935 in seinem Testament fixiert.

Es ist ein ziemlich kompliziert ausgetüfteltes Übergangsverfahren bis hin zur Stiftung, für deren Gründung er maximal 30 Jahre Zeit gegeben hat – gerechnet vom Zeitpunkt seines Todes an. 1964 war es dann so weit – und seitdem wird das Weltunternehmen Bosch von der Bosch-Stiftung geleitet, an der die Familie zwar beteiligt ist, aber mit acht Prozent keinesfalls dominiert. Schon unzählige Male haben sich Wirtschaftsfachleute über den »schwerfälligen Tanker« Bosch amüsiert, der an der Kette dieses Stiftungsmodells längst nicht so rasch reagieren könne, wie dies heutzutage eigentlich geboten sei. Andererseits ist die Firmenleitung so vor manchem Schnellschuss bewahrt worden, den man schon nach kurzer Zeit bitter bereut hätte. Manchmal scheint es gar nicht so schlecht zu sein, als besonders schwerer Tanker durch die See zu pflügen. Vor allem dann nicht, wenn sie rau ist. Gerade dann hat sich das Bosch-Modell immer wieder glänzend bewährt – und mancher in den oberen Bosch-Etagen hat die geballte Faust in der Hosentasche wieder entkrampft und insgeheim zugeben müssen, dass der Firmengründer Bosch halt doch ein ganz Besonderer gewesen ist. Noch weit über seinen Tod hinaus sorgt er für das richtige Fahrwasser – und dafür, dass seine Vorstellungen von einem sozialen Unternehmertum auch in Zeiten des Raubtierkapitalismus nicht untergehen. Ganz im Gegenteil. Und davon profitiert die Firma genauso wie ihre Angestellten bis heute. Was will man mehr?

Am 12. März 1942 stirbt Robert Bosch in Stuttgart. Sie haben ihren alten Vadder Bosch bis heute nicht vergessen. Nicht in Stuttgart, nicht in Albeck und natürlich auch nicht in seiner Firma. Jedes Jahr an seinem Todestag liegen frische Blumen auf dem Waldfriedhof in Stuttgart-Degerloch auf dem Grab des Gastwirtssohns von der Ulmer Alb. Der rote Bosch, der jähzornige Menschenfreund, der soziale Unternehmer und stolze Schwabe. In der ganzen Weltgeschichte sei er herum gekommen, hat er am Ende seines 81 Jahre währenden Lebens oft erzählt, aber nirgendwo habe er etwas Besseres gefunden, als die Schwaben. Vielleicht noch die Franken, eventuell den einen oder anderen Bayern, aber spätestens dann sei Schluss! Und die Preußen? Um Gottes Willen: die Preußen! Die auf keinen Fall. Mit ihrem ganzen militärischen Gepränge, dieser unerträglichen Arroganz, Schnellschwätzerei und hochnäsigen Schwaben-Verachtung. Auch in dieser Einschätzung waren sie sich alle einig: Daimler, Zeppelin und Bosch. Und alle waren sie stolz darauf, Schwaben zu sein. Das durfte man ruhig auch hören. Versteckt haben sie sich und ihren Dialekt niemals. Denn schließlich haben die Schwaben das Auto erfunden und nicht die Preußen. Wieso sich also schämen? Ganz im Gegenteil: wir können alles – außer Hochdeutsch. Und das war damals schon gut so.

Die Mitarbeiter des Konstruktionsbüros Porsche verlassen nach den verheerenden Bombenangriffen auf Stuttgart im Herbst 1944 fluchtartig das Land und können mit knapper Not ihre Konstruktionsskizzen noch in Sicherheit bringen. Sie sind eigentlich viel zu spät dran, denn die meisten sicheren Orte sind längst von anderen Firmen belegt. Aber am Ende findet man ein altes Sägewerk in Gmünd/Kärnten und nimmt dort unter primitivsten Bedingungen die Arbeit wieder auf. Nach Kriegsende hält man sich zunächst einmal mit der Herstellung von Seilwinden für die Landwirtschaft über Wasser und mit dem Bau von Traktoren, während Sohn Ferry Porsche dann gegen Ende der 40er Jahre auf einen Sportwagen setzt: den später zur Legende gewordenen 356er, dem Chefdesigner Erwin Komenda seine spektakuläre, unverwechselbare Form gibt. Der alte Ferdinand Porsche ist mehr als skeptisch, ob sie in diesen bedrängten Zeiten auch nur einen einzigen Sportwagen werden verkaufen können, denn: »Die Leute brauchen jetzt landwirtschaftliche Maschinen, mit einem Luxus wie einem Sportwagen können sie nach dem verlorenen Krieg doch überhaupt nichts anfangen!« In diesem Punkt sollte er mit seiner Einschätzung ausnahmsweise ziemlich daneben liegen.

Ferry hatte die Zeichen der Zeit erkannt und sich von Beginn an auf den amerikanischen Markt konzentriert, wo ihm die Käufer den Flitzer förmlich aus den Händen gerissen haben. Das ist der Beginn des geradezu kometenhaften Aufstiegs der Sportwagenschmiede in Zuffenhausen, wohin die Firma nach den Jahren im österreichischen Exil (natürlich) wieder zurückgekehrt ist. Und dass beim Porschewappen seitdem in der Mitte stolz das Stuttgarter Rössle prangt, umrahmt von den Farben des ehemaligen Landes Württemberg, das ist ein überdeutliches Zeichen dafür, dass man damals bei Porsche ganz genau begriffen hatte, wie wichtig für den überragenden Erfolg der Firma diese besondere schwäbisch-österreichische Melange gewesen ist. Nur in Stuttgart, dem Ursprungsort des Automobils, hat der rasante Porsche-Aufstieg gelingen können: aus bescheidensten Anfängen zur mythenumwobenen Weltmarke.

Das Wunder von Württemberg!

Vom Armenhaus zum Weltmarktführer. Es war nur eine Handvoll Dickschädel, denen dieser kometenhafte Durchbruch in die Weltspitze gelungen ist, von dem das Land bis auf den heutigen Tag profitiert. Unfassbar – aber Tatsache. Andererseits: Wo sonst, wenn nicht hier war so etwas möglich? Der Bogen spannt sich über König Wilhelm I., Steinbeis, Bosch, Daimler, Maybach, Porsche und Zeppelin zu einem faszinierenden Kaleidoskop, wie es weltweit absolut einzigartig ist. So unterschiedlich diese knorzigen Erfinder- und Unternehmerpersönlichkeiten auch gewesen sind, so wenig sie sich gegenseitig auch gemocht haben: allen ist gemeinsam, dass tief in ihnen das gleiche ehrgeizige Feuer gelodert hat. Keiner von ihnen hatte in seiner Jugend jemals daran gedacht, eines fernen Tages etwas mit der individuellen Mobilität zu tun zu haben. Schon gar nicht an vorderster Stelle. Und dennoch ist es genau so gekommen. Das Leben hat ihnen den Weg gewiesen. Einen Weg, der alles andere als kerzengerade verlaufen ist. Aber er war vorgezeichnet, denn sie alle waren neugierig, wissbegierig, intelligent, fleißig und haben schon in ihren ganz jungen Jahren gewusst, dass man niemals meinen sollte, man wisse jetzt allmählich genug für den Rest des Lebens. Sich ausruhen und auf der faulen Haut liegen, das war nie ihre Sache. Lernen, lernen und nochmals lernen: die immerwährende Fortbildung war eine Selbstverständlichkeit. Nie waren sie sich für eine Arbeit zu schade und seien die Umstände noch so mühevoll gewesen. Ebenso logisch, dass man sich erst einmal in der Welt umschauen musste, egal welche Unbequemlichkeiten man dafür in Kauf nehmen musste. Während ihrer sprichwörtlichen Lehr- und Wanderjahre haben sie dann ihre Vision entwickelt, die sie zu keiner Zeit mehr – auch nicht in wirtschaftlich schwierigen Situationen – aus dem Auge verloren haben.
Und noch eine ganz entscheidende Eigenschaft hat es für

so einen Erfolg unbedingt gebraucht: sie waren fordernde Arbeitgeber, die sehr viel verlangt haben. Einerseits. Aber sie waren eben auch faire Chefs, die für ihre Arbeiter und die Firma mit der klassischen schwäbischen Dickschädeligkeit durch »dick und dünn« gegangen sind. Mit anderen Worten: das sind alles keine »Seckel« gewesen, sondern hochanständige Menschen, die immer für ihre Leute da gewesen sind. Niemals von oben herab, sondern immer auf Augenhöhe. Sie wussten auch, wie gefährlich der Erfolg sein kann, dass darin nämlich schon der Schlüssel zum Misserfolg liegt. Und so oft der eine oder andere von ihnen auch hat ausflippen können, so schnell sind sie immer wieder auf den Boden der Tatsachen zurückgekommen und haben mit ihren Arbeitern ein Versöhnungsbier oder ein Viertele Trollinger getrunken – gerne manchmal auch zwei oder drei… Und alle haben sie nach demselben Grundsatz agiert:

»Lebe deinen Traum – gib niemals auf!«

Natürlich gibt es neben diesen hier beschriebenen großen Persönlichkeiten noch viele weitere echt schwäbische Käpsele, die es auch verdient hätten, einmal ausführlicher vorgestellt zu werden. Sie haben zwar nicht, wie das Daimler und Maybach vergönnt war, eine ganz neue Art der Fortbewegung erfunden, aber sie haben mit ihrem Fleiß und Genie ebenso Maßstäbe gesetzt. Aus klitzekleinsten Anfängen haben diese Leute Weltfirmen zustande gebracht oder zumindest die entscheidenden Grundlagen für den späteren Welterfolg geschaffen. Die Liste ist lang – und sie beginnt schon mit dem schwäbischen »Ur-Erfinder«, dem Pfarrer und Ingenieur Philipp Matthäus Hahn (1739–1790), dem »Uhrmacher Gottes«, wie ihn Herzog Carl Eugen voller Bewunderung genannt hat. An ihm kommt schlichtweg keiner vorbei, der sich für die Geschichte der Technik und der Tüftler interessiert. Faszinierend, wie viele hochkomplizierte Rechenmaschinen und astronomische Modelle er schon vor 250 Jahren konstruiert hat – und das unter primitivsten Bedingungen. In seiner Zeit als Pfarrer in Onstmettingen ist er in diesem Teil der Alb zum Impulsgeber für viele geschickte Handwerker geworden, denken wir nur an die Waagenindustrie in und um Balingen (»Bizerba«, »Kern und Sohn« und viele andere, die übrigens alle nach wie vor im Familienbesitz sind – und das in der 6., teilweise sogar in der 7. Generation. Auch diese Tatsache spricht Bände.). Und dann ist da natürlich die Textilindustrie, die sich um Tailfingen und Ebingen im 19. Jahrhundert dank der nun industriellen Fertigungsmöglichkeiten geradezu explosionsartig entwickelt hat. Um nur ein Beispiel für eine dieser bis heute anhaltenden Erfolgsgeschichten zu nennen sei ein Mann namens Theodor Groz erwähnt, der 1852 in Ebingen ein Geschäft für Spielwaren und Modeschmuck eröffnet hat. Kurz darauf hat er damit begonnen, Nadeln für die Textilfirmen auf der Alb zu produzieren. Heute ist das Unternehmen Groz-Beckert mit seinen 8.000 Mitarbeitern Weltmarktführer.

Oder schauen wir auf die nächste Generation nach Bosch, Daimler und Maybach im Automobilsektor, wie sie beispielsweise Karl Schmidt aus Neckarsulm verkörpert, der Gründer der Firma Kolbenschmidt, die heutzutage an 40 Standorten in der ganzen Welt mit der Automobilindustrie zusammenarbeitet. Genauso wie Hermann und Ernst Mahle die Eigentümer der Mahle GmbH in Stuttgart, einem der größten Automobilzulieferer der Welt, die ihre Firma schon im Jahr 1964 in eine gemeinnützige Stiftung eingebracht haben.

Dazu gesellen sich natürlich unzählige kleinere Firmen, die kaum jemand kennt und die dennoch einer Erwähnung wert sind, wie beispielsweise »Becker-Modellbau«, heute in Korntal-Münchingen, früher in Feuerbach. Dort hat Ferdinand Porsche das Modell für den VW-Käfer herstellen lassen, und seitdem haben sie mit einer Handvoll

Leuten bis Mitte der 60er Jahre sämtliche Porsche-Typen konzipiert, bis hin zur Legende, dem 911er.
Nicht zu vergessen Persönlichkeiten wie Albert Fezer und Gottlieb Stoll aus Esslingen, die Gründer des Automatisierungskonzerns FESTO, die mit der Verwendung von Druckluft im Maschinenbau die Produktionsmethoden revolutioniert haben und mit 250 Niederlassungen weltweit vertreten sind.
Mit 22 Jahren hat der Schlosser Johann Matthäus Voith im Jahr 1825 in Heidenheim die Werkstatt seines Vaters übernommen, die vor allem mit der Reparatur von Wasserrädern und Papiermühlen beschäftigt war. Warum nicht die Papierherstellung perfektionieren, hat sich Voith damals gedacht und ans Werk gemacht. Heute ist der Voith-Konzern (immer noch zu 100 Prozent in Familienbesitz) führend in der Herstellung von Papiermaschinen und Hochleistungsturbinen für Wasserkraftwerke. Jahresumsatz: über 5 Milliarden Euro.
Das typische Beispiel eines schwäbischen Selfmade-Unternehmers aus jüngster Zeit ist Hans Liebherr aus Kirchdorf an der Iller, der 1938 das Baugeschäft seiner Eltern übernommen hat. Im Jahr 1949 hatte er eine Idee, wie man sich das Arbeiten auf der Baustelle erleichtern könnte und hat einen mobilen Drehkran entwickelt. Die Idee war sensationell gut und seitdem finden sich Liebherr Kräne und Bagger an Baustellen auf der ganzen Welt. Und seitdem Hans Liebherr Anfang der 50er Jahre von einem Bankangestellten gefragt worden ist, ob er denn nicht ein in finanzielle Schwierigkeiten geratenes Kühlschrankwerk in Ochsenhausen übernehmen wolle, produziert man bei Liebherr auch Kühlschränke und Gefriertruhen. Mit Erfolg. Mittlerweile führen die Nachfahren einen Konzern mit fast 40.000 Mitarbeitern
Auch Karl Schlecht ist so ein »selfmade-man«. Der Sohn eines Gipsermeisters hat 1958 in Bernhausen, noch als Student an der Universität Stuttgart, eine eigene Firma (die späteren Putzmeisterwerke) gegründet, nachdem er für

Vaters Gipsergeschäft eine Verputzmaschine konstruiert hatte. Als Thema für seine Diplomarbeit hat er praktischerweise diese Maschine beschrieben. Vom Verputzen ging es dann konsequent weiter zur Konstruktion von Betonpumpen. Der weltweit leistungsfähigsten natürlich, die logischerweise nicht nur bei Einfamilienhäusern zum Einsatz kommen, sondern genauso bei den höchsten Bauwerken der Welt – und sogar beim Versiegeln der verstrahlten Reaktorblöcke von Tschernobyl und Fukushima. Das schaffte sonst keiner – außer Putzmeister.
Diese Liste ließe sich natürlich noch lange fortsetzen und noch viele interessante Geschichten wären zu erzählen – logischerweise auch ausführlicher, denn auf einem solchen Weg finden sich die schillerndsten Facetten. Doch das würde den Rahmen dieses Buches deutlich sprengen. Aber vielleicht gibt es ja ein nächstes Mal. Mit weiteren Schwäbischen Sternstunden. Wer weiß…

Herzlichen Dank an…

Maria Feifel und Uwe Heintzer vom Daimler-Konzernarchiv für ihre überaus freundliche Bereitschaft, mir zahlreiche, teilweise noch unveröffentlichte Fotos aus dem Archiv zur Verfügung zu stellen,
Kathrin Fastnacht und Vera Dendler vom Bosch-Unternehmensarchiv,
Cristina und Rudolf Bühler von der Bäuerlichen Erzeugergemeinschaft Schwäbisch-Hall (BESH),
Marion Holler-Harsch und Gerhard Raff fürs sorgfältige Lektorieren und so manchen guten Tipp,
Maria Kaeß für Ihre bewährte Durchsicht in Sachen Rechtschreibung und Satz,
und nicht zuletzt Karl Schneebauer, Suben bei Schärding, Oberösterreich, für seine Frage, weshalb ich denn eigentlich noch kein Buch zu diesem Thema geschrieben hätte. Richtig! Hier ist es! Danke!
Im Zusammenhang mit den »Schwäbischen Sternstunden« bleibt mir ganz zum Schluss freilich doch noch eine leicht verwunderte Nachfrage:

Weshalb gibt es in Stuttgart eigentlich kein Denkmal für den Monsieur Mercedes?

Stuttgart ist die Geburtsstadt des Automobils, in der Weltfirmen wie Bosch, Daimler und Porsche ihren Sitz haben, ganz zu schweigen von unzähligen Zulieferbetrieben.
Das alles erscheint beinahe so, als wäre es schon immer so gewesen. Stuttgart, Auto, Weltmarktführer lautet die schwäbische Gleichung.
War es aber natürlich nicht. Fast immer wird dabei vergessen, dass es einen einzigen Mann gab, der die entscheidenden Weichen gestellt hat. In diesem Buch habe ich ihn ausführlich vorgestellt: Emil Jellinek (seit 1903 Jellinek-Mercedes).

Der doppelte Konsul Emil Jellinek-Mercedes

Ohne Emil Jellinek hätte es der chronisch finanzklamme Robert Bosch niemals geschafft, seine Zündungen in die Daimlermotoren montieren zu dürfen.
Und dann ist da ja noch Ferdinand Porsche, der bei der Firma Lohner kurz vor dem Rauswurf gestanden hat! Ohne Jellinek wäre das Kapitel Automobil für Porsche beendet gewesen.
Bosch, Daimler, Porsche: drei Stuttgarter Weltfirmen, dank Jellinek.
Umso befremdlicher deshalb, dass es ausgerechnet in Stuttgart keine Straße gibt, die an den berühmten »Monsieur Mercedes« erinnert. Wie kann das sein?
Die einzige Erklärung findet sich in der Zeit der NS-Diktatur und Emil Jellineks jüdischer Abstammung. Weil Adolf Hitler ausgerechnet einen Mercedes als »Führer-Wagen« bevorzugte, musste alles getan werden, um zu verschleiern, dass es sich bei der Namensgeberin um die Tochter eines Juden handelte. Der Name Emil Jellinek verschwand in dieser Zeit in Stuttgart von der offiziellen Bildfläche. Bis heute ist das so.
Eigentlich müsste es in Stuttgart möglich sein, zumindest

in Form eines Straßennamens an Emil Jellinek-Mercedes zu erinnern, an den Mann, dem die Stadt genauso wie ihre Weltfirmen zu größtem Dank verpflichtet sind.
Falls aber bei der Stadt – mal wieder – kein Wille, keine Motivation oder gar kein Geld für das Täfele in der Kasse sein sollte, dann werden sich ja hoffentlich Bosch, Daimler oder Porsche als Sponsoren und Motivatoren gewinnen lassen. Die sponsern bekanntlich manch sinnloseres Projekt – in weitaus größerem Rahmen. Und bitte: es müsste nicht unbedingt »bloß so a Nebensträßle« sein.
Ach – übrigens auch an der Fassade des früheren »Cafe Schlossblick« in der Königstrasse, dem einstigen Hotel »Marquardt«, das um 1900 europaweit als eine der besten Hoteladressen überhaupt galt, findet sich nicht das geringste Fitzelchen als Hinweis darauf, dass hier grundsätzlich alle Techniker, Geschäftspartner und Freunde der Stuttgarter Autopioniere abgestiegen sind und ein gutes Stück automobiler Weltgeschichte geschrieben haben.
Bliebe zu wünschen, dass ich bei der (hoffentlich in Kürze anstehenden) 2. Auflage dieses Buches eine Erfolgsmeldung anfügen kann.

Gunter Haug im Frühherbst 2015

Gunter Haug

Geboren im Jahr 1955 in Stuttgart-Bad Cannstatt: also dort, wo das Automobil erfunden worden ist, aufgewachsen in Stuttgart-Untertürkheim: dort, wo das Automobil seit über 100 Jahren zusammengebaut wird.
In Sichtweite der Neugeborenenstation der alten Bad Cannstatter Annaklinik liegt der Uffkirchhof, in dem Gottlieb Daimler und Wilhelm Maybach begraben liegen. Schon bei seiner Geburt ist Gunter Haug also der Hauch der Automobilgeschichte in die Nase geweht.
Wer sonst, wenn nicht er, könnte uns folglich besser die faszinierenden Episoden aus dem Leben der knorzigen schwäbischen Autopioniere und ihrer Mitarbeiter erzählen?
www.gunter-haug.de

Weitere spannende Bücher von uns finden Sie unter
www.landhege-verlag.de
und natürlich in jeder Buchhandlung.

Verlag Landhege

Herr, schmeiß Hirn ra!

Die schwäbischen Geschichten des Gerhard Raff

Im Jahr 1985 bei der Deutschen Verlags-Anstalt (damals noch in Stuttgart!) erschienen und jetzt in der **25. Auflage** vorliegend, steht dieses Buch mit dem unterdessen zum geflügelten Wort gewordenen, millionenfach zitierten Titel selbst in Bücherschränken von Bundespräsidenten, britischen Thronfolgern, bekannten Astronauten und bedeutenden Nobelpreisträgern. Der für seine „freche, aber segensreiche Gosch & Feder“ bekannte Verfasser ist mit dem „Hirn“ über Nacht zum Best- und Longsellerautor geworden.

25. Auflage / € 15,50 / ISBN 978-3-943066-14-2

Verlag Landhege